KARA ATKIN

the PERFECT FIT

Roman

LYX

LYX in der Bastei Lübbe AG

Textredaktion: Stephanie Janek
Umschlaggestaltung: © Jeannine Schmelzer, Bastei Lübbe AG unter Verwendung von einer Illustration von © Hwang Se-Rim und einem Motiv von ©Theraphosath / Shutterstock
Satz: Greiner & Reichel, Köln
Gesetzt aus der Adobe Caslon
Druck und Verarbeitung: GGP Media GmbH, Pößneck

Printed in Germany
ISBN 978-3-7363-1986-8

1 3 5 7 6 4 2

Weitere Informationen unter:
lyx-verlag.de
luebbe.de | lesejury.de

Liebe Leser:innen,

dieses Buch enthält potenziell triggernde Inhalte.
Deshalb findet ihr auf der letzten Seite
eine Triggerwarnung.

Achtung: Diese enthält Spoiler für das gesamte Buch!

Wir wünschen euch allen
das bestmögliche Leseerlebnis.

Eure Kara und euer LYX-Verlag

Personen und Handlung sind frei erfunden.
Ähnlichkeiten mit lebenden oder toten Personen
sind rein zufällig und nicht beabsichtigt.

Für alle, die bereit sind,
ihr Herz an ihre Träume zu verlieren.

»Dare to live the life you have dreamed for yourself.
Go forward and make your dreams come true.«

Ralph Waldo Emerson

PLAYLIST

Lizzo – *Like a Girl*
Taylor Swift – *I Knew You Were Trouble.*
The Technicolors – *Dress Up For You*
Kodaline – *Brother*
Mark Tuan – *my life*
Sarah Kang, EyeLoveBrandon – *Summer Is for Falling in Love*
Doja Cat, The Weekend – *You Right*
All Time Low, blackbear – *Monsters*
Jackson Wang – *Come Alive*
James Young – *Don't You Know*
Brent Faiyaz – *ALL MINE*
JVKE – *golden hour*
keshi – *TOUCH*
SZA, Travis Scott – *Open Arms*
Loi – *Blinding Lights*
Sofia Carson – *I Didn't Know*
Jeff Satur – *Why Don't You Stay (World Tour Version)*
Majid Jordan – *Her*
Monsta X – *Someones Someone*
Miguel – *Sure Thing (Spotify Session)*
Drake, Majid Jordan – *Hold On, We're Going Home*

PROLOG

Ellie

Call Time = *~~Der Zeitpunkt, an dem ein Stylist vor Ort und bereit zur Arbeit sein muss~~;*
Worauf zur Hölle habe ich mich da nur eingelassen?

»Willst du deinen Job zurück?«

Mir bleibt der Mund offen stehen, meine Erinnerung an gestern Abend noch kristallklar, egal wie sehr ich auch versuche, seine harschen Worte aus meinem Kopf zu vertreiben. »Willst du mich verarschen?«

»Sehe ich so aus, als würde ich Witze machen?«

»Caleb, du hast mich gestern Abend gefeuert.«

»Und jetzt stelle ich dich wieder ein.« Caleb sieht so verzweifelt aus, wie ich mich gestern gefühlt habe, und zumindest ein Hauch von Genugtuung schleicht sich in mein Innerstes, während ich noch krampfhaft zu verstehen versuche, was hier eigentlich gerade passiert. »Also, willst du den Job jetzt oder nicht?«

Darüber muss ich nicht groß nachdenken, obwohl ich weiß, wie dumm es ist, auf sein Wort zu vertrauen. Doch die Wahrheit bahnt sich ihren Weg über meine Zunge, bevor ich sie aufhalten kann, mein Traum zu groß, zu wertvoll, als dass ich für ihn nicht so etwas Unbedeutendes wie meinen Stolz herunterschlucken könnte. »Mehr als alles andere auf der Welt.«

»Gut. Das ist gut.« Er sieht beunruhigt zu der Sitzecke neben der Eingangstür, hat die Zähne fest aufeinandergebissen, ehe er mir endlich wieder in die Augen blickt und die Worte hervorpresst, die sich besser anfühlen sollten, als sie es tun. »Dann herzlichen Glückwunsch zu deinem neuen alten Job.«

»Caleb, dir ist aber schon klar, dass ich eure dumme und vollkommen archaische Regel nicht über Nacht erfülle, ja?«

»Glasklar.« Seine Augen schnellen zu einem Mann in einem tannengrünen Anzug, der uns interessiert mustert und sich dann in unsere Richtung in Bewegung setzt. Caleb flucht leise und tritt dann näher an mich heran. Heiß prallt sein Atem auf meine Lippen. Ich erzittere und umfasse den Griff meines Koffers fester, als er flüsternd weiterspricht. »Hör zu, ich habe jetzt keine Zeit, dir großartig zu erklären, was hier gerade vor sich geht, aber das werde ich noch, versprochen.« Sein Ton ist eindringlich und so aufrichtig, dass ein Teil von mir vergessen will, wie er mich gestern Nacht mit kühler Gleichgültigkeit gefeuert und all mein Flehen ignoriert hat. Aber eben nur ein sehr kleiner Teil von mir. »Alles, was du jetzt gerade wissen musst, ist, dass dieser Kerl da vorne alles daransetzen wird, sich meinen Job unter den Nagel zu reißen, was wiederum bedeutet, dass alle aus meinem Team, dich eingeschlossen, ihren Job verlieren könnten. Er darf auf keinen Fall herausbekommen, dass du Single bist, okay? Sonst sind wir alle geliefert.«

Ich schnaube. »Weil das ja beim letzten Mal auch so fantastisch geklappt hat.«

Etwas huscht über seine Züge, so flüchtig wie der Moment, den wir gestern geteilt haben, bevor alles den Bach runterging. »Diesmal wird es klappen.«

Der Kerl kommt immer näher, und ich beiße mir unsicher auf die Unterlippe, erinnere mich überdeutlich an das Fiasko, das ich selbst verursacht habe. »Caleb, ich glaube nicht, dass ich das hinbekomme.«

»Aber ich.« Er atmet tief durch, und als er weiterspricht, klingt seine Stimme leicht erstickt. »Bis zum Ende der Fashion Week ziehen wir das einfach zusammen durch. Du und ich.« Seine Finger fahren meinen Unterarm hinab zu meinen Fingerspitzen, und mir stockt der Atem. »Wir müssen nur so tun, als wären wir ein Paar. Das ist alles.«

Mein Herz stolpert und zieht sich dann schmerzhaft zusammen, als alles wirklich zu mir durchdringt. »Caleb, schlägst du mir gerade allen Ernstes eine Fake-Beziehung vor?«

Caleb sieht so gequält aus, wie mein Herz sich fühlt, doch er nickt dennoch, so als wäre sein Vorschlag völlig normal und nicht das sichere Rezept für ein Desaster. »Ja. Oder fällt dir etwas Besseres ein?«

Der Kerl, vor dem Caleb mich so eindringlich gewarnt hat, ist kaum mehr als einen Katzensprung entfernt. Ich weiß nicht, wer er ist, aber es ist offensichtlich, dass Caleb ihm nicht traut und er die Macht hat, uns beiden alles zu entreißen.

Alles, was ich will, ist schlagartig zum Greifen nah. Alles, wovon ich je geträumt hatte, könnte mein sein. Alles, was ich dafür tun muss, ist, Ja zu sagen.

Ja zu dieser wahnwitzigen Idee. Ja zu dieser Lüge. Ja zu diesem Mann. Ich habe immerhin nichts mehr zu verlieren, nicht wahr?

»Okay.« Ich schiebe meine Finger zwischen seine und greife fest zu, in der Hoffnung, mich zu erden, doch mein Magen flattert und mein Kopf schwirrt. »Lass es uns durchziehen.«

Caleb nickt, und als er mich an der Hand noch näher zu sich zieht und mir wie selbstverständlich einen Kuss auf die Lippen haucht, fürchte ich, dass ich eine Menge mehr zu verlieren habe, als mir klar ist.

»Also dann: Showtime, *Liebling*.«

Worauf zur Hölle habe ich mich da nur eingelassen?

1. KAPITEL

Caleb

Krisenmanagement = ~~*Maßnahmen zur Lösung von Krisen oder Konflikten;*~~ *Wir sind am Arsch*

48 Stunden vorher

»Bereit?«

Damian sieht mich unbeeindruckt an, seine haselnussbraunen Augen wirken zu klein, und seine Fingerknöchel treten weiß hervor, als er den Kaffeebecher fester umklammert und dabei meinen Hals fixiert. »Bruder, das fragst du jedes Mal.«

»Und jedes Mal ist die Antwort Nein.« Roan, der Sänger des sehr ungleichen Duos, der eindeutig das sanftere Temperament besitzt, sieht nicht weniger unversöhnlich aus, denn das natürliche Mitternachtsschwarz seiner schulterlangen Haare macht ihn, trotz des Make-ups, blasser als sonst, bei ihm ein klares Zeichen für Schlafmangel. Seine Mundwinkel biegen sich aber immerhin ein Stück weit nach oben, als er einen Schluck von seinem Kaffee nimmt, den er mit seinen tätowierten Händen nicht in einem tödlichen Klammergriff hält. Schön, dass wenigstens einer der beiden Nervensägen nicht gerade meine Ermordung plant. Und da soll noch mal einer sagen, ein Duo zu managen sei leichter als eine mehrköpfige Band. Sicher ist da was Wahres dran, wenn man es nicht mit völligen Gegensätzen zu tun hat, so wie ich. Mit Roan und Damian habe ich es ständig mit dem kosmischen Ausgleich des anderen zu tun.

Damian, der Rapper, ist energiegeladen und vorlaut. Er hat keinen Filter zwischen seinem Hirn und seiner Zunge, und selbst wenn er ihn hätte, würde er ihn wohl nicht benutzen, sondern einfach mit seiner üblichen Fuck-it-Attitüde seine bunte Bomberjacke richten und den Reportern den Mittelfinger zeigen.

Roan, der Sänger, ist dagegen sehr gemäßigt und fast schon *zu* ruhig. Er überlegt genau, was er sagt, antizipiert, was sein Gegenüber hören möchte, und wickelt diese Person dann mit clever platzierten Kommentaren und einem charmanten Lächeln um seinen kleinen Finger, während er mit einem seiner unzähligen Ringe spielt, um zu verbergen, wie sehr der Ruhm und Rummel um seine Person ihn manchmal aus dem Tritt bringen kann.

Aber vermutlich ist genau das das Rezept für *Parallels* Erfolg. Ihre völlige Gegensätzlichkeit in Persönlichkeit, Stimme und Stil, die auf wundersame Art und Weise Sinn ergibt, wenn man darüber hinwegsieht, dass ich als Mediator immer mal wieder in die Bresche springen muss, weil diese beiden Kindsköpfe sich häufig in die Haare kriegen. Außer, wenn es um ihre Musik geht. Da sind diese beiden seltsamerweise immer einer Meinung.

»Und jedes Mal machst du die fucking Tür trotzdem auf«, murrt Damian, während er meinen Kehlkopf noch einen Augenblick länger im Visier hat und sich dann die Sonnenbrille auf die Nase schiebt, deren goldenes Gestell gut zu seinem honigblonden Haar passt. Der Himmel über London ist an diesem Junitag wolkenverhangen und grau, doch der morgens äußerst mürrische Rapper des Duos weiß, was ihn erwartet, sobald der Van am Flughafen *London Heathrow* zum Stehen kommt.

»Dann wisst ihr ja, was euch blüht.« Schon vor Jahren habe ich gelernt, mich von keinem der beiden einschüchtern zu lassen. Als ihr Manager muss ich mich manchmal leider unbeliebt machen. Das ist nun mal Teil meines Jobs, der keine Rücksicht darauf nimmt, dass uns eine zehnjährige Freundschaft verbindet. Trotzdem kann man in Ungnade fallen. Ihnen mit einem Hair- und Make-up-Team zu kommen, um sie, in den Augen des Labels, vorzeigbar zu machen, nachdem sie nur knappe zwei Stunden gepennt haben, bringt einen rasend schnell auf die Abschussliste meiner beiden Langschläfer.

»Ich hab euch gesagt, dass ihr nicht mehr runter ins Studio gehen sollt.«

»Wir hatten eine Idee für einen Song.« Roan zuckt mit den Achseln, als er mir diese billige Ausrede präsentiert, die Damian und er immer aus dem Ärmel zaubern, wenn sie meine Warnungen ignorieren. Ich hätte damals ein Veto einlegen sollen, als die beiden darauf bestanden haben, ein Loft mit einem Aufnahmestudio eine Etage tiefer zu kaufen, dem sie scheinbar besonders dann nicht fernbleiben können, wenn eine gesunde Mütze Schlaf von essenzieller Bedeutung wäre. So ungleich sie auch sein mögen, was ihre Passion betrifft, sind die beiden aus einem Holz geschnitzt. Keine Plattenfirma dieser Welt hätte die zwei wohl zusammen in einen Topf geworfen, zu unterschiedlich all die Kleinigkeiten, die aus ihnen Menschen machen, zu unwirtschaftlich ihre Gegensätzlichkeit, die an das Zusammenspiel von Licht und Schatten erinnert. Doch diese absurden Gegensätze gibt es seit Kindertagen ausschließlich im Doppelpack, scheinbar unvereinbar und doch unzertrennlich. Was manche als Schwäche ansehen, haben Roan und Damian sich zur Stärke und zum Namen gemacht. Denn sie sind wirklich zwei Linien, die einander nie berühren, aber stets in direkter Nähe zueinander und in die gleiche Richtung verlaufen. Ihre Talente sind vielseitig und komplex, und diese unter einen Hut zu kriegen und ihre Gegensätzlichkeit herauszustellen und vermarktbar zu machen – das ist genau mein Job. Einen, den ich um nichts in der Welt aufgeben oder eintauschen würde, ganz egal wie schwierig er auch manchmal sein mag.

»Dann summ es dir aufs Handy, verdammt noch mal. Ist ja nicht so, als würden wir jetzt sofort ein neues Album brauchen. Dafür ist noch Zeit.« Das Ticken meiner Armbanduhr kommt mir plötzlich unendlich laut vor, und ich schließe die Hand fest darum, um das Geräusch zu ersticken. Die Jungs wissen, wann ihr Vertrag ausläuft. Sie wissen auch, dass das Label mich schon eine Weile drängt, die neuen Verträge zu unterschreiben und ein weiteres Nummer-eins-Album auf den Weg zu bringen. Nichts davon habe ich bisher angesprochen. Roan und Damian auch nicht. »Aber eigentlich weiß ich es ja besser. Ich meine, welche Musiker hören schon auf ihre Manager, richtig?«

Roan dreht den Silberring an seinem Mittelfinger, seine eisblauen Augen sind aufmerksam, als er auf meine Uhr linst, die Damian und er mir vor sieben Jahren zu dem Deal mit dem Plattenlabel geschenkt haben. Sie ist zwar schon lange außer Mode, aber niemals würde ich sie gegen eine andere eintauschen. Kurz fürchte ich, dass er genau jetzt über mein Schweigen sprechen will, doch er zeigt Erbarmen und entgegnet mit trockenem Ton: »Nur die mit funktionierenden Hirnzellen.«

»Was uns beide automatisch ausschließt.« Damian stöhnt genervt und kuschelt sich tiefer in den Ledersitz, die Beine weit gespreizt und die Augen hinter der verrutschten Sonnenbrille geschlossen. »Gott, ich bin echt so im Arsch.«

Einen Moment lang habe ich Mitleid mit ihm, der verflüchtigt sich allerdings recht schnell, als ich mich daran erinnere, wie oft ich ihn auf unseren frühen Flug hingewiesen habe. Selbst schuld. »Du kannst nachher im Hotel schlafen. Jetzt ist erst mal Lächeln und Winken angesagt, Männer.«

»Ich bin doch kein fucking Pinguin aus Madagaskar«, faucht Damian, als der Van mit den getönten Scheiben vor der Fotografentraube zum Stehen kommt. Klopfen und Rufe dringen durch die dicken Türen zu uns hindurch, und erste Blitze zerreißen das Londoner Grau.

Roan fährt zusammen, sodass ich, ohne Absprache, mit Damian zu freundschaftlichem Geplänkel wechsele. »Nicht? Bei dem ganzen Schwarz-Weiß hätte ich dich nämlich fast mit einem Pinguin verwechselt.«

Der Mittelfinger, den ich von Damian bei der Erwähnung seines Outfits kassiere, überrascht mich wenig. Ich verkneife mir, ihn darauf hinzuweisen, dass auch seine Nägel schwarzweiß angepinselt sind, denn er versteckt sie schon mit einem Murren unter seinen Achseln. Monochrom ist nicht sein Ding, ganz im Gegensatz zu Roan, der heute mit seinem gemusterten Hemd sehr bunt daherkommt, unter dessen oberen zwei offenen Knöpfen seine Tattoos hervorblitzen. Ich frage mich, ob sie heute Morgen im ganzen Chaos wohl versehentlich die Outfits vertauscht haben. »Ach, halt's Maul, du herrischer Gorilla.«

»Gorilla? Ein besseres Comeback ist dir nicht eingefallen?« Liebevoller Spott ist noch immer das beste Mittel gegen Damians loses Mundwerk, mit dem er uns alle regelmäßig in Schwierigkeiten bringt. Oder eher mich. Immerhin bin ich derjenige, der Entschuldigungen murmeln und vor dem Plattenlabel Schönwetter machen muss, damit sie mich nicht absägen. Nicht, dass sie es nicht immer wieder versuchen würden, besonders jetzt, wo die Verträge auslaufen und die Neuverhandlungen sich ins Endlose ziehen. Aber noch bin ich nicht so weit. Ein bisschen muss ich noch durchhalten. Dann hoffentlich können wir diesem ganzen beschissenen Zirkus den Rücken kehren. Das Rollen meiner Schultern, mit dem ich diesen Gedanken abzuschütteln versuche, bleibt nicht unbemerkt, und ich grinse schief, um meine beiden besten Freunde von den Dingen abzulenken, die mir seit Monaten den Schlaf rauben. »Ich bin enttäuscht, Damian. Du warst auch schon mal kreativer.«

Der beherzte Tritt gegen mein Schienbein tut zwar höllisch weh, sorgt aber trotzdem dafür, dass ich laut lache. »Ich hab nicht mal zwei Stunden geschlafen, Arschloch. Und du weißt, bei unter sechs Stunden funktionieren bei mir nur Herz und Lunge.«

»Als wäre dein Hirn nicht auch den Rest des Tages offline.«

»Dafür hab ich aber schon verdammt viele Nummer-eins-Hits geschrieben.«

»Ich würde sagen, die gehen allesamt auf Roans Kappe.«

»Lasst mich da raus.« Roan hebt die Hände, seine nach oben zuckenden Mundwinkel sind ein gutes Zeichen, auch wenn es nur für den Bruchteil einer Sekunde andauert und sich mit dem nächsten lauten Hämmern an unsere Fensterscheibe augenblicklich wieder in Luft auflöst. »Für euer Gekeife ist es mir echt noch hart zu früh.«

»Wir keifen nicht«, stelle ich richtig, und Damian kommt mir sofort zu Hilfe, allzeit bereit, Roan auf den Sack zu gehen, um ihn abzulenken.

»Wir ziehen einander lediglich liebevoll auf.«

Damian hat schon, seitdem ich ihn kenne, ein eingebautes Handbuch für Roan. Und wer auch immer ihn damit ausgestattet hat, dem bin ich dafür verdammt dankbar. Ich mache mir keine Illusionen darüber, dass Roan wohl nie einen Fuß auf eine Bühne gesetzt hätte, wenn es Damian nicht gäbe. Die beiden sind zwar wie Tag und Nacht, und obwohl ich weiß, dass ihre Freundschaft im Sandkasten mit einer übergebratenen Schaufel begonnen hat, frage ich mich doch, wie diese Sache zwischen dem lauten und nicht gerade konfliktscheuen Haudegen und dem stillen und kontrollierten Charmeur überhaupt funktioniert. Die Symbiose zwischen den beiden ist jedoch unumstritten, verwoben in jedem ihrer Songs, und sichtbar auf der Bühne, wann immer Damian Roan aus seinem Schneckenhaus holt und Roan im Gegenzug verhindert, dass Damian in seiner ganzen Aufregung von der Bühne stürzt. Einzeln sind sie jeweils ein Ende des Spektrums, aber gemeinsam bilden sie ein wahres Kaleidoskop, farbenfroh und komplex und so einzigartig, dass man einfach nicht aufhören kann, sie anzusehen.

»Na, wenn ihr meint.« Roans typisches, in der Öffentlichkeit noch nie vernommenes Glucksen, lässt mich wissen, dass wir uns wieder in sicherem Fahrwasser befinden. Die Ängste und Schattenseiten des Ruhms, die Roan so manches Mal heimsuchen, sind fürs Erste zurück in ihre Kiste verbannt.

Jetzt oder nie.

Ich ziehe die verspiegelte Sonnenbrille aus der Innentasche meines Jacketts, und Damian tut es mir gleich, während er Roan mit dem Knie anstößt und auf das lederne Brillenetui von *Prada* in seiner Hand deutet. »Können wir dann, oder sollen wir warten, bis der Flieger ohne uns abhebt?«

Damian schiebt die Sonnenbrille auf seiner Nase zurecht. »Wir können.«

»Wie sieht's bei dir aus, Roan?«

Roan verzieht das Gesicht, die Augen durch die getönten Scheiben auf all die Kameras geheftet, die ein normales Leben sowohl für Damian als auch ihn unmöglich machen. Er nimmt eine Hand von seinem Kaffeebecher und streckt sie aus. Sie zittert leicht, und er ballt sie zur Faust. Dann atmet er tief aus, wobei seine Nasenlöcher sich blähen und den dünnen, silbernen Nasenring zum Beben bringen.

Unauffällig spähe ich über Roans Schulter durch die große Heckscheibe, doch von dem zweiten und dritten Van unserer Kolonne fehlt noch immer jede Spur, seitdem wir sie wegen des ungeschickten Fahrers an einer Kreuzung verloren haben. Das Gepäck in Wagen drei ist nicht unbedingt das Problem. In Wagen zwei hingegen sitzt meine persönliche Roan-Versicherung, die ich immer gerne bei mir habe, wenn es um Pressetermine oder Menschenansammlungen geht. »Willst du auf Mia warten?«

Roan zuckt bei der Erwähnung seiner Kindheitsfreundin und Make-up-Artist gleichgültig mit den Schultern, doch die Art, wie er nervös an dem Plastikverschluss seines Kaffeebechers herumfingert, spricht eine ganz andere Sprache.

Damian lehnt sich noch weiter in seinem Sitz zurück und streckt die Beine aus, bereit, abzuwarten, bis sein bester Freund so weit ist, sich der Presse zu stellen, die er mehr hasst als alles andere auf der Welt. »Wir können warten, Mann. Das ist kein Problem. Sie taucht sicher gleich–«

Roan sieht die Scheinwerfer des herannahenden Vans offensichtlich vor mir, denn mit einem Ruck zieht er die Schiebetür des Wagens auf und steigt aus, ohne die Sonnenbrille von *Prada* aufzusetzen, mit der er sich eigentlich fotografieren lassen soll. Stattdessen steckt er sie in den offenen Kragen seines Hemdes, ganz der lockere Megastar, der nichts zu verbergen hat.

»Müssen wir nicht streng genommen auf die Wachhunde in Nadelstreifen warten?«

»Eigentlich schon.«

Wilde Rufe füllen sofort den Innenraum des Vans, und ich

seufze leise, als Damian mit einem lauten Fluch ins Freie klettert.

Während die beiden vor die Meute treten, halte ich mich im Hintergrund, die Augen jedoch aufmerksam auf die Fangemeinde vor dem Flughafen gerichtet, die hinter der Linie für die Presse in helle Aufregung gerät und nur noch lauter kreischt, als Roan sich seines Kaffeebechers entledigt, den Arm überschwänglich hochreißt und stürmisch winkt. Seine Fans waren für ihn nie das Problem, der ganze Medienrummel aber ist es, der ihn zögern und zittern lässt, etwas, das sich auch nach all den Jahren im Rampenlicht nicht gelegt hat.

Erst als die Bodyguards zu uns aufschließen, wende ich meinen Jungs den Rücken zu und gehe zum Kofferraum, aus dem ich unser Handgepäck hole, während sie sich den Fragen der Presse stellen.

Ich höre nur mit halbem Ohr zu, weil ich nach zehn gemeinsamen Jahren im Musikgeschäft und sieben davon im Fokus der Öffentlichkeit weiß, wie sehr ich darauf vertrauen kann, dass die zwei nichts Dummes sagen.

Aus dem Augenwinkel sehe ich Damian eine Augenbraue hochziehen, bevor seine Lippen sich zu einem herablassenden Schmunzeln verziehen, als einer der Reporter mal wieder von haltlosen Plagiatsvorwürfen zu schwafeln beginnt.

Okay, vielleicht eher nichts *übermäßig* Dummes.

»Lassen Sie mich das doch machen, Mister C.«

Als der Fahrer mich erreicht, ist der Kofferraum leer und ich schlage bereits die Klappe zu. »Nicht nötig. Ich hab schon alles.«

Der junge, krähengleiche Fahrer senkt den Blick, und ich fluche leise, da ich mir des Klickens von Kameras überdeutlich bewusst bin, als ich ihm ermutigend die Hand auf die Schulter lege, damit die Presse mich nicht wieder als herrschsüchtigen Scheißkerl darstellen kann. Mich an seinen Namen zu erinnern, fällt mir schwer, aber das ist wohl kein Wunder bei der Flut an neuem Personal, das mich seit ein paar Wochen umgibt und Stück für Stück mein altes Team ersetzt. Eine deutliche Drohung, die mir wohl einschärfen soll, wie austauschbar wir alle sind. »Es bricht sich keiner von uns einen Zacken aus der Krone, wenn wir unsere Taschen selbst aus dem Kofferraum holen, Jacob.«

»Aber Mr Evans hat gesagt–«

»Du arbeitest für *Parallel.* Nicht für Mr Evans. Nicht für das Label. Sondern für diese beiden da vorne. Und ihr Team.« Ich höre die Anspannung in meiner eigenen Stimme und versuche, meine Wut herunterzuschlucken. Dieser Junge, der vermutlich gerade frisch seinen Führerschein in der Tasche hat, kann auch nichts dafür, dass Tobias Evans sich mal wieder in Dinge einmischt, von denen er besser seine schmierigen Pfoten lassen sollte. »Wenn ich dir sage, es ist okay, dann ist es auch okay, hörst du? Ganz egal, ob Mr Evans dir was anderes erzählt.«

Jacob presst die blassen Lippen zu einem schmalen Strich zusammen, und erst jetzt bemerke ich den schwarzen Anzug und die weißen Handschuhe, die er trägt. Ich muss nicht fragen, um zu wissen, wer Hank entlassen und Jacob eingestellt hat. Tobias, dieser widerliche Speichellecker. Seitdem die vertraglichen Neuverhandlungen vor sechs Monaten begonnen haben, schwirrt er wie ein Aasgeier um alles herum, was *Parallel* betrifft. Und obwohl ich ihm allein für diese Dreistigkeit gerne den Arm umgedreht hätte, halte ich mich mit meinen Äußerungen zurück, um meine eigenen Pläne nicht in Gefahr zu bringen. Muss das schön sein, wenn es nicht Talent und harte Arbeit sind, sondern der Onkel im Vorstand, der einen so weit gebracht hat, dass man sich alles rausnehmen kann.

»Verzeihen Sie bitte, Sir.«

»Mister C ist vollkommen okay.« Es mag nicht mein Lieblingsspitzname sein, aber er hat sich in meinem Team und unter Fans verbreitet und ist mir allemal lieber als das sehr formelle *Sir*, bei dem Tobias sich jedes Mal nur noch mehr aufplustert. Ich höre die anderen beiden Vans hinter mir heranrollen und ringe mir zum Abschied ein ermunterndes Schulterklopfen ab. Der Junge kann wirklich nichts dafür, dass der Kerl, der ihn eingestellt hat, so ein Arschloch ist. »Bei *Parallel* läuft alles etwas anders, okay? Komm gut nach Hause, Jacob.«

»Danke, Mister C. Viel Spaß in Mailand.«

Ich nicke nur. Spaß werde ich keinen haben. Mein Terminkalender ist brechend voll, aber das habe ich mir selbst eingebrockt. In Mailand bin ich weg vom Label, in einer Stadt, in der es zwar immer noch Einfluss hat, wo aber nicht jeder nach der Pfeife von *Quill Music Publishing* tanzt. Eine Chance, die ich unbedingt nutzen muss. Doch ehe ich mich gedanklich noch länger mit meinem albtraumhaften Terminkalender beschäftigen kann, sehe ich aus dem Augenwinkel, wie die Schiebetür des zweiten Vans sich öffnet und Mia aus dem Wagen hechtet. Ihr Handy hält sie an ihr Ohr gepresst und mit ihren großen grünbraunen Augen, in denen ich selbst von hier die Panik erkennen kann, sucht sie den Bürgersteig ab, auf den ich gerade trete.

Scheiße, sie haben es rausgefunden. Sie haben in deinem Terminkalender für Mailand geschnüffelt, haben ein paar der Eintragungen überprüft, und jemand hat sich verquatscht. Und jetzt werde ich gefeuert, und dann ist alles, wofür ich die letzten Jahre geschuftet habe, am Arsch.

»Cal!«

Mia eilt mit großen Schritten auf mich zu. Ich komme ihr bereits auf halbem Weg entgegen und bedenke die Fotografen direkt vor uns mit einem selbstsicheren Nicken, obwohl ich mich nicht ansatzweise so fühle. Egal was Mia mir zu sagen hat, es kann unmöglich gut sein, denn von ihrer sonstigen Ruhe, die sie zu einem Ausnahmetalent in ihrem Feld macht, fehlt jede Spur, als ihre Augen immer wieder besorgt zu Roan huschen.

Wortlos reicht sie mir das Handy, und ich hebe es an mein Ohr, ohne auf die Call-ID zu achten, weil ich den Zug lieber nicht kommen sehen will, der mich unweigerlich überrollen wird. »Caleb Lee?«

»Mister C?«

Als ich die zarte Stimme von Yui höre, zähle ich den Rest des Styling-Teams durch, das gerade ganz gemächlich aus dem Van aussteigt. Es sollten sieben sein. Mit Mia sind es aber nur sechs. Yui, die heute früh einen Arzttermin hatte und später dazustoßen sollte, ist nirgends zu sehen.

Und dann passieren drei Dinge gleichzeitig: Eine Welle von Erleichterung erfasst mich, weil mein Geheimnis nicht aufgeflogen ist. Scham steigt in mir auf, weil ich hören kann, dass es Yui nicht gut geht, und ich trotzdem nur an meine eigenen Belange denke. Und zu guter Letzt realisiere ich, dass Yui nicht hier ist und dass das unweigerlich zu einer einzigen unumstößlichen Wahrheit führt.

Ich bin so was von am Arsch.

»Ich hab versucht, dich zu erreichen, aber ich bin nicht durchgekommen, also hab ich es bei Mia versucht.« Ihr Schluchzen zerreißt mir beinahe das Herz, und ich zwinge mich zu einem neutralen Gesichtsausdruck, während Mia Roan und Damian für mich im Auge behält. »Es tut mir so wahnsinnig leid, Mister C. Die Wehen haben heute Nacht wie aus dem Nichts eingesetzt, und die Ärzte sagen, wenn ich das Krankenhaus verlasse, kann ich mein Baby verlieren, und ich –«

»Es ist nicht deine Schuld, Yui.« Ich bemühe mich um einen

lockeren Tonfall, dankbar für die Sonnenbrille auf meiner Nase, die die Kameras draußen und mir damit auch die Über-Fans vom Leib hält, die einen Schnappschuss mit einem besorgten Gesichtsausdruck von mir sicher wieder zum Anlass nehmen würden, online eine Fan-Panik auszulösen, mit der ich mich jetzt echt nicht auch noch befassen kann. Ich sehe sie jetzt schon vor mir, die Instagram-Posts mit roten Kreisen auf irgendwelchen verjährten und verpixelten Schnappschüssen, um die Headline zu untermalen, die in großen Lettern lauten würde: *Parallel schutzlos! Mister C verlässt RoMian!*

Als ob ich das jemals tun würde.

»Mister C?«

Die schwache und unsichere Stimme von Yui erspart mir eine weitere Fahrt in dem illustren *Was-wäre-wenn*-Express, und ich mache ein Gesicht, als wäre alles in bester Ordnung und als hätte ich nicht gerade meine Stylistin für das wichtigste Event des Jahres verloren, von dem ein Multi-Millionen-Pfund-Deal abhängt, ohne eine Assistenz in petto zu haben, auf die ich zurückgreifen kann.

Die haben wir nämlich vor sechs Wochen verloren, weil sie die oberste Regel des Labels nicht länger erfüllt. Eine dieser beknackten Regeln, die einer der Hauptgründe sind, weswegen ich versuche, die Jungs und mein Team aus diesem ganzen toxischen Mist herauszuholen: Jegliches Personal, das mit Künstlern und Künstlerinnen des Labels zusammenarbeitet und deren sexuelle Orientierung nicht ein ausscheidender Faktor ist, müssen verheiratetet oder in langfristigen und monogamen Beziehungen sein. Diese dämliche Regel hat mich schon mehr als einmal mein bestes Personal gekostet.

»Mit frühzeitigen Wehen ist nicht zu spaßen. Leg bitte einfach die Füße hoch und ruh dich aus, ja? Ich kümmere mich um alles andere.«

»Danke, Mister C. Soll ich versuchen, Ersatz zu finden? Ich könnte rumfragen, ob–«

»Nein. Ich erledige das.« Ich habe zwar keine Ahnung, wo zur Hölle ich jetzt noch einen Stylisten oder eine Stylistin für die Fashion Week herzaubern soll, die einen anständigen Job macht, in wenigen Stunden in Mailand sein kann und die lächerliche und verstaubte Auflage des Plattenlabels erfüllt – aber irgendwie wird es gehen müssen. So wie immer. »Die Jungs und ich kommen dich besuchen, sobald wir können.«

Sie entschuldigt sich noch mindestens dreimal, bevor ich auflege, und als ich das Handy sinken lasse, gehe ich im Kopf bereits meine, zugegebenermaßen, ziemlich limitierten Optionen durch.

Eins: Ich durchforste meine Kontakte nach einem Stylisten, der noch nicht gebucht ist, was mich Stunden kosten würde, die ich nicht habe, und das Ganze ohnehin vermutlich erfolglos wäre.

Zwei: Ich überlasse Damian Wasim und teile Olivia Roan zu, riskiere aber, dass mein Sänger sich die ganze Zeit unwohl fühlt, weil er Olivia lediglich toleriert, sie allerdings überhaupt nicht leiden kann, während Wasim, der sich noch in der Ausbildung befindet, eigentlich zu unerfahren ist, um dieses Event allein zu stemmen.

Drei: Ich nehme die Sache mit Mias Hilfe und Yuis ausgewählten Outfits irgendwie selbst in die Hand, riskiere jedoch, dass das Label es herausbekommt und mich feuert, was auf keinen Fall passieren darf, bevor nicht alle Rädchen und Schrauben meines Plans fest angezogen und in Bewegung sind und die Klauen des Labels sich nicht ungeschützt ins Fleisch meiner beiden Freunde bohren können.

Verdammte Scheiße.

»Bist du okay, Cal?« Mia betrachtet mich besorgt, und ich

versuche mein Bestes, so gelassen wie möglich zu wirken, um nicht das gesamte Team in Aufruhr zu versetzen, denen es dank der Vorbereitungen für Mailand eh schon an Schlaf und Ruhe mangelt.

»Selbstverständlich.« Ich gebe ihr das Handy zurück, und sie presst es sich sogleich an die Brust, offensichtlich nicht im Mindesten von meiner Darstellung des gelassenen Managers überzeugt. Personal, das man zu seinen Freunden zählt und schon zehn Jahre lang kennt, hat wirklich so seine Vor- und Nachteile. Ich spähe über sie hinweg zum Rest des Teams und winke mir Damians äußerst gefälligen und vor allem verschwiegenen Make-up-Artist heran. »Brian, könntest du mir einen Gefallen tun?«

»Natürlich, Mister C.«

»Könntest du mit allen schon mal zum Gate vorgehen?« Ich greife in die Innentasche meines Jacketts und ziehe den Stapel Boardingpässe heraus. »Ich habe uns gestern Abend schon eingecheckt. Ihr müsst also nur noch das Gepäck aufgeben und dann hoch in die Lounge gehen. Ich komme gleich nach. Ich muss jetzt nur erst noch ein paar Anrufe tätigen.«

Brian nimmt die Boardingpässe, ohne zu zögern, von mir entgegen. »Alles klar.«

»Und, Brian?«

»Ja, Mister C?«

Meine Jungs sehen zufrieden aus, wie sie so von Fans umringt Hände drücken und Autogramme geben. Die Bodyguards versuchen sie zwar zur Flughafenhalle zu drängen, aber Roan und Damian sind wie immer stur, wenn es um ihre Fans geht, und nehmen sich extra Zeit. Ich weiß, dass diese Momente der freundschaftlichen Intimität all die Entbehrungen aufwiegen, die dieses Leben den beiden abverlangt, weshalb ich ihn auf keinen Fall mit schlechten Nachrichten ruinieren will.

»Kein Wort zu den beiden, okay? Ich setze sie persönlich in Kenntnis, sobald ich eine Lösung habe.«

»Wird gemacht.« Brian wendet sich zum Gehen und tippt Mia an, aber wie ich bereits erwartet habe, rührt sie sich keinen Millimeter. Ihr Kollege gibt mit einem Kopfschütteln nach und verschwindet dann, um das Gepäck auszuladen und meiner Bitte nachzukommen.

»Was machen wir jetzt?«, fragt Mia mich.

Ich sehe dem Team nach, das gemeinsam mit den Bodyguards und *Parallel* in der Flughafenhalle verschwindet. »Ich hab absolut keine Ahnung.«

Schweigen breitet sich zwischen Mia und mir aus, das Tonnen zu wiegen scheint. Uns beiden ist absolut bewusst, wie ausweglos diese Situation ist.

Ohne einen Stylisten bei einem der wichtigsten Mode-Events der Welt aufzutauchen, ist indiskutabel. Jetzt, mitten in der Hochsaison, noch jemand Fähigen zu bekommen, unmöglich.

Ich stehe mit dem Rücken zur Wand. Und wenn das Label von der Sache Wind bekommt, wird die Wand zu Staub zerfallen und mich direkt in den Abgrund stürzen lassen.

Und dann wären meine beiden Jungs wirklich schutzlos.

»Fuck.« Reporter und Fans sind *Parallel* in die Flughafenhalle gefolgt, weshalb ich es jetzt wage, mir die Sonnenbrille herunterzureißen und den Kopf in den Nacken zu legen, in der Hoffnung, auch nur einen klaren Gedanken zu fassen. Fehlanzeige. »Ich bin so was von am Arsch.«

»Cal?« Mia, die meinen kleinen Zusammenbruch stillschweigend verfolgt, wirkt entschlossen, als sie ihre Hand auf meinen Unterarm legt. »Vertraust du mir?«

Die Antwort ist leicht, immerhin kenne ich Mia, seitdem sie achtzehn Jahre alt ist, aus einer Zeit, in der sie Roans Augen noch mit einem Kajal in einem Hinterhof bei Taschenlampenlicht umrandet hat. Sie würde niemals etwas tun, das Roan oder Damian schadet. »Ja.«

»Ich kenne eine Stylistin. Ich könnte sie anrufen und fragen, ob sie Zeit hat. Soweit ich weiß, ist sie auch gerade schon in Mailand.« Mia drückt zu, als ich meinen Mund öffne und der Euphorie in meinem Inneren Luft mache. »Sie ist wirklich gut, aber sie hat nicht die nötige Erfahrung, die wir sonst voraussetzen, und außerdem–«

»Ist mir scheißegal. Krieg sie einfach dazu, für uns zu arbeiten. Um den Rest kümmere ich mich.«

2. KAPITEL

Ellie

Wrap Time = ~~*Die voraussichtliche Uhrzeit, zu der ein Shooting enden soll*~~*; Ein Neuanfang*

»Ellie, nichts für ungut, aber ich glaube nicht, dass das hier das Richtige für dich ist.«

Gerne würde ich meiner Chefin Rafaela widersprechen, doch die zerbrochene Tasse zu meinen Füßen sagt alles. Ich betrachte die Überreste der fettarmen, zuckerfreien Soja-Latte, die den gefliesten Boden und meine weißen Turnschuhe besudelt, und überschlage grob im Kopf, die wievielte Tasse das jetzt ist, die ich seit meiner ersten Schicht vor zwei Wochen kaputt geschmissen habe. Sicher bin ich mir nicht, glaube aber, dass ich mit zwei Händen schon nicht mehr hinkomme.

Den Job in dem schicken Szenecafé zu verlieren, kann ich mir allerdings nicht leisten. Wortwörtlich. Nicht nur, dass kaum noch dreihundert Pfund auf meinem Konto sind, nachdem ich den Flug hierher nach Mailand mit einem Billigflieger gelatzt habe. Nein, ich muss auch noch bald die Gebühren für das Hostel zahlen, in dem ich in einem Acht-Bett-Zimmer hause, zusammen mit sieben anderen Frauen, von denen drei schnarchen wie die Bären. Einzig und allein meinen Überredungskünsten und dem weichen Herz des Hostel-Betreibers ist es zu verdanken, dass er mich nicht schon viel eher zur Kasse gebeten hat. Und genau von dieser Kunst muss ich jetzt erneut Gebrauch machen, wenn ich nicht wirklich auf Mailands Straßen landen will, ohne Job, ohne Geld und ohne eine Möglichkeit, zurück nach Hause zu kommen.

»Rafaela, ich weiß, ich bin etwas ungeschickt, aber–«

»Ellie.« Die junge italienische Frau mit dem modischen Wolf Cut, der bei ihr tatsächlich gut und nicht wie gewollt und nicht gekonnt aussieht, ergreift beherzt meine Hände und hält sie ganz fest. *Oh-oh.* »*Etwas* ist die Untertreibung des Jahrhunderts. Nach deiner ersten Schicht habe ich gedacht, es legt sich vielleicht mit der Zeit, immerhin hast du keinerlei Erfahrung im Service. Aber du arbeitest jetzt seit vierzehn Tagen für mich und hast seitdem eine Blumenvase, fünf Tassen, zwei Gläser und vier Dessertteller zerdeppert. Und dabei hast du gar nicht jeden Tag gearbeitet.«

Bei der Auflistung glühen meine Wangen wie Feuer, und ich sehe zu den rosa Scherben zu unseren Füßen. Himmel, habe ich bei meiner *»Finde einen Job als Stylistin durch das Anquatschen von Models und Influencern in einem hippen Café«*-Mission echt so viel unschuldiges Geschirr auf dem Gewissen?

»Ich weiß, du gibst dir wirklich Mühe, aber wenn das so weitergeht, hab ich bald nichts mehr, worin ich den Gästen ihre Getränke und Speisen servieren kann.« Rafaela sieht ein wenig verkniffen aus, was ich ihr nicht verdenken kann. Immerhin war sie schon so nett, eine unerfahrene Britin, ohne jegliche Italienisch-Kenntnisse einzustellen, und das hat sie teuer mit ihrem trendy Geschirr bezahlt. »Dann muss ich die Sachen to go anbieten, und wofür habe ich meinen Laden dann so hübsch eingerichtet, mh?«

Hübsch eingerichtet ist der Laden tatsächlich. Der Traum eines jeden Pinterest-Nutzers, mit Pastelltönen, goldenen Akzenten und einer ganzen Menge Blumen. Alle wollen sich vor den hinreißenden Neonschildern fotografieren lassen, um dann die kunstvollen Küchlein und aufwendigen Drinks auf Instagram zu posten, die von den meisten so häufig geknipst werden, dass ihre Heißgetränke kalt sind, wenn sie endlich den ersten Schluck davon kosten.

Rafaelas Café ist ein Hotspot für Musiker, Schauspieler, Models und Influencer. Besonders jetzt während der Mailänder Fashion Week.

Was genau der Grund ist, warum ich mich online auf die Stelle beworben habe, auch wenn Mia meinte, es wäre wegen meiner zwei linken Hände und der absoluten Unwahrscheinlichkeit, dass jemand vom Fleck weg, nur aufgrund einer schön gestalteten Visitenkarte, eine Bedienung aus einem Szenecafé, die einen aus dem Nichts heraus anquatscht, als Stylistin einstellt, eine absolute Schnapsidee. Dass sie damit – mal wieder – recht hatte, werde ich ihr bei unserem nächsten Telefonat unter keinen Umständen auf die Nase binden.

Aber aussichtslose Zeiten erfordern drastische Maßnahmen.

Und das WG-Zimmer nach zweijähriger, ziemlich erfolgloser Jobsuche in London aufzugeben und mit den letzten Ersparnissen nach Mailand zu fliegen, wo man dann einen Job als Bedienung annimmt, in der Hoffnung, von irgendjemandem als Stylistin angeheuert zu werden, um bei einem der wichtigsten Events der Modewelt doch noch irgendwie mitzumischen, würde ich durchaus als drastische Maßnahme betiteln.

Doch als ich Rafaela ins Gesicht sehe, weiß ich genau, dass all meine Überzeugungskraft mich hier nicht weiterbringen wird. Meine Chance, hier durch meine Überredungskünste und, zugegebenermaßen, eher aufdringliche Fragerei nach Jobs bei unschuldigen Cafébesuchern, die irgendwie danach aussehen, als wären sie möglicherweise Teil der Modewelt, eine Stelle als Stylistin zu ergattern, ist Geschichte. Nicht, dass meine bisherigen Versuche nicht absolut immer in betretenem Schweigen oder verlegenem Lachen geendet hätten. »Es tut mir wirklich leid.«

»Es muss dir nicht leidtun«, versichert Rafaela mir, und tatsächlich klingt es kein bisschen halbherzig oder herablassend, während sie mir die Schulter tätschelt. »Ich weiß, dass du dich sehr bemüht hast.« Das habe ich wirklich, aber wie immer, wenn ich mir bei etwas richtig viel Mühe gebe, hat es auch diesmal wieder nicht geklappt. »Ich bezahle dich natürlich trotzdem für die letzten zwei Wochen, aber ab morgen brauchst du nicht mehr kommen, okay?«

»Okay.« Gerne würde ich lauter protestieren und mich mit Händen und Füßen wehren, aber die Scherben zu meinen Füßen und die Tatsache, dass sie mich trotz des ganzen materiellen Schadens, den ich angerichtet habe, noch bezahlen will, halten mich davon ab. »Dann lass mich wenigstens noch diese Sauerei wegmachen, und dann gehe ich, bevor ich noch mehr kaputt mache.«

»In Ordnung.« Rafaela drückt ein letztes Mal meinen Oberarm, ehe sie sich abwendet, um wieder ihren Platz am Tresen einzunehmen, hinter dem meine Kollegen Luca und Tito ihr Bestes geben, dem heutigen Ansturm gerecht zu werden. Ein neuer Soja-Latte steht schon bereit, und das ist so ziemlich der letzte Sargnagel für meine kurzlebige Karriere als Kellnerin. »Ich lade dich zum Abschluss noch auf einen Cappuccino und ein Zitronen-Tartelette ein.«

Mein Stolz würde das unter normalen Umständen nicht zulassen, aber da ich nicht gefrühstückt habe, um das wenige Geld zu sparen, das ich noch habe, gewinnt der Hunger, und ich nicke tapfer.

Keine Stunde später schlendere ich mit herunterhängenden Schultern durch die Gassen von Mailand, der Rest meines

Cappuccinos in einem To-go-Becher und die dezente Süße des Zitronen-Tartelettes noch auf der Zunge. Die Sonne scheint, es ist angenehm warm, und die Straßen sind belebt, aber nicht überfüllt.

Eigentlich der perfekte Tag, wenn ich nicht gerade die finanzielle Grundlage für meine Verzweiflungstat verloren hätte. Dieses waghalsige Vorhaben ist mein letzter Versuch, bevor ich meinen Traum ein für alle Mal an den Nagel hänge. Das habe ich mir geschworen. Diesmal muss ein Job für mich rausspringen, sonst war es das.

Der Stich, den ich bei dem Gedanken spüre, ist gewaltig, und so tragen meine Beine mich quer durch die Stadt zu meinem Lieblingsort in Mailand. Kaum kommen die großen Tore der *Galleria Vittorio Emanuele II* in Sicht, fühle ich mich etwas besser, auch wenn das Gedränge hier zunimmt und ich meinen Becher sicherheitshalber wegwerfe, obwohl noch eine kleine Pfütze übrig ist. Ich schiebe die Hände in die Taschen meiner locker sitzenden Jeans und versuche, nicht daran zu denken, dass ich nur einen bauchfreien Hoodie trage und dass Kaffeeflecken meine weißen Turnschuhe schmücken, als ich über die Schwelle auf den wunderschön verzierten und sich spiegelnden Marmorboden trete.

Majestätisch erheben sich die Säulen zu beiden Seiten und umgeben die glänzenden Fassaden der Luxusboutiquen, deren Kleidung ich mir niemals werde leisten können. Zwischen *Gucci*, *Versace* und *Chanel* finden sich Cafés, in denen ein Kaffee mehr kostet, als man jemals für heißes Wasser mit Koffein bezahlen sollte, von der Handvoll Restaurants mal ganz zu schweigen, deren Menü außen angeschlagen ist, ohne Preise anzuzeigen. Es ist ein Ort der Opulenz. Ein Tempel des Überflusses. Doch obwohl ich nie dazugehören werde, fühle ich mich hier unglaublich wohl, und allein der Anblick der perfekt geschneiderten Kleidung an schlichten Schaufensterpuppen lässt mein zuvor noch vor Trauer träges Herz ein bisschen höherschlagen.

Ich schlendere an den Schaufenstern vorbei, bleibe stehen, um die kunstvollen Arbeiten zu betrachten, für die die meisten Menschen um mich herum kein Auge haben, weil sie sich lieber die Glaskuppel und die Metallstreben ansehen, die sie halten. Natürlich ist die G*alleria Vittorio Emanuele II* ein architektonisches Meisterwerk. Das kann wahrlich niemand bestreiten. Doch auch wenn die Fresken und Mosaike jedem Betrachter um mich herum Ehrfurcht einflößen, sind es doch die perfekt gesetzten Nähte und aufeinander abgestimmten Farben, die diesem Ort für mich etwas Magisches verleihen.

Vor den Fenstern von *Prada* bleibe ich stehen.

Schlichte Eleganz trifft moderne Einflüsse, und ich muss mich zusammenreißen, um mir nicht die Nase am Glas plattzudrücken, als ich die Puppen näher in Augenschein nehme. Gott, was würde ich dafür geben, diese Outfits einmal an einer echten Person zu sehen. Zu sehen, wie die Stoffe im Tageslicht glänzen, und ihr Rascheln und Knistern zu hören, wenn sich jemand in ihnen bewegt. Den Stoff unter meinen Fingerspitzen zu fühlen, während ich jemandem dabei helfe, eines der Kleidungsstücke anzuziehen, und ihren Geruch einzuatmen, während ich sie vorbereite, damit sie perfekt sind für meinen Klienten oder meine Klientin. Für mich war Kleidung schon immer tragbare Kunst, und mein ganzes Leben habe ich nichts anderes tun wollen, als sie für einen Menschen zu kuratieren und dieser Person dieses einmalige Gefühl zu geben, das nur ein perfektes Outfit in einem auslösen kann.

Für diesen Traum habe ich alles getan. Ich habe mich mit meinen Eltern überworfen, habe mit achtzehn meine Heimat Matlock verlassen, um ihm in London hinterherzujagen. Habe unzählige bescheuerte Jobs angenommen, um irgendwie das Geld für meine Ausbildung am *London College of Style* zusammenzukratzen, weil meine Eltern keinen Penny für mein, wie sie es nannten, Luftschloss rausrücken wollten. Hab mich bei unbezahlten Praktika ausbeuten lassen, ohne mich ein einziges Mal zu beklagen. Ich habe meinen Abschluss gemacht, wenn auch viel später als so viele andere in meinem Berufsfeld, und habe mich dann von Assistentenjob zu Assistentenjob gehangelt, ohne jemals die Chance bekommen zu haben, meine eigenen Ideen in die Welt hinauszutragen. Irgendwann hatte ich genug davon, meine Einfälle von anderen als ihre eigenen ausgeben zu lassen, die sich auf den Rücken ihrer Assistenten einen Namen machen, und mir geschworen, mich nie wieder mit so einer Position zufriedenzugeben.

Das ist jetzt zwei Jahre her.

In diesen zwei Jahren habe ich nur eine Handvoll Jobs an Land ziehen können, primär für Lokalberühmtheiten und immer nur von kurzer Dauer. Die Aussichten, die ich auf längerfristige Kooperationen hatte, sind immer mit den gleichen Worten geplatzt: *Ihre Ideen sind fantastisch, Ms Cox, aber ihnen mangelt es an Erfahrung und den nötigen Verbindungen, die wir in diesem Feld voraussetzen. Versuchen Sie es in ein paar Jahren gerne noch mal.* Dass man, um beides zu sammeln, erst mal eine Chance kriegen muss, scheinen dabei alle zu vergessen.

Und jetzt stehe ich hier – pleite, arbeitslos und ohne Plan, was ich als Nächstes tun soll.

Als ich in den Flieger nach Mailand gestiegen bin, habe ich mir selbst das Versprechen abgenommen, dass das mein letzter Versuch ist, meinen Traum vom Beruf der Celebrity-Stylistin in die Realität umzusetzen. Denn mit fünfundzwanzig kann ich es mir nicht länger leisten, immer nur von Honorar zu Honorar zu leben und beschissene Gelegenheitsjobs für beschissenen Lohn anzunehmen, bloß, um irgendwie die stetig steigenden Rechnungen zu begleichen, die mir langsam, aber sicher bis zum Hals stehen.

Zaghaft lege ich die Finger an das kalte Glas und zeichne die Linie der ausgestellten Jacke nach. Ich wünschte, ich wäre jetzt gerade nicht hier in der Galleria, sondern würde das tun, was ich liebe. Nämlich Menschen einkleiden und ihnen damit ein gutes Gefühl geben.

Aber das ist nur ein Traum. Genauso wie diese Jacke, die ich niemals auch nur berühren werde. Aber ich habe es versucht, und wenigstens das werde ich mir nicht für den Rest meines Lebens vorwerfen müssen.

Mit einem Seufzen ziehe ich mein Handy aus der Bauchtasche hervor, drauf und dran, meine Schwester Cora anzurufen, um sie um Geld für meinen Rückflug und einen Platz auf ihrer Couch in Matlock zu bitten, bis ich herausgefunden habe, was ich jetzt mit meinem Leben anfangen soll, als ich erschrocken innehalte.

(12) verpasste Anrufe von 

Sofort wähle ich die Nummer meiner Freundin Mia, die Fragen überschlagen sich in meinem Kopf, während das nervige Freizeichen ertönt. Mia hat mich noch nie zwölfmal angerufen! Nicht einmal dann, als sie nach dem Durchbruch von *Parallel* offiziell als Roans Make-up-Artist eingestellt wurde, mit Arbeitsvertrag, Krankenversicherung und allem Drum und Dran. Horrorszenarien spielen sich vor meinem inneren Auge ab, ein wilder Mix aus Unfallfantasien und ungeplanten Schwangerschaften, die ihr Ende auch dann nicht finden, als sie endlich abnimmt.

»Na endlich!«, schleudert sie mir anstelle einer Begrüßung entgegen, und ich blinzle verdattert. Tja, offensichtlich kein Unfall. Das ist doch schon mal was. »Wo zur Hölle warst du bitte die ganze Zeit? Ich hab dich tausendmal angerufen.«

»Bei der Arbeit«, weiche ich aus, und haltlose Schuldgefühle brechen sich Bahn, als mir einfällt, dass ich mein Handy für meine Session im Trübsalblasen lieber auf stumm geschaltet habe, anstatt auf die Anrufe meiner Freundin zu reagieren. Von dieser Nummer konnte ich nichts ahnen, weil ich keine Glaskugel besitze, leider verhindert das aber nicht, dass ich mich deshalb trotzdem irgendwie wie eine lausige Freundin fühle. »Regnet es in London Schafe oder was ist los?«

»Sehr witzig.« Am anderen Ende der Leitung vernehme ich wildes Stimmengewirr und Tohuwabohu, das ich nicht wirklich einordnen kann, was sich aber verdächtig nach Flughafen anhört, wenn ich das komische Gebimmel gerade richtig deute. »Bist du noch in Mailand?«

»Ja, bin ich.« Ich presse die Lippen aufeinander, weil ich es nicht über mich bringe, ihr zu sagen, dass ich wohl heute noch abreisen werde. Dass ich meinen Lebenstraum an den Nagel hänge, erzähle ich ihr lieber bei einem Kaffee, auch wenn ich Mia wegen ihres Jobs im Team eines solchen Megastars wie Roan nur alle Jubeljahre mal zu Gesicht bekomme. »Wieso?«

»Gott sei Dank.« Mia klingt so erleichtert, als hätte sie gerade herausgefunden, dass die letzte Foundation im Laden doch noch in der richtigen Farbnuance zu haben ist, und ihre Stimme überschlägt sich, als sie fragt: »Hast du schon einen Job gefunden? Also, ich meine einen für die Fashion Week?«

Überlass es ruhig Mia, mit der Tür ins Haus zu fallen. Weil ich nicht weiß, was ich sagen soll, wäge ich meine Worte länger ab als sonst. »Also, Mia, es ist so, dass–«

»Scheiße, du hast einen, oder?« Sie flucht derb, und ich nehme das Handy einen Moment vom Ohr, um sicherzugehen, dass ich auch wirklich mit meiner sonst so ruhigen und gemäßigten Freundin telefoniere, die Schimpftiraden dieser Art sonst eigentlich ganz mir überlässt. »Fuck, ich will die Beste-Freundinnen-Karte eigentlich echt nicht ausspielen, aber du musst ihn hinschmeißen. Komme, was wolle. Ich brauche deine Hilfe, Ellie! Du weißt, ich würde das niemals von dir verlangen, wenn es nicht wirklich dringend wäre.«

»Mia, beruhige dich.« Ich versuche mich an einem besänftigenden Tonfall und atme ein paarmal mit Mia tief ein und aus. »Besser?«

»Besser.«

»Gut. Ich habe keinen Job, Mia. Mein Plan ist – oh, Wunder – nicht aufgegangen.«

»Dann hast du jetzt einen. Es ist nämlich so, dass … Wie bitte? Ellie, warte kurz.« Das Mikrofon wird zugehalten, und ich höre nur undeutliches Gemurmel, ehe Mia wieder dran ist. »Du, unser Flug ist endlich startklar, ich muss los, ich erklär dir alles später. Nur so viel: Roans Stylistin ist ausgefallen, und wir brauchen dringend Ersatz für Mailand, weil–«

»Ihr fliegt nach Mailand? Warum weiß ich davon nichts?« Ich werfe die Hände in die Luft. »Immer diese bescheuerten NDAs. Die hat sich auch der Teufel ausgedacht, oder? Non-Disclosure Agreement, wenn ich das schon höre! Als würde ich direkt damit hausieren gehen, nur weil du mir irgendwas von den Plänen rund um *Parallel* erzählst. Was für ein Unfug! Ich schwöre, ich würde an deiner Stelle echt durchdrehen.«

Kurz ist es still in der Leitung, ehe Mia tief seufzt. »Ellie, hast du mir überhaupt zugehört?«

»Ja, habe ich. Du fliegst nach Mailand und brauchst meine Hilfe, weil …« Ich breche ab. »Ja, warum eigentlich?«

»Weil Roans Stylistin ausgefallen ist.« Sie verstummt, so als würde sie erwarten, dass ich von selbst auf die Lösung komme, bevor sie laut aufstöhnt. »Ellie, du kannst nicht allen Ernstes derartig auf dem Schlauch stehen. Mann, was glaubst du wohl, wen ich vorgeschlagen habe, um sie zu ersetzen?«

Den Bruchteil einer Sekunde später macht es klick, und ich atme keuchend ein, als mir langsam dämmert, was Mia mir zu sagen versucht. »Hast du nicht!«

»Hab ich doch. Also pack deine Sachen und sieh zu, dass du deinen Hintern zu unserem Hotel schwingst. Den Namen vom Hotel schicke ich dir gleich noch, bevor unser Flieger geht.«

»Gott, ich liebe dich!« Aufgeregt hüpfe ich auf und ab und gebe keinen Deut auf all die Augen ringsum, die mich verblüfft anstarren. »Ich werde dich nicht enttäuschen, das verspreche ich dir.«

»Das weiß ich doch.« Wieder nur gedämpftes Murmeln. »Du, ich muss jetzt echt los. Bis gleich, ja?«

»Ja, bis gleich.« Die Leitung ist tot, und ich nehme das Handy vom Ohr. Für einen Moment stehe ich einfach da, im warmen Licht, das durch das Glasdach auf den großen Platz in der Mitte der Galleria fällt, bis ich richtig begreife, was da gerade passiert ist. Oder eher, dass das überhaupt gerade wirklich passiert ist.

Ich, Ellie Cox, werde die Stylistin von Roan, einem der einflussreichsten und bekanntesten Musiker unserer Zeit.

Verlockend strahlt mir die Jacke von *Prada* entgegen, und ich renne los.

Ein letztes Mal. Ich versuche es jetzt ein letztes Mal.

Denn mein Traum ist zum Greifen nah, und auf keinen Fall werde ich zulassen, dass er mir durch die Finger rinnt. Egal was mich das auch kosten mag.

3. KAPITEL

Caleb

A/B Testing = ~~*A/B Testing wird genutzt, um die effektivste von zwei Marketing-Strategien zu identifizieren*~~;
Die einzige Option: Ellie Cox

Die Suite sieht aus, als wäre eine Bombe eingeschlagen.

Was bei unserer Ankunft noch einer Oase aus kühlen Blau- und Grautönen glich, ist jetzt einem Schlachtfeld gewichen, bestehend aus verschiedensten Farben und Stoffen, herumliegenden Skizzen und achtlos beiseitegestellten Instrumenten. Offene Koffer fliegen herum, ihr Inhalt hängt ohne jegliche Ordnung, auf unzähligen Kleiderstangen. Auf dem langen Konferenztisch türmen sich Teller und leere Pappbecher, in denen uns kurz zuvor noch eine Variation koffeinhaltiger Getränke serviert worden sind. Die stimmungsvollen Stehlampen sind ihrer Schirme beraubt worden und umrunden jetzt mit ihren nackten Glühbirnen einen Tisch, auf dem Referenzfotos, Entwürfe und das gesamte Make-up-Arsenal von Mia und Brian ausgebreitet liegt, die längst mit ihrer Arbeit begonnen haben.

Ich prüfe meine Armbanduhr und versuche, Ruhe und Gelassenheit auszustrahlen, obwohl uns bis zum Eröffnungsdinner mit *Prada* nur noch knapp anderthalb Stunden bleiben.

Die Hektik vor Events, die die Suite gerade in ein brummendes Hornissennest verwandelt, hasse ich immer am meisten.

Es ist die Zeit, in der alle in hellem Aufruhr sind, ich selbst aber kaum etwas ausrichten kann. Ich bin ein Auswechselspieler, an die Seitenlinie verdammt, der allen das Gefühl vermittelt, dass es nach Plan läuft, selbst wenn das, wie heute, absolut nicht der Fall ist. Abgesehen von Anzügen habe ich nämlich keinerlei modisches Talent. Ich mag zwar die farbenfrohen Outfits von Damian und die eher monochromen Styles von Roan, aber ein tieferes Verständnis der ganzen Materie habe ich nicht. Hölle, wenn es um Ärmellängen und in mühevoller Kleinarbeit aus Kollektionen ausgesuchten Accessoires geht, bin ich raus.

»Cal? Hey Mann, alles okay?« Roan hält Mias Hand fest, die gerade eine seiner Augenbrauen nachziehen will, und durchbohrt mich förmlich mit seinem Blick. Seine eisblauen Augen mustern mich und wechseln zwischen meinem abgelegten Sakko und dem zerknitterten Hemd hin und her. Sorgenfalten zerfurchen seine Stirn, und er nimmt die Kopfhörer aus den Ohren, mit denen er sonst den Lärm und die Hektik um sich herum ausblendet, die ihn so nervös machen. Wie immer ist er aufmerksamer, als gut für ihn ist, und ich frage mich, wie lange ich ihm die Sache mit Yui noch verheimlichen kann. Für ihre Abwesenheit im Flugzeug habe ich den geplanten Arzttermin vorgeschoben, was technisch gesehen nicht direkt eine Lüge, aber auch nicht die Wahrheit ist. Doch so langsam gehen mir die Ausreden aus, und das Letzte, was ich will, ist, Roan in Panik zu versetzen.

»Ja, alles okay. Mia, wie sieht es eigentlich mit dieser einen Farbpalette aus, die du von diesem Store in Mailand bestellt hast?«

Kurz sieht Mia mich verwirrt an, doch dann weiten sich ihre grünbraunen Augen in einem deutlichen Anzeichen von Verständnis, und sie spielt zum Glück sofort mit, während Roan interessiert unserem Gespräch folgt. »Keine Ahnung.«

Klasse. Meine neue Stylistin ist also nicht nur MIA, sondern tatsächlich verschollen. Was für ein vielversprechender Anfang.

»Wenn du willst, kann ich noch mal hinterhertelefonieren und fragen, wo sie bleibt, aber eigentlich ist dieser Laden sehr zuverlässig. Ich denke, sie wird also bald ankommen.«

»Nicht nötig. Wenn du sagst, dass sie bald eintreffen sollte, dann verlasse ich mich da ganz auf dich. Aber danke.« Ich drücke den Rücken durch und streiche das braune Satinhemd glatt. Seitdem wir mit einer Stunde Verspätung in Mailand gelandet sind, bin ich noch nicht dazu gekommen, mich umzuziehen, und so langsam zweifle ich daran, das überhaupt noch zu schaffen, bevor ich mit den beiden zur Pressekonferenz und dem anschließenden Dinner muss. Es widerstrebt mir zwar, als ihr Manager derartig schlampig herumzulaufen, aber jetzt gerade sind alle viel zu sehr in Aufregung, als dass ich es wagen würde, mich auch nur für eine kurze Dusche in mein eigenes Zimmer zurückzuziehen. Es wird so gehen müssen. Und nach der Ankündigung heute Abend wird eh niemand mehr auf mich achten.

»Sicher, dass wirklich alles okay ist?« Mia versucht erneut, seine Augenbraue zu erreichen, doch Roan hält ihre Hand weiterhin fest, was sie mit einem unzufriedenen Murren quittiert, während Amir ungehindert weiter Roans weiche Wellen streng nach hinten streicht. »Es sieht nämlich nicht so aus.«

»Klar, Mann.« Ich schiebe die Hände in meine Hosentaschen und mache einen auf ganz entspannt, schließlich habe ich meine schauspielerischen Fähigkeiten in den zehn Jahren in diesem Haifischbecken von Musikbranche perfektioniert. »Du weißt, dass ich dich nicht anlügen würde.«

»Das nicht. Aber ich weiß auch, wie oft du mir schon etwas verschwiegen hast, um mich zu beschützen. Was, nur fürs Protokoll, ungefähr das Gleiche ist.«

Mit Mühe widerstehe ich dem Drang, unruhig von einem Bein auf das andere zu wechseln, konzentriere mich stattdessen auf Mia, die mit den Lippen ein wortloses *Entschuldigung* formt, was ich zwar zu schätzen weiß, ihre Stylistinnen-Freundin aber auch nicht in die Suite beamt, die uns doch allen den Arsch retten soll. Hölle, wo zum Geier ist sie denn bitte? So groß ist Mailand ja nun auch wieder nicht.

»Sich den Kopf zu zerbrechen ist Cals Job. Nicht deiner.« Damian öffnet das eine Auge, an dem Brian gerade seine Arbeit beendet hat und Platz macht, schließt es dann aber mit einem wohligen Brummen wieder, als Ronda mit den Fingerspitzen durch sein blondes Haar fährt, um es in Form zu bringen. »Lass ihn also einfach seinen Job machen. Und mach du deinen, der gerade daraus besteht, einfach die Klappe zu halten und Mia und Amir dafür sorgen zu lassen, dass du nicht mehr aussiehst wie ein nach Mitternacht gefütterter Gremlin.«

»Es ist wirklich alles okay, Roan«, versichere ich erneut und lege so viel Überzeugung in meine Stimme, wie ich in diesem Moment aufbringen kann. »Es läuft nicht wie geplant, aber es läuft. Alles andere ist jetzt erst mal nicht so wichtig.«

Roan öffnet den Mund, ganz bestimmt, um mich noch weiter mit Fragen zu löchern, aber Mia fällt ihm direkt ins Wort. »Roan, könntest du mich bitte endlich in Ruhe *meinen* Job machen lassen?« Sie entzieht ihm mit einem Ruck ihre Hand und deutet auf die Uhr an der Wand, die beharrlich weitertickt und uns alle daran erinnert, dass das *Prada*-Dinner auf niemanden von uns warten wird. »Du weißt, wie gern ich miterlebe, wenn du Cal auf den Keks gehst, aber jetzt gerade kann ich das null gebrauchen. Wir haben am Flughafen wegen dieser dämlichen Fehlbuchung satte zwei Stunden verloren, der Sicherheitscheck hat noch mal eine halbe Ewigkeit gedauert, von dem Verkehr in Mailand mal ganz zu schweigen, und ich habe für diesen ganzen Look jetzt viel weniger Zeit als eigentlich eingeplant. Also bitte, löchere Cal nachher mit deinen Fragen und lass mich jetzt einfach machen, ja?«

Das hat gesessen, denn Roan klappt den Mund sofort zu. Seine eisblauen Augen lassen mich aber wissen, dass diese Unterhaltung noch nicht beendet ist, ehe er die Lider schicksalsergeben schließt und den Kopf leicht in den Nacken legt.

»Danke.« Mia macht sich direkt wieder mit ungebrochener Konzentration an Roans Make-up zu schaffen. Selbst dann noch, als ihr Handy lautstark zu plärren beginnt. »Kannst du für mich ans Telefon gehen, Cal?«

Weil ich mir eh unfassbar nutzlos vorkomme, bin ich dankbar, endlich eine Aufgabe zu haben, ganz gleich, wie kurzlebig sie auch sein mag. Ich greife mir das Handy mit der Naruto-Hülle und drehe es um. Ein Name wird nicht angezeigt, dafür aber ein verrückt dreinblickender Smiley mit heraushängender Zunge neben einem Sonnen-Emoticon. Ich habe Mia schon tausendmal gesagt, dass sie es sich endlich angewöhnen soll, Leute mit ihrem Namen einzuspeichern, anstatt mit einer Emoji-Abfolge, die beim besten Willen wirklich nur sie versteht. Ich spare mir die Ansprache aber, weil ich weiß, dass sie eh auf taube Ohren stoßen wird, und nehme den Anruf entgegen.

»Bei Emilia Knight.«

»Uhm, ist Mia zufällig zu sprechen?« Die Stimme am anderen Ende der Leitung ist weiblich und recht jung, ihr Akzent zweifellos britisch.

»Derzeitig nicht.« Mia zu unterbrechen, ist keine Option. Schon gar nicht, wenn es nicht dringend ist, und der leicht verwirrte Plauderton der Frau am anderen Ende der Leitung lässt jetzt nicht auf ein Szenario zwischen Leben und Tod schließen. »Mit wem spreche ich denn, wenn ich fragen darf?«

»Das sollte ich wohl besser fragen, wenn man bedenkt, dass wohl ein Fremder an das Telefon meiner besten Freundin gegangen ist.«

Ich reibe mir mit dem Handballen über die Stirn. Aufmüpfige Freundinnen von Mia. Genau das, was ich an einem Tag wie diesem brauche. Dabei ist ihre Stimme sehr angenehm, genau richtig zwischen sanft und rau und eher auf der dunkleren Seite des stimmlichen Spektrums. »Mein Name ist Caleb Lee. Ich–«

»Oh mein Gott. Mister C!« Ich halte das Telefon etwas weiter von meinem Ohr weg, um mein Gehör vor dem schrillen Aufschrei zu schützen, der durch die Leitung dröhnt. »Entschuldigen Sie bitte! Ich habe Ihre Stimme gar nicht erkannt.«

»Ich wüsste auch nicht, dass wir schon einmal das Vergnügen gehabt hätten.« An so eine Begegnung, selbst rein telefonischer Natur, würde ich mich ganz gewiss erinnern. »Und Sie sind?«

»Nein, nein, ich meinte auch aus dem Fernsehen. Ich hab das eine oder andere Interview mit Ihnen gesehen, Mister C. Ich bin nämlich ein Fan. Also nicht von *Parallel.* Also natürlich auch von *Parallel,* aber auch von Ihnen. Ich meine, Sie sind einer der bekanntesten und erfolgreichsten Manager dieser Zeit, und allein schon ihre Anzüge sind genauso toll wie Sie. Also, ich meine, immerhin das, was ich so bisher von Ihnen gesehen habe. Also in Interviews, meine ich.« Das leicht beschämte Lachen, das ich vernehme, sorgt dafür, dass ich mich nach einer Klimaanlage umsehe. Hat daran gerade jemand herumgespielt oder warum ist mir so warm? »Entschuldigen Sie bitte, ich rede schnell mal dummes Zeug. Nehmen Sie es mir bitte nicht krumm. Ist eine nervöse Angewohnheit. Mein Name ist Ellie Cox. Ich bin eine Freundin von Mia.«

Ellie Cox. Schemenhaft schleicht eine Erinnerung sich in meinen Verstand, aber ich kriege sie nicht richtig zu fassen. Allerdings bin ich mir sicher, dass ich ihr noch nie begegnet bin, Mia hält sich bei ihren Freunden generell eher bedeckt. In all den Jahren habe ich zwei von ihnen kennengelernt, und beide Male hat Mia die Frauen danach nie wieder erwähnt oder mitgebracht. Eine Entscheidung, die ich durchaus verstehen und respektieren kann, auch wenn es mich in den Fingern juckt, Mia nach dieser Ellie Cox zu fragen, die am Telefon in helle Aufregung gerät und deren Lachen mir durch Mark und Bein geht. »Mia ist beschäftigt, aber ich werde ihr ausrichten, dass Sie angerufen haben, Ms Cox. Einen schönen Tag noch.«

»Halt, stopp! Nicht auflegen!« Ms Cox scheint geradezu panisch, und ich halte inne. Ist es vielleicht doch ein Notfall? Gerade hat sie aber alles andere als in Eile gewirkt. »Ich weiß, als Manager sind Sie viel beschäftigt, aber wenn Mia gerade nicht kann, können Sie mir vielleicht helfen? Ich stehe in der Lobby vom Hotel, das Mia mir genannt hat, und ich hab keine Ahnung, wie ich an der Rezeption begreiflich machen soll, dass ich zu *Parallel* muss, ohne dass mich alle für einen völlig durchgeknallten Groupie halten.«

Fragen machen sich in mir breit, doch anstatt mir Antworten zu liefern oder das Gespräch zu übernehmen, bleibt Mia einfach weiter über Roan gebeugt stehen, wie immer völlig versunken in ihrer Arbeit, die sie alles andere vergessen lässt. Es grenzt an ein Wunder, dass sie den eingehenden Anruf gerade überhaupt gehört hat. Mit gespitzten Lippen versorgt sie ihn höchst konzentriert mit einer ordentlichen Portion schwarzem Lidschatten. Eigentlich ist sie nicht der Typ, der sich während Geschäftsreisen mit irgendwelchen Freundinnen trifft. Sie weicht Roan eh kaum von der Seite, ganz sicher auch nicht bei so einem wichtigen Event wie der Fashion Week. Und schon gar nicht an einem Abend wie diesem, an dem wir alle knietief in Arbeit stecken.

»Ich fürchte, ich kann nicht ganz folgen«, sage ich vorsichtig und überlege, ob Ms Cox nicht doch in die Kategorie durchgeknallter Groupie gehört. Wäre nicht das erste Mal, auch wenn ihr Ansatz schon sehr kreativ ist.

»Oh, sorry. Ich bin echt so eine Trottelbirne. Mia hat mich heute früh angerufen. Ich bin hier, um die Stylistin von Roan zu ersetzen.«

»Heilige Scheiße.« Ich setze mich in Bewegung, bevor mein Verstand meine Beine zu stoppen vermag. »Wieso haben Sie das denn nicht gleich gesagt?«

Ms Cox lacht erneut beschämt, und meine Hand krampft sich um den Türknauf, bevor ich sie schon mit einem Ruck aufziehe und auf den langen Hotelflur trete. »Entschuldigung. Dass ich Sie an der Strippe hatte, hat mich irgendwie total rausgebracht.«

Ich wende mich nach rechts und haste Richtung Aufzüge. »Bleiben Sie, wo Sie sind. Ich komme runter und hole Sie ab.«

»Das ist wirklich nicht–«

»Bis gleich.« Ich lege auf, ohne noch ein weiteres Wort abzuwarten, und hämmere auf den Knopf für den Fahrstuhl, der noch im Erdgeschoss feststeckt. Kurzerhand lasse ich ihn links liegen und strebe auf die Treppen zu. Acht Stockwerke. Die schaffe ich mit links. Mit dem Naruto-Handy noch in der Hand sprinte ich die Treppen herunter, in meiner Brust eine eigenwillige Mischung aus Erleichterung und Anspannung.

Erleichterung, weil ich endlich eine Stylistin habe. Anspannung, weil ich sie überhaupt nicht einschätzen kann, und der Eindruck, den sie am Telefon gemacht hat, ist eher *niedlich zerstreut* statt *professionell organisiert*. Absolut nicht das, was ich normalerweise für mein Team bevorzuge. Aber ich habe keine

Wahl. Ich muss darauf vertrauen, dass Mia gewusst hat, was sie tut, als sie die Nummer von Ellie Cox gewählt hat.

Kurze Zeit später erreiche ich das Erdgeschoss und atme kurz durch, um keinen gestressten und verschwitzten ersten Eindruck zu hinterlassen, ehe ich die Tür zum Treppenhaus aufziehe und in die Lobby trete.

Der weitläufige Raum aus Granit mit weißen und goldenen Akzenten ist so gut wie leer, der Empfangstresen zwar besetzt, aber das uniformierte Personal dahinter in unauffälliger Konversation verstrickt. Nur hier und da stehen ein paar elegant gekleidete Gäste herum, die mit dem weißgrauen Interieur des Fünfsternehotels zu verschmelzen scheinen.

Bis auf diesen einen Fleck aus Jeansblau und Bordeauxrot nebst einem giftgrünen Monstrum. Beides passt absolut nicht hierher.

Intuitiv weiß ich, dass das Ellie Cox sein muss.

Ich gönne mir einige Sekunden, die Neue in meinem Team unauffällig und flüchtig in Augenschein zu nehmen, die damit beschäftigt ist, die Kronleuchter zu betrachten, die von den Decken hängen.

Sie muss ungefähr Mitte zwanzig sein, wenn das Crop-Top und die weite und locker auf den Hüften sitzenden Jeans als Orientierung dienen können. Ihr Haar ist braun und oben auf ihrem Kopf zu einem wüsten Knoten zusammengebunden, aus dem sich ein paar lange Strähnen gelöst haben. Sie ist körperlich fit, die Muskeln unter ihrer Haut zeichnen sich deutlich ab, ohne dass sie klar hervorstehen und von Unterernährung zeugen. Sie wird die Belastungen der nächsten Tage also zumindest schon mal physisch durchstehen, und ich hoffe, dass die Turnschuhe an ihren Füßen ein Beweis dafür sind, dass sie weiß, worauf sie sich da eingelassen hat. Wenn nicht, wird sie es noch früh genug herausfinden.

Aber ich kann mich nachher noch näher mit ihr befassen. Jetzt erst mal ist es wichtig, sie schleunigst nach oben zu Roan zu befördern, damit sie loslegen kann.

»Ms Cox?«, sage ich, als ich nur noch zwei Meter von ihr entfernt bin, um sie nicht damit zu erschrecken, so plötzlich aus dem Nichts neben ihr aufzutauchen.

Ms Cox fährt dennoch zusammen und macht sogar einen erschrockenen Satz nach hinten. »Woah!«

Sie stolpert über einen Rucksack, den ich neben ihrem wild beklebten und gigantischen giftgrünen Koffer noch nicht bemerkt habe. Ich greife nach ihr, doch wie in einem schlechten Film verpassen ihr Handgelenk und meine Finger einander um Millimeter, als sie wild mit den Armen rudernd vergeblich versucht, sich auf den Beinen zu halten. Mit ihrem Fuß reißt sie den Rucksack um, der offen ist und dessen Inhalt sich jetzt über den Granitboden verteilt, während sie, als Epizentrum des Chaos, auf dem Hosenboden landet.

»Scheiße«, murmelt sie leise, inmitten von Notizheften, herumrollenden Stiften, einem Tablet, diversen tragbaren Akkus, jeder Menge Klebezettelchen, drei Modemagazinen und einer Auswahl an Proteinriegeln.

Ich schiebe die Hände in die Hosentaschen und sehe auf sie hinab, nachdem ich mir sicher bin, dass sie sich nicht ernsthaft wehgetan hat.

Ms Cox flucht wild vor sich hin, während sie hastig ihr Hab und Gut notdürftig zusammenkramt. Darauf acht, ob irgendetwas dabei kaputt geht, gibt sie nicht. Stattdessen bringt sie alles nur noch mehr in Unordnung, und allein bei dem Gedanken, wie zur Hölle sie jemals die Ausweisdokumente, die ich für ihren Vertrag brauche, in dem bunt gemusterten Haufen wiederfinden will, werde ich blass.

Was zum Teufel hat Mia sich bitte dabei gedacht?

Ellie Cox ist das personifizierte Chaos. Und für die Fashion Week wird sie Teil meines Teams sein. Bei einem der wichtigsten Events in der Karriere meiner besten Freunde, von dem ein Multi-Millionen-Pfund-Deal abhängt, der das Potenzial hat, unser aller Leben zu verändern.

Fuck. Ich bin so was von am Arsch.

4. KAPITEL
Ellie

Creative Black Tie = *~~Kleiderordnung – angelehnt an das traditionelle Black Tie~~; Eine Chance, seinen ersten Job direkt katastrophal zu versauen*

»Gottverdammte Scheiße.« Ein dumpfer Schmerz fährt mir vom Hintern durch alle Glieder, und ich presse die Lippen fest aufeinander, um kein würdeloses Winseln von mir zu geben. Wer hätte gedacht, dass es derartig wehtun kann, auf seinen vier Buchstaben zu landen? Ich weiß nur nicht, was mehr lädiert ist – mein Hintern oder mein Stolz –, jetzt, wo ich in dem schicksten Hotel, in dem ich je gewesen bin, mitten in der Lobby auf dem Fußboden hocke, umgeben vom Inhalt meines Rucksacks, in den ich beim Auschecken aus meinem Hostel in Windeseile einfach alles hineingepfeffert habe. Beschämt klaube ich alles irgendwie zusammen und stopfe es achtlos zurück in den Rucksack, ehe ich mir der eleganten, dunkelbraunen Lederschuhe am Rande meines Sichtfelds bewusst werde, die mich daran erinnern, was oder vielmehr wer mich auf meinen Hosenboden befördert hat.

Erdboden, tu dich auf und verschluck mich! Jetzt!

Ich wage es kaum, den Kopf zu heben, tu es aber dennoch, weil ich scheinbar eine Masochistin ohne jeglichen Schutzimpuls für meine Würde bin. Meine Augen wandern über lange Beine mit muskulösen Oberschenkeln in einer perfekt geschnittenen, karamellbraunen Anzughose weiter zu einem dunkelbraunen Satinhemd im gleichen Farbton der Schuhe mit zwei offenen Knöpfen, die den Blick auf eine durchtrainierte Brust freigeben, ehe ich in ein stoisches und kantiges Gesicht sehe, das absolut unbeeindruckt wirkt.

Caleb Lee, oder Mister C, wie so viele ihn zu nennen pflegen, ist live und in Farbe noch imposanter als im Fernsehen. Und leider auch noch viel attraktiver.

Von dem tadellos in Form getrimmten Bart, der sich über die markante Linie seines Kiefers zieht, über die dichten und dunklen Augenbrauen bis hin zu den einladenden Lippen und dem prägnanten Kinn hat Caleb Lee so ziemlich alles, was ich an einem Mann mag. Mit seinen eher groben Gesichtszügen und der leicht schiefen Nase geht er vielleicht nicht als konventionell attraktiv durch, mir allerdings ist das schon egal gewesen, als ich ihn das erste Mal auf einem Foto mit *Parallel* gesehen habe. Während all die Mädchen in der Wäscherei, in der ich mit neunzehn gejobbt habe, die Köpfe in schwärmender Bewunderung über Roan und Damian zusammengesteckt haben, war ich viel zu sehr damit beschäftigt, den blonden Hünen zu betrachten, der jetzt direkt vor mir steht. Und ausgerechnet vor diesem Mann, der sich so fantastisch kleidet, dass ich mich jedes Mal frage, ob er eine eigene Stylistin hat oder ob die Stelle durch Zufall noch frei ist, habe ich mich wie ein Kleinkind auf den Hintern fallen lassen.

Ganz klasse, Ellie, spottet meine innere Stimme, und diesmal muss ich ihr leider recht geben. *Wirklich ganz, ganz toll.*

»Ms Cox?« Meine Wangen glühen regelrecht, als er mir seine große Hand entgegenstreckt, auf der ich diverse Narben erkennen kann, die sich hell über seine gebräunte Haut ziehen und mein Interesse nur noch weiter anfachen. »Alles okay?«

»Ja, alles okay«, presse ich beschämt hervor, bemühe mich aber um zuversichtliche Positivität, auch wenn ich gerade am liebsten im Erdboden versinken würde. Ich lege meine Hand in seine und keuche überrascht auf, als er mich mühelos mit einem Ruck auf die Füße zieht. »Himmel. Gut zu wissen, dass Sie diese Muskeln nicht nur zum Angucken haben.«

»Wie bitte?«

In der Hoffnung, meine Würde doch noch irgendwie zu retten, obwohl mein Filter zwischen Hirn und Zunge es offensichtlich darauf anlegt, sie noch weiter ins Bodenlose sinken zu lassen, räuspere ich mich. »Ich habe gesagt, dass Sie ganz schön viel Kraft haben.«

Sein Gesichtsausdruck ist eine Mischung aus Verwirrung und Verwunderung. »Danke, nehme ich an?«

»Bitte. Und vielen Dank fürs Auf-die-Füße-Helfen.«

»Kein Problem.« Weil er so groß ist, muss Mister C sich ein Stück zu mir herunterbeugen, damit wir auf Augenhöhe sind. Der Mann muss an der Zwei-Meter-Marke kratzen, und auch wenn ich selbst mit meinen einen Meter vierundsiebzig nicht klein geraten bin, merkt man die zwanzig Zentimeter, die ungefähr zwischen uns liegen, doch deutlich. »Sicher, dass Sie sich nichts geprellt haben?«

Er ist mir jetzt so nah, dass ich seinen Geruch nach Kardamom, Lavendel und Zeder aufschnappen kann. Eine warme und intensive Mischung, die garantiert von einem exquisiten und vor allem sicherlich teuren Herrenparfüm herrührt. Ich atme tief ein, um den Duft noch länger in der Nase zu behalten, ehe ich in seine rauchblauen Augen sehe, kurz abgelenkt von dem braunen Fleck, der sich in dem linken direkt neben der Pupille befindet. »Abgesehen von meinem angekratzten Ego bin ich unbeschadet.«

»Gut.« Mister C tritt einen großen Schritt von mir zurück

und sieht in Richtung der Fahrstühle. Das ist doch unfair. Ein hübsches Profil hat er auch noch. »Haben Sie schon eingecheckt?«

»Nein. Ich wusste nicht, wie ich die ganze Sache erklären soll, ohne wie ein durchgeknallter Groupie zu klingen.«

Er grinst verschmitzt. »Nachvollziehbar. Ich kümmere mich später um Ihren Zimmerschlüssel, einverstanden? Jetzt allerdings drängt die Zeit. Wir sollten schleunigst nach oben an die Arbeit.«

»Okay.« Ich schultere meinen Rucksack, während der blonde Hüne sich meinen Koffer schnappt und zu den Fahrstühlen vorauseilt. Meine Hand, die er berührt hat, um mich auf die Füße zu ziehen, prickelt noch immer ein wenig.

»Kommen Sie, Ms Cox?«

Mit einem Blinzeln löse ich mich aus dem Spinnennetz meiner eigenen Gedanken und folge ihm durch die gigantische Lobby zu den Fahrstühlen.

»Hat Mia Sie über den heutigen Abend in Kenntnis gesetzt, als sie Sie angerufen hat?«

»Über Details haben wir noch nicht gesprochen. Aber wussten Sie, dass dieses Hotel zu einer Kette gehört, und dass es in dieser Stadt vier verschiedene davon gibt, die fast alle gleich heißen?«

Wir erreichen die Fahrstuhltüren, und das Geräusch, das erklingt, als Mister C den Knopf drückt, um den Aufzug zu rufen, verschluckt fast sein amüsiertes Prusten. Aber nur fast. »Nein, das wusste ich nicht.«

»Tja, jetzt schon. Es war ein Albtraum, das Richtige zu finden, und auch wenn ich die Geheimhaltung von euch zu schätzen weiß, ist sie eher nervig, wenn man versucht herauszufinden, ob man richtig ist.« Mister C beäugt mich belustigt von der Seite, und ich brauche einen Moment, um mich auf die eigentliche Frage zurückzubesinnen. »Mia hat mir nur gesagt, dass eine Stylistin ausgefallen ist, und dass Ersatz gebraucht wird.«

»Das ist eine ziemliche Untertreibung. Mir fehlt nicht nur eine Stylistin, sondern auch deren Assistenz, und das alles wenige Tage vor einem riesigen Event.« Mister C sieht unzufrieden aus, und ich weiß, dass irgendetwas mit mir nicht stimmt, denn ich finde sogar das irgendwie attraktiv. Man könnte fast meinen, ich bin auf den Kopf und nicht auf den Hintern gefallen. »Wie vertraut sind Sie mit *Parallel*?«

»Sehr vertraut. Immerhin laufen sie in jedem Radio rauf und runter, und ihre Gesichter zieren so ziemlich jedes Klatschblatt.« Meinen Worten folgt Stille, und ich realisiere zu spät, was ich da gerade eigentlich von mir gegeben habe. Lucky Luke hat wieder zugeschlagen, denn ich spucke Worte schneller aus, als mein Hirn sie stoppen kann. Das Glühen kehrt in meine Wangen zurück, und in einem verzweifelten Rettungsversuch schiebe ich schnell hinterher: »Also, was ich damit sagen wollte, war, dass die beiden mir hinreichend bekannt sind, weil sie so unglaublich berühmt und beliebt sind. Ich bin ein großer Fan.«

»Ich dachte, Sie wären mein Fan?«

Das Glühen entfacht zu einem Inferno, als ich an unser Telefongespräch vor wenigen Minuten denke. Die Flammen werden allerdings sogleich von seinem schelmischen Grinsen erstickt, bevor es wieder hinter der stoischen Neutralität verschwindet, für die Mister C so bekannt ist. »Bin ich auch.«

Caleb Lee macht ein Geräusch, das halb zustimmendes Brummen und halb amüsiertes Hüsteln ist, so als wäre es eine Absurdität, dass jemand sein Fan sein könnte. Dann geht er zur Tagesordnung über. »Sie sind hier, um Yui Nakamura zu ersetzen. Sie ist–«

»Die Stylistin von Roan«, beende ich seinen Satz atemlos

und denke an die aufstrebende Stylistin, die sich in der letzten Saison einen Namen im Team von Mark Ronson gemacht hat. In einem der unzähligen Branchenblätter, die ich genauso inbrünstig lese wie jeden Artikel über meine persönlichen Stylisten-Vorbilder Elizabeth Saltzman, Harry Lambert, Law Roach oder Jeanne Yang, ist über ihren Wechsel zu *Parallel* berichtet worden. Die Fußstapfen, in die ich trete, sind groß. Eine Nummer zu groß für mich. Dieser Tatsache bin ich mir überdeutlich bewusst.

Ich umfasse den Riemen meines Rucksacks fester, und mein rechter Fuß entwickelt ein Eigenleben, obwohl ich weiß, wie unprofessionell das wirken muss. Stoppen kann ich es nur leider nicht. Wieso lässt dieser Aufzug nur so lange auf sich warten?

»Mrs Nakamura ist mir ein Begriff. Ich habe ihren Look für Roan bei den Grammys sehr gemocht. Ein bisschen zu konventionell für meinen Geschmack, aber die schlichte Eleganz seines Smokings stach definitiv aus der bunten und wilden Masse hervor, was sicher genau ihre Intention war.«

Mister C legt den Kopf schief, und auch wenn ich diesen Mann nicht zu verstehen vermag, fühle ich mich in seiner Nähe doch von Kopf bis Fuß durchleuchtet und hitzig.

Bei Gott, wie soll ich die Fashion Week in der Gegenwart dieses Mannes überstehen, wenn er mir schon nach wenigen Minuten derartig unter die Haut geht?

»Interessant.« Mister C prüft die digitale Anzeige, welche verrät, dass der Aufzug auf seinem Weg zu uns immer wieder anhält. Das Tippen meines Fußes wird nur noch schneller. »Was genau?«

Er übergeht meine Frage einfach, eine Hand auf dem Griff meines Koffers und die andere in seiner Hosentasche verborgen. »Sie werden während unseres gesamten Aufenthalts in

Mailand für Roans Styling zuständig sein. Auf eine Assistenz werden Sie verzichten müssen, weil wir die beim besten Willen so kurzfristig nicht mehr auftreiben können. Ist das ein Problem?«

»Nein, kein Problem.« Dass ich in meinem ganzen Leben noch nie eine Assistenz hatte, sondern bisher immer nur die Assistenz war, verschweige ich gekonnt. Wer weiß schon, was Mia ihrem Boss erzählt hat, um mir diese Stelle zu besorgen. Da werde ich einen Teufel tun, ihm meine mangelnde Erfahrung auf die Nase zu binden. Und wie sagt man so schön? *Fake it 'til you make it.*

Mister C nickt, so als hätte ich die richtige Antwort in einem spontanen Pop-Quiz gegeben, und fährt fort. »Die Termine diese Woche sind vielfältig und reichen von formellen Einladungen zum Abendessen, über zwanglose Treffen mit anderen Künstlerinnen und Künstlern bis hin zu Red-Carpet-Auftritten bei Modenschauen. Der Hauptgrund, warum wir hier sind, ist allerdings die Einladung von *Prada* zu ihrer Modenschau für die Herrenkollektion der kommenden Saison.«

»Von *Prada*?« Die Überraschung lässt meine Stimme höher und schriller klingen. »Die beiden wurden von *Prada* persönlich eingeladen?«

»Ja.« Stolz dringt Mister C aus jeder Pore, als er sich gerader hinstellt. »In einer knappen Stunde steht ein Abendessen mit den weltweiten Repräsentanten der Marke in einem Dreisternerestaurant am Stadtrand an. Der Dresscode ist Creative Black Tie, vorher findet eine kurze Pressekonferenz statt, auf der verkündet wird, dass *Parallel* vom Label zum Brand Ambassador für den europäischen Markt ausgewählt wurde.«

Mein Herz macht einen Hüpfer und sinkt dann ins Bodenlose. Eine bessere und einschüchterndere Bühne für mein Debüt als Stylistin gibt es gar nicht. »Oh, wow!«

»Ich muss Sie sicherlich nicht darauf hinweisen, wie wichtig dieses Event heute Abend für uns alle ist. Das Team für Haare und Make-up ist bereits zugange, sodass Sie bald übernehmen können.«

»In Ordnung.« Einerseits ängstigt es mich, direkt ins wilde Treiben geschubst zu werden, andererseits bin ich froh, mich kopfüber in die Arbeit stürzen zu können. Trotz des enormen Drucks, den Mister C mit einem einzigen Satz auf meine Schultern lädt, kann ich ein freudiges Auf-und-ab-Wippen nicht verhindern. Eine Stunde für einen Look für eine bedeutende Pressekonferenz. Das ist beim besten Willen nicht viel Zeit. Doch mein Puls beschleunigt sich vor Aufregung bei dem Gedanken, endlich wieder das tun zu können, was ich am meisten liebe, auch wenn der Dresscode, die fehlende Assistenz und die knapp bemessene Zeit mich ein wenig beunruhigen.

»Sicher, dass Sie der Sache gewachsen sind?«

Erst bei seinem fragenden Tonfall bemerke ich, dass ich begonnen habe, an meinen Nägeln zu kauen, und beschämt verstecke ich meine Hände hinter dem Rücken. »Ja, ganz sicher. Der Dresscode macht mich nur ein bisschen nervös, das ist alles.«

Das scheint ihn etwas zu überraschen, denn er zieht die Augenbrauen grüblerisch zusammen und offenbart damit eine steile Falte zwischen ihnen, die sein Gesicht noch ernster aussehen lässt. »Wieso?«

»Weil es ein Dresscode ist, den man unglaublich leicht versauen kann.« Ich will es dabei belassen, doch Mister C lässt mich mit einer einfachen Geste wissen, dass ich mich erklären soll, und ich seufze ob des Grabes, das ich mir selbst fleißig schaufle, indem ich meinem Boss auf Zeit ein Schaufenster gefüllt mit meinen Unsicherheiten präsentiere. »Creative Black Tie, auch Hollywood Black Tie genannt, scheint erst mal ganz simpel, richtig? Es ist eine lockere Form vom traditionellen Black Tie, und die Regeln sind klar definiert. Man muss formelle Kleidung tragen, darf aber mit Farben, Mustern und Texturen herumspielen. Und genau da liegt die Krux. Es ist nämlich superschwer, genau das richtige Maß zwischen experimentell und originell zu treffen, bevor es ins Geschmacklose oder Konventionell-Langweilige abdriftet. Es ist ein Drahtseilakt. Besonders wenn man seinen Klienten noch nicht so gut kennt.«

»Machen Sie das üblicherweise? Ihre Klienten gut kennenlernen, bevor Sie sie einkleiden?«

»Mir ist es wichtig, die Essenz von jemandem einzufangen. Immerhin sind das Menschen, die sich wohlfühlen müssen, und nicht irgendwelche Puppen, die ich ankleide und ins Schaufenster stelle. Jemanden zu kennen scheint mir da einfach wie die Mindestvoraussetzung.«

Etwas huscht über sein Gesicht, das aber genauso schnell verschwindet, wie es gekommen ist. »Verstehe.«

Mehr sagt Mister C nicht dazu. Das Tippen meines Fußes wird noch schneller und ungestümer, während ich versuche, herauszufinden, ob mein loses Mundwerk mich jetzt in Schwierigkeiten gebracht hat oder nicht. Doch sein Gesichtsausdruck bleibt gelassen und ausdruckslos, sodass ich das sinnlose Kopfzerbrechen aufgebe und mich stattdessen auf die Aufgabe konzentrierte, die vor mir liegt: Roan bestmöglich einzukleiden, damit er sich sicher und wohl in seiner Haut fühlt und sein ganz persönliches Statement setzt, so wie es nur Kleidung tun kann.

»Wäre es möglich, eine Auflistung aller Termine inklusive der dazu angegebenen Dresscodes zu bekommen?«

»Natürlich.« Mister C zieht ein Handy mit Naruto-Hülle hervor, steckt es dann aber mit einem Schnauben zurück und fördert dann ein schlicht schwarzes High-End-Gerät zutage, auf dem er flink herumtippt, seine Augen zwischen dem Display und der Anzeige des Fahrstuhls hin- und herwandernd, der jetzt nur noch zwei Stockwerke entfernt ist. »Yui hat mir all ihre Unterlagen für die Fashion Week zukommen lassen. Ich leite Sie Ihnen gleich weiter, wenn Sie mir ihre Mailadresse geben.«

»Super.« Ich wippe auf meinen Füßen auf und ab, mein Kopf bereits voller Ideen, auch wenn die Sorge noch immer in meiner Magengegend haust. »Hat Mrs Nakamura sonst noch etwas übermittelt?«

»Nein, dafür blieb keine Zeit. Aber die Outfits, die sie zuvor für Roan zusammengestellt hat, sind in einem Koffer mit uns nach Mailand gekommen und hängen schon bereit.«

Dass ich nicht vorhabe, die Arbeit von jemand anderem zu verwenden und mich auf dessen Lorbeeren auszuruhen, behalte ich erst mal für mich. Ich will meine eigene Note in Roans Styling einfließen lassen und eine Symbiose erschaffen, die das Internet in Aufruhr versetzen und *Parallel* in neue Fashion-Sphären katapultieren kann. Das hier ist meine letzte Chance, und ich will mir einen Namen machen. Das kann ich aber nur, wenn ich mich nicht hinter dem von Yui Nakamura verstecke. »Verstanden.«

Der Fahrstuhl kommt endlich, und wir lassen die Leute aussteigen, bevor Mister C und ich hineinschlüpfen. Ich bin wenig überrascht, als er den Knopf für die oberste Etage drückt, und der Aufzug sich in Bewegung setzt.

Mister C schiebt das Handy zurück in seine Hosentasche, und unerwartet spüre ich seine geballte Aufmerksamkeit auf mir, die mich in diesem kleinen Fahrstuhl gleichermaßen erdrückt wie glücklich macht. Irgendetwas stimmt wirklich nicht mit mir. »Ms Cox–«

Ich unterbreche ihn und folge dem Impuls, der mir zuflüstert, dass ich hören will, wie er mit seiner tiefen Stimme meinen Vornamen sagt. »Ellie wäre mir lieber. Wenn Sie mich Ms Cox nennen, fühle ich mich so alt.«

»Ellie, wenn Sie–«

»Und wäre es okay, wenn wir uns duzen? Mia hat mir mal erzählt, dass es im Team rund um *Parallel* eher informell zugeht, und ich glaube, damit würde ich mich deutlich wohler fühlen.«

Mister C scheint darüber nachzudenken, ehe er ruckartig nickt. »Okay, ganz wie du willst, Ellie.«

Ich halte Mister C die Hand hin und hoffe, dass er die leichte Gänsehaut nicht bemerkt. »Freut mich, dich kennenzulernen, Mister C.«

»Caleb.«

»Wie bitte?«

»Du kannst mich Caleb nennen.« Er ergreift meine Hand und drückt sie sanft, aber bestimmt, ehe wir unser Ziel erreichen und die Türen sich mit einem leisen *Pling* öffnen. Caleb. Ich darf ihn Caleb nennen. Vermutlich ist das ein Angebot, das er allen im Team macht, und doch erlaube ich es mir, für ein paar Sekunden zu glauben, ich sei etwas Besonderes, während ich in seine Augen sehe. Bedauern macht sich in mir breit, als Caleb mich loslässt und mit meinem Koffer im Schlepptau hinaus in den Hotelflur tritt, in dem ein schummeriges Licht flackert, das Schatten auf seine einprägsamen Züge wirft. »Ich bin froh, dass du Zeit hast, uns zu unterstützen, Ellie.«

»Ich auch«, gestehe ich, ohne einen Hauch von Scham, und folge ihm mit beschwingten Schritten den Flur entlang, auf dem nur große Suiten liegen können, so weit, wie die Zimmertüren auseinander liegen. Meine Unsicherheiten schiebe ich von mir. Das hier ist meine Chance, und ich werde sie mir nicht von meinen Selbstzweifeln versauen lassen. An der letzten Tür auf der linken Seite bleiben wir stehen, und Caleb hebt die Hand, um zu klopfen. »Ich kann es kaum erwarten, endlich loszulegen.«

»Das freut mich zu hören. Enthusiasmus ist in meinem Team das A und O.« Seine Stimme scheint betont neutral, als er mich ansieht und mit einem lauten Klopfen unser Eintreffen ankündigt. »Aber, Ellie?«

Oh, ich werde mich nie daran gewöhnen, meinen Namen aus seinem Mund zu hören. »Ja, Caleb?«

»So froh ich auch bin, dich hierzuhaben, wenn du einen lausigen Job machst und Roan und Damian damit schadest, werde ich nicht zögern, dich zu feuern.«

Bevor ich etwas entgegnen kann, wird die Tür schon aufgerissen, und Caleb deutet mir mit einer einfachen Geste an, voranzugehen. Als ich über die Schwelle mitten ins Chaos trete und die Tür sich mit einem leisen Klicken schließt, hängt mir das zuvor Gesagte noch immer nach. Sein Körper ist warm, als er direkt hinter mich tritt, und sofort weiß ich, dass ich zwar einen Fuß in der Tür habe, meine Testphase allerdings gerade erst begonnen hat.

»Willkommen bei *Parallel*, Ellie.«

5. KAPITEL
Caleb

Call to Action = ~~*Eine Vorgabe, die Nutzende dazu verleitet, die von dir gewünschte Aktion auszuführen;*~~ *Eine Gelegenheit, sich wie ein totales Arschloch aufzuführen*

Dass Ellie Cox sich furchtlos kopfüber ins Chaos stürzen würde, ist genau das, was ich von einer am Telefon unverblümt plappernden Frau wie ihr erwartet habe.

Mit tänzelnden Schritten manövriert sie durch das bunte Treiben um sich herum, nicht eingeschüchtert von den gebellten Befehlen, die über die laute Musik hinweg erklingen, die dazu dient, alle Beteiligten ein wenig aufzulockern. Sie weicht den herumeilenden Assistenten aus, winkt den gestressten Content Managern zu, die mit ihren Kameras allen irgendwie immer im Weg sind, und bückt sich unter dem Arm eines Bodyguards hindurch, der gerade wild gestikulierend und ohne nach vorne zu sehen seinen Mitarbeitern im Gehen ein Briefing gibt.

Ellie scheint eine dieser Naturgewalten zu sein, die nichts und niemand aufhalten kann. Und wie so eine Naturgewalt, wird auch sie wenig abschätz- oder kontrollierbar sein. Das Ausmaß der Verwüstung, das sie potenziell hinterlassen kann, beunruhigt mich, wenn auch weniger als das warme Gefühl tief in meiner Magengegend, als sie mich im Fahrstuhl gerade eben angegrinst hat.

Ich schiebe ihr giftgrünes Ungetüm von einem Koffer an die Seite, wo er niemandem zum Verhängnis werden kann, und schließe zu Ellie auf. Sicher brennt sie darauf, sich vorzustellen und mit der Arbeit zu beginnen. Sie aber einfach auf das, wegen der Pressekonferenz und dem durch die Verspätung ausgelösten Zeitmangels, eh schon aufgescheuchte Team, loszulassen, erscheint mir alles andere als sinnvoll. Also fange ich den Wirbelwind ein, bevor er Unheil anrichten kann. Meine Hand legt sich vorsichtig zwischen ihre Schulterblätter, und sie zuckt kurz zusammen, schüttelt meine Hand aber nicht ab, sondern sieht mit vor Aufregung leuchtenden Augen zu dem Konferenztisch, an dem die nervöse Energie die Oberhand hat. Auch Ellie kann sich ihr wohl nicht entziehen, denn mittlerweile macht sie mit ihrem rechten Fuß Klopfer aus *Bambi* Konkurrenz. Gemeinsam weichen wir Wasim, dem Assistenten von Olivia, aus, der mit zwei für mich identisch aussehenden Halsketten an uns vorbei zur Tür der Suite hineingeflogen kommt. Ellie bleibt stehen und beobachtet den jungen Mann interessiert, der seiner direkten Vorgesetzten die Ketten unter die Nase hält, die mit Brian an ihrer Seite, vermutlich von einer Raucherpause, gerade an den Tisch zurückkehrt ist. Damians Team liegt wohl gut in der Zeit, wenn die beiden sich eine Zigarette gönnen konnten.

»Komm«, sage ich gerade laut genug, dass Ellie mich über die Musik hinweg hören kann, während ich sie sanft, aber bestimmt die drei Stufen hinaufschiebe, die den langen Konferenztisch mit den großen Fenstern dahinter vom Rest des Wohnzimmers trennen. »Ich stelle dich vor.«

Ellie lässt sich von mir an den Kleiderstangen vorbei direkt an den Tisch führen. Mia steht über Roan gebeugt, hat mittlerweile von Lidschatten zu Eyeliner gewechselt, und Amir fixiert Roans Haar mit einer großzügigen Portion Haarspray.

Ich warte, bis die Wolke sich verflüchtigt und Mia den Pinsel in ihrer Hand beiseitegelegt hat, bevor ich das Wort ans Styling-Team richte.

»Dürfte ich kurz um eure Aufmerksamkeit bitten?« Unter meinen Fingerspitzen spüre ich, wie Ellie die Schultern durchdrückt, als acht Augenpaare sich neugierig auf uns richten. »Das ist Ellie Cox. Sie ist hier, um Yui für die Dauer unseres Aufenthalts in Mailand zu ersetzen, die heute Nacht mit frühzeitigen Wehen ins Krankenhaus eingeliefert wurde, und deshalb leider bis auf Weiteres nicht zur Verfügung steht.«

Ellie hebt die Hand, und ihr Gesichtsausdruck ist das Sinnbild fröhlicher Gelassenheit, auch wenn das nervöse Tippen ihres Beines ihre locker-leichte Attitüde Lügen straft. »Hallo, alle zusammen.«

»Ellie!« Mia reißt begeistert ihre mit Make-up besudelten Hände in die Luft, während sie um den Tisch herumeilt. Ungebremst schmeißt sie sich in die Arme ihrer Freundin, die mit einem Lachen den Kopf in den Nacken wirft und Mia ganz fest an sich drückt, offensichtlich nicht im Mindesten um ihre Kleidung besorgt, die Mia gerade unwissentlich einsaut. »Du bist eine echte Lebensretterin, weißt du das?«

»So bin ich. Stylistin, Lebensretterin, Heilige.«

»Ach, halt die Klappe.« Mia löst sich gerade weit genug von Ellie, um sie eine Armeslänge von sich fortzuhalten und sie zu betrachten, ehe sie die kleinere Frau erneut umarmt. »Ist das schön, dich zu sehen.«

Der Ausdruck auf Ellies Gesicht ist sanftmütig, als sie Mia zärtlich eine Hand auf den Rücken legt, und meine Augen bleiben einen Moment zu lang an ihren Lippen hängen. »Es ist auch wirklich schön, dich zu sehen. Es ist viel zu lange her.«

Mia schnieft und entlockt damit Amir ein Lachen. Sie lässt

Ellie los, um sich mit den Händen Luft zuzufächeln. »Ach Scheiße, mein Make-up.«

»Fürs Heulen haben wir jetzt keine Zeit.« Ellie führt Mia am Ellbogen zurück an Roans Seite und bringt sie damit wieder auf Kurs, wofür ich ihr ehrlich dankbar bin. »Das können wir später bei einem schönen Gläschen Wein immer noch machen.«

»Versprochen?«

»Versprochen«, versichert Ellie und hält Mia den eben beiseitegelegten Pinsel hin. »Ich bringe auch eine große Packung Taschentücher mit.«

Roan reißt seine zornesfunkelnden Augen, die ich bis gerade so erfolgreich ignoriert habe, von mir los und schenkt Ellie die charmanteste und gewinnendste Miene, die er zu bieten hat. Dieser Wechsel innerhalb von nur ein paar Sekunden ist wie immer gleichermaßen faszinierend wie beunruhigend. Ganz der lässige Charmeur, nach dem Presse und Fans sich die Finger lecken, hält er ihr einladend die Hand hin. »Du bist also diese Ellie, von der ich schon so viel gehört habe.«

Ellie lacht, und ein völlig unangemessener Teil von mir atmet erleichtert auf, als sie beim Anblick meines Schützlings nicht gleich rot anläuft oder wie wild zu plappern beginnt. »Und du bist also dieser Roan, von dem die ganze Welt schon so viel gehört hat.«

Roan wechselt von professionell und charmant zu privat und sanftmütig, als er sich verschwörerisch vorlehnt, und sofort weiß ich, dass sie einen Stein bei ihm im Brett hat. »Von allem, was du gehört hast, stimmt nicht mal ein Viertel.«

»Du meinst wohl, es stimmt mindestens die Hälfte.« Amir, der gerade das Haarspray zurück in seinen Koffer geräumt hat, hält ihr eine Hand entgegen, die Ellie mit ihrem einzigartigen Lächeln ergreift, die Stupsnase vergnügt gekräuselt, als sie dem Schlagabtausch folgt. »Ich bin Amir. Der Haarstylist von

Roan. Es freut mich, dich endlich mal kennenzulernen. Mia hat schon viel von dir erzählt.«

Die Erinnerung, die sich vorhin gegen meinen Verstand gedrängt, mir dann aber wieder entglitten ist, schiebt sich an die richtige Stelle im mentalen Projektor meines Verstandes, der Jahre zurückspringt. Zurück in eine Zeit von Hinterhof-Shows und billigen Fish and Chips, hastig heruntergeschlungen zwischen zwei Gigs in heruntergekommenen Pubs, die beschissene Gagen zahlten und uns eiskalt über den Tisch zogen. Damals hat Mia, genau wie wir alle, noch jeden x-beliebigen Job angenommen, um irgendwie über die Runden zu kommen und unseren gemeinsamen Traum zu finanzieren. Mit roten Wangen hat sie damals aufgeregt von einer Stelle in einer Wäscherei erzählt, die ihre Hände empfindlich und schwielig machte, ihre Augen aber mit einem Leuchten erfüllte, wann immer sie von ihrer Arbeitskollegin Ellie erzählt hat. Ein Mädchen aus Matlock, das, genau wie wir, einfach in London zu überleben versuchte. Kurz darauf hatten wir unseren Durchbruch, und ich dachte, das Wäschereimädchen wäre ab da Geschichte gewesen.

Aber hier steht sie nun, keine Anekdote der Vergangenheit, sondern wie das goldene Licht der Abendsonne vor dem Fenster, real und warm und schön.

»Ich hoffe, nur die schlechten Dinge, damit ich gleich mit dem Eindruck schinden loslegen kann.«

Amir schüttelt belustigt den Kopf, als er ihren Unterarm umfasst und zu Damians Team deutet, die alle bereits in den Startlöchern stehen, den Neuankömmling aber dennoch interessiert beäugen. »Ich mag dich jetzt schon. Komm, ich stell dich dem Rest vor, während Mia ihr Kunstwerk vollendet.«

»Das mindert den Druck erheblich, Amir. Vielen Dank dafür.« Mia widmet sich sofort wieder Roan, als Ellie ein paar

Schritte entfernt ihren quirligen Charme zu versprühen beginnt. Mein Freund legt sofort schicksalsergeben den Kopf in den Nacken, was ihm einen Luftkuss einbringt, den er theatralisch auffängt und sich ans Herz drückt. Ich will mich schon abwenden und sicherstellen, dass auch bei dem anderen Team mit der territorialen Olivia und dem immer eifrig nickenden Wasim alles glattläuft, als Roans Stimme mich erstarren lässt.

»Es ist also alles okay, ja?«

»Jetzt schon«, entgegne ich so nonchalant wie möglich, um zu überspielen, wie lang Ellies zierliche Schultern meine Aufmerksamkeit gefordert haben. Mein Freund sieht mich allerdings nicht mal an, den Kopf zwar gelassen in den Nacken gelegt und die Augen geschlossen, aber sein Kiefer mahlt und seine Nasenflügel beben. Verdammt, das war offensichtlich die falsche Antwort. »Ich wollte dich und Damian nicht beunruhigen. Das ist alles. Aber jetzt ist Ersatz da, und alles ist okay.«

»Und es ist dir nicht zufällig in den Sinn gekommen, dass wir es vielleicht wissen wollen würden, wenn Yui etwas fehlt?« Ich bin froh, seinen intensiven eisblauen Augen gerade nicht standhalten zu müssen, denn der unmissverständlich kühle Unterton in seiner Stimme ist schon unerträglich genug. »Sie ist Teil meines Teams, C. Unseres Teams.«

C. Nicht Cal. Scheiße, Roan ist so richtig sauer.

»Das Team zu managen ist mein Job«, entgegne ich etwas zu ruppig und verschränke die Arme vor der Brust. »Genauso wie unpopuläre Entscheidungen zu treffen, die dich vor deinen eigenen Emotionen beschützen.«

»Wenn ich einen seelenlosen Wichser will, der mir laufend Dinge verschweigt und es mit einem *Ist ja nur zu deinem Besten* abtut, dann lasse ich mich von Tobias managen.«

Mias Pinsel hält inne, Roans Worte sind wie Peitschenhiebe, die ihr Ziel treffsicher finden.

Ich öffne den Mund, um mich zu entschuldigen, schlucke die verlogene Halbwahrheit allerdings im nächsten Moment schnell herunter. In den letzten Jahren habe ich immer wieder Entscheidungen dieser Art getroffen, und es liegen eine Menge weitere davon vor mir, in der Hoffnung, meine Jungs zu beschützen und das Richtige zu tun. Damian hat mich deshalb mal ein selbstgerechtes Arschloch genannt, und vielleicht hat er damit sogar, bis zu einem gewissen Grad, auch recht. Aber alles, was ich tue, ganz egal wie unangenehm oder unpopulär oder kontrovers, tue ich für diese beiden. Was sie mir gegeben haben, kann ich ihnen nie zurückzahlen, aber ich werde nicht müde, es zu versuchen. Und wenn ich deshalb lügen muss, sei es drum.

Wenn die Fashion Week vorbei ist, werde ich den beiden alles erklären. Vorausgesetzt, ich bin erfolgreich mit meinem absolut wahnwitzigen Plan. Aber bis dahin muss alles bleiben, wie es ist, und das Einzige, was ich tun kann, ist, mich darauf zu verlassen, dass sie mich verstehen werden.

Mia wendet sich wieder ihrer Arbeit zu, als ihr klar wird, dass meine Entschuldigung ausbleiben wird, und die Art, wie sie Roans Schulter drückt, bevor sie sich wieder auf die feine Linie konzentriert, bestätigt mich nur noch mehr in meinem Vorhaben.

»Wie weit seid ihr, Mia?«, fragt Ellie prompt, als sie an Amirs Arm zurück zu uns kommt. Ich weiß nicht, ob sie spürt, dass etwas in der Luft liegt, aber sie sieht zwischen Roan und mir hin und her, bevor sie sich von Amir löst und zu der Kleiderstange schlendert, so als hätte sie alle Zeit der Welt und nicht nur eine knappe Dreiviertelstunde.

»Ich brauche noch ungefähr zehn Minuten. Kannst du damit arbeiten?«

»Aber sicher.« Ellies Gesicht ist für mich nur im Profil zu sehen, während sie ein Kleidungsstück nach dem anderen näher betrachtet und ihre Finger über die verschiedenen Stoffe gleiten lässt. »Caleb?«

Mia stockt mitten in der Arbeit und Roan öffnet die Augen, die Braue bis an den Haaransatz hochgezogen. Alle im Team nennen mich Mister C. Mia, Damian und Roan sagen Cal zu mir, wenn sie nicht gerade stinksauer auf mich sind. Niemand aber benutzt meinen vollen Vornamen. Schon seit Jahren nicht.

»Caleb?«, wiederholt Ellie und sieht über die Schulter zu mir herüber, sich unseres Publikums offensichtlich vollkommen unbewusst. »Könntest du mir eventuell sagen, welches der Outfits für heute Abend geplant war?«

Amir tritt einen Schritt vor, die Hand in den Nacken gelegt und die Stirn in tiefe Falten gezogen. »Mister C, ich kann auch–«

»Nicht notwendig.« Eigentlich habe ich mit dem Styling-Prozess so gut wie nichts zu tun und halte mich weitestgehend da raus. Warum ich Ellie also jetzt diese Frage beantworte, was genauso gut jemand aus dem Team übernehmen könnte, verstehe ich selbst nicht. Ich stelle mich neben Ellie und lasse meine Augen über die Kleidungsstücke gleiten, ehe ich einen amethystfarbenen Smoking mit seidigem Finish hervorziehe. »Der hier.«

Ellie rümpft die Nase. »Wirklich?«

»Ja, wirklich.«

Ellie nimmt mir den Smoking ab und hängt ihn besser sichtbar von außen an die Kleiderstange. Grübelnd legt sie den Kopf schief, und es ist, als hätte jemand einen Schalter bei ihr umgelegt. Augenblicklich ist all die nervöse Energie fort. Ihre Füße, die zuvor ein unruhiges Eigenleben hatten, stehen still. Ihre Atemzüge sind tief und bedächtig. Regungslos taxiert sie den Smoking, als wäre Yuis Wahl ein komplexes Rätsel, das es zu entschlüsseln gilt.

Ihre unerwartete Ruhe hat die entgegengesetzte Wirkung auf mich. Mit jeder Sekunde, in der sie den einst mühsam ausgewählten Smoking kommentarlos auf den Prüfstand stellt, macht sich ein ungutes Gefühl in mir breit. Sie muss Roan dieses Ding doch einfach nur anziehen und mit ein paar Details und gegebenenfalls ein paar Sicherheitsnadeln das Optimum herausholen. Warum also starrt sie das Kleidungsstück so an, als würde sie es am liebsten in Brand stecken?

Irgendwann reißt mir der Geduldsfaden. »Ellie, könntest du vielleicht–«

Anstatt ihre Aufmerksamkeit auf mich zu richten, macht sie einfach auf dem Absatz kehrt und geht zurück zum Konferenztisch. Entschlossen lässt sie sich rittlings auf einen der Stühle fallen. Die lässig übereinander auf der Rückenlehne abgelegten Arme kommen mir wie eine Falle vor. »Roan?«

Mia wirft ihr einen Seitenblick zu, scheint jedoch so gut wie fertig zu sein, da sie Roan mit einem kurzen Nicken erlaubt, den Kopf zu bewegen. Skeptisches Eisblau trifft erst auf mich, bevor Roan sich ganz auf die Stylistin fokussiert. »Ja, Ellie?«

Nachlässig deutet sie über die Schulter in die Richtung der Kleiderstange. »Wie findest du den Smoking?«

Verständnislos runzelt Roan die Stirn. »Wie bitte?«

Ellie wirkt etwas angespannter als zuvor. Ihre Stimme aber ist ruhig, als sie die Frage wiederholt. »Wie findest du den Smoking?«

Roan hält sein Gesicht betont ausdruckslos, doch der Zug um seinen Mund wird eine Spur härter, als er das formelle Kleidungsstück näher in Augenschein nimmt, bevor sein Missfallen erneut hinter professioneller Neutralität verschwindet. »Es ist ein Smoking wie jeder andere auch.«

»Ist es nicht. Es ist ein Smoking, in dem du den ganzen Abend verbringen musst, umringt von der Presse und lauter einflussreicher Menschen, die du nicht kennst, um der Welt stolz zu verkünden, dass *Parallel* die neuen europäischen Brand Ambassadors für *Prada* sind, ein Meilenstein in eurer gemeinsamen Karriere.« Ellies Stimme, bis jetzt so voller fröhlicher Unbeschwertheit, ist jetzt ernst und eindringlich. »Also, ich frage dich noch einmal: Wie findest du ihn?«

Roan hebt die Hand, und Mia unterbricht ihre Arbeit an seinem Gesicht, auf dem nun silbrig schimmernder Highlighter seine Wangenknochen dramatisch in Szene setzt. Er öffnet den Mund, schließt ihn dann aber wieder und sieht zu mir herüber, eine Spur Unsicherheit in seinen Zügen.

Sofort bin ich neben Ellie. Es ist mir scheißegal, ob sie eine Freundin von Mia, unsere Rettung oder eine verdammte Heilige ist. Roan an einem so wichtigen Abend wie diesem zu verunsichern, ist absolut inakzeptabel. »Ellie, jetzt ist nicht der richtige Zeitpunkt, um–«

»Ich finde ihn potthässlich.«

Ellie sieht aus wie die Grinsekatze. »Sehr gut. Ich nämlich auch.«

»Aber ist das nicht scheißegal?« Verwirrung schwingt in jeder Silbe mit, als Roan zu Mia aufsieht, die ihm ermutigend zunickt. »Ich muss das Zeug doch nur anziehen, oder nicht?«

»Ich weiß nicht, wie das bei euch bisher gehandhabt wurde, aber für mich ist es wichtig, dass dir das gefällt, was du trägst. Und dass du dich darin wohlfühlst.« Einladend breitet Ellie die Arme aus, und in ihren karamellbraunen Augen funkelt es aufgeregt. »Was möchtest du tragen, Roan? Wer willst du sein?«

»Ich will einfach nur ich selbst sein dürfen.«

Mein Herz zieht sich schmerzhaft zusammen, und schlagartig ist der Smoking so viel mehr als ein Kleidungsstück. Er ist zweifellos wunderschön mit seinem satten violett und den klassischen, schwarzen Seidenaufschlägen. All das kann allerdings nicht darüber hinwegtäuschen, dass er ein Sinnbild der Schlinge ist, die sich um den Hals meiner besten Freunde gelegt hat und ihnen mit jedem weiteren Jahr mehr und mehr die Luft zum Atmen nimmt. Eine Schlinge, die ich vor sieben Jahren selbst geknüpft und angelegt habe, in der naiven Annahme, beide schon da rauszubekommen, bevor die Falltüren sich unter ihren Füßen öffnen und sie in den Tod stürzen können.

Fuck, das alles passt überhaupt nicht zu Roan, dem ein Burger lieber ist als ein piekfeines Fünf-Gänge-Menü, und der ein nächtliches Instagram Live für seine Fans immer einer hochoffiziellen Pressekonferenz vorziehen würde. Was seine Kunst angeht, mag er zwar einen Hang zur Dramatik und Theatralik haben, aber unter all dem aufgezwungenen Bravado vom Label ist mein Freund immer noch genau der gleiche Kerl von damals, der pflichtbewusste Sohn und Bruder, der seiner Familie ein Leben ermöglicht, von dem sie nicht einmal zu träumen gewagt haben.

Galle steigt in mir auf, und ich balle die Hände zu Fäusten. Ellie ist hier nicht der Unruhestifter. Sie hat lediglich die Frage gestellt, die mich schon seit Jahren umtreiben sollte. Aber in meinem Netz aus Halbwahrheiten, das ich gesponnen habe, um endlich die Schlinge durchzuschneiden, habe ich ganz aus den Augen verloren, wofür ich tagtäglich einstehen sollte, und was mein eigentlicher Job ist, den ich offensichtlich in letzter Zeit sträflich vernachlässigt habe.

Zeit, das zu ändern.

»Und wie würde das aussehen?« Dass alle mich überrascht anstarrten, ignoriere ich geflissentlich und konzentriere mich nur auf meinen Freund, dessen dramatisch schwarz umrandete Augen mit dem verwischten Lidschatten mich an unsere Anfänge erinnern. Damals habe ich mich mit Freuden mit jedem

Scheißkerl angelegt, der meinte, es wäre okay, meinem Freund vorzuschreiben, ob er Make-up tragen kann oder nicht. Meine Knöchel waren häufiger blutig als sauber, nur um sicherzugehen, dass Damian und Roan sich selbst in den vergifteten Hochburgen toxischer Maskulinität wohlfühlen.

Wann habe ich damit aufgehört?

Roans Worte hallen in meinem Kopf wider. *Wenn ich einen seelenlosen Wichser will, der mir laufend Dinge verschweigt und es mit einem* Ist ja nur zu deinem Besten *abtut, dann lasse ich mich von Tobias managen.*

Plötzlich ist mir speiübel.

Roan sieht prüfend zur Uhr, die Hände in seinem Schoß werden ganz weiß, als er sie zu kneten beginnt.

»Lass die Zeit meine Sorge sein«, sage ich und trete näher an Ellie heran, die mit ihrer scheinbar einfachen Frage Chaos verursacht. Aber vielleicht ist es die Art Chaos, bei dem man sich besser fühlt, sobald man es beseitigt hat. »Sag es ihr, Mann. Ich steh hinter dir.«

Roan zögert kurz, doch Mias Hand liegt sicher auf seiner Schulter, die er ergreift. Das Grinsen, das er dann sehen lässt, ist so breit, dass die Krone an seinem vorderen Backenzahn aufblitzt. »Erinnerst du dich an unser erstes Album, Cal?«

Als ob ich das je vergessen könnte. »Natürlich.«

»Genau so würde es aussehen.«

6. KAPITEL

Ellie

Pull = ~~*Ein Pull bezeichnet die Aktion, Kleidung für einen Klienten zusammenzustellen*~~*; Ein Outfit für einen Megastar zusammenstellen, mit Assistenz von Caleb Lee. Warte … was?!*

Roan und Caleb sehen einander eine Weile an, die Stille zwischen ihnen scheint irgendwie aufgeladen, bis Caleb abrupt nickt. »Alles klar.«

Also mir ist hier so gar nichts klar, denke ich mir stumm, komme aber nicht dazu, ihm genau das auch zu sagen, denn da schließt sich seine Hand schon sanft um meinen Oberarm und zieht mich auf die Füße. Wo er mich berührt, prickelt es wieder, und ich habe Probleme, klar zu denken, weshalb ich auch etwas brauche, um zu realisieren, dass Caleb mich an den bereits durchhängenden Kleiderstangen vorbei auf die Wendeltreppe hinter der großen Couch im Wohnzimmer zuführt.

»Wohin gehen wir?«, frage ich, als mein Gehirn schleppend wieder seinen Dienst aufnimmt, und bin mir der großen warmen Hand um meinen Oberarm noch immer viel zu bewusst.

»In Roans Zimmer«, erwidert Caleb, so als würde das absolut alles erklären. Verwirrt genug muss ich allerdings wirken, denn er fährt fort. »Ich halte es für zeitsparender, mit seiner eigenen Garderobe anzufangen und von da aus etwas aufzubauen. Immerhin haben wir nicht mehr viel Zeit.«

Bei der Erwähnung dieses doch eher ungünstigen Umstandes treibe ich meine Beine an, sobald Caleb mich loslässt und mir andeutet die Treppen hinaufzusteigen. Ich nehme immer zwei Stufen auf einmal und versuche mich an das Album zu erinnern, das Roan erwähnt hat, aber in meinem Kopf bleiben nur eine Menge Fragezeichen. Auch dann noch, als ich den Flur entlanghaste, um mit Calebs endlos langen Beinen mithalten zu können, der mich mühelos überholt. Ob Caleb mir diese Gedächtnislücke übelnehmen wird? Hoffentlich nicht, denn das Debüt von *Parallel* ist schon sieben Jahre her, und damals habe ich mir mehr aus Rock gemacht als aus der Musik des ungleichen Duos, die Einflüsse aus Pop, Hip-Hop, Rap und RnB in einer Symbiose aus Roans weicher und samtiger Stimme und Damians harschem und rauem Rap miteinander verschmilzt. »Was meinte Roan damit, dass er so sein will wie das erste Album?«

Caleb bleibt vor der Tür auf der rechten Seite stehen und hält sie mir auf, damit ich an ihm vorbei in den abgedunkelten Raum huschen kann. Es riecht nach der üblichen zitrusartigen Bodenpolitur von Hotels, einem Hauch von Tabak und dem wabernden Duft von Männerduschgel.

»Das Album damals war die Geburt von *Parallel*, wie man sie heute kennt.« Caleb schaltet das Licht ein, und der große Raum mit den ruhigen, aber unpersönlichen Grau- und Blautönen wird in zartes Licht getaucht. Auf dem Bett liegt ein fein säuberlich gefalteter Stapel Kleidung, der mich mit seinen Farben an Roans Outfit vom Flughafen erinnert, das ich im Taxi auf dem Weg hierher bei Twitter gesehen habe, als ich Roans übliche Looks recherchiert habe. »Es schlug ein wie eine Bombe, weil es polarisiert hat. Die einen nannten es chaotisch, schrill und ein misslungenes Fusionsprojekt, andere bezeichneten es als düster, revolutionär und einen Wegweiser für die Musik dieser Generation.«

Roans dunkles Augen-Make-up, seine vielen Tattoos und sein rabenschwarzes Haar kommen mir in den Sinn. Düster. Das ist doch schon mal ein Anhaltspunkt.

Caleb geht an mir vorbei auf den großen Wandschrank zu, den er aufzieht, und ich runzle die Stirn, als ich akribisch aufgehängte Kleidung erblicke, anstatt einen aufgerissenen Koffer, aus dem Klamotten hervorquellen. So eine Ordnung bin ich nicht gewöhnt. Von keinem einzigen der Handvoll Klienten, die ich bisher betreut und auf Reisen begleitet habe.

»Wir haben Jahre an diesem Album gearbeitet, bis es endlich so war, wie Damian und Roan es haben wollten.« Vorsichtig schiebt Caleb die Sachen hin und her, so als wollte er auf keinen Fall Chaos in die sorgfältig geschaffene Ordnung bringen. »Dann hat es noch mal eine halbe Ewigkeit gedauert, bis wir ein Label gefunden haben, das ihrer Musik eine Chance gibt. Die meisten Plattenfirmen meinten, sie müssten erst einmal ihren Sound ändern, bevor sie auch nur vom Erfolg träumen könnten.«

Meine eigenen Träume kommen mir in den Sinn, heute Morgen noch in zerschlagenen Splittern auf dem Boden eines Mailänder Cafés, jetzt ein Silberstreif am Horizont, den es mit schnellen Schritten zu jagen gilt. »Manche Träume sind es wert, so lange für sie zu kämpfen.«

»Ja, manche schon.« Caleb öffnet einen Kleidersack, das Surren des Reißverschlusses übermäßig laut in der Stille, die sich über das Zimmer legt und die sich auch durch den gedämpften Lärm von unten nicht stören lässt. Das Geräusch dauert an, einen Atemzug, zwei, drei. Doch dann bricht es mit einem lauten Ausatmen von Caleb ab, das so frustriert und erschöpft klingt, dass mein Herz sich schmerzhaft zusammenzieht. »Scheiße, ich hätte sie Jahrzehnte an diesem Album arbeiten lassen, wenn es so lange gebraucht hätte, bis sie damit glücklich sind.« Seine Narben verschwinden fast, so fest legt er die Hand um einen der Kleiderbügel. »Ich hätte nie zugelassen, dass sie sich für irgendjemanden oder irgendetwas verbiegen. Auch nicht für unseren gemeinsamen Traum.«

Vor meinem inneren Auge erscheint der violette Smoking, bevor Schwarz und Eisblau aufblitzen. Ich denke an diese stumme Kommunikation zwischen Caleb und Roan, an diesen Irrsinn, den wir hier gerade durchziehen und der mein Herz trotzdem höherschlagen lässt, weil er der Vergangenheit die Hoffnung schenkt, wieder zur Gegenwart zu werden. »Was hat sich verändert?«

»Alles. Nichts.« Er atmet tief durch, die Schultern eine angespannte Linie, als er weiter zielstrebig die Sachen begutachtet. »Vielleicht aber auch einfach ich.«

»Warum?«

Caleb dreht sich halb zu mir um, die Hand auf die Kleiderstange gestützt. Die Linie um seinen Mund ist hart, aber keinesfalls unfreundlich oder abweisend. Frust zeichnet sich in ihr ab, genauso wie in den harten Konturen an seinem Kiefer und den verkrampften Schultern. Das Rauchblau seiner Augen aber ist voller Offenheit und durchzogen von etwas, das ich nur zu gut kenne. Es sorgt dafür, dass ich mich diesem scheinbar selbstbewussten Fremden mit der perfekt kuratierten Manager-Fassade mit einem Mal ein ganzes Stück näher fühle. Selbstzweifel.

»Weil ich aus den Augen verloren habe, worum es eigentlich geht.«

Seine Worte pressen mir die Luft aus den Lungen, erwecken aber auch etwas in meiner Brust, das wie Pailletten unter Studiolicht zu flimmern beginnt. »Die zwei bedeuten dir eine Menge, oder?«

»Das tun sie.« Wärme verdrängt den Frust in seinen rauchblauen Augen. »Sie sind mehr als nur mein Job. Sie sind wie Brüder für mich.«

Die Erwähnung von Roan und Damian erinnert mich an die Aufgabe, die wir beide zu erfüllen haben, und bringt mich zurück auf Kurs, obwohl ich Caleb noch tausende Fragen stellen will.

»Wie lange kennst du die beiden schon?« Ich trete näher an Caleb und damit auch an Roans Sachen heran. Der Kleiderschrank ist nicht sonderlich voll, doch genau das hatte ich auch erwartet. Vermutlich hat er nicht viel bei sich, weil er wusste, dass er in Mailand die meiste Zeit das tragen würde, was die Stylisten ihm vorschreiben.

»Zehn Jahre.« Calebs Wärme hüllt mich ein, als er sich mir zuwendet. Er schiebt die Bügel weiter auseinander, damit ich mir die Kleidungsstücke besser ansehen kann. Wieder schnappe ich einen Hauch seines Parfüms auf und rücke unauffällig noch einen halben Schritt näher in seine Richtung. »So lange bin ich auch schon ihr Manager, wenn auch erst seit sieben Jahren mit einem festen Vertrag.«

»Davor hast du umsonst gearbeitet?« Faszination und Neugierde bringen mich dazu, weitere Fragen zu stellen, obwohl ich mich wohl besser darauf konzentrieren sollte, in Roans Garderobe schleunigst etwas zu finden, das für ein so formelles Event wie die Pressekonferenz mit dem anschließenden Abendessen geeignet ist. Die meisten Sachen sind für unsere Zwecke gerade nicht brauchbar, überraschen mich aber über alle Maßen. Was genau ich mir vorgestellt habe, weiß ich nicht, doch diesen Mix aus Hoodies, monochromen Sets mit militärischen Elementen und gestreiften Pullovern mit Rundhalsausschnitt jedenfalls nicht. Die Tatsache, dass Roan genauso facettenreich ist wie seine Musik, und er scheinbar modisch nur den richtigen Rückenwind braucht, ist eine Information, die ich sofort abspeichere, weil sie meinen Job um einiges leichter machen wird.

»Nein.« Calebs Gesichtsausdruck ist unergründlich, während er mit den Fingern die Naht einer hellblauen Jeansjacke mit einem großen Aufdruck auf dem Rücken betastet. »Ich hab für einen Platz auf ihrer Couch und eine warme Mahlzeit am Tag gearbeitet. Sie haben mich in einer schweren Zeit in meinem Leben bei sich aufgenommen, in der ich nichts und niemanden hatte. Das ist eine Schuld, die ich seitdem jeden Tag zu begleichen versuche. Allerdings habe ich keine Ahnung, ob ich das jemals schaffen werde.«

Das Leder der dunkelroten Jacke mit den Fransen knarzt unter meinen Fingern, als ich bei Calebs Worten etwas zu fest zugreife. Da alle so fixiert auf *Parallel* sind, ist über Caleb Lee so gut wie nichts bekannt. Die Interviews, die es mit ihm gibt, sind alle rein fachlicher Natur. Fragen über sein Privatleben oder seine Vergangenheit schmettert er immer ab.

Aber ich will mehr wissen. So viel mehr. Alles.

Die Schmetterlinge in meinem Bauch flattern begeistert bei dem Gedanken, ihm, in dunklen Ecken versteckt, all seine Geheimnisse zu entlocken. Bestenfalls flüstert er sie direkt gegen meine Lippen zwischen Küssen, bei denen mir die Sinne schwinden. Er sieht aus, als könnte er ganz fantastisch küssen. Das mag nur Wunschdenken sein, aber heute früh war es auch noch nur ein Traum, für jemandem wie Roan zu arbeiten.

Jetzt aber bin ich hier, Teil eines Teams, das für mich unerreichbar schien, neben einem Mann, der Dinge in mir auslöst, die ich weder begreifen noch stoppen kann.

Am liebsten würde ich meine Theorie über seine Kusskünste sofort auf den Prüfstand stellen, aber jetzt habe ich einen Job zu erledigen. Also begnüge ich mich stattdessen mit den Einblicken in den Mann hinter der Manager-Maske, die Caleb mir erlaubt. »Meinst du nicht, deine Schuld ist beglichen, indem du jeden Tag dein Bestes gibst? Außerdem haben die beiden einen guten Deal gemacht, würde ich sagen. Immerhin haben sie sich den besten Manager der Branche und dazu noch einen klasse Freund geangelt.«

Caleb sieht zu Boden, der Zug um seinen Mund wirkt verkniffen. Fast erwarte ich, dass er mir widerspricht, stattdessen wechselt er einfach das Thema, als hätte er mich nicht gehört. »Wie wäre es damit?«

Die Tatsache, dass der große Caleb Lee mit Komplimenten nicht umgehen kann, lässt die Schmetterlinge in meinem Bauch nur noch aufgeregter flattern. Dieser Anziehung zwischen uns will ich unbedingt auf den Grund gehen. Aber nicht jetzt. Jetzt gibt es andere Dinge, auf die wir uns konzentrieren müssen, und ich versuche, nicht zu sehr darüber nachzudenken, dass Caleb Lee der einzige Mensch ist, dem es bisher gelungen ist, mich von meiner Passion abzulenken.

Ich sehe zu den dunkelgrauen Slacks, die ich zuvor ebenfalls ins Auge gefasst hatte, und schüttele den Kopf. »Die Taschen auf den Hosenbeinen sind zu informell für diesen Anlass.«

Caleb hängt die Hose zurück an Ort und Stelle, während er grüblerisch weiter jedes einzelne Kleidungsstück betrachtet. Er verschränkt die Arme vor der breiten Brust und lässt den Kopf nach vorne sacken, ehe er den Anflug von Verzweiflung wie ein nasser Hund abschüttelt und erneut mit der Suche beginnt.

»Ihr zwei habt recht ähnliche Maße, oder?«

Das bringt Caleb ins Stocken, und die Art, wie er an sich hinabsieht, ist fast schon niedlich, auch wenn es absurd ist, das über einen Mann zu sagen, der fast zwei Meter groß und schätzungsweise an die neunzig Kilo schwer ist.

»Relativ. Ich bin größer und breiter als Roan, aber Sachen,

die mir etwas zu eng oder zu kurz sind, passen ihm meistens.« Seine Stimme ist analytisch und nicht im Mindesten aufgeplustert mit irregeleitetem Stolz, den sonst so viele Männer an den Tag legen, wenn jemand sie auf ihre Körpergröße oder ihre Muskelmasse anspricht.

»Schade.« Ich befühle das exquisite Leder einer Hose, die mich durch ihren Schnitt sehr an die letzte Herbstkollektion von *Prada* erinnert. Und tatsächlich, ein kleines Logo bestätigt meinen Verdacht. »Sonst hätte ich dich einfach nach diesem fantastischen dunkelroten Smoking mit dem Samtstreifen am Bein gefragt, den du für die *BRIT Awards* letztes Jahr getragen hast. Der stand dir wirklich ausgezeichnet.«

Überrascht reißt Caleb die Augen auf, und ich versuche, mir meine Zufriedenheit darüber, den stoischen Caleb Lee aus dem Tritt gebracht zu haben, nicht anmerken zu lassen. Doch mein Triumph hält nur wenige Sekunden an, denn Caleb schluckt schwer und konzentriert sich dann wieder auf die schier unlösbare Aufgabe, die vor uns liegt. »Der wäre ihm zu groß, und außerdem wäre das auch nicht Roan.«

Ich nicke, denn Caleb kennt Roan natürlich besser als ich. Mich würde es Wochen, wenn nicht sogar Monate kosten, um den Sänger von *Parallel* so gut kennenzulernen, und wenn ich mir seine Garderobe so ansehe, frage ich mich, ob ich überhaupt jemals all die Facetten dieses Mannes entdecken könnte, der sich täglich neu zu erfinden scheint. »Was ist deiner Meinung nach denn Roan?«

»All das hier.« Er breitet die Arme in einer Geste aus, die die gesamte Garderobe einschließt, was zugegebenermaßen wenig hilfreich ist. »Aber wenn ich an das erste Album denke, dann wohl am ehesten diese Hose, die du da hast.« Er streckt die Hand nach dem Leder aus, und in seine Augen tritt ein nachdenklicher Ausdruck, als er das teure Material befühlt. »Düster, robust und irgendwie rebellisch.« Er verzieht das Gesicht. »Aber ist das nicht zu informell?«

»Ein Wagnis ist es auf jeden Fall, da man zu einem *»Creative Black Tie«*-Event eigentlich dennoch einen Smoking trägt. Aber ich könnte mir vorstellen, dass, wenn wir es richtig machen, *Prada* die Hommage an ihre letzte Kollektion durchaus zu würdigen wissen wird.« Ich lege mir die Hose über den Unterarm und gehe in Richtung der Türen. »Außerdem kannst du es einfach auf die unerfahrene und zerstreute Stylistin schieben, wenn sich jemand beschwert. Das ist zwar nicht optimal, ist mir aber allemal lieber, als Roan in etwas zu stecken, in dem er sich nicht wohlfühlt.«

Meine Hand liegt schon auf dem Türgriff, als ich Caleb leise meinen Namen sagen höre.

»Ja?« Das eine Wort klingt selbst in meinen Ohren atemlos, und ich kann mich gerade noch davon abhalten, dabei nicht die Distanz zwischen uns zu überbrücken, um zu sehen, was es neben der ehrlichen Offenheit dieses Moments noch in seinen sonst so verschlossenen Augen zu finden gibt. Ich schließe die Hand fester um den Türgriff.

»Danke.« Caleb sieht direkt auf den Grund meiner Seele, und ich kriege kaum Luft. »Dafür, dass du die Frage gestellt hast, die ich schon hätte stellen sollen, als Yui diesen Smoking vorgeschlagen hat.«

In seiner Stimme liegt ein Unterton, der mir nicht gefällt, so als hätte er einen Fehler gemacht. Doch bevor ich darauf eingehen kann, geht Caleb schon an mir vorbei und führt uns wieder hinunter in das hektische Chaos, in dem alle zur Uhr lugen und die erdrückende Atmosphäre damit nur noch schlimmer machen. Ich jedoch versuche, mich von der Hektik und den skeptischen Blicken nicht verunsichern zu lassen, und folge dem Wächter von *Parallel* die Treppe hinab, dessen einfacher Dank mir wohl noch lange in Erinnerung bleiben wird. Illusionen darüber, bereits sein Vertrauen erlangt zu haben, mache ich mir allerdings nicht. Es ist offensichtlich, dass dieser Moment der Verletzlichkeit ein seltener und vor allem kurzlebiger war, und dass es schwer sein wird, Calebs harte Schale zu knacken, der, nur wenige Minuten, nachdem er mir einen Einblick in sein Innerstes erlaubt hat, schon wieder stoisch und undurchdringlich über das Chaos wacht, das er scheinbar so mühelos zu kontrollieren weiß.

Ein Glück, dass ich nicht der Typ Frau bin, die vor einer Herausforderung zurückschreckt. Was wohl auch der Grund dafür ist, warum ich zu Roan gehe und direkt heraus frage: »Sag mal, Roan, wie stehst du eigentlich dazu, ein bisschen Haut zu zeigen?«

7. KAPITEL

Ellie

Composite = ~~*Eine Zusammenstellung von Fotos, welche die Arbeit eines Models, Stylisten, Fotografen etc. repräsentieren.*~~ *Darf mir das jetzt schon zu Kopf steigen, oder muss ich damit noch warten?*

Mit diesem Look werde ich Styling-Geschichte schreiben. Ob nun im guten oder im schlechten Sinn, wird sich aber wohl oder übel erst noch zeigen müssen.

»Woah, Roan.« Damian, der in einen lässig geschnittenen weißen Smoking mit wilden Farbspritzern darauf gehüllt ist, pfeift anerkennend durch die Zähne, während er seinen Freund und Kollegen betrachtet, der sich vor dem Spiegel dreht, als könnte er nicht aufhören, sich selbst anzuschauen. »Du siehst aus wie aus meinen schlimmsten Albträumen. Im guten Sinne.«

Ich lache eine Spur zu nervös und prüfe zum x-ten Mal Roans Outfit. Die Lederhose umspielt seine langen Beine genau richtig und passt hervorragend zu den Boots mit dem silbernen Detail an der Spitze, die Caleb und ich in einem Koffer voller Back-ups gefunden haben. Beides harmoniert ausgezeichnet mit dem doppelreihigen Frack aus Leder, dessen Ausläufer so lang sind, dass sie wie eine Schleppe über den Boden schleifen. Er ist nicht von *Prada*, was suboptimal ist, sondern ein Ansichtsstück von einem anderen, viel unbekannteren Designer.

Damit werden wir jetzt allerdings leben müssen, denn er ist perfekt für den Anlass und den Abend, und auch wenn er nicht auf Roan angepasst war und ich etwas tricksen musste, um seine super schmale Taille einzubringen, weigere ich mich, ein Outfit, das zum Stil von *Prada* passt, für so eine Kleinigkeit zu ruinieren. Die silbernen Knöpfe funkeln tapfer gegen das Rabenschwarz des Leders an, und zusammen mit den Ringen und der schweren grobgliedrigen Kette, die Mia, in der Zeit, in der ich Roan beim Anziehen geholfen habe, ausgesucht hat, verleihen sie der ganzen Kombination etwas so Edles, dass man hoffentlich darüber hinwegsehen wird, dass Roan keine klassisch formelle Kleidung trägt. Auf ein Hemd unter dem Frack haben wir verzichtet, sodass Roans Brust mit seinen Tätowierungen wie ein düster konzipiertes Kunstwerk im Fokus steht.

Roan zeigt seinem Kumpel und Bandkollegen den Mittelfinger, an dem ein großer mehrgliedriger Ring steckt, während er sich weiter im Spiegel betrachtet, seine Miene nicht minder unergründlich als die von Caleb, der mit der Schulter an dem Wandspiegel lehnt und seinen Schützling mustert.

»Gefällt es dir?« Es ist eine Frage, die ich mich kaum zu stellen traue, aber ich halte die Anspannung keine Sekunde länger aus, was Mia, diese Verräterin, zum Lachen bringt.

Es dauert, bis Roan es schafft, sich von seinem Spiegelbild loszureißen. Jetzt wo Mias Make-up und mein Outfit ihn vollständig in Dunkelheit hüllen, wirken seine eisblauen Augen nur noch stechender, ihre harsche Kälte nur von dem wohlwollenden Zug um seinen Mund abgemildert. »Ich finde es richtig klasse. Danke, Ellie.«

Die Erleichterung ist allgegenwärtig, und ich kann mich nicht länger zurückhalten und reiße beide Arme in die Luft. »Yes! Mission accomplished!«

Roan stößt ein leises Glucksen aus, und glücklicherweise

nehme ich von meiner unangebrachten Überraschung früh genug Notiz, um mich selbst zur Ordnung zu rufen. »Woher hast du die Jacke? Sie gefällt mir.«

Da ich seine Frage nicht genau beantworten kann, hilft Caleb mir aus, der den ganzen Abend eine unentbehrliche Hilfe gewesen ist. »*Studio Five* hat sie zur Ansicht geschickt.«

Roan fährt mit den Fingern die Aufschläge nach. »Gefällt mir echt. Kannst du die in meinen Unterlagen für die Stylisten vermerken, Cal?«

»Natürlich.«

»Ich kenne jemanden bei *Studio Five*«, posaune ich heraus, obwohl ich mir nicht mal sicher bin, ob meine Freundin aus meiner Zeit beim *London College of Style* überhaupt noch für die aufstrebende europäische Marke tätig ist, so selten, wie wir es schaffen, miteinander zu telefonieren. »Ich könnte den Kontakt herstellen, wenn du möchtest.«

Caleb scheint über dieses Angebot genauso überrascht zu sein wie ich selber, aber nach einem kurzen Moment der seltsamen Stille neigt er den Kopf in Dankbarkeit. »Das wäre sehr nett.«

Irgendwas an seinen Worten macht mich ein bisschen schwindelig, aber ich gebe mein Bestes, das zu verbergen. Himmel, kaum lobt mich ein hübscher Kerl mal, bekomme ich prompt weiche Knie, oder wie? Das ist so albern. »Das mache ich doch gern.«

Bilde ich mir das nur ein oder sieht Caleb mich länger an als nötig?

Die Luft in meinen Lungen kommt mir zu heiß vor, und ich bin froh, als er seine Aufmerksamkeit von mir zurück auf Roan lenkt. »Ich will dein selbstverliebtes Spiegel-Geglotze ja echt nicht unterbrechen, aber wir müssen langsam los.« Calebs Worten haftet eine erleichterte Munterkeit an, die weder

der stoische Ausdruck auf seinem Gesicht noch seine gespielte Ruppigkeit überschatten können. Mit einem Nicken nimmt er seine Anzugjacke von einem Assistenten entgegen, schlüpft hinein und winkt ungeduldig mit einer Hand einen der zwei jungen Männer mit Kameras heran, noch während er seine Ärmelaufschläge richtet. »Noch ein Bild für Instagram und dann müssen wir uns sputen, sonst kommen wir zu spät und ich werde in hohem Bogen gefeuert.«

»Du Übertreiber. So schnell feuert man dich schon nicht.« Damian rollt mit den Augen, schlendert dann aber zu den hohen Fenstern hinter dem Konferenztisch, die einen fantastischen Ausblick auf die Stadt erlauben, während er lässig die Hand in eine Hosentasche schiebt.

Ich lache leise. Der bunt gefleckte Smoking passt perfekt zu Damian mit seinem losen Mundwerk. Er ist ein Zeugnis dafür, dass Olivia ihn gut kennt, und dass ich von ihr viel lernen kann, auch wenn ich persönlich seine Stylistin als unfassbar unterkühlt und territorial empfunden habe, als wir einander vorgestellt wurden.

Einen beherzten Mittelfinger später schafft auch Roan es endlich, sich von seinem Spiegelbild loszureißen, und nimmt seine Position neben Damian ein, den er durch die Boots noch mal ein gutes Stück mehr überragt. Kurz macht Sorge sich in mir breit, den Rapper aber scheint das kein Stück zu stören, der sofort eine lockere Pose einnimmt, sobald die Kamera in Sicht ist. Roan lehnt seinen Arm auf Damians Schulter und stellt sich breitbeinig hin, damit ihr Größenunterschied nicht so zu Buche schlägt, sein Gesicht ist verschlossen und ernst und steht in direktem Kontrast zu der obszön herausgestreckten Zunge seines Freundes. Handys werden gezückt und noch mehr Fotos geschossen, in diesem bunten Treiben, an das ich mich nur zu leicht gewöhnen könnte.

»Bald sehen fünfunddreißig Millionen Menschen deine Vision.« Mias sanfte Stimme reißt mich aus meinen Gedanken, und mir wird schlecht, als sie so ganz nebenbei die hohe Followerzahl von *Parallel* erwähnt, an die sie sich vielleicht gewöhnt haben mag, die mir aber noch immer Unbehagen bereitet. »Ich bin so stolz auf dich, Ellie.«

»Meinst du, sie werden es mögen?«

Mias Augen heften sich auf Roans Brust. »Oh, ich bin mir sicher, sie werden es lieben.«

Heftig stoße ich Mia mit dem Ellbogen in die Rippen, die sich lachend die Seite hält. »Du bist wirklich unmöglich.«

»Sagt die, die einen mit einem Grammy ausgezeichneten Musiker fragt, ob er Nippeltape benutzen will.«

»Nicht jeder will Nippel zeigen, okay?« Aus dem Augenwinkel sehe ich Caleb, der mit ausgestrecktem Arm Damian dazu anweist, endlich seine Zunge zurück in den Mund zu verbannen, und knete meine Hände, als ich, hoffentlich unauffällig, in seine Richtung nicke. »Was meinst du, ist mit ihm?«

»Du meinst, ob Caleb gerne seine Nippel zeigt? Ich weiß nicht, ich kann ihn aber gern für dich fragen.«

»Du bist echt so blöd.« Ich trete meiner besten Freundin auf die Füße, die fluchend einen kleinen Satz zurück macht und mich neckend anfunkelt. »Ich meinte, ob es ihm wohl gefällt. Immerhin ist er der Typ, der hier das Sagen hat.«

Mia reibt sich den in roten Socken steckenden Fuß und zuckt mit den Schultern. »Caleb ist nicht gerade der mitteilsame Typ, aber ich würde sagen, dass es ihm auf jeden Fall gefällt. Sonst hätte er dich schon längst vor die Tür gesetzt.«

Calebs deutliche Drohung von vorhin kommt mir wieder in den Sinn, und ich reibe mir über die Brust, die mir gerade viel zu eng erscheint. »Ist er wirklich der Typ, der Leute einfach so feuert, nur weil ihm etwas nicht passt?«

»Nein.« Mias Antwort kommt prompt und ohne jegliches Zögern. »Eigentlich ist Caleb der Typ Mann, der Menschen viel zu viele Chancen gibt. Außer es geht um diese beiden. Da kennt er keinen Spaß. Wenn er glaubt, du stellst eine Bedrohung für Roan oder Damian da, dann wirft er dich schneller raus, als du gucken kannst.« Sie betrachtet die drei Männer, die sich eng beieinanderstehend unterhalten, jetzt, wo die Fotosession vorüber ist. Woran Mia wohl gerade denken mag? Immerhin begleiten zwei davon sie schon beinahe ihr ganzes Leben. »Manche mögen es vielleicht herzlos finden, aber ich bin ihm unfassbar dankbar dafür. Er gibt auf die beiden acht, auch wenn seine Versuche manchmal etwas fehlgeleitet sind.«

»Was meinst du damit?«

Bevor Mia meine Frage beantworten kann, setzt der Tross sich schon in Bewegung, und da meinen Job zu behalten, wichtiger ist als mein wenig professionelles Interesse an Caleb Lee, sehe ich zu, dass ich meine Position hinter Roan einnehme, um die Jacke hochzuhalten, die auf keinen Fall noch vor seiner Ankunft bei der Pressekonferenz dreckig werden darf.

Roan, der gewiss das fehlende Gewicht bemerkt hat, sieht über die Schulter und zwischen dem Leder und mir hin und her. »Danke.«

»Kein Problem.« Wir setzen uns in Bewegung, und ich halte mich dicht bei Roan, die Augen gen Boden gerichtet, um sicherzugehen, dass der lange Frack wirklich nicht über den Boden schleift. Außerdem hilft das ungemein dabei, sich nicht zu sehr von den Bodyguards einschüchtern zu lassen, die Damian, Roan und Caleb umgeben, und damit auch mich in diesen Käfig aus schwarzen Anzügen und Muskelmasse einsperren. »Wenn es dir in der Jacke während des Abends zu heiß wird, ruf einfach an. Dann bringe ich dir ein passendes Hemd.« Das *Wenn ich denn eins finde*, lasse ich bewusst ungesagt.

Roans Lachen klingt in dem Fahrstuhl, in den wir gerade alle so hineinpassen, viel lauter und fröhlicher, als ich es aus Interviews kenne, und er klopft mir kumpelhaft auf den Rücken, was mich fast vorwärts stolpern lässt, weil ich so gar nicht damit gerechnet habe. »Es ist überall klimatisiert. Ich komme schon klar.«

»Trotzdem. Du sollst nicht nur gut aussehen, sondern dich auch wohlfühlen.«

»Glaub mir«, mischt sich Damian mit einem schelmischen Schmunzeln ein, »halbnackt und verschwitzt fühlt Roan sich am wohlsten.«

Ich brauche einen Augenblick, um den Witz zu verstehen, bevor Roan seinem Freund für diesen anzüglichen Kommentar einen gezielten Boxschlag in die Magengegend verpasst, der dafür sorgt, dass Damian theatralisch jaulend in sich selbst zusammensackt, fast, als wäre der Schlag einem K. o. würdig gewesen. Die beiden fangen an, sich wie kleine Jungs zu kabbeln, und ich wende mich Caleb zu, der Roan und Damian grinsend betrachtet. Es lässt ihn so jungenhaft und offen aussehen, dass ich prompt vergesse, was ich sagen wollte. Zumindest bis Caleb mich bemerkt, auf sein Gesicht legt sich sofort wieder dieser stoische Ausdruck, den ich augenblicklich gegen diese wohlwollende Wärme von gerade eben tauschen will. In meinem Magen beginnt es sofort wieder zu flattern, als ich mir vorstelle, wie es wäre, wenn diese Wärme mir gelten würde. Wenn dieser kleine, private Moment der Offenheit nur für mich allein wäre.

Ich realisiere, dass ich zu tief in meine eigene kleine Fantasie abgedriftet bin, als Caleb eine Augenbraue hochzieht und es im Rest des Fahrstuhls verdächtig still geworden ist. Das seichte Brennen in meinen Wangen ignoriere ich. »Rufst du mich bitte an, wenn Roan ein Shirt braucht?«

»Das wird nicht nötig–«

Caleb bringt Roan mit einer einzigen Geste zum Schweigen und neigt anerkennend den Kopf. »Natürlich.«

»Danke schön.« Ich halte die Enden des Fracks vielleicht etwas fester als notwendig. Himmel, nur mit Caleb zusammen zu arbeiten, wird schon eine ganz schöne Herausforderung. »Gib mir bitte mal dein Handy.«

Ein belustigtes Funkeln tritt in seine Augen, und ich frage mich, was wohl in seinem Kopf vor sich geht, bevor er in die Innentasche seiner Jacke greift und sein Handy zutage fördert, das er entsperrt und mir reicht.

Ich halte die Schleppe der Jacke mit einem Arm hoch, während ich mit der anderen meine Nummer und auch meine Mailadresse eintippe, nach der Caleb mich zuvor bereits gefragt hat. Ich speichere beides mit einem Kleiderhaken-Emoticon und reiche ihm das Handy zurück, das er betrachtet und etwas eintippt, ehe er es wieder in seiner Innentasche verschwinden lässt.

»Hast du diese *Emoticon-anstatt-Namen*-Nummer von Mia oder hat Mia sie von dir?«

Ich blinzele, lege fragend den Kopf schief, da ich Caleb beim besten Willen nicht ganz folgen kann. »Wie bitte?«

Er winkt ab, auf den Lippen wieder ein jungenhaftes Grinsen, das mich vergessen lässt, worüber wir überhaupt gesprochen haben. »Nicht so wichtig.«

Die sich öffnenden Fahrstuhltüren verhindern weitere Nachfragen, und unsere Entourage setzt sich in Bewegung, um zum Eingang des Hotels zu gelangen, vor dem gewiss bereits ein Wagen wartet. In der Lobby ist etwas mehr los als bei meiner Ankunft, und aus geöffneten Flügeltüren, hinter denen ich schemenhaft eine Bar erkennen kann, dringt leise Musik. Die Gäste des Hotels, die nicht die Stadt erkunden wollen, tummeln sich in der Bar oder aber auf den Sitzgruppen davor, und ich bemerke, wie die ersten ihre Handys zücken, um die britischen Megastars zu fotografieren.

»Ich wünsche euch heute Abend ganz viel Spaß«, sage ich, mir sicher, dass ich mich nicht werde verabschieden können, sobald die beiden einen Fuß nach draußen gesetzt haben, wo eine Handvoll Paparazzi und Fans sich tummeln, die ich sehen kann, jetzt, wo uns nur noch wenige Meter vom Eingang trennen. Woher sie wissen, wo *Parallel* während ihrer Zeit in Mailand einkehrt, will ich lieber gar nicht wissen, zumal ich mich heute Mittag selbst überschlagen habe, genau das herauszufinden. »Esst so viel teures Zeug, wie ihr nur könnt.«

Damian lacht und stößt Roan mit der Schulter an. »Wollen wir tauschen? Olivia hat mir gesagt, ich soll auf keinen Fall viel essen, während wir hier sind, weil ich sonst in keins meiner Outfits mehr passe.«

Der Sänger des ungleichen Duos betrachtet mich so zufrieden, als hätte ich gerade die richtige Antwort in einer Gameshow gegeben, in der wir als Team antreten. »Sorry, aber deinen vollkommen durchgeknallten Fashion-General kannst du gerne behalten. Ich gebe Ellie nicht mehr her. Hörst du, Cal?«

Stolz erfüllt mich, der aber einen erheblichen Dämpfer bekommt, als Caleb mit seiner ewigen Neutralität nur ein Murren von sich gibt, das so ziemlich alles heißen kann.

Wir erreichen die Eingangstüren, und unser Tross hält an, weil ein Teil der Bodyguards erst mal vorausgeht, um die Lage zu checken und die Jungs sicher in die wartenden Autos zu bugsieren.

»Den nehme ich dann mal.« Calebs Stimme ist so sanft wie seine Hände, als er mir die Enden des Fracks abnimmt. »Während du Roan beim Anziehen geholfen hast, war ich so frei, das Hotelpersonal über deine Ankunft zu informieren. Das Einchecken sollte jetzt kein Problem mehr sein.« Er sieht mich nicht an, während er weiterspricht, die Augen stur auf das Leder gerichtet, und automatisch will ich sie ergründen, diese Gedanken, die er offensichtlich mit niemandem teilt. »Ruh dich heute gut aus. Vor dir liegen ein paar anstrengende Tage.«

»Aye, aye, Käpt'n!« Ich zwinkere Caleb zu, der mich etwas verdattert ansieht, und ich muss unwillkürlich lachen. Ob vor Erleichterung, weil wir alles noch zeitlich geschafft haben, oder vor Triumph, weil es mir erneut gelungen ist, die Maske des Managers zum Verrutschen zu bringen, weiß ich nicht. Was ich allerdings weiß, ist, dass ich vorhabe, Calebs Rat zu befolgen und schnellstmöglich einzuchecken und mich dann in die Waagerechte zu begeben, denn ich bin verdammt erschöpft. »Dir auch viel Spaß, Caleb. Genieß den Abend.«

Caleb nickt etwas brüsk und wendet sich dann zum Gehen, nachdem die Bodyguards ihm das Okay gegeben haben. Bevor er jedoch durch die Türen verschwindet, hält er noch einmal inne und sieht zu mir zurück. »Ellie?«

Sofort stelle ich mich etwas gerader hin. »Ja, Caleb?«

»Gute Arbeit heute.«

Calebs Worte sind schlicht. Sie sind simpel. Doch lassen sie mich regelrecht zum Aufzug schweben, und ich kann gar nicht anders, als vergnügt vor mich hin zu summen, selbst dann noch, als die Fahrstuhltüren sich schließen und Caleb mit den Jungs längst außer Sichtweite ist.

Und schlagartig ist alle Erschöpfung, all die Mühen der letzten Jahre und die Fragmente meiner zerbrochenen Träume nichts weiter als eine verblassende Erinnerung.

8. KAPITEL
Caleb

Demo = ~~*Die aufgezeichnete Rohfassung eines Songs*~~*;*
Eine Vorschau für all die Probleme, die noch kommen werden

»Mister C!« *Klopf. Klopf. Klopf.* »Mister C, ich weiß, dass du da drin bist! Mach sofort die Tür auf!«

Olivias lautes Organ in Kombination mit dem Hämmern an der Tür ist nicht gerade der Wecker, den ich mir für heute vorgestellt habe. Nur mühsam wache ich auf, meine Augenlider schwer und meine Gedanken diffus, als ich mich aufsetze. Auf dem Couchtisch steht eine leere Whiskyflasche, mit der wir gestern den Erfolg der Pressekonferenz begossen haben, bevor ich auf der Couch in der Suite der Jungs eingepennt bin. Doch trotz des teuren Fusels, der mir beim Einschlafen geholfen hat, war meine Nacht alles andere als erholsam. Noch schlaftrunken versuche ich, nach den verwaschenen Ecken des Traums zu greifen, der mich nicht hat ruhen lassen, doch er entgleitet mir wieder und wieder. Das dumpfe Gefühl unguter Vorwarnung jedoch bleibt, und als ich schlucke, fühlt meine Kehle sich an wie verklebt. Mein Rücken schmerzt, während ich mich strecke, und mit einer Hand fahre ich mir über das Gesicht, in der Hoffnung, dadurch ein bisschen wacher zu werden.

Erneut hämmert es laut an der Tür, und auch das letzte bisschen des Traums verschwindet aus meinen Gedanken. »Mister C! Mach auf! Wir haben ein Problem.«

Klasse. Ich spähe auf meine Uhr und stöhne genervt. Genau das, was ich noch vor neun Uhr nach einer der erfolgreichsten Nächte meiner Karriere hören will. Ich stehe auf, nehme mir noch einen Moment, um einmal tief durchzuatmen, ergebe mich aber dann meinem Schicksal und ziehe die Tür auf.

Olivia stürmt an mir vorbei, ihr Kopf hochrot, während sie vor Wut schäumt. »Ich kann so nicht arbeiten! Die Situation ist vollkommen untragbar, hörst du? Untragbar!«

»Dir auch einen wunderschönen guten Morgen, Olivia.« Es ist nicht der erste Wutausbruch der Stylistin, mit dem ich mich konfrontiert sehe, weshalb ich in aller Ruhe zum Kaffeevollautomaten hinüberschlurfe, die ausschließlich in den Suiten des Hotels zu finden sind. Dieser Luxus entschädigt mich für meine Nacht auf der Couch. Ich stelle eine der grauen Tassen unter die Düse und drücke den Knopf, ehe ich mich ihr zuwende. Ohne Koffein stehe ich das hier auf keinen Fall durch. »Was ist das Problem?«

Selten habe ich eine Frau Mitte vierzig getroffen, die sich derartig aufregen kann, dass sie hektische Flecken im Gesicht bekommt, aber Olivia stellt immer wieder neue Rekorde für die kürzeste Zündschnur im gesamten Team auf. Wenn sie nicht einen so guten Draht zu Damian hätte und nicht so einen fantastischen Job machen würde, hätte ich sie aufgrund ihres aufbrausenden Temperaments und ihrer mangelnden Kommunikations- und Kompromissfähigkeit längst gefeuert. Aber ich habe mich von Damian breitschlagen lassen, und hier bin ich nun, Auge in Auge mit dieser Furie, mit der ich mich beim besten Willen nicht nach einer durchzechten Nacht und schon vor meinem ersten Kaffee auseinandersetzen will. Wenigstens ist sie nicht laut genug, um meine Jungs zu wecken.

»Ellie! Ellie ist das Problem!« Olivia sprudelt nur so vor Zorn, in ihren grauen Augen erkenne ich ein bedrohliches Glimmen, als sie näher an mich herantritt und die Hände in die Luft wirft. »Sie will alles umwerfen! Hörst du, Mister C?! *Alles!*«

Ich denke an diesen kleinen Wirbelwind, der gestern alles mit einer simplen Frage auf den Kopf gestellt hat, und seufze. Tja, so was musste ja kommen.

»Sie führt sich auf, als wäre sie unser aller Boss, und das nur, weil ihr Look von gestern viral gegangen ist! Sie kann nicht einfach so–«

»Wie bitte?« Vergessen ist mein Kaffee, und ich sehe Olivia verwundert an, die erzürnt die Lippen spitzt, da ich sie so unwirsch unterbreche. »Der Look ist viral gegangen?«

»Ja, in den sozialen Medien, aber was soll's?« Olivia zieht ihr Handy hervor und öffnet Twitter, ehe sie es mir hinhält und auf den Hashtag deutet, der weit oben auf der Weltrangliste steht – *#RoanModelForPradaNOW* – und damit nur knapp hinter *#ParallelForPrada* liegt.

Ich nehme ihr das Handy aus der Hand und klicke auf den Hashtag, der unzählige weitere Beiträge nach sich zieht, manche davon von bedeutenden Modemagazinen wie der *Vogue*, *GQ* oder *Harper's Bazaar*, andere von einschlägigen Entertainment-Seiten bis hin zu unzähligen Fans, die den Hashtag global auf Nummer zwei halten. Bei allen geht es um die gestrige Ankündigung, sie loben Roans Look allerdings noch mal gesondert in den höchsten Tönen und befeuern damit nur noch mehr die mediale Aufmerksamkeit, die gestern schon beim Blitzlichtgewitter in der Pressekonferenz deutlich zu spüren war. Ich kann mich nicht daran erinnern, wann wir zuletzt wegen etwas Positivem auf Twitter getrendet waren. Das letzte Mal waren wir da wegen der haltlosen Plagiatsvorwürfe vertreten, die uns für ein Jahr auf Schritt und Tritt verfolgt haben, und das kann man wohl kaum positive Publicity nennen.

Scheiße, das ist genau die Art von Social-Media-Aufmerksamkeit, die wir gerade brauchen. Das wird die Verhandlung mit potenziellen Kooperationspartnern so viel einfacher machen und uns allen eine Menge Geld einbringen. Und finanzielle Mittel sind gerade wichtiger für mich denn je.

»So toll war der Look auch nicht. Er erregt nur so viel Aufmerksamkeit, weil Roan für seine Verhältnisse halb nackt war.« Der Neid über Ellies Erfolg ist deutlich aus Olivias Stimme herauszuhören, und setzt ihren Wutausbruch für mich deutlich in Perspektive. »Ich dachte, wir würden nicht auf *Sex Sells* setzen?«

»Tun wir auch nicht. Wir setzen auf Authentizität und darauf, womit die beiden sich wohlfühlen. Und du solltest besser daran tun, das nicht zu vergessen.« Ich sperre den Bildschirm ihres Handys und gebe es Olivia zurück. »Roan hat sich in seinem Outfit gestern gut gefühlt, und du wirst das nicht mit solchen Äußerungen invalidieren, hörst du? Solange Roan oder Damian mögen, was sie tragen, steht es weder dir noch sonst irgendjemandem in diesem Team zu, darüber zu urteilen, haben wir uns da verstanden, Olivia? Die beiden werden eh am laufenden Band kritisiert, da müssen sie sich das nicht auch noch von ihren eigenen Leuten anhören.«

»Dem Label wird dieser neue Look nicht gefallen.«

Da hat sie recht, aber jetzt gerade ist mir das herzlich egal. Auf den Fotos lacht Roan. So richtig ehrlich. Alles andere ist zweitrangig. »Das lass mal meine Sorge sein.«

Olivias Fingerknöchel werden weiß, während sie die Hand fester um ihr Handy schließt. Sie sieht so aus, als würde sie mich am liebsten erwürgen, und ihre Stimme klingt angestrengt, als sie hervorpresst: »Verstanden, Mister C.«

»Gut.« Ich greife nach meinem Kaffee und trinke einen ersten Schluck, in der Hoffnung, meine bereits strapazierten Nerven damit ein wenig besänftigen zu können. »Also, was genau ist jetzt das Problem mit Ellie?«

Olivia kneift sich in ihren schmalen und langen Nasenrücken, ehe sie theatralisch durchatmet. »Sie besteht darauf, Roans kompletten Look für die Fashion Week abzuändern. Das macht all die koordinatorische Arbeit, die unsere beiden Teams die letzten Wochen geleistet haben, vollkommen hinfällig.«

Nachdenklich nicke ich. Ellies Look gestern war zwar fantastisch, ist aber deutlich von zuvor getroffenen Absprachen abgewichen. Es grenzt an ein Wunder, dass Damians und Roans Outfits einander auf eigenwillige Art und Weise komplettiert haben. Keiner von uns kann es sich leisten, Gerüchte über Unstimmigkeiten oder eine Trennung von *Parallel* mit so etwas wie der Kleiderwahl zu befeuern. Ich schon mal gar nicht, denn das würde das Label auf den Plan rufen, und genau das kann ich gerade absolut nicht gebrauchen. Andererseits will ich, dass Roan sich wohlfühlt und seine Zeit in Mailand genießen kann, von der positiven Publicity auf den sozialen Medien mal ganz zu schweigen.

»Wie steht der Rest vom Team dazu?«

Olivia rollt mit den Augen. »Die sind alle in absolutem Aufruhr. Was sie da vorhat, ist ja auch vollkommener Irrsinn, weshalb ich das Meeting verlassen habe, um mit dir zu reden.« Sie steckt ihr Handy weg und streicht über ihren blonden Pixie-Cut, obwohl nicht eine einzige Strähne aus der Richtung steht. »Du musst ihr das ausreden. Wir können auf keinen Fall jetzt noch größere Anpassungen vornehmen oder gar alles umwerfen. Sie wird einfach mit dem leben müssen, was Yui und ich gemeinsam vorbereitet haben.«

Ich umfasse die Tasse fester und deute in Richtung Tür. Streitschlichten gehört nicht gerade zu meinen Lieblingsaufgaben. Wenn nämlich Emotionen im Spiel sind, ist es schwer, auch nur irgendeiner der Parteien mit rationaler Logik beizukommen, was meist in hässlichen Wortgefechten und Arbeitsfehden endet, auf die ich, während einer so bedeutenden Veranstaltung wie der Fashion Week, getrost verzichten kann. Unter anderen Umständen würde ich die beiden das einfach selbst ausfechten lassen wie Erwachsene. Die Zeit haben wir aber leider nicht, und wenn dem Label zu Ohren kommt, dass es Dissonanzen in meinem Team gibt, wird mich das noch schlechter dastehen lassen, als ich es wegen der von mir künstlich in die Länge gezogenen Vertragsverhandlungen ohnehin schon tue. Zumal Tobias, dieses Arschloch, sich eh wie ein Aasgeier auf alles stürzen würde, das auch nur im Ansatz nach einem Fehler meinerseits riecht, nur um beständig weiter an dem Stuhl zu sägen, auf dem ich mich nur noch mit Mühe und Not halten kann.

Scheiße, den muss ich ja auch noch anrufen, nachdem er gestern beinahe Telefonterror betrieben hat. Ich bin noch keine fünfzehn Minuten wach, der Tag ist allerdings jetzt schon zum Kotzen. Die restliche Zeit in Mailand kann ja lustig werden. »Geh schon mal vor. Ich rede gleich mit ihr.«

Selbstgenügsam stolziert Olivia aus dem Zimmer und knallt die Tür hinter sich zu. Ich ziehe meine Anzughose über meine Boxershorts und schlüpfe in mein Hemd, das ich mir auf meinem Weg nach unten in den siebten Stock zuknöpfe und hastig in die Hose stecke. Wann ich meine Klamotten ausgezogen habe, weiß ich nicht. Verfluchter Whisky. Vor der Tür des provisorischen Meeting-Raums halte ich noch mal kurz inne und bereite mich seelisch auf das vor, was mich nun erwarten wird.

Doch als ich die Tür zu dem Hotelzimmer öffne, aus dem

das Hotelpersonal, auf unsere Anfrage hin, um die Jungs nicht die ganze Zeit in ihrer Suite mit unseren unzähligen Vor- und Nachbesprechungen zu stören, das Bett entfernt und gegen einen provisorischen Konferenztisch, bestehend aus mehreren Schreibtischen, ausgetauscht hat, begegnet mir nicht der Aufruhr, den ich mir aufgrund von Olivias Darstellung ausgemalt habe.

Positive Aufregung liegt in der Luft, befeuert durch die Musik, die aus einem Lautsprecher dringt. Wasim und Amir stehen vor einer Auswahl von Kleidungsstücken, die Köpfe verschwörerisch zusammengesteckt, während sie über etwas diskutieren. Auf dem Konferenztisch liegen lauter Paletten mit Make-up ausgebreitet, die Brian und Mia mit Zetteln mit Farbkonzepten abgleichen, an denen das Team offensichtlich schon seit einer Weile arbeitet, wenn man Rhondas bunt gefleckten Händen trauen darf. Damians Haar-Stylistin spricht mit Ellie, die im Schneidersitz mitten auf dem Konferenztisch hockt und begeistert nickt, als Rhonda etwas sagt, das in dem wuseligen Lärm des Zimmers nicht bis zu mir durchdringt.

Niemand hat mich bisher bemerkt, aber das ändert sich schlagartig, als Olivia sich den Lautsprecher von einer Anrichte schnappt und diesen kurzerhand abschaltet.

Sofort richtet sich aller Aufmerksamkeit auf sie und dann auf mich, und mir wird jäh bewusst, dass ich in einem recht schlampigen Outfit, wild abstehendem Haar und Schlaf in den Augen vor dem Teil meines Teams stehe, das darauf spezialisiert ist, Menschen so gut wie möglich aussehen zu lassen.

»So, alle einmal zuhören.« Olivia klatscht autoritär in die Hände, und ich fahre mir mit einer Hand übers Gesicht, um mein Augenrollen zu verbergen. »Ich habe Caleb gebeten, diesem Unfug ein Ende zu bereiten.«

»Was denn für ein Unfug?«, fragt Amir angriffslustig, und Wasim wirkt beunruhigt, als er einen Schritt auf Olivia zugeht.

»Na, diesen Unfug, den ihr hier veranstaltet!« Olivia deutet abfällig auf die Unterlagen, die um Ellie herum auf dem behelfsmäßigen Konferenztisch liegen. »Wir können nicht während der Fashion Week einfach das gesamte Konzept umschmeißen. Das ist vollkommener Irrsinn, für den wir weder die Ressourcen noch das nötige Personal haben.«

»Himmel, Olivia, wie oft denn noch?« Mia steht von ihrem Platz auf, der Frust ist deutlich in den harten Linien um ihren Mund zu erkennen, dessen Mundwinkel sonst eigentlich immer nach oben zeigen, besonders wenn sie arbeitet. »Niemand hat vor, das gesamte Konzept umzuwerfen. Wir wollen es doch lediglich anpassen.«

»Hörst du das?«, fragt Olivia mich schrill, und ich zucke zusammen, weil ich leider nicht weit genug von ihr weg stehe, um mein Trommelfell ausreichend zu schützen. Vielleicht liegt es aber auch an meinem Kater, der sich langsam, aber sicher bemerkbar macht. »Sag doch bitte was dazu! Das ist Wahnsinn.«

Ich sehe zu Ellie, die zweifellos der Grund für dieses ganze Tohuwabohu hier ist. Locker-lässig trägt sie Hoodie und Leggings, ihr Haar wieder zu einem unordentlichen Knoten auf dem Kopf zusammengebunden. Sie zuckt nicht mal mit der Wimper, ganz so, als hätte sie erwartet, dass ich sie zügig als Epizentrum des Chaos erkenne. »Würdest du mir bitte erklären, was hier los ist, Ellie?«

»Nach der Erfahrung von gestern bin ich gemeinsam mit Mia die geplanten Looks durchgegangen, und wir sind beide der Meinung, dass wir an den Outfits für Roan einige Änderungen durchführen müssen, um sicherzustellen, dass er sich wohlfühlt. Diese Entscheidung wollte ich aber nicht im Alleingang treffen, weshalb ich um ein Meeting gebeten habe, um zu sehen, was wir machen können, und alle …« Ellie hält inne, die Stille so bedeutungsschwer wie ihre Geste in Richtung Olivia, ehe sie fortfährt, selbstsicher und professionell in ihren Ausführungen. »Na ja, *fast alle*, waren gewillt, vorher Beschlossenes zu überdenken und gegebenenfalls Dinge anzupassen, damit Damians und Roans Looks nach wie vor miteinander funktionieren werden.«

Das klingt doch deutlich harmonischer als das, was Olivia mir aufgetischt hat, und ich erkaufe mir ein wenig Zeit, indem ich mich am Kopf kratze und nachgrüble.

Die Mehrheit scheint für die Änderungen zu sein, aber dennoch ist das hier eine Situation, die das fragile Gefüge dieses Teams weiter schädigen könnte. Nach Mia, die seit zehn Jahren mit uns arbeitet, ist Olivia die Dienstälteste aus dem Team Styling, das eigentlich jede Saison wechselt, während andere Teile des Teams rund um *Parallel*, wie zum Beispiel Content Manager, Tour Manager, Assistenten oder Fahrer, meist mindestens ein Jahr mit uns zusammenarbeiten.

Wenn ich mich auf Ellies Seite schlage, die ganz neu im Team ist, würde Olivia, die generell territorial und leicht reizbar ist, sich angegriffen fühlen und vermutlich sämtliche friedliche Zusammenarbeit verweigern, die wir bei einem so wichtigen Event wie der Mailänder Fashion Week aber dringend brauchen.

Wenn ich mich auf Olivias Seite stelle, übergehe ich aber den Willen des gesamten Teams und untergrabe ihren freien Willen, den sie klar geäußert haben, nur um einen Frieden zu wahren, der danach vermutlich eh dahin ist, weil ein Mehrheitsentscheid nun mal eigentlich die einzig demokratische Lösung in dieser Sache ist.

Ich kann es also nicht richtig machen, und die früh erteilte Lehre meines ehemaligen Mentors und heutigem CEO Jonathan Quill kommt mir in den Sinn: *Einen Tod musst du immer sterben, Lee. Gewöhn dich dran.*

Zeit, sich unbeliebt zu machen. Ich sehe in die Runde, die angespannt auf meine Entscheidung wartet.

»Macht die Anpassungen.« Olivia blickt mich an, als hätte ich gerade ihren Erstgeborenen erdolcht. »Die Mehrheit ist dafür, und solange ihr der Meinung seid, dass ihr es zeitlich hinbekommt, bin ich gewillt, dieses Risiko mit euch einzugehen.«

Euphorisches Gemurmel erklingt, und Ellies Lächeln strahlt wie tausend Sonnen, als sie vom Tisch hüpft. Automatisch frage ich mich, wie sie wohl mit offenem Haar aussehen mag. »Wir können es ganz sicher schaffen. Vielen Dank, Caleb.«

Ich spüre Olivias Wut und weiß genau, dass der Rest der Saison mit ihr ein echter Kampf werden wird. Mit meiner Entscheidung habe ich mir das allerdings selbst eingebrockt, und nach einem knappen Nicken wende ich mich zum Gehen. Allein bei dem Gedanken, wie viel Arbeit vor mir liegt, um dem Team jetzt den Weg für ihr ambitioniertes Vorhaben zu ebnen, bekomme ich nur noch schlimmere Kopfschmerzen, aber es ist jetzt, wie es ist. Und mit Olivia befasse ich mich erst dann, wenn sie wirklich beschließt, vor lauter Wut aus der Reihe zu tanzen.

Mit dem Handy bereits in der Hand, um Rupi vom Finanzcontrolling per Mail über die Situation vor Ort und den damit einhergehenden erhöhten Ausgaben in Kenntnis zu setzen, verlasse ich das Zimmer.

»Caleb! Warte kurz!«

Auf halben Weg den Flur runter bleibe ich stehen und sehe über die Schulter zu Ellie zurück, die beschwingten Schrittes auf mich zueilt. Meine Augen bleiben einen Moment zu lang an ihrem Mund hängen, und Gedanken an rot geküsste Lippen und zerwühltes Haar vernebeln mir den Verstand, bevor ich sie kurzerhand wieder erfolgreich verdränge. Sie arbeitet für mich. Wir sind Kollegen. Sie ist in einer Beziehung. Alles verdammt gute Gründe, diesen Gedanken nicht in ihren Kaninchenbau zu folgen.

»Ellie«, sage ich und sogar in meinen eigenen Ohren klingt meine Stimme etwas belegter als sonst. Bleibt nur zu hoffen, dass ihr das nicht auffällt. »Was kann ich für dich tun?«

Ellie steckt die Hände in die Bauchtaschen ihres Hoodies und wippt auf ihren Fersen auf und ab. »Ich wollte mich bei dir bedanken. Für gerade und auch für deine Hilfe gestern.« Ein leichter Rotschimmer breitet sich auf ihren Zügen aus, als ihre Augen über mich gleiten. »Ich bringe ganz schön Chaos ins Team, was?«

»Das könnte man wohl sagen.« Meinen unüberlegten, aber ehrlichen Worten folgt betretene Stille. Verlegen räuspere ich mich und deute dann auf das Handy in meiner Hand. »Ich sollte mich jetzt wirklich um ein paar Dinge kümmern.«

Ellie zieht ihre Unterlippe zwischen die Zähne. »Natürlich.«

»Wenn du noch irgendetwas wegen der geplanten Änderungen brauchst oder ich dir irgendwie helfen kann, dann lass es mich wissen, ja?«

Ellie hebt ungewohnt unsicher die Schultern. »Da gäbe es tatsächlich etwas.«

Ich ahne bereits, dass ich meine E-Mail wohl fürs Erste vergessen kann, und schiebe mein Handy zurück in meine Hosentasche. »Okay. Schieß los.«

»Nachdem wir gestern darüber gesprochen haben, habe ich nachts noch eine Mail an *Studio Five* geschickt. Das Label, das den Frack geschickt hat, den Roan so gerne mochte. Ich hatte ja gesagt, ich könnte da eventuell einen Kontakt herstellen. Eine Freundin von mir, Veronica, arbeitet dort als Junior Designerin. Oder hat sie zumindest mal. Weil sie so beschäftigt ist, haben wir schon länger nicht mehr miteinander gesprochen, was schade ist, weil–«

Sie plappert wieder. Und wieder macht das etwas mit mir. Meine Finger schließen sich fester um das Smartphone, als ich es zu unterdrücken versuche, weil ich mich auf keinen Fall in irgendetwas verrennen kann. Und das nicht nur weil wir Kollegen und sie in einer Beziehung ist. Auch weil mein Hirn grad aus allen Nähten platzt, und ich keine Kapazitäten mehr frei habe, um mir über Ellie Cox Gedanken zu machen, die eh schon viel mehr in meinem Kopf herumspukt, als sie sollte. »Ellie, komm bitte zum Punkt.«

»Oh, ja, natürlich.« Sie lacht verlegen, und ich spüre es bis in die Zehenspitzen. »Was ich sagen wollte, war, dass *Studio Five* für ihre erste Modenschau in Mailand ist. Mit den Änderungen, die wir jetzt vorhaben, wären ein paar ihrer Kleidungsstücke wirklich hilfreich.« Ellies Stimme gewinnt an Sicherheit, mit jedem Wort, das sie spricht, und zurück ist diese fokussierte und konzentrierte Frau, die mich auf eigenwillige Art und Weise fasziniert. »Gesetzt den Fall, dass sie antwortet, noch für *Studio Five* arbeitet und sich bereit erklärt, das eine oder andere Teil aus der neuen Kollektion zur Verfügung zu stellen, müsste ich in den Showroom. Könntest du bitte nachsehen, ob Roan für so einen Termin noch Kapazitäten hätte?«

»Das wird nicht gehen.« In Gedanken rufe ich sowohl meinen als auch den Terminkalender der Jungs auf. »Roans Kalender ist vollgestopft mit Meetings, Interviews, Konferenzen und Auftritten. Ich kann ihn auf keinen Fall für mehrere Stunden für dich freistellen. Tut mir leid.«

»Oh, ich verstehe.« Ellie nickt bekräftigend, und ein paar Strähnen lösen sich aus ihrem Dutt und umspielen sanft ihr Gesicht. »Das ist schade, aber nicht zu ändern. Es wäre leichter gewesen, direkt Teile auszuwählen, die ihm gefallen und zu seinen Maßen passen, aber das bekomme ich auch so irgendwie hin.«

»Wäre es eine Hilfe, wenn ich mitkäme?« Ellie starrt mich so überrascht an, wie ich mich fühle, denn eigentlich habe auch ich keine Zeit, sie zu begleiten. Nicht zwischen all den Terminen mit Anwälten, diversen Vorstellungsgesprächen und Meetings mit Kolleginnen und Kollegen, die eventuell einen anderen Blickwinkel zu meiner Lage beisteuern können. Von den offiziellen Terminen von *Parallel* will ich erst gar nicht anfangen. »Ich meine, ich bin nicht Roan, aber besser als nichts, richtig? Ich kenne ihn, und meine Maße sind ähnlich. Was bei mir sehr eng ist, wird bei ihm gut sitzen. Außerdem ist der Rest doch schwer beschäftigt, oder nicht?«

»Schon, aber–«

»Ellie, das gehört zu meinem Job.« Das ist zwar eine glatte Lüge, aber was ist schon eine mehr oder weniger, nicht wahr?

»Wenn das so ist. Es wäre wirklich eine große Hilfe. Ich meine, vielleicht kommt es ja auch gar nicht zustande, aber das im Hinterkopf zu haben, ist schon mal super.« Ellie strahlt mich an, und überraschenderweise ist es mir egal, ob ich Termine verschieben oder lügen muss, solange sie mich nur wieder so anlächelt. »Vielen Dank, Caleb.«

»Kein Problem.«

Sie tritt auf mich zu und drückt sanft meinen Unterarm. Die Berührung ist federleicht. Unschuldig. Trotzdem setzt sie mich in Flammen. »Danke.«

Sie geht, doch ich spüre ihre Berührung noch lange, nachdem sie verschwunden ist. Instinktiv weiß ich, dass es eine ganz dumme Idee gewesen ist, ihr meine Hilfe anzubieten.

9. KAPITEL

Ellie

Kit = ~~*Eine kleine Tasche, die alles enthält, was ein Stylist dringend braucht*~~*; Ein Arsenal an Dingen, die ich brauche, um allen auf den Keks zu gehen*

»Ellie.«

Unter anderen Umständen hätte Calebs sanfter Tonfall mich gewiss beruhigt, doch jetzt gerade läutete er damit den Tag des letzten Gerichts ein. »Nur noch fünf Minuten.«

»Ich fürchte, die haben wir nicht mehr.«

Seine Hand schiebt sich unter meinen Unterarm, und ich fluche, als er mir auf die Füße hilft. Meine Knie schmerzen, und meine Fingerspitzen, die ich heute immer wieder versehentlich als Nadelkissen benutzt habe, zieren lauter Pflaster. Wie um mich zu verhöhnen, baumelt die Nadel an dem Faden, den ich verwendet habe, um Roans gemustertes Shirt an der Taille mehr einzubringen, damit ich den Look nicht mit einer Jacke oder Sicherheitsnadeln versauen muss. Wieso muss dieser Mann auch so eine verflucht schmale Taille haben? »Fuck.«

Roan dreht sich zu mir um, sein Rock schwingt dabei um die aufwendig verzierten Schuhe mit dem leichten Absatz, die zu seinem grobgliedrigen Schmuck und den Schnallen des Rocks passen. Es ist ein Look, auf den ich stolz sein sollte, ein filigranes Kunstwerk aus maskulinen und femininen Einflüssen, das ich den ganzen Nachmittag ausbalanciert habe, bis alles absolut perfekt ist. Doch gerade spüre ich nichts weiter als eine Welle ungefilterter Frustration.

»Halb so wild, Ellie.«

»Für mich ist es wild.« Ich trete hinter Roan und drehe ihn wieder dem Spiegel zu, ehe ich die letzten Zentimeter Stoff zwischen die Finger nehme, die ich hätte einbringen wollen. »Deine Taille ist so schön schmal, und jetzt geht sie einfach unter.«

Roan fährt sich mit einer Hand über die Körpermitte und linst dann zu Caleb rüber. »Können wir vielleicht–«

»Nein.« Ich weiß, Caleb meint es nicht so harsch, wie es klingt, und doch versetzt mir dieses eine Wort einen Stich, während er damit meinen letzten Funken Hoffnung im Keim erstickt. »Ihr trefft euch nicht mit irgendjemandem, sondern mit Hunter Johnsen. Der Kerl ist extra aus New York angereist, um das neue Album zu besprechen, und wir werden ihn ganz sicher nicht wegen eines Outfits warten lassen. Ich weiß, das Label legt Wert darauf, dass ihr immer wie aus dem Ei gepellt ausseht, aber der Typ ist zu wichtig, um ihn mit einer Verspätung vor den Kopf zu stoßen. Nichts für ungut, Ellie.«

»Schon okay.« Als ich den Termin heute in meinem Tagesplan entdeckt habe, war ich gelinde gesagt überrascht. Mia hat mich dann aber darüber ins Bild gesetzt, dass Roan und Damian stets gestylt werden müssen, sobald sie das Haus verlassen, und auch wenn das Leuten wie mir eine Menge Arbeit beschafft, ist es doch irgendwie völlig absurd. Umso mehr wundert es mich, dass die beiden überhaupt noch eigene Klamotten besitzen, die sie auch sofort anziehen, sobald sie wieder zurück im Hotel sind.

Damian, gehüllt in einen bodenlangen Mantel mit pinken

Handbestickungen auf Rücken und Armen, richtet den langen Ohrring mit den floralen Details, der an seinem rechten Ohr baumelt, ein Entgegenkommen von Olivia, die gerade Rhonda auf die Finger schaut, die die letzten Spangen in Damians Haar schiebt, bevor sie mit einer letzten kleinen Geste ihr Okay gibt. »Wir treffen uns in diesem hippen Restaurant in der Innenstadt, richtig?«

Was Caleb von der eher rhetorischen Frage des Rappers hält, ist überdeutlich, während er mit einer Hand dem Team anzeigt, dass sie sich in Bewegung setzen sollen und sie es außerdem verdammt eilig haben. »Richtig.«

»Klasse. Da staut es sich sicher eh.« Damian greift sich meinen Oberarm und nickt in Richtung meines Kits, in dem ich alles aufbewahre, was ich zwangsläufig als Stylistin brauche, wie Sicherheitsnadeln, Stecknadeln oder voreingefädelte Nadeln. »Ich hoffe, du kannst auch im Auto nähen, du emsiges kleines Schneiderlein.«

»Kann ich.« Am liebsten hätte ich dem Rapper für seine Rettungsaktion gerade einen Schmatzer auf die Wange gedrückt, doch dafür bleibt keine Zeit. Ich löse mich von Damian und grapsche mir mein Kit, als Brian ihm noch mal andeutet, für ein letztes Mal Abpudern näher zu kommen. Caleb scheint mehr als skeptisch, also versuche ich mich im Flehen, in der Hoffnung, damit sein Herz zu erweichen, von dem ich mittlerweile weiß, dass es insgeheim groß und gütig ist. »Bitte, Caleb. Ich schwöre, du wirst es nicht bereuen.«

Caleb mahlt mit den Zähnen und sieht dann zu Roan. »Bist du cool damit?«

»Sicher.« Roan nimmt sein Handy von Mia entgegen, die noch einmal seinen Eyeliner überprüft, während er seine Nachrichten checkt, ehe er es Damian reicht, der es wortlos in die Hosentasche seiner locker geschnittenen Jeans verschwinden lässt. »Sie wird mich schon nicht mit ihrer kleinen Nähnadel durchlöchern.«

Caleb scheint noch darüber nachzudenken, nickt aber dann abrupt und ergreift meinen Ellbogen. »Na dann, Abflug, Leute.«

Die Situation kommt mir eigenwillig vertraut vor, doch anders als letztes Mal, wo wir ein etwas gemäßigteres Tempo an den Tag legen konnten, muss ich jetzt meine Beine zur Eile antreiben, um mit dem kleinen Tross mitzuhalten, in dessen Mitte ich mich befinde. Schneller als ich gucken kann, sind wir im Fahrstuhl und fahren abwärts in die Lobby, die wir blitzschnell passieren. Caleb hilft mir in den SUV und schickt mich nach hinten durch, wo Roan sich zu mir gesellt und Damian das Licht im Wageninneren einschaltet, damit ich überhaupt etwas erkennen kann.

Caleb nimmt neben Damian Platz und schlägt die Tür zu, ehe er seine Armbanduhr checkt, ein Hauch von Silber in all dem Nachtschwarz, in das er sich heute hüllt. »Du hast fünfzehn Minuten.«

»Alles klar.«

Roan wendet mir mit einem ermutigenden Daumen hoch den Rücken zu, und ich nehme Nadel und Faden wieder auf, bevor ich mich an die Arbeit mache. Entfernt nehme ich wahr, wie die Männer sich unterhalten und wie ihre Stimmen sich mit der Musik aus den Lautsprechern und dem Surren des Motors vermischen, aber das alles tritt für mich vollkommen in den Hintergrund. Stattdessen konzentriere ich mich einzig und allein darauf, einen Stich nach dem nächsten zu setzen, während ich Roan immer wieder murmelnd frage, ob das Shirt auch nicht zu eng wird, was er jedes Mal verneint.

Ich setze den letzten Stich und tauche keuchend aus meiner Trance auf, als ich ein lautes Klopfen am Fenster höre.

»Bist du fertig?«, fragt mich Roan sanftmütig, offensichtlich nicht im Mindesten gehetzt, obwohl wir mittlerweile das Restaurant erreicht haben, vor dem Fotografen herumlungern, obwohl der Termin mit dem Produzenten nicht öffentlich bekannt gemacht wurde.

»Ja.« Ich ziehe eine Schere aus meinem Kit hervor und schneide den Faden ab. »Ich habe es sehr eng genäht. Es kann also sein, dass wir dich heute Abend vielleicht aus dem Shirt rausschneiden müssen, wenn du es nicht einfach so ausziehen kannst.«

»Das macht nichts.« Roan dreht sich zu mir um und drückt kurz meine Hand, ehe er sich Caleb zuwendet, der die Beine überschlagen und die Arme vor der Brust verschränkt hält. »Sollen wir die Plätze tauschen?«

Etwas skeptisch sehe ich auf den doch eher begrenzten Raum im SUV. Möglich ist das gewiss, würde bei zwei erwachsenen Männern allerdings ein lustiges Schauspiel werden, zumal Caleb mit den breiten Schultern und all den Muskeln nun wirklich nicht als zierlich durchgehen kann.

»Nicht nötig. Ich steige einfach als Erster aus und halte euch die Tür auf.« Caleb lehnt sich auf seinem Sitz etwas nach vorne, um mit dem Fahrer zu sprechen. »Wie viele Autos sind noch vor uns in der Schlange, Marco?«

»Vier, Mister C«, antwortet der Mann mit den wilden, schwarzen Locken und dem starken italienischen Akzent. »Ich denke, Sie haben noch ungefähr fünf Minuten. Kommt drauf an, wie viele davon nur Gäste rauslassen, und wer vom Parkservice Gebrauch machen will.«

»Alles klar. Danke.« Caleb lehnt sich wieder zurück und inspiziert seinen schwarzen Anzug auf Staubkörner oder Flusen, bevor er sich mir zuwendet. »Das Meeting kann eine Weile dauern. Normalerweise bleibt der Wagen immer auf Stand-by in der Nähe, damit wir kommen und gehen können, wie wir wollen, aber Marco wird dich zurück zum Hotel bringen und dann–«

»Du willst Marco bei dem Verkehr allen Ernstes hin und her schicken?« Damian mischt sich so unvermittelt ein, dass nicht nur Caleb verdattert blinzelt, sondern auch Roan und ich. »Findest du das nicht etwas übertrieben? Vom Spritverbrauch mal ganz zu schweigen. Denk doch auch mal an die Umwelt, Mann.«

Caleb zieht eine Augenbraue hoch. »Du willst mich verarschen, oder?«

»Kein bisschen.«

»Mann, du fährst einen V12-Sportwagen. Jetzt komm mir nicht mit Umweltschutz.«

»Ich finde schon, dass Damian recht hat.« Roans Mundwinkel zucken verdächtig, aber sonst bleibt er vollkommen ernst, obwohl Damian und er einen auffällig verschwörerischen Blick wechseln. »Die Presse wird sich das Maul zerreißen, wenn unser Auto hin und her fährt, während wir im Restaurant sitzen. Außerdem sagt die Dienstanweisung vom Label ganz klar, dass unnötige Fahrerei um jeden Preis vermieden werden soll. Globale Erwärmung ist kein Spaß, Cal. Wir sollten alle unseren Beitrag leisten.«

»Seit wann liest du bitte schön Dienstanweisungen?« Als Roan nur mit den Achseln zuckt, rollt Caleb mit den Augen. »Und was schlagt ihr bitte stattdessen vor? Soll ich Ellie etwa allein im Auto warten lassen?«

»Nein«, kommt die Antwort unisono, noch bevor ich einwerfen kann, dass mich das wirklich nicht stören würde, ehe Damian schon einen Alternativvorschlag unterbreitet.

»Ihr könnt doch einfach in der Nähe was essen gehen.«

Abwehrend hebe ich die Hände, doch mein Magen grollt

hörbar, allein bei der Aussicht auf etwas Essbares. Keine Ahnung, wann ich heute das letzte Mal was gegessen habe, aber jetzt wo jemand darüber gesprochen hat, habe ich einen Bärenhunger. Das Knurren ist laut genug, dass alle drei mich ansehen, und ich spüre, wie mein Gesicht vor Scham heiß wird. »Das ist nicht nötig. Ich kann wirklich auch allein etwas essen gehen.«

»Kommt nicht infrage.« Roan sieht Caleb warnend an. »Wenn ihr was passiert, nur weil sie abends allein unterwegs war, werde ich ziemlich unausstehlich werden.«

Sein Manager scheint wenig amüsiert, als er trocken zurückschießt. »Bist du das nicht immer?«

Wir haben nur noch einen Wagen vor uns, aus dem gerade ein italienisches Supermodel und ihr Ehemann aussteigen, und langsam werde ich unruhig. »Jungs, ich weiß das zu schätzen, aber ich komme wirklich–«

»Wir brauchen dich da drinnen nicht«, sagt Damian flapsig und macht eine wegwerfende Handbewegung. »Der ganze technische Musikkram ist doch eh nicht dein Ding. Außerdem haben wir eine Horde von Bodyguards dabei, sollte irgendwas sein.«

Das scheint Caleb erst recht nicht zu gefallen, denn sein Ton wird schneidend. »Und wie sieht das aus, wenn *Parallel* ohne ihren Manager zu einem so wichtigen Termin auflaufen?«

»So, als wären sie zwei erwachsene Männer, die ihren Kram auch mal allein regeln können.« Damian deutet nach hinten auf den Platz, auf dem Roan sitzt. »Tausch mit Roan und geh was essen. Ich schreib dir, wenn wir dich brauchen.«

Caleb flucht, wuchtet sich dann aber hoch und tauscht überraschend elegant und eindeutig geübt im letzten Moment mit Roan den Platz, bevor die Tür von außen geöffnet wird und wir beide uns tiefer in die letzte Reihe pressen, damit keine

Kamera uns einfängt. Das laute Rufen der Fotografen dringt an meine Ohren, als *Parallel* aus dem Wagen aussteigen. Doch bevor ich die Reaktionen zu ihrem Styling abschätzen kann, wird die Tür wieder zugeschlagen und lässt Caleb und mich in einer gespenstischen Stille zurück, als der SUV sich in Bewegung setzt.

»Mister C?«, fragte Marco nach einer Weile unsicher. »Soll ich den SUV auf einem nahe gelegenen Parkplatz für das Stand-by parken?«

Caleb löst die Hände, die er zu Fäusten geballt hält mit einem schicksalsergebenen Seufzen. »Ja, Marco, das wäre nett.«

Ich versuche, mich in meinem Sitz ganz klein zu machen, doch Calebs Augen finden mich dennoch. Er sagt nichts, und irgendwann halte ich es nicht mehr aus.

»Entschuldige, ich hätte nicht darauf bestehen sollen, Ro–«

»Würdest du mich auf eine Pizza begleiten?«

Ich war auf einen Sturm gefasst. Auf eine scharfe Zurechtweisung. Nicht auf in Halbschatten sanft gemurmelte Einladungen, die das alles nach so viel mehr klingen lassen als einer Notlösung. In meiner Magengegend regt sich was, diesmal aber nicht vor Hunger. Ich wringe die Finger in den Stoff meiner Jacke, als ich, bei dem Gedanken, Zeit allein mit ihm zu verbringen, vielleicht etwas zu euphorisch nicke. »Nur unter einer Bedingung.«

Caleb sieht mich fragend an.

»Danach bekomme ich noch eine Kugel Eis.«

Caleb schmunzelt, und auch der letzte Rest Anspannung weicht aus seinem Gesicht, ehe er die Hand ausstreckt und das Licht im Wagen löscht. »Alles, was du willst.«

10. KAPITEL

Ellie

Last Look = ~~*Die letzte Chance vor einem Shooting / einer Filmaufnahme, das Outfit zu prüfen und zu richten*~~*;*
Scheiße, ich habe Mist gebaut

So etwas Schönes habe ich, glaube ich, in meinem Leben noch nicht gesehen. Staunend betrachte ich die über dem breiten Kanal gespannten Lichterketten, deren Licht sich auf der dunklen Oberfläche des Wassers spiegelt, während seichte Wellen leise gegen den Stein schwappen, der ihn einfasst. Verschnörkelte Eisenbrücken wölben sich über der Wasserstraße, und ich kann nicht aufhören, zu starren, während Caleb und ich den Gehweg entlangschlendern. Die Straße ist abgesperrt, kein Auto fährt mehr, und die Restaurants, die sich entlang des Kanals ziehen, haben Tische draußen aufgestellt, an denen große und kleine Gruppen von Menschen plaudern und essen. Von irgendwo her höre ich Soul an mein Ohr dringen. Aus einer anderen Richtung erklingt Blues. Und wir mittendrin. Ich kann mich nicht sattsehen an diesem Ort, der mir wie eine Oase in der hektischen Welt um uns herum vorkommt, in die ich gestern zum ersten Mal einen Fuß gesetzt habe.

Himmel, ich habe fast das Gefühl, als wäre es Wochen her, dass Mia mich angerufen hat, um mir das Angebot meines Lebens zu unterbreiten. Dabei sind es kaum mehr als sechsunddreißig Stunden. Doch die habe ich in einem ewig anhaltenden Dauerlauf verbracht, und dies ist die erste Gelegenheit, einmal durchzuschnaufen. Was ich jetzt gerade auch ausgiebig tue. Im wahrsten Sinne des Wortes. Tief atme ich ein, nehme den Geruch von Wasser, vermischt mit den Düften der italienischen Küche und einem Hauch von Kaffee und den Noten von Kardamom und Zeder, die meinem Begleiter anhaften, in mich auf.

»Vergiss bei all dem Staunen nicht dein Eis«, meint Caleb scherzend und trinkt einen Schluck von seinem Cappuccino, den er sich ein paar Minuten zuvor in einem Café, das in einem nach Jasminblüten duftenden Hinterhof versteckt lag, zusammen mit einer kleinen Tüte Cantuccini besorgt hat.

Die Erinnerung ist durchaus nötig, denn als sich mein Blick auf die zwei Kugeln in der Waffel richtet, eine Schokolade und die andere Joghurt, drohen beide, mir davonzulaufen. Schnell hebe ich das Eis an meine Lippen und lecke daran, bis keine Gefahr mehr besteht.

»Es ist wunderschön, oder?«

Eifrig nicke ich, beeindruckt von der Schönheit des Viertels, von dem ich in unzähligen Blogs und Reiseführern gelesen habe. Allerdings hätte ich nicht zu träumen gewagt, es während der Mailänder Fashion Week erkunden zu können. »Bist du vorher schon mal hier gewesen?«

Caleb nickt, seine Finger verkrampfen sich, als er den Becher schwenkt. »Als Teenager.«

Ich versuche, Caleb mir in dem Alter vorzustellen. Vermutlich war er da schon hochgewachsen. Ob er da auch schon die Narben an seinen Händen oder die leicht schiefe Nase gehabt hat? »Mit deinen Eltern?«

»Ja.« Das Wort klingt wie der Punkt am Ende eines Satzes – unmissverständlich in seiner Finalität. »Freut mich, dass es dir gefällt.«

»Wie könnte es nicht?« Ich betrachte das Leben um mich herum und fühle den Druck der letzten Stunden schwinden, als ich all das gierig in mich aufsauge wie ein Schwamm. »Es ist himmlisch.«

Mein Begleiter bemüht sich, sein Grinsen hinter dem Rand seines Kaffeebechers zu verstecken, aber die kleinen Fältchen um seine Augen verraten ihn. »Das hast du über die Pizza auch schon gesagt.«

Ich lege mir die freie Hand auf den Bauch und klopfe bestätigend, was Caleb mit einem Lachen belohnt, das auch den letzten Rest kühler Verschlossenheit aus seinen Augen vertreibt. »Auch das hat gestimmt. Ich hätte gerne noch eine zweite gegessen, aber die erste hat schon kaum reingepasst.«

»Ja, der Teig war fantastisch. Locker, luftig und nicht zu dick.« Caleb leert seinen Becher und wirft ihn in den eisernen Mülleimer, an dem wir vorbeispazieren. »Wundert mich nicht, dass sie mir das Rezept nicht verraten wollten.«

»Backst du eigentlich gern? Das wollte ich dich im Restaurant schon fragen, als du den armen Kellner so terrorisiert hast.«

»Dein Eis.« Caleb deutet wieder auf meine Waffel und schnell mache ich mich wieder darüber her. Das Joghurteis nimmt der Schokolade etwas von der schweren Süße und ist damit genauso perfekt wie der Rest dieses Abends. »Außerdem habe ich ihn nicht terrorisiert.«

»Ich bin mir sicher, dass sieht der arme Junge ganz anders.« Ich kichere, als ich an den Gesichtsausdruck des jungen Mannes denke, den ich auf kaum älter als achtzehn Jahre schätzen würde.

Caleb kratzt sich über den Bartschatten und zieht dann die Tüte mit den Cantuccini hervor. »War ich wirklich so aufdringlich?«

»Aufdringlich vielleicht nicht. Ich würde es eher *sehr bestimmt* nennen.« Ich stoße Caleb mit der Schulter an, der dadurch nicht mal ins Wanken gerät. »Und hör auf, das Thema zu wechseln. Also, backst du gerne?«

»Tatsächlich nicht wirklich.« Er öffnete die Tüte und linst hinein. Ob er nun das Gebäck mustert oder sich einfach nur vor mir verstecken will, weiß wohl nur er. »Ich kann wohl kochen und backen, aber zu meinen Leidenschaften würde ich es jetzt nicht zählen.«

»Warum hast du dann–«

»Ich wollte versuchen, die Pizza für die Jungs nachzubacken, sobald wir wieder in London sind.« Caleb scheint mächtig interessiert an den Cantuccini zu sein, die er eingehend betrachtet, was er sicher nur macht, um mich nicht ansehen zu müssen. Ich erkenne an seinen Ohrenspitzen einen leichten Rotschimmer. »Für die beiden ist es schwer, irgendwo hinzugehen. Besonders spontan. Dafür braucht es eigentlich immer Sicherheitschecks und Bodyguards und all den Kram, weshalb sie für gewöhnlich lieber nicht ausgehen. Manchmal frage ich mich, ob der Preis, den sie für ihren Erfolg zahlen, nicht zu hoch ist.«

Er zuckt mit den Schultern und steckt sich das Mandelgebäck in den Mund, das laut knackt, als er draufbeißt. Unvermittelt bleiben wir stehen, und ich setze mich auf ein breites, weißes Steingeländer, welches dem Kanal folgt. Ich überlasse Caleb seinen grübelnden Gedanken, während er aufs Wasser starrt. Ich löse mein langes Haar aus dem Knoten, der nach Stunden spannt, und fahre mit den Fingern hindurch, um es zumindest ein wenig in Ordnung zu bringen. Minuten vergehen, in denen wir einfach in Stille dasitzen, bis Caleb schroff den Kopf schüttelt.

»Shit, entschuldige bitte.« Er reibt sich über das kurze Haar und steckt die Tüte zurück in seine Hosentasche, in der sich noch ein paar Gebäckstücke verbergen müssten. »Das war unhöflich von mir.«

»Nein, es ist verständlich.« Ich lasse die Beine baumeln und betrachte Caleb in dem warmen Schein der Lichterketten, der seine blonden Haare golden wirken lässt und Schatten auf sein kantiges Gesicht wirft. »Die beiden bedeuten dir alles. Dass dich diese Frage beschäftigt, finde ich völlig verständlich.«

»Danke.« Er sieht mich an und stockt kurz. Mit bewundernden Augen sieht er mich an. »Du … Wann hast du die Haare aufgemacht?«

»Gerade.« Ich wickle eine der langen Strähnen um meinen Finger. Ich nehme mir immer wieder vor, sie abzuschneiden, was ich aber doch nie tue, weshalb sie mir mittlerweile bis zur Taille reichen und ständig im Weg sind. »Wieso? Gefällt es dir nicht?«

»Doch. Sehr.« Caleb zögert kurz, nimmt unser Gespräch von zuvor dann aber wieder auf. »Ich will nicht die Zeit zurückdrehen, aber manchmal wünsche ich mir einfach, dass sie so erfolgreich sein könnten, ohne ihr ganz normales Leben dafür aufgeben zu müssen.«

Mein Herz flattert diesem Mann praktisch entgegen, und für heute Abend lasse ich ihm freien Lauf, anstatt es wieder an die Leine zu legen. »Du würdest alles für die zwei tun, oder?«

»Absolut.« Caleb räuspert sich und wechselt von einem Bein auf das andere. Über seine Gefühle zu sprechen, scheint wirklich nicht sein Ding zu sein, aber ich rechne es ihm hoch an, dass er es dennoch tut.

Für mich. Das macht er nur für mich, flüstert ein naiver und wahnhafter Teil von mir, den ich im Keim zu ersticken versuche. »Wie habt ihr drei euch eigentlich kennengelernt? Hast du dich bei ihnen als Manager vorgestellt und ihr seid Freunde geworden?«

»Nein. Ich hab Damian in einem Pub auf die Schuhe gekotzt.« Kurz geben seine Lachfalten sich die Ehre, doch schnell verschwinden sie wieder hinter dem feuchten Glanz seiner Augen, so als wäre die Erinnerung schön und schmerzhaft zugleich. »Ich hatte ja bereits erwähnt, dass sie mich aufgenommen haben, als ich nichts und niemanden mehr hatte. Sie haben mich auf ihrer Couch meinen Rausch ausschlafen lassen und mir dann einen Job angeboten. Hab den beiden Grünschnäbeln erst kein Wort geglaubt, immerhin waren sie damals neunzehn und sechzehn. Aber dann wurde mir klar, dass sie es ernst meinen, und ich hab angenommen.«

Etwas verdattert bin ich schon. Der immer so kontrollierte Caleb hat Damian in einem Pub auf die Schuhe gekotzt? Und das haben die beiden dann zum Anlass genommen, ihn als ihren Manager anzuheuern? Da sind wohl nur Bruchstücke der eigentlichen Geschichte, doch als Caleb die Augen niederschlägt und in die dunklen Tiefen des Wassers starrt, beschließe ich, für heute nicht weiter nachzuhaken. Denn auch wenn meine Neugierde mich beinahe umbringt und ich mehr über diesen Mann herausfinden will, ist es mir gerade wichtiger, einen schönen Abend mit ihm zu verbringen, an dem wir beide abschalten können. Die dunklen Untiefen seiner Gedanken, in denen Caleb gerade zu versinken droht, haben da keinen Platz.

Ich hüpfe vom Geländer und greife mir Calebs Handgelenk. »Komm.«

Er blinzelt verwirrt, die Augen groß vor Überraschung, als ich ihn mit mir die Straße entlangziehe, in die Richtung, aus der ich Jazz vernehme. »Ellie, was hast du vor?«

Wir erreichen die Bar, aus der die fröhliche Musik schallt. Buntes Licht erleuchtet den Innenraum, in dem hinter einer langen Bar diverse Barkeeper einer durstigen Meute Herr zu werden versuchen. Die meisten der Gäste draußen, die sich an den hohen Tischen plaudernd um Weinkaraffen drängen, sind älter als wir. Doch vereinzelt erkenne ich auch Leute in unserem Alter oder sogar noch Jüngere in dieser scheinbar ikonischen Bar, wenn man dem Ansturm Glauben schenken darf. Vielleicht liegt es aber auch einfach daran, dass es ein Freitagabend ist, und Mailand während der Fashion Week aus allen Nähten platzt. Was auch immer es sein mag, die Stimmung ist ausgelassen genug, sodass man einige Stehtische an die Seite geräumt hat, um mitten auf der Straße eine kleine Tanzfläche zu bilden, auf der sich nun vereinzelt Paare vom Jazz leiten lassen. Ihre Körper drängen sich eng aneinander, ihre Bewegungen wirken geschmeidig zu der Melodie aus Klavier und Saxofon, die so reich und süß klingt, wie das Eis zuvor auf meiner Zunge geschmeckt hat.

»Tanz mit mir.«

Ich habe keine Ahnung, woher ich den Mut dazu aufbringe, meinen *Boss* um einen Tanz zu bitten. Tanzen kann ich nämlich überhaupt nicht. Aber offensichtlich ist meinem Herz das egal, das den Wunsch ohne die Supervision meines Hirns direkt an meinen Mund übertragen hat.

Caleb sieht zu der kleinen, aber sehr öffentlichen Tanzfläche. Dann prüft er seine Uhr, ehe er die Lippen aufeinanderpresst. »Ellie, ich weiß nicht, ob das–«

»Ach komm schon.« Beherzt ziehe ich ihn noch weiter in Richtung Tanzfläche und tatsächlich stolpert er mir für ein, zwei Schritte hinterher, bevor er sich wieder fängt. »Es ist noch früh am Abend, und du hast selbst gesagt, dass das Meeting eine ganze Weile dauern kann. Warum dann nicht mit etwas die Zeit totschlagen, das Spaß macht?«

»Ellie, wir sind mitten auf einer öffentlichen Straße.«

»Wir und unzählige andere auch.« Ich versuche mich an

meinem besten bittenden Schmollmund und klimpere mit den Wimpern. »Komm schon, Caleb. Hör auf, zu denken und tanz mit mir. Nur einen einzigen Song.«

Er löst sein Handgelenk mühelos aus meinem Griff, und mein Herz fällt ins Bodenlose. Habe ich mich zu weit vorgewagt? Ist meine Bitte um einen Tanz eine Grenze gewesen, die ich besser niemals überschritten hätte?

»Nur ein Song?«

Blitzschnell erholt sich mein Herz von seinem Sturzflug. »Nur einer. Versprochen.«

Skeptisch betrachtet Caleb die herumwirbelnden Paare, atmet dann aber schicksalsergeben aus. »Aber wirklich nur einer.«

Begeistert klatsche ich in die Hände, als er sein Jackett auszieht, unter dem ein schwarzes, eng anliegendes Hemd zum Vorschein kommt, das mich kurz ablenkt, während er die Manschettenknöpfe öffnet und die Ärmel bis zu den Ellbogen hochrollt. Er legt das Jackett auf einem Barhocker an einem Stehtisch mit einer kleinen Gruppe älterer Herrschaften ab, nachdem er sie um Erlaubnis gefragt hat. Dann stellt er auch die Tüte Cantuccini aus seiner Hosentasche darauf.

»Ich fasse es nicht, dass du mich dazu überredet hast.« Caleb ergreift meine Hand und führt mich mitten zwischen die anderen Gäste, von denen die meisten sich geübt zur Musik bewegen, so als täten sie am Wochenende nichts anderes, als mitten auf der Straße zu Jazz zu tanzen. Sie wirbeln herum, verschmelzen vor mir zu Farbkleksen, denen ich kaum mit den Augen folgen kann, und die den Anschein erwecken, als wären sie direkt der TV-Show *Dancing with the Stars* entsprungen. Ich mische mich unter sie und beginne, mich zur Musik zu bewegen, ohne wirklich zu wissen, was ich da tue. Aber es fühlt sich gut an. Es fühlt sich gut an, alles einfach mal loszulassen und sich zu einem Beat zu bewegen, den ich wie meinen eigenen Herzschlag spüre. Caleb sieht mich etwas verunsichert an, aber ich greife nach seiner großen Hand, die sich so richtig anfühlt in meiner.

»Komm schon, Caleb! Tanz einfach.«

Caleb schaut auf unsere Hände, und die Linie seines Kiefers entspannt sich etwas. »Das, was du da machst, würde ich nicht unbedingt tanzen nennen.«

»Wieso nicht? Ich bewege mich zur Musik. Ich bin mir ziemlich sicher, dass das die Definition von Tanzen ist, Mr Oxford-Wörterbuch.« Übertrieben klimpere ich mit den Wimpern. »Oder meinst du, weil ich lieber meinem eigenen Takt folge, anstatt mich dem der anderen anzupassen?«

Etwas liegt in Calebs Augen, als er mich betrachtet. Etwas, das ich nicht benennen kann, was sich aber ein bisschen so anfühlt wie ein Anflug von Bewunderung. Amüsiert schüttelt er den Kopf. »Du bist unmöglich.«

»Ich weiß. Und jetzt vergiss einfach alles und tanz mit mir.«

Es braucht noch ein paar Ermutigungen und alberne Drehungen, doch dann lässt Caleb endlich los und wiegt sich mit mir zur Musik, die aus den Lautsprechern tönt. Seine Bewegungen sind anders als meine. Kalkulierter und geschmeidiger. Ich folge ihnen mit den Augen und spüre gleich die Hitze, die mir dabei in die Wangen schießt. Also beschließe ich, mich lieber wieder auf mich selbst zu konzentrieren und mich in der Musik zu verlieren, die mir so fremd ist, die sich aber, genau wie Calebs Hand in meiner, einfach richtig gut anfühlt. Ich hebe die Arme über meinen Kopf und schwinge meine Hüften zum Beat, zumindest so lange, bis ich mich immer wieder ganz klein machen muss, um den Paaren Platz zu machen, die sich so viel sicherer bewegen als ich. Überrascht keuche ich auf, als Caleb die Hand auf meinen Unterarm legt und mich zu sich zieht. Seine Hand findet meine, und ehe ich mich versehe, nimmt er die gleiche Haltung an, die so viele Männer um uns herum eingenommen haben.

»Du kannst Paartanz?«, platzt es aus mir heraus.

Verblüfft mustert er mich. »Du etwa nicht?«

»Nein.« Ich sehe zu den anderen Paaren um uns herum. »Ich hab das noch nie gemacht.«

»Du bist echt nicht zu fassen.« Caleb gibt einen Laut von sich, der irgendwo zwischen perplexem Schnauben und gehässigem Lachen liegt, als er seine Hand an meinen unteren Rücken legt und mich ganz dicht an sich schiebt. »Und obwohl du nicht tanzen kannst, hast du mich trotzdem dazu aufgefordert?«

»Also, nicht tanzen können, würde ich nicht unterschreiben«, murmelte ich kleinlaut. »Aber, ja.«

»Wieso?«

»Weil ich mit *dir* tanzen will.«

Caleb schaut auf mich herab, sein Gesicht unergründlich, aber der Ausdruck darauf so weich, dass mein Herz schmerzt. Er hebt seine rechte Hand, in der meine liegt, und hält sie ganz fest. Die linke belässt er an meinem Rücken und zieht mich noch enger an sich, sodass unsere Oberkörper sich jetzt fast berühren. Mein Atem stolpert, und wenn Caleb es bemerkt, sagt er zum Glück nichts dazu, sondern murmelt nur leise: »Leg deine Hand auf meine Schulter.«

Nur zu gern lasse ich meine Hand seinen linken Oberarm hinaufgleiten, dessen Konturen ich fest unter dem weichen Stoff seines Hemdes spüren kann. Meine Finger graben sich in seine Schulter, deren Ausmaße ich jetzt erst so richtig begreife, wo ich ihn berühren kann.

»Was jetzt?«, frage ich etwas hilflos, nur um mich davon abzulenken, dass ich die Wärme seines Körpers spüren kann, weil er mir so nahe ist. Sie lullt mich ein, verleitet mich dazu, ihm noch näher zu kommen, bis wir Brust an Brust stehen und ich mich ganz gegen ihn sinken lasse. Doch ich bleibe standhaft, auch wenn ich mir grade nichts mehr wünsche, als auch die letzten Zentimeter zwischen uns verschwinden zu lassen.

Caleb lacht, leise und rau, und ich kann es bis in die Zehenspitzen fühlen. »Jetzt tanzen wir.« Er lehnt sich etwas weiter zu mir herunter und hält mich gefangen.

»Alles, was du tun musst, ist, mir zu vertrauen und dich von mir führen zu lassen.«

Warum mich das wohlig erschaudern lässt, weiß ich nicht. Es ist mir aber auch völlig gleich, denn ich will mich nur noch an Caleb festhalten und mit ihm in diesem Moment verharren.

»Bereit, Ellie?«

»Bereit.«

Caleb macht den ersten Schritt rückwärts, und prompt trete ich ihm auf den Fuß.

»Oh Scheiße! Entschuldige.« Panisch sehe ich nach unten. »Ich passe besser auf, versprochen.«

»Ellie.« Sein sanfter Tonfall lässt mich von seinen schwarzen und polierten Anzugschuhen aufblicken, die jetzt schon einen Abdruck von meinen Turnschuhen haben. Stattdessen sehe ich ihm geradewegs in die Augen. »Das wird immer wieder passieren. Guck nicht nach unten. Sieh mich an. Es ist okay, wenn du mir auf die Füße trittst.«

»Weil Fehler zu machen menschlich ist?«

Wärme erobert das Rauchblau seiner Augen. »Ja, weil Fehler zu machen menschlich ist.«

Als er diesmal einen Schritt zurück macht, folge ich ihm. Die Musik wechselt zu etwas Langsamem, das mit nichts weiter als Gitarre und Gesang anfängt, und ich bin dankbar, als Caleb und ich einen langsamen Rhythmus finden, in dem wir uns über die Tanzfläche wiegen. Es dauert ein wenig, bis ich den Dreh raushabe, spüre, wie Calebs Muskeln sich anspannen, während er mich mit sicherer Hand führt, was es leichter macht, seinen Schritten zu folgen. Während die Paare um uns herum aufwendige Drehungen veranstalten, machen wir immer wieder die gleichen vier Schritte, aber es kümmert mich nicht. Ich genieße es viel zu sehr, Caleb so nah zu sein. Mit jedem Schritt, den er macht, zieht er mich enger an sich, bis meine Brust fest an seiner liegt. Unsere Körper bewegen sich im Gleichklang, und meine Atmung wird schwerer, während ich ihn ansehe.

Er lässt mich keine Sekunde aus den Augen. Seine ungeteilte Aufmerksamkeit hat etwas Elektrisierendes, ich kann das Kribbeln in meinem ganzen Körper fühlen, und es steigt mir langsam, aber sicher zu Kopf.

»Wo hast du gelernt, so zu tanzen?«

»Meine Mau Mau hat es mir beigebracht.«

»Deine Mau Mau?«

»Meine Großmutter Maureen. Meine Geschwister und ich haben sie immer Mau Mau genannt.« Seine Hand in meinem Rücken gleitet etwas tiefer, als der Song um Klavierklänge erweitert wird und er die Schrittabfolge ändert. Prompt trete ich ihm wieder auf die Füße. Doch Caleb zuckt nicht einmal mit der Wimper, sondern führt mich einfach weiter, etwas schneller jetzt, und wartet, bis ich mich an den neuen Rhythmus gewöhne, ehe er es doch mit einer Drehung versucht, die ich tatsächlich hinbekomme, ohne über meine eigenen Füße zu stolpern. »Sie war britische Meisterin, als sie noch jung war. Danach hat sie ein Tanzstudio eröffnet. Meine Eltern haben viel gearbeitet, darum bin ich nach der Schule oft bei ihr gewesen. Anstatt Schularbeiten zu machen, habe ich dann lieber an ihrem Tanzunterricht teilgenommen.«

»Ich hab auch lieber was anderes gemacht als Hausaufgaben. Ich bin generell nicht gern zur Schule gegangen.«

»Wieso?« Der Beat des Songs hätte eine weitere Drehung zugelassen, aber Caleb hält mich dicht bei sich, so als wolle er lieber meine Antwort hören, als dem Takt zu folgen, der wechselt, als der nächste Song beginnt. Aufhören zu tanzen, tun wir trotzdem nicht.

»Das ganze Stillsitzen und der trockene Unterrichtsstoff waren einfach nichts für mich. Ich hab die langen Tage da kaum ertragen. Von den grässlichen Schuluniformen mal ganz zu schweigen, die einem, zusammen mit dem gleichgeschalteten Leistungssystem, jeglicher Individualität berauben.«

»Lass mich raten, du hattest lauter Aufnäher auf deiner Uniform und bist besonders oft Opfer der Zollstockkontrolle geworden?«

»Ständig.« Die Erinnerung an Mrs Polmer, die mich immer wieder wegen meiner Rocklänge gerügt hat, ist heute eine schöne, auch wenn ich damals immer wieder im Sekretariat des Direktors gelandet bin. Über mich will ich aber eigentlich nicht reden, sondern lieber mehr über den Mann erfahren, der mich so sicher über die improvisierte Tanzfläche führt. »Gibt es einen Tanz, den du besonders gerne tanzt?«

»Jive.« Die Antwort kommt, ohne zu zögern, so als hätte er nicht eine Sekunde darüber nachdenken müssen.

»Warum?«

»Erinnerungen.« Er wirbelt mich herum, und überrascht keuche ich auf, aber sein jungenhaftes Grinsen ist den Schreck allemal wert. »Aber so weit bist du noch lange nicht, du Linksfüßlerin.« Als er mich jedoch aus der Drehung wieder zu sich zurückzieht, unterschätze ich seine Kraft und pralle ungebremst gegen ihn, sodass wir gemeinsam ein paar Schritte rückwärts taumeln.

Ich bin drauf und dran, mich wieder zu entschuldigen, doch da wirft Caleb den Kopf in den Nacken und lacht. Er lacht, laut und aus vollem Hals, und ich kann nicht anders, als ihn anzustarren, diesen Mann, der mich so viele Dinge fühlen lässt, von denen nicht ein einziges Sinn ergibt.

Er lacht. Und es klingt so ehrlich und losgelöst, dass ich mich nur noch fester an ihn klammere. Doch als er den Kopf senkt und in seinen Augen Funken tanzen, weiß ich, dass alles verzweifelte Festhalten mich nicht retten wird.

Denn ich will in Caleb versinken.

Vollkommen und unwiderruflich.

Also stelle ich mich auf die Zehenspitzen, schlinge die Arme um seinen Nacken und küsse ihn. Caleb erstarrt, doch gerade als ich mich auf die Fersen zurückfallen lassen und mich entschuldigen will, lässt er eine Hand in mein Haar gleiten und hält mich, wo ich bin, während er ungestüm meine Lippen erobert und mein ganzes Sein in Brand setzt. Ich seufze und teile die Lippen für ihn, als seine Zunge es verlangt. Er schmeckt süß, nach Mandeln und Cappuccino, und ich lehne mich ihm entgegen, als sein anderer Arm meine Taille umschlingt.

Mit jedem Streichen seiner Zunge verwandeln meine Knie sich mehr und mehr in Wackelpudding, und ich vergrabe die Hände in seinem kurzen Haar, in dem verzweifelten Versuch, mich irgendwie aufrecht zu halten. Aber ich würde für ihn auch in die Knie gehen, wenn er nur nicht aufhört, mich zu küssen. Himmel, ich hoffe, dass er nie wieder damit aufhört. Dass wir für immer hierbleiben können, umgeben von Jazz und Wärme, seine Lippen auf meinen und die Welt meilenweit entfernt. Das ist doch nicht zu viel verlan-

Ich blinzele überrascht, als Caleb mich jäh von sich schiebt, in den Augen plötzlich ein gänzlich anderes Feuer als das, was wir gerade noch geteilt haben. Aber es ist nicht weniger verzehrend, als er mich perplex anstarrt.

»Was zur Hölle tust du da?«

11. KAPITEL

Caleb

Radius Klausel = ~~*Ein geografischer Bereich, in dem ein Künstler nach einem gebuchten Konzert nicht auftreten darf, um Alleinstellungsmerkmal des Veranstalters zu garantieren*~~*;*
Bleib weg von ihr, Mann!

Nichts und niemand hätte mich darauf vorbereiten können, wie es sich anfühlen würde, Ellie Cox zu küssen.

Ihre Lippen brennen auf meinen und lassen jeden rationalen Gedanken schwinden. Alles, woran ich denken kann, ist, dass ich *mehr* will. Dass ich ihre Lippen genauso brandmarken will, wie sie meine. Wie von Sinnen grabe ich meine Hand in ihr Haar und zwinge ihren Kopf in den Nacken, um sie noch inniger zu küssen, und ich stöhne auf, als sie genauso süß und nachgiebig ihren Mund für mich öffnet, wie ich mir erhofft habe. Sie schmeckt nach Schokoladeneis und etwas anderem Süßen, das wohl nur Ellie anhaftet. Eng schmiegt sie sich an meinen Körper, wie heißes Wachs. Ich glaube zu verglühen, als ich sie nur noch näher an mich ziehe und mit der Zunge ihren Mund erkunde, und ich weiß, dass ich niemals genug davon bekommen werde.

Sie ist wie ein süßer Wein, der einem sofort zu Kopf steigt und die harsche Realität für ein paar Stunden verschwinden lässt, die einen dann am nächsten Tag umso grausamer heimsucht, wenn man aus seinem Rausch aufwacht und sich mit den Konsequenzen des eigenen Handelns konfrontiert sieht. Aber die Folgen sind mir vollkommen egal, solange ich Ellie nur weiter küssen und ihren Körper eng an meinem spüren kann. Sie macht ein leises Geräusch, tief in ihrer Kehle, und ich will herausfinden, wie viele von diesen Lauten ich ihr noch entlocken könnte, wenn wir jetzt allein wären. Wenn ich sie ganz allein für mich hätte. Wenn ich endlich –

Sie ist in einer Beziehung.

Die Erkenntnis ist wie Eiswasser, und ich löse mich mit einem Ruck von ihr, versuche, so dem süßen Rausch ihrer Lippen entkommen zu können. Fremdgehen ist das Letzte, und auch wenn Ellie einen Kuss vielleicht als harmlos empfinden mag, ist das für mich eine Grenze, die ich nicht überschreiten möchte. Mit verhangenem Blick sieht sie mich an, das offene Haar von meiner Hand zerwühlt und die Wangen gerötet.

Und schlagartig bin ich wütend.

Wütend, weil ich sie nicht küssen darf. Wütend, weil sie mich ihre Lippen überhaupt hat kosten lassen. Wütend, dass es jemand anderen in ihrem Leben gibt, mit dem ich nicht gewillt bin, sie zu teilen.

»Was zur Hölle tust du da?«, spucke ich förmlich aus, unwillig gesprochen und bitter. Noch weniger will ich nämlich für sie meine Prinzipien verraten – oder eher *noch mehr* verraten, als ich es ohnehin schon getan habe.

Ellie blickt so drein, als würde sie meine Frage nicht verstehen. »Ich küsse dich.«

»Wieso?«

»Weil ich dich mag.« Sie streicht mit den Fingern durch mein Haar, und ich will nichts lieber, als mich in ihre Berührung schmiegen und es einfach genießen, doch das ist unmöglich. Weil wir zusammenarbeiten. Weil ich sie kaum kenne.

Weil sie in einer verfluchten Beziehung ist. »Und weil ich gedacht habe, dass du mich vielleicht auch magst.«

Natürlich tue ich das. Mehr als ich sollte, denke ich, sage es aber nicht, sondern löse stattdessen ihre Hände aus meinem Haar und trete einen Schritt zurück, auch wenn es mich innerlich umbringt. »Ich küsse keine Frauen, die in einer Beziehung sind, Ellie.«

Sie kichert und überbrückt die Distanz zwischen uns mit einer Leichtigkeit, die die Wut in mir weiter anfacht, weil es für sie so kinderleicht und für mich so unendlich schwer ist. »Dann ist es ja gut, dass ich nicht zu diesen Frauen gehöre.«

Nur langsam sickert das Gesagte zu mir durch. Ellie lässt derweil ihre Hände meine Arme hinauf wieder zu meinen Schultern gleiten. Als ihre Worte irgendwann doch bei mir ankommen, vertreiben sie endgültig den letzten Rest Hitze in mir und lassen nichts anderes zurück als blanke Panik.

»Was?«

»Ich habe gesagt, dass ich in keiner Beziehung bin.« Sie stellt sich auf die Zehenspitzen und küsst mich sanft auf den Mundwinkel. »Ich habe keinen Freund. Auch keine Freundin. Niemanden. Schon seit ein paar Jahren nicht mehr.«

Fuck.

Ich reiße mich regelrecht von ihr los, und aus der Wut von gerade wird Zorn. Ellie ist in keiner Beziehung. Sie erfüllt damit die oberste Regel des Plattenlabels nicht, die vorschreibt, dass alle, die eng mit *Parallel* zusammenarbeiten, in langfristigen und monogamen Beziehungen sein müssen, wenn ihre sexuelle Orientierung Annäherungsversuche bei den Künstlerinnen und Künstlern nicht ausschließt. In meinem Fall, da ich ein heterosexueller Mann bin, ist es vollkommen egal, dass ich in keiner Beziehung bin, während Olivia als heterosexuelle Frau nur eingestellt wurde, weil sie verheiratet ist. Diese Sache ist vertraglich festgelegt. Ich habe mich vor sieben Jahren dazu verpflichtet, diese Regel durchzusetzen, und es nicht getan. Ich habe Ellie nicht gefragt, ihre Daten nicht überprüft oder mich sonst irgendwie rückversichert. Das ist eine grobe Vertragsverletzung und könnte meine sofortige Entlassung nach sich ziehen.

Dann wären Damian und Roan auf sich allein gestellt. Und was das Label, und vor allem Tobias, mit ihnen anstellen würden, wenn sie erst mal Freiwild wären, will ich mir beim besten Willen nicht ausmalen. Ich habe die letzten sieben Jahre damit verbracht, jeden Tag mit dem Label auf Konfrontationskurs zu gehen, das meine besten Freunde verheizen will, um auch den letzten Penny aus ihnen herauszupressen, bis von ihnen nichts mehr übrig bliebe als eine leere Hülle. Es wäre ihnen egal, ob sie die beiden mit Tabletten füttern müssen, damit sie auf der Bühne wach und energiegeladen sind. Die Qualität der Musik kümmert sie auch nicht. Nur die Verkaufszahlen zählen. Die Gier dieser Leute würde Roan und Damian verschlingen, und wenn sie mit den beiden fertig wären, würden sie sie einfach zurück auf die Straße spucken, von der sie uns drei Grünschnäbel damals aufgelesen haben.

Damals, als ich noch dachte, dass das Label nur Gutes für die Jungs im Sinn hat. Dass Damian und Roan für sie Menschen und nicht bloß ein dicker Batzen Geld sind. Dass sie in mir einen würdigen Beschützer und kein lästiges Hindernis sehen, das sie davon abhält, das zu tun, wovor es mir graut, und weshalb ich manchmal nachts schweißgebadet aufwache, ohne danach wieder Ruhe zu finden.

Ich bin jung und dumm gewesen. Doch die Zeit ist ein schonungsloser und harter Lehrer. Jetzt weiß ich es besser, was genau der Grund ist, warum ich so verzweifelt versuche, sie aus diesem Morast zu ziehen, in den ich sie selbst hineinmanövriert habe. Warum das Label nun alles daransetzt, mich loszuwerden. Denn das Einzige, das noch zwischen meinen Jungs und diesen Seelenverkäufern in ihren schicken Anzügen steht, bin ich.

Und mit Ellie habe ich ihnen eigenhändig die Patronenpackung auf dem Silbertablett serviert und ihnen mit diesem einen Kuss auch noch beim Füllen des Magazins geholfen.

Ich kann nicht riskieren, dass jemand von meiner Nachlässigkeit erfährt. Davon, dass ich sie nicht überprüft habe, schlimmer noch, dass ich ihr sogar erlaubt habe, eng mit Roan zusammenzuarbeiten. Ihm beim Anziehen zu helfen. Mit ihm allein zu sein.

Niemand darf es erfahren. Jemals. Nicht, wenn ich meinem Ziel so nah bin. Nicht, wenn ich so kurz davor bin, diese ganze Sache ein für alle Mal zu beenden. Aber das kann ich nur, wenn ich weiterhin der Manager von *Parallel* bleibe. Weshalb mir nur eine einzige Option bleibt.

»Du bist gefeuert.« Ich schmecke Galle und versuche, sie zusammen mit meinem Widerwillen einfach herunterzuschlucken.

Ellie sieht mich an, die fröhlichen Linien um ihre Augen und ihren Mund sind noch für den Bruchteil einer Sekunde zu erkennen, bevor sie verschwinden. »Wie bitte?«

Ich hole tief Luft und wappne mich für das, was ich sagen will. Nein. Was ich sagen muss. Dabei will ich Ellie lieber küssen und sie an mich ziehen. Ich will ihr Lachen hören, die Lachfältchen um ihre Augen und ihren Mund sehen und sie mit meinem Blick verschlingen, bis alles andere um uns herum seine Bedeutung verliert. Ich will mit ihr tanzen und mir von ihr auf die Füße treten lassen, während ich mir Schokoladeneis-Küsse stehle, anstatt hier vor ihr zu stehen, nur wenige Zentimeter von ihrer süßen Nähe entfernt, und mich doch so zu fühlen, als lägen zwischen uns ganze Stadien.

Ich zwinge die Worte über meine Lippen, weil das alles ist, was ich tun kann. Weil es hier nicht um mich oder um das geht, was ich will. Weil es nie um mich, sondern immer um Roan und Damian geht, die ich um jeden Preis beschützen will. Weil ich eine Schuld zu begleichen habe, und weil diese beiden mir mehr bedeuten als diese flüchtige, kleine Vernarrtheit, in die ich mich da verrannt habe.

Ich habe einen Fehler gemacht, den es auszubügeln gilt. Scheißegal, wie weh es tut. Also drücke ich die Schultern durch und tue, was getan werden muss.

»Du bist gefeuert, Ellie. Mit sofortiger Wirkung.« Ich wiederhole mich ganz langsam, um sicherzugehen, dass sie es versteht. Vielleicht wiederhole ich mich auch so langsam, um mir selbst zu versichern, dass ich die Worte auch wirklich ausspreche, anstatt sie nur in meinen Gedanken zu formulieren. »Pack deine Sachen. Du fliegst, sobald es geht, zurück nach London.«

12. KAPITEL

Ellie

Jumping In = *~~Eine verbaler Cue des Stylisten an den Klienten und die Crew, dass das Outfit korrigiert und das Shooting oder der Dreh kurzweilig unterbrochen werden muss~~;*
Ein letzter verzweifelter Versuch

Du bist gefeuert, Ellie. Mit sofortiger Wirkung.

Das Blut rauscht in meinen Ohren, und mein Herz hämmert. Es hämmert so stark, dass es wehtut, und ich presse mir die Hand auf die Brust, in der Hoffnung, es irgendwie an Ort und Stelle, und vor allem, zusammenzuhalten, obwohl ich es doch so deutlich zerbrechen spüre. Die Bruchstücke sind klein wie Pailletten und gleiten durch meine Finger, als sie zu Boden fallen, glitzernd und schön, doch nicht mehr zu retten.

Mein linker Mundwinkel zuckt, so als würde ein Teil meines Verstandes diese ganze Sache noch für einen schlechten Scherz halten, und ich klammere mich an diese Hoffnung wie an die schimmernden Einzelteile meines zersprungenen Herzens. »Du verarschst mich, oder?«

»Nein.« Das Wort ist wie ein Peitschenhieb, kurz und schmerzhaft, als es durch die Luft schnellt, bevor es meine Hoffnung trifft und sie blutend zu Boden ringt.

»Warum?«

Caleb sieht mich nicht einmal an, sondern zückt nur sein

Handy und dreht mir den Rücken zu, so als wäre ich nur ein lästiges Problem, das es zu lösen gilt, und kein Mensch mit Gefühlen und Sehnsüchten, die er unter seinen schicken Anzugschuhen einfach kaputttrampelt. Ohne mich eines Blickes zu würdigen, geht er zu seinen Sachen rüber und lässt mich einfach stehen. Doch ich folge ihm, bleibe ihm dicht auf den Fersen.

»Ich kann dich nicht länger mit *Parallel* arbeiten lassen«, sagt er, nachdem er mich hinter sich bemerkt hat.

Nicht gewillt, es einfach so hinzunehmen, hake ich nach. »Das beantwortet nicht meine Frage, Caleb.«

Er steht jetzt neben dem Stehtisch und tippt auf seinem Handy herum, ehe er es in seine Tasche steckt und nach seinem Jackett greift. Noch immer sieht er mich nicht an. Ob er es nicht erträgt oder es einfach nicht will, kann ich nicht sagen. Es tut allerdings ziemlich weh, denn vor wenigen Augenblicken hat er mich noch angesehen, als wären wir beide und dieser Moment unendlich. »Antworte oder nicht, es ändert nichts an der Tatsache, dass du nicht länger für *Parallel* arbeitest.«

Seine verschlossenen Züge kommen mir wie die eines Fremden vor, obwohl ich vorhin noch geglaubt habe, dass wir mehr füreinander sein könnten als das. Aus der Bar erklingt ein heiteres Jazzstück, und der säureartige Geschmack auf meiner Zunge wird nur noch schlimmer, als ich ein Tanzpaar unweit von uns entfernt gemeinsam lachen höre.

Ob ich nach heute Abend wohl Jazzmusik hassen werde?

Eine weitere Frage drängt sich mir auf, und diesmal kann ich sie nicht unbeantwortet lassen, denn ich muss es einfach wissen. Meine Stimme klingt ungewohnt zerbrechlich und schwach, als ich allen Mut zusammennehme, um sie zu stellen, auch wenn ich höllisch Angst vor der Antwort habe. »Feuerst du mich, weil ich dich geküsst habe?«

Das bringt Caleb endlich dazu, mich anzugucken, und ich sehe in dem Rauchblau die Fragmente des Mannes, der mich lachend über die Tanzfläche geführt und mir das Gefühl von Sicherheit gegeben hat. Doch dann ist Caleb fort und an seine Stelle tritt wieder der stets verschlossene Mister C, der alles und jeden im Griff haben muss, weil er Chaos und Unordnung nicht erträgt. Der Schmerz trifft mich ungefragt und hart. Ich kralle mich am Stehtisch fest, bis meine Knöchel weiß hervortreten, obwohl ich doch eigentlich stark sein und meine Gefühle, so wie er, für mich behalten will.

»Nein.« Wieder dieses Wort. Wieder diese Finalität. Es scheint Calebs Lieblingswort zu sein, aber ich habe es schon seit Kindertagen gehasst, weil ich es wieder und wieder und wieder zu hören bekommen habe, gesprochen in dem harschen Ton der Missbilligung, der mir die Flügel stutzen sollte. Stattdessen hat es allerdings nur dafür gesorgt, dass ich immer weiter hoch zur Sonne hinauswollte, auch auf die Gefahr hin, mich an ihren Strahlen zu verbrennen. »Ich feuere dich, weil du in keiner Beziehung bist.«

Das Lachen, welches sich meiner Kehle entringt, klingt fremd. Es ist höhnisch und laut und hölzern, und ich hasse es, kann es aber auch nicht aufhalten. Als ich Caleb zusammenzucken sehe, empfinde ich kurz Genugtuung, weil ein dunkler und gemeiner Teil von mir darauf hofft, ihn mit meinen Worten und Taten zumindest auch ein bisschen zu verletzen. Obwohl, vermutlich wird sein Herz aus Stein niemals zerbrechen, da dieser Moment zwischen uns ihm offensichtlich nicht annähernd so viel bedeutet hat wie mir. Sonst würde er mich nicht so behandeln. »Das ist dasselbe.«

Ich sehe ihn an und hoffe, dass Caleb protestiert. Insgeheim wünsche ich mir sein Geständnis, dass er mich küssen wollte und es auch immer noch will. Ich male mir aus, wie er einen

Schritt auf mich zugeht, mich wieder in den Arm nimmt und mir zuflüstert, dass er sich bloß einen schlechten Scherz erlaubt hat, der wohl zu weit gegangen ist, bevor er mich mit süßen Nichtigkeiten um Verzeihung bittet.

Aber er bleibt stumm wie ein Fisch.

Am liebsten will ich ihn vor Frust über das unweit entfernte Geländer in den Kanal schubsen, vielleicht kann ich damit irgendeine Reaktion provozieren. Tief in meinem Inneren ist mir aber klar, dass er sich nur ohne ein Wort aus dem Wasser hieven und dann in den Gassen Mailands verschwinden und mit ihren dunklen Schatten verschmelzen würde, die immer näher zu kommen scheinen, obwohl die Straßenlaternen nach wie vor tapfer gegen sie ankämpfen und alles in seichtes Licht tauchen.

»Ist das alles, was du dazu sagen wirst?« Ich kann hören, wie verletzt ich klinge, und mein Stolz bäumt sich auf und fleht mich an, nicht auch noch das letzte bisschen Würde zu verlieren, wenn mir schon mein Lebenstraum durch die Finger rinnt. Mein Herz aber pfeift darauf und mobilisiert einen letzten Restfunken Hoffnung, den mein Verstand für schrecklich deplatziert hält. »Bevor ich dich geküsst habe, hat es doch auch keine Rolle gespielt. Bitte, Caleb, ich–«

»Es gibt nichts weiter dazu zu sagen«, unterbricht er mich barsch und schlüpft in sein Jackett, das Revers makellos und der Stoff faltenfrei, als wollte seine gesamte perfekte Erscheinung mich verhöhnen. »Es hat auch vorher schon eine Rolle gespielt, und das weißt du auch. Lügen haben Konsequenzen, Ellie. Ob es dir passt oder nicht.«

Er spricht mit mir wie mit einem trotzigen Kind, und ich will vor Frust laut schreien, weil ich ihm nicht folgen kann, auch wenn Calebs Augen mich wissen lassen, dass ich genau das tun müsste. Ich fühle mich unzulänglich, einfältig und vor allem in die Ecke gedrängt, eine schlechte Kombination, die mich dazu bringt, die Arme vor der Brust zu verschränken und, wider besseres Wissen, doch aufmüpfig das Kinn zu recken. »Was denn für eine Lüge bitte?«

Caleb lässt meine Aufmüpfigkeit völlig kalt. Er steckt sich in aller Seelenruhe die Tüte mit den Cantuccini zurück in seine Hosentasche und bedankt sich allen Ernstes bei den älteren Herrschaften, die ein Auge auf unsere Sachen gehabt haben, so als würde ihn unser Streit überhaupt nicht taxieren. Die harten Linien um seinen Mund und seine Augen strafen seinen gespielten Gleichmut allerdings Lügen, und sie werden nur noch offensichtlicher, als er sich mir zuwendet. »Dass du in einer Beziehung bist. Das ist Teil der Vertragsbedingungen.«

Jetzt komme ich wirklich überhaupt nicht mehr mit und bin mir sicher, dass man mir das auch ansehen kann. Caleb kümmert es allerdings kein bisschen, er verlässt den Stehtisch und tritt auf die Straße, auf der das warme Leben pulsiert, während ich mich tiefer in meinen Pulli kuschle, um die Kälte in meinem Inneren zu vertreiben. »Das habe ich mit keinem Wort gesagt! Und was denn bitte für Vertragsbedingungen? Ich hab ja noch nicht mal einen Vertrag zu Gesicht bekommen, obwohl ich wohl offensichtlich nach einem hätte fragen müssen, jetzt, wo du mich einfach auf die Straßen setzen willst.«

Er zieht eine Augenbraue hoch, die Lippen wütend zusammengepresst. »Lass den Scheiß, Ellie.«

Diese Seite von ihm hab ich bisher noch nicht mitbekommen. Und ich hätte auch gut darauf verzichten können. »Ich meine es ernst, Caleb! Ich habe absolut keine Ahnung, wovon du sprichst.«

Caleb bleibt abrupt stehen, und ich renne beinahe in ihn hinein, als er zu mir herumwirbelt. Ich stolpere über meine eigenen Füße, aber diesmal hält er mich nicht fest. Zum Glück schaffe ich es auch so, mich auf den Beinen zu halten, wenn auch nicht so elegant, wie ich es in dieser Situation gerne gehabt hätte. Ich brauche ihn nicht. Was ich allerdings durchaus brauche, ist dieser Job, und wenn ich eine Chance haben will, ihn wiederzubekommen, muss ich erst mal verstehen, warum ich ihn überhaupt verloren habe, obwohl ich Caleb eigentlich am liebsten einen meiner Schuhe an den Kopf werfen und ihn dann einfach stehen lassen würde.

»Das Plattenlabel schreibt vor, dass jeder, der eng mit ihren Künstlerinnen und Künstlern zusammenarbeitet, in einer festen, langfristigen und monogamen Beziehung sein muss, wenn die sexuelle Orientierung des Teammitglieds nicht eventuelle Annäherungsversuche ausschließt«, rattert er runter und klingt dabei wie einer dieser Juristen, die einem immer das Wort im Mund herumdrehen und allein deshalb schon einfach unausstehlich sind. »Mia muss dir das gesagt haben, als sie dich angerufen hat.«

»Mia hat mir gar nichts gesagt.« Vor meinem inneren Auge sehe ich all die Männer vor mir, die Mia in den letzten Jahren gedated hat. Ich habe mir über die Anzahl ihrer Verflossenen nie den Kopf zerbrochen, aber jetzt dämmert mir, dass meine Freundin wohl ihre eigenen kleinen Geheimnisse hatte, deren Aufdeckung ich allerdings auf später vertagen muss. »Außerdem kann das nicht wirklich dein Ernst sein!«

Mein Boss – nein, mein *ehemaliger* Boss – sieht mich ausdruckslos an und nickt. Doch, er meint das wirklich ernst.

Ich spüre, wie mir die Kinnlade herunterklappt, bevor die Wut mich packt, und ich sehe rot, wegen dieser Ungerechtigkeit und all der anderen problematischen Dinge, die mit dieser scheußlichen Regel einhergehen.

»Was zur Hölle!« Ich werfe die Hände in die Luft, weil ich nicht weiß, wohin mit all diesen hässlichen Dingen, die ich jetzt gerade fühle, die aber irgendwo hinmüssen, weil ich ihnen auf keinen Fall erlauben werde, mich von innen heraus zu zerfressen. »Was für ein dämlicher und völlig antiquierter Bullshit! Um das wirklich zu wissen, müsst ihr in der Privatsphäre der Leute herumstochern. Nicht-Heterosexuelle zwingt ihr praktisch dazu, sich vor euch für einen Job zu outen, und unterstellt polyamourösen Menschen, dass sie einen schlechteren Job machen als monogame. Und was ist mit denen, die sich überraschend in einer missbräuchlichen Beziehung wiederfinden? Die müssen dann zusätzlich auch noch um ihren Job bangen, oder was? Und bei so einer völlig kranken Scheiße machst du mit?«

»Ich hab keine andere Wahl.«

»Man hat immer eine Wahl, Caleb. Und du weißt, dass das nicht richtig ist.«

In den Schatten der Straßenlaternen sieht es für einen Moment so aus, als wollte Caleb den Mund öffnen und mir zustimmen, aber dann wendet er sich ruckartig ab und stakst davon, ohne sich zu vergewissern, ob ich ihm folge. Vielleicht ist es ihm egal. Vielleicht will er aber auch nur vor meinen Worten davonlaufen oder hofft darauf, mich loszuwerden, wenn er mich einfach so stehen lässt.

Aber den Gefallen werde ich ihm nicht tun. Zumindest nicht kampflos. Mit hastigen Schritten schließe ich zu ihm auf, und ein einziger Seitenblick von ihm genügt, um mich wissen zu lassen, dass meine Beharrlichkeit alles andere als willkommen ist. Tja, sein Pech.

»Die Regeln sind, wie sie sind, Ellie. Eine weitere Zusammenarbeit ist also unmöglich.« Diesen kalten und abgeklärten Tonfall, den er mir gegenüber erst benutzt, seitdem ich ihn geküsst habe, hasse ich fast so sehr wie das Wort *Nein*, mit dem er so gern um sich wirft, oder diese grässliche Regel, die diese ganze Misere überhaupt erst ausgelöst hat. »Pack deine Sachen, wenn wir wieder im Hotel sind. Dein Flug nach London geht morgen früh um acht. Ich bringe dich selbst zum Flughafen und dann tun wir einfach so, als wäre diese ganze Sache nicht passiert.«

Es tut weh. Sehr sogar. Aber auf meine Gefühle und mein schwaches Herz kann ich jetzt beim besten Willen keine Rücksicht nehmen. Später, wenn die Schlacht geschlagen und gewonnen ist, kann ich mich in mein Bett verkriechen und über diese harsche Zurückweisung Tränen vergießen, aber nicht jetzt. Wenn ich mein Herz nämlich schon nicht retten kann, weil Caleb es längst unter seinem Absatz zermalmt hat, dann wenigstens meinen Traum.

»Die wichtigsten Events der Fashion Week liegen noch vor euch.« Ich verfalle neben ihm in Laufschritt, mir bleibt nicht mehr viel Zeit, denn wir sind nur noch wenige Straßen vom Van entfernt.

Tick, tock. Tick, tock.

Wie Sand scheint mein Traum, mit jedem unserer Schritte, durch meine Finger zu rinnen. Samthandschuhe sind hier gerade fehl am Platz. »Dein Team ist zu klein und überlastet. Die Bandbreite an Events, die noch vor euch liegen, ist kaum zu schaffen, und mit dem neuen Konzept für Roan, das ich und niemand anders ausgearbeitet habe, steht ihr vor einem Berg von Herausforderungen, die Wasim, auch wenn er fähig ist, nie im Leben an meiner Stelle übernehmen kann. Willst du mich da allen Ernstes wieder nach London schicken?«

»Ja, das will ich«, kommt seine Antwort prompt. Sie klingt aber wenig aufrichtig, was Hoffnung in mir aufkeimen lässt, genau wie die Ampel, die auf Rot springt, und mir damit wertvolle Sekunden verschafft. Gezwungenermaßen bleiben wir am Straßenrand stehen, und lautes Hupen und surrende Motoren erfüllen die Luft, vermischen sich mit dem Gerede der Leute um uns herum. Caleb atmet tief aus, seine Schultern sinken herab. Die Augen hat er wachsam auf das rote Licht der Fußgängerampel gerichtet, nur um mich nicht ansehen zu müssen. Seit unserem Kuss hat er das ohnehin so gut wie möglich vermieden, und ich fühle mich nicht mehr nur meines Traumes beraubt.

»Hör mal«, beginnt er vorsichtig und kratzt sich an seinem von einem Bartschatten überzogenen Kinn. »Ich wünschte, ich müsste das nicht tun, aber es ist nun mal, wie es ist. Ich kann einfach nicht riskieren, dass diese Sache auffliegt.«

In seiner Stimme schwingt Bedauern mit, und ich klammere mich an diese flüchtige Emotion, indem ich seinen Unterarm packe, die Berührung getränkt mit jeder Unze Verzweiflung, die ich spüre. »Caleb, bitte. Ich brauche diesen Job.«

Die Ampel springt auf Grün, und er entzieht sich mir, fixiert die andere Straßenseite, als er abweisend antwortet. »Wir alle brauchen einen–«

Bevor er auch nur einen Fuß auf die Straße setzen kann, komme ich ihm zuvor. Zu meiner vollen Größe aufgebaut, stelle ich mich ihm in den Weg. Unter anderen Umständen hätte seine augenscheinliche Überraschung mich wohl zum Lachen gebracht, jetzt aber kann ich mich auf nichts anderes konzentrieren als das Brennen in meinen Augen, das sich von Wut und Verzweiflung ernährt und jede Sekunde meine Wangen mit Tränen zu fluten droht.

»Du verstehst das nicht Caleb. Ich *brauche* diesen Job.« Ich zögere nicht, sondern werfe auch mein letztes bisschen Stolz über Bord, in der Hoffnung, sein steinernes Herz, das ich vor ein paar Minuten noch hatte besitzen wollen, zu erweichen. »Stylistin zu sein, ist alles für mich. Nichts, rein gar nichts auf dieser Welt, ergibt für mich Sinn, hörst du? Ich träume davon, seit ich dreizehn bin. Wenn ich diesen Job verliere, Caleb, dann ist es vorbei. Dann kann ich meinen Traum begraben.« Die Worte überschlagen sich, verlassen ungebremst meine Lippen und füllen den Raum zwischen uns mit den kläglichen Überresten meiner Hoffnung. »Ich bin Mitte zwanzig, habe keinerlei nennenswerte Verbindungen oder Erfahrung, weil niemand mir eine Chance gibt. Ich brauche diesen Job, um irgendwie irgendwann mein Ziel zu erreichen und diese eine Sache, die ich so liebe und die für mich einen Sinn ergibt, für den Rest meines Lebens machen zu können. Außer diesem Traum habe ich nichts mehr, Caleb. Ich habe alles aufgegeben. Meine Wohnung, meine Familie, meine Ersparnisse. Ich habe alles auf eine Karte gesetzt, und wenn das hier jetzt nicht klappt, dann ist es aus. Dann muss ich für den Rest meines Lebens einer Arbeit nachgehen, die mich unglücklich macht, weil ich dieser einen guten Sache in meinem Leben auf ewig nachtrauern werde. Deshalb kann ich diesen Job nicht verlieren, Caleb. Ich kann einfach nicht.«

Der harte Zug um Calebs Mund wird weicher, und mein Herz macht einen Satz, bevor mir von dem gezeigten Mitleid kotzübel wird. Mit einem Mal wünsche ich mir, er würde lieber wieder auf den Asphalt starren. »Ellie–«

»Drück beide Augen zu, und lass mich bis Ende der Fashion Week unter dem Radar fliegen. Tu einfach so, als wüsstest du von nichts, und wenn alles vorbei ist, kündige ich. Versprochen.« Meine große Schwester Cora, die einzige Familie, die ich noch habe, kommt mir in den Sinn, und wie sehr sie es verabscheuen würde, mich so zu erleben. Flehend, handelnd, mich selbst erniedrigend. Mein Magen rebelliert, doch ich schenke ihm keine Beachtung, sondern mache einfach weiter. »Nur noch ein paar Tage, Caleb. Dann kann ich mir diese Sache hier in den Lebenslauf schreiben, mir einen neuen Job suchen und verliere nicht alles, wofür ich über zehn Jahre meines Lebens geschuftet habe.«

Grün wandelt sich wieder in Rot. Menschen halten an, und Caleb bleibt wie sie regungslos. »Es tut mir leid, Ellie, aber ich kann für dich nicht das ganze restliche Team aufs Spiel setzen.«

»Aber das musst du doch gar nicht! Du kannst einfach so tun, als ob–«

»Was glaubst du, was passiert, wenn das rauskommt, Ellie?« Wenn ich gedacht habe, das Wort *Nein* aus seinem Mund zu hassen, dann hasse ich diese Worte nur noch mehr, die er vollkommen ruhig und gelassen ausspricht, sich offensichtlich nicht darüber bewusst, was für Wellen sie in meinem Inneren schlagen. »Dann verlierst nicht nur du deinen Job, sondern auch ich und alle anderen, die mit der ganzen Sache etwas zu tun hatten.«

»Aber–«

»Mia hat dich empfohlen, Ellie«, sagt er sanft und so leise, dass ich es kaum über den Straßenlärm um uns herum hinweg hören kann. »Was meinst du, wird mit ihr passieren?«

Das Brennen meiner Augen wird schlimmer. Meine Sicht verschwimmt. Die Wellen in meinem Inneren schlagen höher, ersticken das Feuer und zerren mich hinunter in diese bodenlose Tiefe, die mir die Luft aus den Lungen presst und mich kaum atmen lässt. »Das ist nicht fair.«

Caleb gibt sich keinerlei Mühe, mich zu beschwichtigen, und auch wenn ich ihn gerade auf den Mond schießen könnte, bin ich ihm irgendwie auch dankbar. Falsche Freundlichkeit und Fürsorge würden mir jetzt nur den Todesstoß versetzen und die Tränen kullern lassen, die ich doch so eisern im Zaum zu halten versuche. Weinen ist keine Schande, aber vor dem Mann loszuheulen, den man kurz vorher noch geküsst und der einen dann gefeuert hat? Das will ich einfach nicht.

»Es tut mir leid«, murmelt er nach einer Weile, die Hände hilflos erhoben, so als wüsste er nicht, wie er mit dieser Situation und auch mit mir umgehen soll. »Dein Flieger geht, wie gesagt, morgen um acht. Sei um sechs in der Lobby zum Auschecken. Ich bringe dich dann. Das ist das Mindeste.«

Jetzt kullern sie doch, und weil ich es wirklich nicht ertragen kann, dass Caleb mich so sieht, drehe ich mich um und eile davon, sobald die Ampel auf Grün springt.

Wohin ich laufe, weiß ich nicht. Es ist mir auch ganz egal.

Alles, was ich weiß, ist, dass ich hier wegmuss.

Weg von Caleb, der laut meinen Namen ruft, und weg von meinem träumerischen Herzen, das zu seinen Füßen in glitzernden Einzelteilen, auf dem Asphalt liegend, mühsam seine letzten zuckenden Schläge tut.

13. KAPITEL

Caleb

Big Three = ~~*Die drei größten Plattenfirmen der Musikbranche: Sony Music Entertainment, Universal Music Group und Warner Music Group*~~*; Eine Katastrophe kommt selten allein*

Es ist sechs Uhr früh.

Ich starre auf die Wanduhr in meinem Hotelzimmer. Ich starre und starre und starre, aber die Zeit verändert sich nicht, die Zeiger auf dem silbergrauen Zifferblatt bleiben regungslos. Wenn ich ehrlich bin, weiß ich gar nicht, ob ich mir wünschen sollte, es wäre bereits acht Uhr und Ellie Cox mit ihrem entwaffnenden Lächeln aus meinem Leben verschwunden. Oder ob ich die Zeit zurückdrehen möchte, zu dem Zeitpunkt, bevor sie aufgetaucht ist, um diese gottverdammte Katastrophe zu verhindern. Vielleicht will ich aber auch, dass die Uhr genau dorthin zurückspringt und dann für immer in diesem süßen Moment verharrt, damit ich ihn wieder und wieder erleben kann, anstatt mich mit der Erinnerung zufriedengeben zu müssen, die meine Lippen brennen und mein Herz schmerzen lässt.

Es ist scheißegal, was du dir wünschst oder nicht wünschst, rufe ich mich selbst in Gedanken zur Ordnung. *Was passiert ist, ist passiert. Das zwischen euch ist eh nicht mehr zu retten. Was du jetzt allerdings noch tun kannst, ist Schadensbegrenzung betreiben. Diese Sache, die du seit Jahren planst und die zum Greifen nahe ist, ist wichtiger als diese Frau, die dir den Kopf verdreht. Vergiss sie einfach und geh zur Tagesordnung über, sobald sie weg ist. Konzentrier dich auf das, was getan werden muss. Du hast keine Zeit, diese Sache zu bereuen, Mann.*

Müde fahre ich mir mit einer Hand übers Gesicht und hieve mich vom Bett hoch. Geschlafen habe ich keine einzige Sekunde. Auch dann nicht, als das Personal im Foyer mir, auf meine Beschreibung ihrer Person und eindrücklicher Bitte hin, um drei Uhr früh mitgeteilt hat, dass Ellie im Hotel eingetroffen ist. Jeder Versuch, auch nur für fünf Sekunden die Augen zu schließen, endete mit einem Bild von Ellies tränenerfüllten Augen und dem Stich unzähliger Schuldgefühle, die ich beim besten Willen nicht abschalten kann, obwohl ich weiß, dass es die einzig richtige Entscheidung ist, sie zu feuern.

Ich habe keine Wahl. Zu viel steht auf dem Spiel. Für uns alle.

Man hat immer eine Wahl, Caleb. Und du weißt, dass das nicht richtig ist.

Ich greife mir die Schlüssel vom Mietwagen und meine Jacke, denn der Himmel ist wolkenverhangen und es ist diesig. Vom gestrigen Sonnenschein fehlt jede Spur, so als würde das Wetter Mailands genau wissen, was ich im Begriff bin zu tun, auch wenn mein Team, nach unzähligen ausweichenden Antworten meinerseits über Ellies Verbleiben am gestrigen Abend, noch ahnungslos ist.

Sie werden es noch früh genug erfahren, und es ist für alle das Beste, wenn keiner von ihnen einen Versuch unternehmen kann, mich mit flehenden Worten und Schwüren der Verschwiegenheit aufzuhalten. Schon gar nicht Mia oder Roan.

Wenn ich einen seelenlosen Wichser will, der mir laufend Dinge verschweigt und es mit einem Ist ja nur zu deinem Besten *abtut, dann lasse ich mich von Tobias managen.*

Ich beiße die Zähne zusammen, ziehe die Tür zu meinem

Hotelzimmer ruckartig auf und eile direkt auf die Treppen zu, die ich hinunterhaste. Mein Knie protestiert, der Schmerz jagt mir scharf und stechend durch Mark und Bein, doch das erste Mal seit elf Jahren heiße ich ihn willkommen, anstatt ihn zu verfluchen, denn er ist stark genug, um mich abzulenken.

Ich genieße das Brennen, das alles andere verdrängt und mir den Schweiß auf die Stirn treibt, als ich, immer zwei Stufen auf einmal nehmend, weiter die Treppen hinab in Richtung Lobby jogge. Ich federe in meinen Anzugschuhen kaum ab, sondern lasse die Erschütterungen ungehindert durch meinen Körper schnellen und ihren Schaden anrichten, den ich sonst so dringend zu vermeiden versuche, den immerwährenden Singsang meiner Ärzte wie ein Klagelied der Mahnung stets in meinem Hinterkopf. Meine Muskeln protestieren, meine Knochen schmerzen, und mein linkes Knie, das sonst dank Schrauben und Nägeln gut durchhält, droht nachzugeben. Ich aber mache einfach weiter, Stufe um Stufe, Stockwerk um Stockwerk, ohne mich um die Konsequenzen zu kümmern, die zweifellos folgen werden, weil ich sämtliche Ratschläge ignoriere und die Vernunft in den Wind schieße. Als ich unten ankomme, glänzt ein leichter Schweißfilm auf meiner Haut, während mein ganzer Körper mich anfleht, mit diesem Irrsinn aufzuhören. Der Schmerz in meinem Knie vertreibt jede andere Empfindung, bis nichts weiter übrig bleibt als das Pochen dort, was selbst meine lauten und von Schuldgefühlen zerfressenen Gedanken übertönt.

Perfekt.

Ich verlasse das Treppenhaus und trete ins Foyer, in dem zu dieser frühen Stunde kaum etwas los ist. Die steinerne Eleganz wirkt fad und erdrückend, so ganz ohne das üblicherweise durch die großen Fenster hineinfallende Sonnenlicht, und die Grautöne des Marmors haben all ihre protzige Lebhaftigkeit eingebüßt. Die trostlose Leere erschlägt mich. Sie presst mir die Luft aus den Lungen, bis ich nicht mehr atmen kann, denn sie lässt nur Platz für eine zierliche Gestalt, die mit herabhängenden Schultern am Empfang steht und auscheckt.

Ellie trägt einen übergroßen weißen Hoodie, in dem sie vollkommen zu ertrinken droht. Ihre Finger gucken nur ein kleines Stück vor und die Kapuze sitzt gerade so weit auf ihrem Hinterkopf, dass ich ihr Profil erkennen kann. Sie wirkt blass und macht dem hellen Ton des Stoffes Konkurrenz, was unzählige Sorgen bei mir auf den Plan ruft, die ich eisern ignoriere. Die Schatten unter ihren Augen sind dunkel, und auch wenn ich dafür zu weit weg bin, bin ich mir sicher, ihre Augen rot geändert und geschwollen vorzufinden, wenn ich erst mal in ihrer Nähe bin.

Mitleid gesellt sich zur Sorge, und ich schnüre beide fest zusammen und werfe sie weit von mir, denn weder für das eine noch das andere ist Platz. Die Entscheidung ist schwer, aber sie ist notwendig. Egal was ich für Ellie auch empfinden mag, das Schicksal eines einzigen Menschen kann niemals wichtiger sein als das einer ganzen Gruppe. Und auch wenn sie mich Dinge fühlen lässt, die ich lange nicht empfunden habe, ändert das nichts an der Tatsache, dass sie eine Gefahr für die Menschen darstellt, die ich liebe. Und Gefahren für Damian und Roan kann und werde ich nicht dulden, ganz gleich, wie gerne ich zu Ellie herübergehen, sie in meine Arme schließen und diese Enttäuschung von ihr nehmen will.

Zweifel, die schon seit gestern Abend meine Entscheidung zu untergraben versuchen, melden sich erneut schwach in meinem Inneren zu Wort, und ich balle die Hände zu Fäusten.

Du machst einen Fehler, raunen sie und klingen dabei wie Ellie, als sie versucht hat, mich umzustimmen, ihre Finger fest in meinen Unterarm gegraben und ihre Augen groß und flehend, während ich ihr ihren Lebenstraum entrissen habe. *Du machst einen ganz gewaltigen Fehler, den du für den Rest deines Lebens bereuen wirst, weil diese Frage an dir nagen wird, ob du es nicht anders hättest machen können. Ob es nicht einen Weg gegeben hätte, sie in deinem Leben zu halten. Denn du wirst sie immer suchen, an jeder Straßenecke. Du wirst es nie bewusst tun, aber es wird passieren, und in den seltsamsten Momenten wirst du an diese Frau mit dem ansteckenden Lachen zurückdenken, die dich mit einem einzigen Kuss hat in Flammen aufgehen lassen. Und dann wirst du dir wünschen, du hättest sie nicht gehen lassen. Es ist so einfach. Niemand weiß davon. Entschuldige dich. Bring sie zurück auf ihr Zimmer. Riskiere es, und hör auf, dich mit Roan und Damian herauszureden. Riskiere etwas, und finde heraus, was du dadurch gewinnen kannst. Was ist ein weiteres Wagnis? Was ist eine weitere Lüge in diesem Netz, das du ohnehin schon gesponnen hast? Alles, was du dafür tun musst, ist, zu ihr zu gehen und –*

Zeit, diese Sache zu beenden. Ein für alle Mal.

Ich werde Ellie Cox in diesen gottverdammten Flieger setzen, zusehen, wie er abhebt, und sie dann einfach vergessen. Ein glatter Bruch, ohne Knochensplitter, die sich danach schmerzhaft in mein Fleisch bohren und Muskeln und Sehnen irreparablen Schaden zufügen können. Nur noch eine einzige Autofahrt, und dann ist sie nichts weiter als eine Erinnerung an Wärme, den Geschmack von Schokoladeneis und einen flüchtigen Moment der Unbesonnenheit.

Dieses Gefühl in meiner Brust, wenn ich an sie denke, wird verschwinden. Es wird, weil es muss. Und wenn ich es eigenhändig wieder und wieder in den eisigen Strom des Vergessens zwingen muss, bis es endgültig von ihm fortgerissen wird, dann werde ich es tun.

Weil es notwendig ist. Weil es das ist, was getan werden muss. Weil zu viel auf dem Spiel steht, mein Ziel zum Greifen nah und so viel bedeutender als dieser flüchtige Augenblick, der mich den Rest meines Lebens verfolgen wird. Das Risiko ist zu hoch. Viel zu hoch. Es muss enden, bevor es richtig begonnen hat.

Wie von selbst setze ich mich in Bewegung, meine Schritte sind zielsicher und entschlossen, als ich das Foyer durchquere, den Empfang als Ziel vor Augen. Diese Entscheidung ist notwendig, ein Rückzieher ausgeschlossen. Also treibe ich meine Beine zur Eile an, weil es grausam wäre, das Ganze unnötig in die Länge zu ziehen. Je schneller ich es hinter mich bringe, desto besser. Ich muss lediglich einen Fuß vor den anderen setzen und mich durch nichts und niemanden von meinem Weg abbringen lassen.

»Nein, er hat keine Ahnung, dass ich hier bin. Dieses Arschloch hat ja nicht einen meiner Anrufe beantwortet.«

Ich bleibe stehen, die nasale Stimme zu meiner Linken ist mir eigenwillig vertraut, als sie durch den immerwährenden Strom meiner Gedanken zu mir hindurchdringt. In der Hoffnung, mich verhört zu haben, drehe ich den Kopf in die Richtung einer der Sitzecken, die verlassen daliegen wie der Rest des Foyers, und unterdrücke einen Fluch, als ich eine männliche Gestalt erblicke. Auch wenn ich nur seinen brünetten Haarschopf sehe, weil er sich den bodenhohen Fenstern zugewendet hat, weiß ich ganz genau, wer da in dem offensichtlich maßgeschneiderten, tannengrünen Anzug mit einem Handy am Ohr locker-lässig auf seinen Füßen auf und ab wippt.

Was zur Hölle macht Tobias Evans hier?

Dich beobachten und auf eine Chance lauern, dich endlich auszuschalten, murmelt der funktionstüchtige Teil meines Hirns, der nicht von irrationaler Panik zu Boden gerungen und bewegungsunfähig gemacht wird. *Und wenn er Ellie entdeckt oder irgendjemanden im Team nach ihr fragt, dann hast du schon ver-*

loren, mein Freund. Denn er wird nicht eher aufhören zu graben, bis er etwas gefunden hat, um dich aus dem Weg zu räumen. Und dann war alles umsonst. All deine Lügen, all die geheimen Treffen und sorgfältig auf den Weg gebrachten Notwendigkeiten, damit deine Jungs und du endlich gehen können. Alles vernichtet in wenigen Sekunden.

»Mach dir darum mal keinen Kopf. Was soll er schon tun? Mich zurück nach London schicken?« Tobias lacht, nasal, unangenehm und viel zu laut in dem leeren Foyer, das mit meinen Unzulänglichkeiten und Fehlentscheidungen gefüllt zu sein scheint. »Caleb ist ein ungebildeter und einfältiger Gorilla mit mehr Muskeln als Hirn, aber so dumm ist er dann doch nicht. Und selbst wenn, würde er es mir damit nur leichter machen.« Tobias' Hand schlingt sich fest um den Griff seines silbernen Hartschalenkoffers, an dem ich den Gepäckaufkleber aus London erkenne, den ich am liebsten abreißen und ihm in die Kehle stopfen will, bis er daran erstickt. »Nein, darüber mache ich mir keinen Kopf, Sandra. Das Label hat deutlich gemacht, wen sie als nächsten Manager von *Parallel* wollen. Ich denke, es ist Zeit, dass dieser bissige Straßenköter endlich schnallt, dass für ihn kein Platz mehr ist.«

Bissiger Straßenköter.

Am liebsten hätte ich laut gelacht und Tobias gefragt, in welchem Jahrhundert er eigentlich unterwegs ist, dass er annimmt, mich so nennen zu dürfen, nur weil er der Sohn einer wohlhabenden Familie ist. Doch das Lachen bleibt mir im Halse stecken, meine Kehle ist so geschwollen, dass sogar das Schlucken schmerzt.

Es ist wie eine allergische Reaktion auf das, was Tobias so leichtsinnig hinaus in die Welt trägt. Ich nehme es über meine Ohren auf, lasse es in mein Blut sickern, von wo aus es sich in meinem gesamten Körper ausbreitet und alles vergiftet.

Bissiger Straßenköter.

Nimm das Geld und geh. Lass dich hier nie wieder blicken, hörst du? Das Gesicht meiner Mutter erscheint vor meinem inneren Auge, tränenüberströmt und blass, als sie mich der Tür verweist, weil die Trennung von mir die einzige Möglichkeit ist, um zu verhindern, dass meine Probleme und ich mich wie Krebs ausbreiten und alles andere infizieren. *Du musst endlich begreifen, dass alles im Leben Konsequenzen hat, Caleb. Du bist hier nicht länger zu Hause.*

Bissiger Straßenköter.

Das Bild meiner Mutter verschwimmt und mischt sich mit Erinnerungsfetzen an eisige Nächte und düstere Gassen, denen der Geruch von Urin und Erbrochenem anhaftet. Schmerzen übertünchen alles, selbst durch den dumpfen Schleier chemischer Linderung. Ich schmecke Blut auf meiner Zunge und höre die laute Musik von damals, die meine Ohren klingeln lässt. Mir ist kalt. So unendlich kalt.

Bissiger Straßenköter.

Hey, Mann, bist du okay? Eine warme Hand berührt meine Schulter. Zumindest der Geist davon. Sie dringt durch den Nebel, und ich klammere mich an ihr fest, in dem verzweifelten Versuch, meinen Weg zurück ins Leben zu finden. Ins Hier und Jetzt.

Nein. Nein, ich bin nicht okay.

Stille folgt. Dann noch mehr Wärme, als Hände sich unter meine Achseln schieben und mir zurück auf die Beine helfen.

Das passiert den Besten. Wichtig ist nur, dass du wieder okay sein willst. Also hoch mit dir, Mann.

Tobias lacht wieder und reißt mich damit aus den kalten Londoner Gassen meiner Vergangenheit zurück nach Mailand in das auf Hochglanz polierte Foyer meiner Gegenwart.

Eine Gegenwart, in der ich kein einsamer Straßenköter mehr bin, ganz gleich, was blasierte und gedankenlose Penner wie er auch über mich denken mögen. Ich weiß, wer ich bin, was meine Rolle ist, und welche Aufgaben vor mir liegen. Anders als er, der in seinem ganzen Leben noch nie wirklich um etwas hat kämpfen müssen, bin ich bereit, für das, was ich nicht verlieren will, durch den schlimmsten Morast zu kriechen.

Ich sehe zum Empfang, wo Ellie gerade ihren Pass zurückbekommt und sich zum Gehen wendet. Unsere Blicke begegnen sich, zwischen uns grau polierte Welten, die ich nicht zu überwinden weiß. Wenn sie geht, hinterlässt sie eine Spur aus Sternenstaub, der Tobias folgen kann, bis er meine Galaxie ins Dunkel stürzt. Wenn sie bleibt, löst er mit ihr vielleicht eine Supernova aus, die alles zerstört, was ich über die letzten Jahre vorbereitet habe.

»Ich sollte jetzt Schluss machen.« Tobias klingt so siegessicher. So von sich selbst überzeugt. Seine Mission ist klar, und aus dem Nichts heraus wird der Eingang zum Paradies von einem dreiköpfigen Ungetüm bewacht, dessen wachsame Augen ich um jeden Preis täuschen muss, wenn ich nur die kleinste Chance haben will, endlich die Ketten zu lösen, die Roan, Damian und mich an die Unterwelt fesseln, aus der ich seit Jahren zu entfliehen versuche. »Natürlich halte ich dich auf dem Laufenden, Schatz. Wenn alles läuft wie geplant, bist du in wenigen Tagen die Frau des neuen Managers von *Parallel.*«

Ellie sieht mich an, die Augen groß und die Lippen zu einem schmalen Strich zusammengepresst. Prompt ist die Lösung für mein Debakel denkbar einfach. Ich gehe auf Ellie zu. Überbrücke die grauen Welten zwischen uns, als wären sie nie dort gewesen, und als kaum noch ein Meter zwischen uns liegt, bleibe ich stehen.

Bei einer Sache hat Tobias recht: Ich bin bissig. Besonders wenn es darum geht, das zu beschützen, was mir lieb und teuer ist. Wenn ich mir dafür die Zähne ins eigene Fleisch treiben und den Schmerz ertragen muss, sei es drum.

»Willst du deinen Job zurück?«

14. KAPITEL

Ellie

Showroom (aka PR) = ~~*Kleidungsverleih, in dem eine große Auswahl von Designern und Kleidungsstücken zur Verfügung stehen.*~~ *Showtime, Liebling*

»Vielen Dank für ihren Aufenthalt, Ms Cox, und eine gute Heimreise.«

Ich kann mich nicht zu den üblichen Höflichkeitsfloskeln durchringen, als die freundliche Hotelangestellte mir meinen Reisepass zurückgibt. Generell habe ich mich seit gestern zu nicht viel durchringen können. Außer zum Heulen. Das hab ich seitdem eigentlich ununterbrochen getan. »Vielen Dank.«

Sie nickt mir zu, ihr Gesicht ist die perfekte Maske der Professionalität, aber ihre Augen mustern mich besorgt. Ob sie mir mein gebrochenes Herz ansehen kann? Vermutlich, so dunkel wie die Ringe unter meinen Augen sind. Nach meiner Dusche hatte ich kurz überlegt, ob ich die Anzeichen meiner durchweinten Nacht hinter Concealer und Make-up verschwinden lassen soll, habe mich dann aber dagegen entschieden. Soll Caleb doch mitkriegen, was er angerichtet hat. Was kümmert es mich jetzt noch, was er von mir denkt? Wenn er deshalb meint, ich sei schwach, wenn er meint, ich versuche ihn mit meinen verweinten Augen zu manipulieren oder ich weine, um ihn und nicht um meinen Traum, soll er doch.

Ich kenne die Wahrheit, und ich schulde sie niemandem außer mir selbst.

Meine Finger berühren meinen Pass, die Hülle fühlt sich rau unter meinen Fingerspitzen an, als ich sie nachfahre. Zeit, nach Hause zu gehen. Zeit, von vorne zu beginnen. Wie, weiß ich noch nicht. Aber ich werde es schaffen. Klein beigegeben habe ich noch nie, und das werde ich auch jetzt nicht. Ich werde etwas finden, das mir Freude bereitet. Das mir das Gefühl gibt, lebendig und nicht allein zu sein. Es wird vielleicht etwas dauern, aber ich werde mich wieder aufrappeln, nachdem ich mir ein paar Tage erlaubt haben werde, um den Traum zu trauern, der den Großteil meines Lebens bestimmt hat.

Ich schnappe mir meinen Koffer, wende mich zum Gehen und will draußen warten, in der Hoffnung, dass der diesige Morgen den letzten Rest Übermüdung vertreibt, doch ich bleibe wie angewurzelt stehen, als ich Caleb erblicke, der wenige Meter von mir entfernt steht und mich anstarrt.

Ich dachte, ich wäre bereit hierfür. Das schmerzende Herz in meiner Brust ist da offensichtlich ganz anderer Meinung.

Meine Lippen presse ich fest zusammen, damit sie ja nicht zu beben anfangen, und beginne, hektisch zu blinzeln, als ich ein Brennen in meinen Augen spüre.

Auf keinen Fall werde ich jetzt in Tränen ausbrechen. Nicht vor Caleb. Nicht in diesem Foyer. Wenn ich in der Luft bin, werde ich mir einen Becher Eiscreme bestellen und ein letztes Mal aus vollem Herzen weinen, um all diese Gefühle, die mir jetzt das Atmen schwermachen, loszulassen. Und wenn ich in London lande, dann werde ich keine einzige Träne mehr deshalb vergießen. Ich werde meine Tränen trocknen, die Ärmel hochkrempeln und von vorne beginnen, wie schon so oft zuvor. Wenigstens das ist etwas, das Caleb Lee mir niemals wird nehmen können.

Ich recke das Kinn, als er sich in Bewegung setzt. Seine Schritte sind groß und hastig, er überbrückt die Meter zwischen uns in wenigen Sekunden, und für einen kurzen Moment registriere ich, wie müde und erledigt er aussieht, bevor ich es von mir schiebe.

Er geht mich nichts mehr an. Dass er den Eindruck macht, als hätte er die ganze Nacht kein Auge zugemacht, darf ich nicht an mich heranlassen. Ich werde im Auto einfach höflich Konversation mit ihm betreiben, weil wir beide verdammt noch mal erwachsen sind, und dann werde ich –

»Willst du deinen Job zurück?«

Mir bleibt der Mund offen stehen, meine Erinnerung an gestern Abend noch kristallklar, egal wie sehr ich auch versuche, seine harschen Worte aus meinem Kopf zu vertreiben. »Willst du mich verarschen?«

»Sehe ich so aus, als würde ich Witze machen?«

»Caleb, du hast mich gestern Abend gefeuert.«

»Und jetzt stelle ich dich wieder ein.« Caleb sieht so verzweifelt aus, wie ich mich gestern gefühlt habe, und zumindest ein Hauch von Genugtuung schleicht sich in mein Innerstes, während ich noch krampfhaft zu verstehen versuche, was hier eigentlich gerade passiert. »Also, willst du den Job jetzt oder nicht?«

Darüber muss ich nicht groß nachdenken, obwohl ich weiß, wie dumm es ist, auf sein Wort zu vertrauen. Doch die Wahrheit bahnt sich ihren Weg über meine Zunge, bevor ich sie aufhalten kann, mein Traum ist zu groß, zu wertvoll, als dass ich für ihn nicht so etwas Unbedeutendes wie meinen Stolz herunterschlucken könnte. »Mehr als alles andere auf der Welt.«

»Gut. Das ist gut.« Er sieht beunruhigt zu der Sitzecke neben der Eingangstür, hat die Zähne fest aufeinandergebissen, ehe er mir endlich wieder in die Augen blickt und die Worte hervorpresst, die sich eigentlich besser anfühlen sollten, als sie letztendlich tun. »Dann herzlichen Glückwunsch zu deinem neuen alten Job.«

»Caleb, dir ist aber schon klar, dass ich eure dumme und vollkommen archaische Regel nicht über Nacht erfülle, ja?«

»Glasklar.« Seine Augen schnellen zu einem Mann in einem tannengrünen Anzug, der uns interessiert mustert und sich dann in unsere Richtung in Bewegung setzt. Caleb flucht leise und tritt dann näher an mich heran. Heiß prallt sein Atem auf meine Lippen, und ich umfasse den Griff meines Koffers fester, als er flüsternd weiterspricht. »Hör zu, ich habe jetzt keine Zeit, dir großartig zu erklären, was hier gerade vor sich geht, aber das werde ich noch, versprochen.« Sein Ton ist eindringlich und aufrichtig, sodass ein Teil von mir vergessen will, wie er mich gestern Nacht mit kühler Gleichgültigkeit gefeuert hat. Aber eben nur ein sehr kleiner Teil von mir. »Alles, was du jetzt gerade wissen musst, ist, dass dieser Kerl da vorne alles daransetzen wird, sich meinen Job unter den Nagel zu reißen, was wiederum bedeutet, dass alle aus meinem Team, dich eingeschlossen, auch ihren Job verlieren könnten. Er darf auf keinen Fall herausbekommen, dass du Single bist, okay? Sonst sind wir alle geliefert.«

Ich schnaube. »Weil das ja beim letzten Mal auch so fantastisch geklappt hat.«

Etwas huscht über seine Züge, so flüchtig wie der Moment, den wir gestern geteilt haben, bevor alles den Bach runterging. »Diesmal wird es klappen.«

Der Kerl kommt immer näher, und ich beiße mir unsicher auf die Unterlippe, erinnere mich überdeutlich an das Fiasko, das ich selbst verursacht habe. »Caleb, ich glaube nicht, dass ich das hinbekomme.«

»Aber ich.« Er atmet tief durch, und als er weiterspricht,

klingt seine Stimme leicht erstickt. »Bis zum Ende der Fashion Week ziehen wir das einfach zusammen durch. Du und ich.« Seine Finger fahren meinen Unterarm hinab zu meinen Fingerspitzen, und mir stockt der Atem. »Wir müssen nur so tun, als ob wir ein Paar wären. Das ist alles.«

Mein Herz stolpert und zieht sich dann schmerzhaft zusammen, als das alles wirklich zu mir durchdringt. »Caleb, schlägst du mir gerade allen Ernstes eine Fake-Beziehung vor?«

Caleb sieht so gequält aus, wie mein Herz sich fühlt, doch er nickt dennoch, so als wäre sein Vorschlag völlig normal und nicht das sichere Rezept für ein Desaster. »Ja. Oder fällt dir etwas Besseres ein?«

Der Kerl, vor dem Caleb mich so eindringlich gewarnt hat, ist kaum mehr als einen Katzensprung entfernt. Ich weiß nicht, wer er ist, aber es ist offensichtlich, dass Caleb ihm nicht traut und er die Macht hat, uns beiden alles zu entreißen.

Alles, was ich will, ist schlagartig zum Greifen nah. Alles, wovon ich je geträumt habe, könnte mein sein. Alles, was ich dafür tun muss, ist, Ja zu sagen.

Ja zu dieser wahnwitzigen Idee. Ja zu dieser Lüge. Ja zu diesem Mann. Ich habe immerhin nichts mehr zu verlieren, nicht wahr?

»Okay.« Ich schiebe meine Finger zwischen seine und greife fest zu, in der Hoffnung, mich zu erden, doch mein Magen flattert und mein Kopf schwirrt. »Lass es uns durchziehen.«

Caleb nickt, und als er mich an der Hand noch näher zu sich zieht und mir wie selbstverständlich einen Kuss auf die Lippen haucht, fürchte ich, dass ich eine Menge mehr zu verlieren habe, als mir klar ist.

»Also dann: Showtime, *Liebling*.«

Worauf zur Hölle habe ich mich da nur eingelassen?

Ich habe keine Chance, weiter darüber nachzusinnen, denn im nächsten Moment steht auch schon Mr *Tannengrün-obwohl-ich-nicht-den-richtigen-Teint-dafür-habe* vor uns. Unverhohlene Neugierde steht ihm ins Gesicht geschrieben, als er erst mich und dann Caleb mustert, bevor seine Augen, wie in einem schlechten Film, auf unsere ineinander verschränkten Hände wandern. Er runzelt die Stirn, ob vor Verwirrung oder Missfallen, vermag ich nicht zu sagen, doch dann zeigt er die Zähne, und mir läuft es eiskalt den Rücken runter.

Das ist kein Lächeln. Es ist mehr ein Feixen. Und es ist falsch. So unfassbar falsch. Fast erwarte ich, dass sein Gesicht an den nach oben gebogenen Mundwinkeln aufreißt, um die schuppige Haut darunter freizulegen, doch seine blasierte Visage bleibt intakt. Die Nachricht ist dennoch bei mir angekommen, und sofort verkrampfe ich mich: Der Mann vor mir ist eine Schlange, und wenn ich nicht aufpasse, dann bohren seine Zähne sich tief in mein Fleisch, bis ich verende.

Caleb scheint meine Unruhe zu spüren, denn er drückt beschwichtigend meine Hand, ehe er die freie scheinbar lässig in seine Hosentasche schiebt, das Bild kontrollierter Eleganz, das er mit besorgniserregender Leichtigkeit zu vermitteln weiß.

»Lee, du Teufelskerl«, begrüßt der Kerl ihn in nasalem Tonfall und klopft Caleb, der ihn um einen ganzen Kopf überragt, auf so herablassende Art und Weise auf die Schulter, dass sich mir die Nackenhaare aufstellen. »Ich wusste gar nicht, dass es jemanden in deinem Leben gibt.«

»Ich wollte sie noch eine Weile ganz für mich allein. Außerdem war mir nicht bewusst, dass ich dir seit Neuestem irgendwelche Rechenschaft über mein Privatleben ablegen muss.« Calebs Tonfall ist scharf, seine Miene aber bleibt neutral, obwohl ich zornige Flammen in dem sonst so ruhigen Rauchblau zu erahnen meine, mit dem er den Typ mit dem Ziegenbärtchen und den zurückgegelten Haaren durchbohrt. »Was machst du hier?«

Die schmierige Visage des unangenehmen Typen gerät kurz ins Wanken, ehe sie zurück ist, diesmal noch weniger überzeugend als zuvor. »Ich bin hier, um dich zu unterstützen.«

»Ich brauche deine Unterstützung nicht.«

»Das sieht das Label offensichtlich anders, immerhin haben sie mich geschickt. Anweisung von ganz oben. Da kann ich schlecht Nein sagen, oder?« Er klingt ehrlich gereizt, und es ist nur ein weiterer Beweis dafür, dass seine aufgesetzte Maske in Calebs Gegenwart ganz offensichtlich zu verrutschen droht. Caleb geht ihm unter die Haut, so viel steht fest. Die Luft zwischen den beiden Männern ist zum Schneiden dick. Tobias richtet seine blassblauen Augen jetzt auf mich. »Entschuldige bitte, Lees fehlende Manieren müssen kurz auf mich abgefärbt haben. Ich bin Tobias Evans, sein Arbeitskollege. Und du bist?«

Ich lasse meinen Koffer und nicht Caleb los, um widerwillig Tobias' Hand zu schütteln, die er mir entgegenstreckt. Als wir uns berühren, spüre ich, wie kalt seine Haut ist, und ich widerstehe so gerade dem Drang, meine Hand sofort wieder zurückzuziehen. »Ellie Cox. Freut mich sehr.«

»Oh, ich kann dir versichern, die Freude ist ganz meinerseits.«

Caleb tritt halb zwischen uns, was diese falsche Schlange dazu zwingt, mich loszulassen. »Sie ist meine Partnerin.«

»Deine Partnerin. So, so.« Tobias zieht eine Augenbraue hoch und schnalzt leise mit der Zunge. »Hätte nicht gedacht, dass du der Typ bist, der seine Flamme auf Kosten des Labels nach Mailand einlädt.«

Die Art, wie er mit Caleb spricht, geht mir gehörig gegen den Strich, und ehe ich mich versehe, mische ich mich ein, obwohl es höchstwahrscheinlich besser wäre, wenn ich einfach den Mund halten würde. »Tut er nicht. Ich arbeite hier.« Tobias lässt mit einem einzigen Wink keinen Zweifel daran, an was für eine Art von Arbeit er direkt denkt, und mir wird übel. Ich kann nur hoffen, dass ich mich nicht allzu häufig mit diesem widerlichen Typen auseinandersetzen werde müssen. Unter dem Radar zu fliegen, ist da sicher die beste Option. »Ich bin Roans Stylistin.«

Caleb verspannt sich und umfasst meine Hand fester. Tobias' Feixen wird breiter und eine ganze Spur fieser. Scheiße, ich habe eindeutig etwas Falsches gesagt.

»Ach, was du nicht sagst.« Tobias legt den Kopf schief, die Augen klein und die Fältchen darum tief, obwohl er kaum älter als Ende dreißig sein kann. »Was ist denn mit Yui Nakamura?«

Da hat er offensichtlich einen wunden Punkt getroffen, denn Calebs Kiefer knackt hörbar. Die Spannung zwischen den beiden Männern nimmt weiter zu, und ich fürchte, dass die sich irgendwann schlagartig entlädt und nichts weiter als Zerstörung zurücklässt. Ich fahre mit den Daumen über Calebs Fingerknöchel und versuche, ihn damit daran zu erinnern, wo wir sind, und dass er nicht alleine mit Tobias ist, was er mit einem tiefen Einatmen zur Kenntnis zu nehmen scheint.

»Sie liegt mit frühzeitigen Wehen im Krankenhaus und fällt auf unbestimmte Zeit aus.« Das aggressive Knistern in der Luft nimmt ab, und zurück bleibt Calebs eisiger geschäftsmäßiger Fokus, von dem ich gestern wohl nur eine Kostprobe bekommen habe, denn alles an Caleb erscheint mir jetzt kalt, feindselig und fremd. Fort ist der Mann, der mir im Hotelzimmer seines Freundes gestanden hat, das Gefühl zu haben, ihm nicht gerecht zu werden. Verschwunden ist auch der Mann, der mich gestern, zum Wohle seines Teams, gefeuert hat. Wer auch immer diese Version von Caleb ist, ich hoffe, dass ich sie niemals in Bezug auf mich selbst zu Gesicht bekommen werde, denn sie ist, gelinde gesagt, Furcht einflößend. Von den zusammengezogenen Augenbrauen über die strengen Linien um seine Lippen bis hin zu der verkrampften Körperhaltung. Caleb ist nichts weiter als angespannte Muskelkraft, zum Sprung bereit. Wie Tobias da nicht einmal mit der Wimper zucken kann, verstehe ich beim besten Willen nicht.

»Es war eine Notfallsituation, in der ich handeln musste. Ich hatte keine Zeit, großartig Rücksprache zu halten, oder dem üblichen Prozedere zu folgen.« Calebs Ton lässt keine Widerworte zu. »Ich habe getan, was getan werden musste.«

»Natürlich hast du das.« Es ist überdeutlich, dass Tobias da ganz anderer Meinung ist, denn er sieht gelangweilt auf seine Nägel hinab, auch wenn die Art, wie er immer wieder hochlinst, seine Gelassenheit Lügen straft. »Aber du weißt, was wir im Label von Vetternwirtschaft halten, und du hättest die Stelle offiziell–«

»Ist dein Onkel nicht Teil des *BOD*?«

Tobias' Visage wird wölfisch, offensichtlich stolz darauf, dass die Regeln, mit denen er um sich wirft, für ihn nicht zu gelten scheinen, wenn sein Onkel im Vorstand sitzt. »Das tut hier nichts zur Sache. Du hättest die Stelle offiziell als nicht besetzt melden müssen, damit wir sie über den üblichen Prozess mit einem unserer Leute besetzen können.«

»Werde ich.« Caleb löst seine Hand aus meiner und legt mir stattdessen den Arm um die Schulter, bis ich eng umschlungen mit ihm dastehe. Etwas überrascht blinzle ich, schmiege meinen Körper dann allerdings der vollen Länge nach an seinen, weil eine feste Freundin das nun mal tun würde. Dass ich das auch so tun würde, muss ja niemand wissen. »Aber ich konnte schlecht ohne Stylistin in Mailand anreisen, oder? Also habe ich die beste Stylistin, die ich kenne, um Hilfe gebeten, und hatte das unfassbare Glück, dass sie für mich hat alles stehen und liegen lassen, um uns bis zum Ende der Fashion Week zu unterstützen.«

Die Hitze, die mir in die Wangen steigt, ist nicht gespielt, als ich zu Caleb aufsehe, der mich stolz betrachtet. Meine Hand krallt sich fest in sein Hemd, und ich schlucke, während er sich herunterbeugt und mir einen Kuss auf die Stirn haucht. Ich weiß, es ist gespielt. Ich weiß, dass er mich eigentlich loswerden will. Dennoch fühlt es sich echt an, als seine warmen Lippen sich gegen meine Haut drücken. Meine Lider schließen sich flatternd, ohne dass ich etwas dagegen tun kann, und ich lasse mich noch mehr gegen ihn sinken. Caleb schwankt nicht eine Sekunde. Sein Arm schlingt sich stattdessen nur fester um mich, hält mich sicher, und auch wenn mir vollkommen klar ist, dass ich ihm nach gestern Abend keine Sekunde über den Weg trauen sollte, möchte ein kleiner Teil von mir es irgendwie doch.

Nur für einen Wimpernschlag. Nur so lange, bis mein Blut vor Adrenalin nicht mehr in meinen Ohren rauscht und das Herz in meiner Brust nicht länger wie wild vor sich hin stolpert. Wobei ich fürchte, dass es damit nicht aufhören wird, solange ich in Calebs Nähe bin.

»Du übertreibst«, murmle ich heiser, als Tobias mich mit einem lauten Räuspern daran erinnert, dass er noch da ist. Ich öffne die Augen und sehe zu unserem Zuschauer hinüber. »Er neigt dazu, mich in einem besseren Licht darzustellen, als ich verdiene.«

Tobias' Augenbraue zuckt ein ganzes Stück nach oben. »Das klingt gar nicht nach dem Caleb Lee, den ich kenne.«

»Dann kennst du ihn offensichtlich nicht besonders gut.«

Sein hyänenartiges Kichern bleibt Tobias im Halse stecken, und für den Bruchteil einer Sekunde empfinde ich so etwas wie Triumph, bis er die Oberlippe zurückzieht und dabei seine

Zähne bleckt. Eine eindeutige Kriegserklärung seinerseits an mich. »Sieht ganz so aus.«

So viel zum Thema unter dem Radar fliegen.

»Ellie ist der Grund dafür, warum wir mal wieder wegen etwas Positivem getrendet sind.« Caleb wechselt das Thema, so als hätte er nicht mitbekommen, dass Tobias meinen Namen vermutlich gerade mit roter Tinte in seine Version des *Death Note* gekritzelt hat. »Die Outfits von gestern und vorgestern stammen von ihr.«

»Herzlichen Glückwunsch, Ellie. Das ist wirklich beeindruckend.« Ich erkenne seine Lüge zwar, aber ich habe einen Heidenspaß daran, zu beobachten, wie er die Lippen dabei verzieht, als hätte er auf eine Zitrone gebissen. »In London waren alle schwer beeindruckt.«

»Vielen Dank.« Ich neige meinen Kopf in aller Demut, die ich definitiv nicht verspüre, weil Stolz mich erfüllt. »Ich kann mich einfach glücklich schätzen, dass das ganze Team mir sein Vertrauen geschenkt hat, obwohl sie mich gar nicht kennen.«

Der Fauxpas fällt mir auf, sobald ich ihn begehe, und Calebs Hand auf meiner Schulter verkrampft sich.

»Du wolltest sie wohl *wirklich* ganz für dich allein, wenn du sie nicht einmal deinen zwei besten Freunden vorgestellt hast.« Er deutet auf meinen Koffer. »Vorgestern am Flughafen vergessen?«

Panik erfasst mich. Auf keinen Fall dürfen wir auffliegen! Ich kann diese Chance nicht vermasseln, und ich will auch nicht, dass Caleb alles verliert, wofür er gearbeitet hat. Im Lügen bin ich nur leider miserabel, immerhin ist es eine Fähigkeit, von der ich seit Teenagertagen und heimlich durchgemachten Nächten nicht mehr Gebrauch machen musste. Verzweifelt versucht mein Verstand, sich eine Erklärung dafür zusammenzureimen, warum ich um sechs Uhr früh mit einem Koffer in der Lobby stehe, obwohl ich doch schon seit zwei Tagen vor Ort bin, doch alles, was mir in den Sinn kommt, schreit nach Trennung oder offensichtlicher Lüge. Scheiße, wir sind geliefert. »Ich–«

»Ellie hat gerade ausgecheckt«, fällt Caleb mir ins Wort, vermutlich um uns beide vor einer weiteren meiner Dummheiten zu bewahren, auch wenn mir schleierhaft ist, wie wir uns da rauswinden sollen. »Sie braucht ihr Zimmer nicht mehr. Sie zieht in meins.«

15. KAPITEL

Caleb

Split Sheet: ~~*Dokument, das festhält, wer beim Schreiben des Songs welche Rolle erfüllt hat, und wem bei Lizenzzahlungen welcher Prozentsatz zusteht.*~~ *Wer bekommt das Bett?*

»Ellie hat gerade ausgecheckt. Sie braucht ihr Zimmer nicht mehr. Sie zieht in meins.«

Erst als Ellie ihre Nägel in meine Seite drückt, realisiere ich, was ich da eigentlich gerade gesagt habe. Ich linse zu ihr hinüber, doch sie lässt Tobias nicht aus den Augen, so als wüsste sie genau, dass sie es bei ihm mit einer Viper zu tun hat, der man niemals den Rücken kehren sollte. Nichts deutet darauf hin, dass meine Aussage sie gestört haben könnte. Nur die Nägel, die sich durch mein Hemd in meine Haut bohren, lassen mich wissen, dass ich da gerade absoluten Bockmist gebaut habe.

»Warum hattet ihr denn nicht von Anfang an ein Zimmer?« Tobias ist wie ein Hai, der Blut geleckt hat, und gierig seine Zähne bleckt.

»Ich wollte mich mit meiner Arbeit und nicht wegen meiner Verbindung zu Caleb durchsetzen«, sagt Ellie so fröhlich, als würde sie gerade ihren Lieblingsfilm und nicht unsere gemeinsame Lüge an den Mann bringen. »Das war meine Bedingung, als ich den Job angenommen habe, aber«, sie wird rot und sieht gen Boden, so als wäre sie ehrlich verlegen, obwohl ich mittlerweile weiß, dass Ellie nicht der Typ ist, der sich für irgendetwas geniert, »ich halte es doch nicht ohne ihn aus.«

Ihre Lügen steigen mir, wider besseres Wissen, zu Kopf. Es überrascht mich, was für eine gute Schauspielerin sie ist, weiß aber auch, dass ich auf keinen Fall meinen Fokus verlieren darf, nachdem sie sich schon zweimal selbst in Bredouille gebracht hat. »Außerdem sind wir beide der Meinung, dass ihre Arbeit für sich spricht. Das Versteckspiel ist also nicht länger notwendig.«

»Ach … so.« Tobias zieht das Wort in die Länge, mit einer Pause zwischen dem *Ach* und dem *so*, die mich zur Weißglut treibt. Niemand sonst auf dieser Welt kann mich so schnell von null auf hundert bringen wie Tobias mit seiner blasierten und herablassenden Art. »Da hab ich aber noch mal Glück gehabt, würde ich sagen. Sonst wäre ja gar kein Zimmer für mich frei gewesen, und ich hätte in der Suite von Roan und Damian bleiben müssen.«

Das würde ihm so passen. »Keine Sorge, dann hätte ich dir mein Zimmer überlassen. Wir wollen ja nicht, dass der Neffe eines Vorstandsmitgliedes auf einer unbequemen Couch nächtigen muss.«

Ellies Kichern ist leise genug, dass wohl nur ich es hören kann, und ich spüre wie sich, trotz unserer gelinde gesagt verzwickten Situation, ein Grinsen auf meinen Zügen ausbreitet. Diesem Kerl eins zwischen die Hörner zu geben, ist mir, besonders heute, ein persönlicher Genuss, und zu wissen, dass es Ellie genauso geht, macht das Ganze nur noch besser.

»Dann haben wir ja beide noch mal Glück gehabt, dass das nicht nötig sein wird.« Tobias' gereizter Tonfall ist Musik in meinen Ohren, und ich beäuge ihn belustigt, wie er widerwillig zum Empfang schielt, zu dem er jetzt gehen muss, anstatt es sich wie ein Marder in einem fremden Bau bequem zu machen.

Dass er so eine Kränkung nicht auf sich sitzen lassen würde, hätte ich mir eigentlich denken können, und doch überrascht es mich, als er allen Ernstes den Schneid hat, Ellie mit einem großen Schritt näher auf die Pelle zu rücken. In gespielter Sorge verzieht er das Gesicht in Zurschaustellung einer Miene, die ich ihm, bei dem hinterlistigen Funkeln in seinen Augen, nicht eine Sekunde lang abkaufe. »Sag mal, ist wirklich alles okay mit dir? Du siehst aus, als hättest du dir die halbe Nacht die Augen ausgeweint, du armes Ding.«

Gleich zwei Sachen stören mich daran.

Erstens, dass dieser rückständige Mistkerl meint, es wäre vollkommen okay, eine Frau ein *armes Ding* zu nennen. Und zweitens, dass er mit dieser Vermutung vermutlich direkt ins Schwarze getroffen hat. Anders lassen sich Ellies rot geränderte Augen beim besten Willen nicht erklären, die sie jetzt auch noch niederschlägt, so als wollte sie nicht, dass sie irgendjemand zu lange ansieht. Der kalte Stich des Schuldbewusstseins durchfährt mich, als sich das Bild einer schluchzenden Ellie vor mein inneres Auge schiebt. Mich lange darin suhlen kann ich allerdings nicht, denn Tobias macht sich nichts aus Ellies offensichtlichem Unbehagen, sondern setzt, mit einem gehässigen Feixen in meine Richtung, noch nach. »Und du siehst auch nicht besser aus, altes Haus. Konntest wohl nicht schlafen, was?«

Ich richte mich etwas mehr auf und ziehe Ellie dichter an meine Seite, in der Hoffnung, sie damit ein wenig vor ihm verstecken zu können. Doch wieder einmal überrascht sie mich, indem sie nur schnaubend abwinkt. »Bei dem ganzen Stress, den wir haben, ist es kein Wunder, dass Caleb kein Auge zutut. Und ich schäme mich nicht, zuzugeben, dass ich gestern geweint habe, weil ich wegen all des positiven Feedbacks einfach wahnsinnig erleichtert war. Caleb war die ganze Nacht bei mir und hat mich beruhigt, was der ausschlaggebende Punkt dafür war, dass ich mein Zimmer nun doch aufgebe.«

Tobias schnalzt mit der Zunge. »Wie *liebreizend* von ihm.«

»Absolut.« Übertrieben klimpert Ellie mit den Wimpern, als sie zu mir aufsieht wie ein liebeskranker Welpe. »Ich habe so ein Glück mit ihm. Mein Caleb ist einfach der Beste.«

Tobias starrt Ellie gewiss nicht weniger fassungslos an als ich, allerdings fängt er sich zuerst wieder und räuspert sich dienstbeflissen, seine Lippen gekräuselt, so als hätte er Batteriesäure im Mund. Gott, tut das gut.

»Tja, ich werde dann mal einchecken.« Er schaut auf die Rolex an seinem Handgelenk und richtet dann seine Krawatte. »Wir sollten ein Meeting für heute Mittag–«

»Das Stylist:innenteam trifft sich zum Briefing um neun, das Sicherheitsteam um zehn und der gesamte Rest um elf. Vorbereitungen für die TV-Show beginnen offiziell um vierzehn Uhr, und um sechzehn Uhr machen wir uns geschlossen auf den Weg, damit Roan und Damian pünktlich zu Showbeginn vor Ort sind«, unterbreche ich Tobias, nachdem ich mich endgültig gefangen habe, um ihn wissen zu lassen, dass ich alles im Griff habe und seine Hilfe nicht brauche. »Es ist alles geregelt, aber du kannst dich bei den Meetings gerne anschließen, damit du dich nicht zu sehr langweilst.«

»Wie großzügig«, presst Tobias hervor und stakst an mir vorbei in Richtung Empfang. »Dann bis um neun.«

»Bis um neun«, flötet Ellie und winkt ihm fröhlich hinterher. Das geschäftsmäßige Lächeln, das während dieser ganzen Begegnung ihre Lippen geziert hat, bleibt, doch kaum ist Tobias außer Hörweite, sagt sie, ohne es verrutschen zu lassen: »Was für ein fußballfeldgroßes Arschloch.«

Ich lache, ohne etwas dagegen tun zu können, und die wenigen Leute, die sich in der Lobby aufhalten, sehen zu uns herüber. Tobias stockt kurz, und ich bringe uns aus der Schusslinie, indem ich mir Ellies Koffer greife und den Arm von ihrer Schulter nehme, nur um ihre Hand zu ergreifen und sie sanft, aber bestimmt in Richtung Fahrstuhl zu ziehen. Die Türen schließen sich, und ich lache noch immer. Ich kann mich nicht stoppen, und blitzartig höre ich, wie sarkastisch und ohnmächtig es klingt. Ich presse die Lippen aufeinander, versuche, verzweifelt es zu unterdrücken, doch es steigt immer wieder in meiner Kehle auf und lässt meine Schultern beben.

Ellie hält nach wie vor meine Hand, und die Sorge in ihren Augen macht etwas mit mir. Ich verdiene sie nicht. Nicht ihre Sorge, nicht ihr Mitgefühl, nicht ihre Nähe. Ich habe sie gestern eiskalt gefeuert und sie jetzt aus lauter Not wieder eingestellt, ohne ihr eine Erklärung zu geben, und trotzdem sieht sie mich so an. Mein Lachen verklingt, und nur die Fahrstuhlmusik ist noch zu hören, während wir einander ansehen, die Hände noch immer verschränkt, als es aufwärts geht, immer weiter der Lüge entgegen, in die ich sie gezwungen habe, und die es jetzt aufrechtzuerhalten gilt.

Keiner von uns sagt ein Wort, bis wir den siebten Stock erreichen, der still daliegt, weil alle noch schlafen, um ihre Energiereserven aufzufüllen. Stumm führe ich sie in mein Zimmer, nein, *unser* Zimmer, und als die Tür hinter ihr ins Schloss fällt und ich einen Hauch ihres Parfüms aufschnappe, das sich mit dem Geruch meines Aftershaves mischt, wird mir erst klar, was genau ich da eigentlich gerade getan habe.

Ich lasse Ellie los und ziehe ihren Koffer weiter in das Zimmer hinein, das wir von nun an werden teilen müssen. Die Stille kommt mir ohrenbetäubend laut vor.

»Wo möchtest du deinen Koffer hinhaben?«, frage ich, als ich es nicht mehr ertrage.

Ellie steht auf der Schwelle des Zimmers, die Arme vor der

Brust verschränkt und die Schulter an die Wand gelehnt. Für ihre Verhältnisse wirkt sie ungewöhnlich neutral und wachsam. Was sie wohl denkt? Zum ersten Mal kann ich es nicht in ihrem Gesicht ablesen, und unweigerlich stelle ich mich gerader hin. Überdeutlich bin ich mir meiner zerknitterten Kleidung bewusst. Ich spüre ihre Anwesenheit, die sich in jedem Quadratzentimeter des Hotelzimmers auszubreiten scheint, das, wie in allen Fünf-Sterne-Schuppen, mehr als großzügig geschnitten ist. Jetzt gerade aber fühlt es sich winzig an, ist in sich zusammengeschrumpft, in Anwesenheit der Frau, die so viel kleiner ist als ich, mir aber jetzt gerade vorkommt wie eine Gigantin. Ich lasse ihren Koffer los und fingere an meinem Hemdkragen herum, der offen steht, mir jedoch trotzdem klaustrophobisch eng vorkommt.

»Du schuldest mir eine Erklärung.«

Das war nicht unbedingt das Erste, was ich vermutet hätte, aus ihrem Mund zu hören. Ich hatte mit etwas wie *Was zur Hölle, Caleb?!* oder *Fick dich, du rücksichtsloses Arschloch* gerechnet. Sicherlich aber nicht mit einer Frage nach Antworten, die sie zweifellos verdient.

Was ich darauf sagen soll, weiß ich allerdings nicht.

Wie soll ich ihr diese ganze Sache erklären? Wie soll ich ihr verständlich machen, warum ich tue, was ich tue, wenn nicht mal Roan und Damian meine Entscheidungen immer nachvollziehen können? Die beiden kennen mich seit über zehn Jahren. Ellie kennt mich seit knapp achtundvierzig Stunden. Mal ganz davon abgesehen, dass ich einer Fremden nicht meine Pläne anvertrauen kann, die ich außer mit meinen Anwälten und eingeschworenen Beratern mit noch niemandem geteilt habe. Nicht einmal mit den Menschen, die mir mit Abstand am nächsten stehen, und die das Ganze tatsächlich etwas angeht.

Also drehe ich mich schweigend zur Fensterfront um. Mailand liegt mir zu Füßen. Die Spitze des Doms ragt in den diesigen Himmel, die majestätische Kirche ist in all dem verwaschenen Grau kaum zu erkennen. Heute sieht sie nicht annähernd so beeindruckend aus wie gestern. Ihr fehlt der goldene Schein. Die Ehrfurcht gebietende Präsenz. Sie sieht gerade einfach aus wie eine Kirche von vielen.

Meine Schultern sinken herab, erdrückt von all den Dingen, die ich sagen will, aber nicht zu formulieren weiß.

»Dieser Tobias«, beginnt Ellie nach einer Weile, und ich schaffe es nicht, sie anzusehen, weil ich mich schwach und ungenügend fühle, »ist scharf auf deinen Job, hab ich recht?«

Ich nicke. Meine Zunge liegt träge in meinem Mund. So viel kann ich preisgeben, denn es ist so oder so absolut offensichtlich.

»Und wenn er rausbekommt, dass du mich eingestellt hast, ohne zu wissen, dass ich Single bin, dann wird er dafür sorgen, dass du gefeuert wirst, und deinen Platz einnehmen?«

Wieder nicke ich, die Augen auf das diesige Grau vor mir gerichtet. Die Nebelschwaden und Wolken formen sich zu dunklen und erdrückenden Gassen und schreiben Schlagzeilen von ausgebrannten und abgestürzten Megastars, die von ihrem Label weggeworfen werden. Ich schiebe meine Hände in meine Hosentaschen, als ich bemerke, dass ich sie zu Fäusten geballt habe. Einerseits, um diese Horrorvision zu vertreiben, andererseits, um die Worte aufzuhalten, die sich einen Weg über meine Zunge in diesen Raum zwischen uns schieben wollen, in dem es mir so verlockend vorkommt, mich nach Jahren des Schweigens endlich jemandem anzuvertrauen.

»Bist du okay?«

Nein, überhaupt nicht, denke ich, *ich habe wahnsinnige Angst, dass wir auffliegen und ich die einzige Familie verliere, die mir noch geblieben ist. Ich habe Angst, sie zu enttäuschen. Habe Angst, zu versagen.*

Doch ich spreche es nicht laut aus, sondern antworte stattdessen mit einer Lüge. »Natürlich.«

Was ist schon eine mehr davon, nicht wahr?

»In Ordnung.« Ich höre Schritte hinter mir, und dann ist Ellie neben mir. Aus dem Augenwinkel sehe ich, wie sie die Arme um sich selbst schlingt, und mit mir hinaus in das Grau sieht. »Wir brauchen Regeln.« Sie sieht über die Schulter auf das Bett. Auf das *einzige* Bett. »Und wir müssen Grenzen abstecken, wenn wir uns dieses Zimmer teilen sollen.«

»Ich schlafe auf dem Sessel.«

»Wie du willst.« Ihr Ton ist eigenartig, so als wäre sie wütend, aber ich hinterfrage es nicht weiter. »Wie hast du dir diese ganze Sache überhaupt vorgestellt?«

Dass ich mir gar nichts vorgestellt, sondern einfach übereilt gehandelt habe, behalte ich für mich. Ich will beim besten Willen nicht so unfähig wirken, wie ich mich gerade fühle. »Wir spielen bis zu unserer Rückreise nach London das verliebte Pärchen. Danach kehrt jeder von uns in sein eigenes Leben zurück und fertig.«

»Nein.« Ellie wendet sich mir zu. Sie baut sich vor mir auf, verschränkt die Arme vor der Brust und reckt ihr Kinn nach vorne. Ellies Angriffshaltung. »Nach der Fashion Week schreibst du mir eine Eins-A-Empfehlung und vermittelst mich an einen deiner unzähligen Kontakte, und das so lange, bis ich wirklich einen Job habe. Ganz gleich, wie lange das dauert.«

Wir wissen beide, dass, obwohl wir uns am Ende der Frühlingssaison befinden, die Fashion Week in Mailand die neue Saison einläutet, die im Juli offiziell startet und im Dezember endet. Die Wintersaison ist besonders wichtig für alle im Musikgeschäft, denn sie ist voller Preisverleihungen und deshalb auch für Stylisten von elementarer Bedeutung, die keine bessere Gelegenheit bekommen, ihre Arbeit zu zeigen als auf den unzähligen roten Teppichen dieser Welt. Die meisten Stellen sind längst besetzt, denn niemand will riskieren, in dieser überbuchten Saison ohne das nötige Personal dazustehen. Aber ich kenne da jemanden, der vor vier Wochen noch händeringend auf der Suche war. Thoma Moreau, den Manager einer französischen Sängerin, mit der wir einmal für einen europäischen Filmsoundtrack zusammengearbeitet haben. Ob er allerdings jetzt noch auf der Suche ist, weiß ich beim besten Willen nicht. »Ich kenne da eventuell jemanden, aber versprechen kann ich dir nichts, Ellie.«

»Dann werde ich gehen, Caleb.« In ihrer Stimme klingt kein böswilliger Ton mit, nur absolute Entschlossenheit. »Ich habe nichts zu verlieren. Als ich heute Morgen aufgewacht bin, hatte ich mich schon von diesem Job und meinem Traum verabschiedet. Diesen Job und auch dich zurückzulassen, kostet mich nichts. Du bist derjenige, der alles verliert, wenn ich gehe.«

Ich knirsche mit den Zähnen. »Erpresst du mich gerade?«

»Nein. Ich verhandle mit dir.« Es überrascht mich wenig, dass Ellie auch Krallen hat, dennoch schmerzt es mich, dass sie sie jetzt mir gegenüber ausfährt. Nach gestern habe ich es aber wohl nicht anders verdient. »Ich will, dass wir *einander* helfen, Caleb. Das will ich wirklich. Sonst hätte ich dich unten im Foyer einfach auflaufen lassen. Aber–«

»Aber du willst dich auch selbst absichern.«

»Kannst du es mir verübeln?«

Das kann ich leider nicht. Nicht nachdem, was gestern passiert ist. Doch macht es meine Situation nur noch verzwickter, als sie eh schon ist. Wenn ich zustimme, dann muss ich binnen zehn Tagen Himmel und Hölle in Bewegung setzen, Gefallen einfordern und Zeit investieren, die ich nicht habe, während ich riskiere, dass einer meiner Kontakte Tobias mit der Nase darauf stößt, dass bei mir etwas nicht stimmt. Wenn ich ablehne, verliere ich alles.

Ich richte meinen Blick wieder auf die Stadt, die langsam, aber sicher zum Leben erweckt wird, doch die Lichter aus den Wohnungen ihrer Bewohner vermögen das verwaschene Grau nicht vollständig zu verdrängen, das sich heute über diese wunderschöne Metropole gelegt hat. Nach und nach erwacht dennoch alles aus seinem Schlaf. Mailand beginnt, trotz der Nebelschwaden, die es so eisern im Würgegriff halten, einen neuen Tag.

Zehn Tage. Im Vergleich zu den letzten zehn Jahren ist das nur ein Wimpernschlag. Und in Relation zu den letzten fünf Jahren, die ich damit verbracht habe, mich aus den Ketten zu befreien, die meinen Jungs und mir mehr und mehr die Luft abdrücken, sind diese wenigen Tage ein lächerlich kleiner Preis. Oder aber ein exorbitant hoher, wenn wir es nicht schaffen, alle von unserer Farce zu überzeugen.

Doch wenn es klappt, dann wären wir beide frei. Uns könnte nichts mehr passieren. Wir würden dieses Versteckspiel beenden, die Fashion Week abschließen und getrennte Wege gehen. Dann könnten wir von vorne anfangen. Einen neuen Tag beginnen.

»Deal. Bis zu unserer Abreise«, sage ich und halte Ellie die Hand hin, die mich überrascht ansieht, so als hätte sie mit dieser Antwort nicht gerechnet, »und keinen Tag länger.«

»Keinen Tag länger«, versichert sie und sieht auf meine Hand, die noch immer zwischen uns in der Luft hängt. »Und ich bekomme einen Arbeitsvertrag.«

»Du bekommst einen Vertrag. Und ich setze mich mit meinem Kontakt in Verbindung und gucke mal, was sich wegen des Jobs machen lässt.«

Sie ergreift meine Hand fast, lässt ihre im letzten Moment aber doch wieder fallen. »Moment, wir müssen noch klären, was erlaubt ist.«

»Erlaubt?« Ich kann ihr nicht ganz folgen, doch dann nickt sie in Richtung Bett, und ich lache etwas unbeholfen. »Ellie, das ist ja wohl nicht nötig, oder? Wir sind beide erwachsene Leute.«

»Absolut, und genau das ist das Problem. Also, nur das Übliche und der züchtige PDA-Kram, der für Pärchen halt normal ist. Wenn irgendwelche Veranstaltungen sind, wie das Abschlussbankett von *Prada* zum Beispiel, sind wir natürlich das Date des jeweils anderen, egal ob das jetzt zur Arbeit gehört oder nicht. Ich meine, wenn wir getrennt gehen würden, dann würden wir nur auffliegen. Du musst mich also wissen lassen, ob wir noch irgendwo hinmüssen. Am besten teilst du einfach deinen Kalender mit mir oder so was.« Ellie schüttelt den Kopf, so als würde sie gerade selbst bemerken, wie sehr sie abschweift, ehe sie in die Hände klatscht und mit ihrem eigentlichen Punkt beginnt. »Wichtig aber ist: kein Antatschen vor dem Team, keine Küsse, wenn wir allein sind, kein Sex und auf keinen Fall verlieben wir uns ineinander.« Sie zählt die Dinge auf, bis sie vier Finger in die Luft hält, und ich frage mich, ob das wirklich ihr Ernst ist. Der aufrichtige Ausdruck in ihren Augen schießt allerdings jegliche Nachfrage meinerseits in den Wind. »Einverstanden? Sonst wird alles nur noch komplizierter.«

Ein kleiner Teil von mir will *Nein* sagen. Der Teil, der Ellie an sich ziehen und küssen möchte, und den ich kaum im Zaum halten kann, seitdem ich weiß, wie ihre Lippen schmecken. Der Teil, dem jetzt kribbelig bewusst wird, dass er eine gute Ausrede hat, der Frau nahe zu sein, die mein Herz höherschlagen lässt. Doch der vernünftige Teil, der genau weiß, dass er es katastrophal verbockt und er vor allem kein Anrecht auf Ellies Nähe hat, bringt mich dazu, meinen Mund zu öffnen und »Einverstanden« zu murmeln.

»Klasse.« Ellie schlägt ein, bevor ich die Hand zurückziehen kann, und als Haut auf Haut trifft, spüre ich es wie einen Stromschlag, der meinen Arm hinaufschnellt und meinen ganzen Körper zum Vibrieren bringt. »Auf eine oscarreife Vorstellung, Partner.«

Ich nicke und entziehe ihr meine Hand, sobald es nicht mehr unhöflich wirkt, und vergrabe sie in meiner Hosentasche. Das Zimmer ist gerade um gefühlt fünf weitere Quadratmeter geschrumpft und wird sogar noch kleiner, als Ellie sich auf das Bett wirft und sich ausstreckt.

»Wann müssen wir beim Meeting sein?«, fragt sie und schlingt die Arme um das Kopfkissen, auf dem ich bisher geschlafen habe.

»Um neun.« Ich sehe auf meine Armbanduhr. »Also in zweieinhalb Stunden.«

»Alles klar.« Sie schließt müde die Augen, und ich beschließe, ins Fitnessstudio zu gehen, um etwas Dampf abzulassen und Ellie ein bisschen Privatsphäre und Ruhe zu gönnen. Ich öffne den Kleiderschrank und will nach meinen Sportsachen greifen, als ihre Stimme mich innehalten lässt. »Wo willst du hin? Wir haben noch tausend Dinge zu klären.«

»Was denn?«

»Zum Beispiel, wie wir uns kennengelernt haben, oder wie lange wir schon zusammen sind. Eine Täuschung ist nur gut, wenn sie bis ins kleinste Detail durchdacht ist, weshalb du dir sicher sein kannst, dass ich von eurer saudämlichen Regel wirklich nichts gewusst habe. Ich meine, so dämlich wäre doch echt keiner, oder?« Sie klopft einladend auf die Bettkante. »Und nur damit das klar ist, du hast dich natürlich zuerst in mich verliebt.«

Ich sehe zu ihr, in ihre müden Augen, auf ihren weiten Hoodie, und wie sie tief ins Bett gekuschelt vor mir liegt, und alles, was ich dazu mit heiserer Stimme sagen kann, ist ein leises »Natürlich«.

16. KAPITEL
Ellie

Right of First Publication = *~~Das Anrecht eines Auftraggebers zur Erstveröffentlichung eines Inhalts. Dies geht meist mit einer Geheimhaltungspflicht einher.~~ Geheimnisse kommen selten gut an*

»Weiß dann jeder, was er heute zu tun hat?«

Ein zustimmendes Gemurmel geht durch den Raum, während alle auf ihre Unterlagen starren, die aus Moodboards, Stoffproben und Make-up-Samples bestehen, hastig zusammengestellt zwischen Meetings, Telefongesprächen und im Vertrauen gesprochenen, ermutigenden Worten. Hochglanzfotografien und alte Referenzbilder teilen sich ihren Platz in den dünnen Ordnern mit einem ausgedruckten Zeitplan, der mehr als straff getaktet ist. Ob ich besser mit Caleb über seine unrealistische Zeitvorstellung hätte reden sollen, anstatt darüber, welchen Wein wir bei unserem Fake-First-Date in einem Restaurant in Southbank getrunken haben?

Vermutlich.

Wie zur Hölle soll Mia bitte Roans Make-up in dreißig Minuten hinbekommen? Zumal sie wegen mir einen neuen Look auf die Beine stellen muss, den sie bisher noch nie ausprobiert hat, und der unter harschen Studiolichtern und für die Dauer der Aufnahme Bestand haben muss, von der niemand sagen kann, wie lange sie letztendlich dauern wird, weshalb dieser

Termin das Schlusslicht der heutigen Agenda bildet. Die Einzigen, die bei der Sache völlig entspannt wirken, sind Roan und Damian, die in Jogginghosen und Hoodies gehüllt dasitzen und Kaffee schlürfen, nach sieben Jahren offensichtlich Vollprofis darin, sich von einem Stylist:innen-Team umschwirren zu lassen und deren Entscheidungen einfach hinzunehmen.

Eine kollektive Anspannung liegt in der Luft, denn wir alle sind uns bewusst, wie wichtig diese Show heute ist. Es ist seit Jahren der erste Auftritt von *Parallel* im italienischen Fernsehen, ein Special in einer Talkshow, das auch noch auf die Ankündigung folgt, die die gesamte Modewelt in helle Aufregung versetzt und die Branche damit aufgerüttelt hat, dass ein Deal wie dieser nicht nur mit Schauspielern, sondern auch mit Musikern möglich ist.

Ab jetzt müssen Erwartungen erfüllt werden. Vom Label. Von Fans. Von Roan und Damian. Vor allem aber von *Prada*, die ein verdammt einschüchternder Geschäftspartner sind, den es zu überzeugen gilt. Hier geht es um Werbeverträge in Millionenhöhe. Um Werbespots, Online-Kampagnen und Anschlagtafeln. Deshalb spüren wir ihn wohl so stark, diesen Druck, der wegen *Parallels* Ernennung zum *Brand Ambassador* auf uns allen lastet. Und wenn das Meeting von gerade, in dem eine Menge diskutiert und in letzter Sekunde angepasst wurde, als Indikator dienen kann, dann wird das heute ein sehr, *sehr* langer Tag.

»Wunderbar. Das wäre dann alles.«

Ich greife nach meinem Kaffee und verziehe das Gesicht, als ich einen Schluck nehme. Igitt, der ist ja ganz kalt. Während des Meetings habe ich ihn vollkommen vergessen, und jetzt, dreißig Minuten später, ist er nur mit einer Handvoll Eiswürfel noch irgendwie zu retten, die ich mir leider nicht aus dem Hut zaubern kann.

Das Schaben von Stühlen über Parkett erklingt, als die Ersten sich erheben, um Vorbereitungen zu treffen, in der Hoffnung, diesen Zeitplan irgendwie einhalten zu können.

Calebs plötzliches Räuspern jedoch bringt alles zum Stillstand. »Sorry, fast hätte ich etwas vergessen.«

Ich verkrampfe mich in Erwartung der nächsten Hiobsbotschaft, und der zuversichtliche Ausdruck in seinen Augen, mit dem er mich über den Tisch hinweg bedenkt, ist nicht annähernd so beruhigend, wie Caleb offensichtlich meint. Unauffällig nickt er in die Richtung von Tobias, der das Meeting schweigend aus der Ecke verfolgt, und mir ist schlagartig klar, was er von mir will.

Scheiße, ist es jetzt echt so weit? Ich meine, wir haben vorhin noch darüber gesprochen, dass wir bei dem Meeting heute einen auf große Enthüllung und Verkündung machen wollen, die Theorie durchzusprechen und sie in die Praxis umzusetzen, sind allerdings zwei völlig verschiedene Paar Schuhe.

Scheiße, Scheiße, Scheiße.

Ich erhebe mich, obwohl mir die Knie schlottern. Es wird erst recht nicht besser, als Caleb aufsteht und mir einen Arm um die Taille schlingt, was die Augen des gesamten Teams so groß werden lässt wie Untertassen. Normalerweise wäre ich bei diesem Anblick in schallendes Gelächter ausgebrochen. Aber an dieser Situation ist absolut nichts normal, und so gebe ich mein Bestes, weiter selig zu lächeln und meine Nervosität nicht zu zeigen, die mich in ein unruhiges Nervenbündel verwandelt. Ich schließe meine Finger um das Revers von Calebs gemustertem Jackett, ganz die verliebte Freundin, die sich an ihrem Liebsten festhält. Dass ich das nur tue, damit meine schlotternden Knie nicht unter mir nachgeben, weiß ja zum Glück niemand.

»Ellie und ich sind ein Paar.« Ich sehe, wie Damians Unterkiefer bei Calebs Worten nach unten klappt und er Roan wie wild gegen den Arm schlägt. Der glotzt uns aus großen Augen an, während Mias Gesicht von Überraschung zu einer Verschlossenheit wechselt, die ich nicht von ihr kenne. Ihr Blick wandert zwischen mir und Caleb hin und her, ihre Brauen sind leicht gehoben, so als wollte sie eigentlich aus voller Kehle *Was zur Hölle ist hier eigentlich los* schreien, anstatt stumm dazustehen und uns zu betrachten. Dankbar bin ich ihr dennoch, denn wenn Mia den Mund aufmacht, dann sind wir sofort geliefert. Etwas, das sie offensichtlich begreift, da ihre sonst so freundliche und offene Miene jetzt gerade eher an *verschlossene Richterin* anstatt *liebevolle Sozialarbeiterin* erinnert. Caleb und sie sehen sich an, und irgendetwas passiert da zwischen ihnen, denn Mia nickt kaum merklich, ehe Caleb sich räuspert und fortfährt, als wäre nichts gewesen. »Ihr wisst, wie ich sonst zu Beziehungen am Arbeitsplatz stehe, aber Yuis plötzlicher Ausfall ließ mir keine andere Wahl, als Ellie um Hilfe zu bitten, und jetzt bin ich sehr froh, dass sie hier bei uns ist, um uns während dieser ereignisreichen Tage zu unterstützen. Ellie wollte sich erst selbst einen Namen im Team machen und sich nicht darauf ausruhen, dass sie meine Freundin ist. Deshalb habe ich ihre Bitte, es fürs Erste geheim zu halten, respektiert. Aber jetzt, da sie im Team angekommen ist, möchten wir es euch nicht länger verschweigen.« Caleb hebt die Hand, als Olivia den Mund öffnet, und erstickt damit auch die Fragen aller anderen im Keim, die so aussehen, als würden sie vor Neugierde platzen. »Das ändert nichts an der derzeitigen Teamdynamik und hat auch in keiner Weise meine Entscheidungen seit Ellies Eintreffen beeinflusst. Alles, was ich gesagt und beschlossen habe, wäre auch zustande gekommen, wenn Ellie und ich nicht in einer Beziehung wären.«

»Genau«, füge ich schnell hinzu, weil ich mich wie nutzloses schmückendes Beiwerk fühle und auch etwas zu der Sache sagen möchte, um nicht wie das liebestolle Dummerchen zu wirken. »Caleb und ich haben nicht vor, irgendetwas an unserem Umgang miteinander oder mit euch zu verändern. Wir waren nur beide der Meinung, dass es in einem Team wie unserem keinen Platz für Geheimnisse gibt.«

Ich sehe, wie Mias Mundwinkel herabsinken, doch dann nimmt sie Tobias ins Visier, und ihr Ausdruck wird wieder neutral. Damian springt unvermittelt auf, den Zeigefinger anklagend auf uns beide gerichtet.

»Ich wusste doch, dass da was im Busch ist!« Er guckt zu Olivia, die uns beide ungläubig betrachtet, irgendwo zwischen Überraschung und verärgertem Zweifel, den ich nur zu gut nachvollziehen kann, wenn man bedenkt, wie Caleb sie gestern noch für mich in die Schranken gewiesen hat. »Ha! Hab ich es doch gesagt! Das war ja wohl nicht zu übersehen! Ihr seid echt beide so was von miserable Schauspieler!«

Meine Wangen glühen, und ich bin mir sicher, von den Haar- bis zu den Zehenspitzen rot angelaufen zu sein. *Wenn du wüsstest, Damian,* denke ich und spüre unter meinen Fingerspitzen, wie Caleb einmal ganz tief einatmet.

Mein Fake-Freund rollt mit den Augen. »Krieg dich wieder ein, du Möchtegern-Sherlock.«

»Ach, halt die Klappe! Ich hab das dritte Auge. Ich schwöre es dir, Mann.« Damian tippt sich gegen die Stirn und schmunzelt, als ich mein Lachen nicht länger zurückhalten kann, das nervös, aber auch erleichtert klingt. »Ich wusste, dass es eine fantastische Idee war, euch auf dieses Date zu schicken.«

»Was nicht sonderlich subtil war, wenn ich das mal anmerken dürfte.« Ob Caleb sich bewusst ist, dass er mir über die Seite streicht, als er das sagt? »Drittes Auge. Dass ich nicht lache.«

»Du bist nur stinkig, weil eure Täuschung so hundsmiserabel war.« Der Rapper zuckt mit den Achseln und wackelt dann mit den Augenbrauen. »Eine Romanze am Arbeitsplatz. Wer hätte das von unserem Mr *Stock-im-Arsch* gedacht.«

Caleb grinst. »So richtig am Arbeitsplatz war das ja nun nicht.«

»Herzlichen Glückwunsch.« Roans ruhige Stimme ist ganz anders als die überdrehte von Damian, und ich spüre förmlich, wie sie sich wie Balsam über meine Sorgen legt und diese kleiner werden lässt. »Wie lange geht das schon mit euch?«

»Fünf Monate«, antworte ich, ohne zu zögern, und bin nun heilfroh, dass wir uns vorhin abgesprochen haben. Anscheinend ist das nämlich knapp über der Mindestdauer, die das Label für eine Anstellung als akzeptabel einstuft.

»Ich habe nichts gesagt, weil es alles noch so frisch war«, erklärt Caleb, denn Roans Augen fordern, trotz der brüderlichen Wärme darin, eine Antwort. »Außerdem kennst du mich ja. Was diese Dinge angeht bin ich …«

»… eine fucking Miesmuschel. Ich weiß.« Das Lächeln kehrt auf Roans Züge zurück, voller Wohlwollen und angereichert mit den Funken eines Insider-Witzes, den Jahre der Freundschaft geformt haben.

Caleb räuspert sich unbehaglich, und ich kann es ihm nachfühlen, denn auch ich komme mir vor wie auf dem Präsentierteller, jetzt wo wirklich alle uns anglotzen. »Gut, nachdem das erledigt wäre, können wir ja alle zur Tagesordnung übergehen.«

»Wie jetzt, einfach so?«, fragt Damian, hebt aber lachend in einer abwehrenden Haltung die Hände, als Caleb ihn warnend ansieht. »Alles klar, Cal. Keine weiteren Fragen erlaubt.«

Die Runde löst sich auf, das Geschnatter leiser als sonst, was sicher daran liegt, dass sowohl Caleb als auch ich nicht hören sollen, was da getuschelt wird, während der Raum sich leert.

»Bis später dann«, sage ich zu Caleb, und weil ich mir Tobias' Anwesenheit überdeutlich bewusst bin, der wachsam in der Ecke hockt, stelle ich mich auf die Zehenspitzen und küsse meinen Fake-Freund auf die Wange, bevor ich meine Hand von seinem Revers löse und von ihm zurücktrete. Sofort will ich die Arme um mich schlingen, denn ich fühle mich augenblicklich einsam, und mir ist ganz kalt. In letzter Sekunde aber widerstehe ich diesem Drang und verschränke lediglich die Arme vor der Brust, ein Kompromiss zwischen Herz und Hirn, die offensichtlich im Clinch liegen.

»Bis später«, erwidert er und sieht zu Roan und Damian. »Los, ihr beiden Nervensägen, das Sicherheitsmeeting findet nicht ohne euch statt.«

Mia fängt mich an der Tür ab. Ihre Hand schlingt sich um meinen Oberarm, sobald ich sie erreiche, um diesem Raum zu entfliehen, der sich durch die Lügen überfüllt, aber durch Calebs Abwesenheit nun seltsam leer anfühlt. »Ellie–«

»Später«, murmele ich leise und ziehe sie hastig den Flur entlang. »Ich erkläre dir alles später, versprochen.«

»Oh Gott, ich hätte ihm was anderes anziehen sollen.« Mein schlechtes Gewissen trifft mich wie der Schlag, während ich Roan beobachte. Seine ganze Mimik und Gestik wirkt zwar vollkommen lässig, so als würde er nicht in langem Hemd und mit ledernen Fingerhandschuhen unter grausamen Studiolichtern bei lebendigem Leibe gegrillt werden, aber ich weiß es besser. Diese vermaledeiten Scheinwerfer, die einfach grässlich unvorteilhaft und viel zu heiß sind, haben mich nämlich schon binnen weniger Minuten bei den letzten Touch-ups ins Schwitzen gebracht. Roan aber sitzt einfach dort, ganz dicht bei Damian, obwohl die Couch mehr als groß genug ist, wie immer vollkommen professionell, während er über den Dolmetscher ganz charmant mit der Moderatorin flirtet und mit seinem Schlagabtausch mit seinem Freund und Bandkollegen das Publikum zum Lachen bringt.

»Er kommt schon zurecht.« Mia tätschelt mir beruhigend die Schulter, ihre Stimme wie meine gesenkt, weil keiner von uns beiden riskieren will, die Aufnahme zu stören, obwohl wir in den Schatten am Rand gut versteckt und weit genug von den Kameras entfernt sind. »Du solltest dir lieber Sorgen um dich selbst machen.«

»Wieso?« Auf Roan und Damian fixiert heuchle ich völlige Ahnungslosigkeit, die mich später, wenn wir erst mal allein sein werden, Kopf und Kragen kosten wird. »Ich bin nicht diejenige, die bei gefühlt dreihundert Grad in langen Klamotten dasitzt und nicht anfangen darf zu schwitzen.«

»Eleonora!«

Ich weiß, ich habe den Bogen überspannt, als Mia meinen ganzen Namen benutzt, und ich wende mich ihr halb zu, froh um die Schatten, die sich wie eine schützende Decke um meine Schultern legt und mich hoffentlich davor bewahrt, dass man in mir lesen kann, wie in einem offenen Buch. »Emilia?«

»Komm mir jetzt nicht so«, zischt meine Freundin und ergreift im Halbdunkeln meine Hand, unsere Finger fest miteinander verflochten, als sie mich näher zu sich zieht und ihre Stimme zu einem Flüstern senkt. »Was zur Hölle, Ellie?!«

»So geht es mir konstant die letzten zwei Tage«, flüstere ich aufgeregt zurück und bin insgeheim froh, dass wir so übereilt vom Studiopersonal von der Bühne verjagt wurden, sodass Mia und ich nun in dieser kleinen Ecke unter uns sind. Das restliche Team steht verteilt in den unterschiedlichsten dunklen Nischen des komplex aufgebauten Studios, von denen manche nicht einmal groß genug für zwei sind. Mir ist glasklar, dass Mia nicht lockerlassen wird, also rattere ich im Flüsterton herunter, was die letzten zwei Tage passiert ist – von meiner kurzzeitigen Entlassung über unseren kleinen Zusammenstoß mit Tobias, unseren Deal, bis hin zu der großen Enthüllung heute früh. Ich nicke bekräftigend im Angesicht ihrer völligen Entgeisterung. »Ich weiß! Das ist alles völlig verrückt.«

»Das einzige Verrückte daran ist, dass du unseren Boss fakedatest!« Sie lässt mich los und fährt sich mit beiden Händen durchs Haar, die Geste ist wie ein verzweifelter und verwirrter Spiegel meines Innersten. »Das kann doch nicht dein Ernst sein, Ellie! So was macht doch niemand wirklich! Wo sind wir denn hier? Beim Trope-Bingo, oder was? So was machen Figuren in Büchern und Filmen, aber doch nicht im echten Leben, Ellie!«

»Und was hätte ich deiner Meinung nach sonst machen sollen, mh? Meinen Job verlieren? Also, ihn *noch mal* verlieren?« Mia denkt einen Moment darüber nach, ehe sie die Nase krauszieht, weil sie wohl auch zu dem Entschluss kommt, dass ich keine andere Wahl hatte. »Na siehst du. Außerdem wäre es nett gewesen, vorher von dieser hübschen kleinen Klausel in deinem verfluchten Vertrag zu wissen.«

So als würde ihr erst jetzt dämmern, dass sie das vielleicht bei unserem Telefonat hätte erwähnen sollen, blinzelt Mia kurz, bevor sie gequält die Augen schließt. »Scheiße, das habe ich total vergessen.«

»Ja, so die letzten sieben Jahre.« Beherzt stoße ich ihr gegen die Schulter, weil sie das wirklich, *wirklich* hätte erwähnen sollen. »Mann, Mia!«

»Sorry, okay? Ich habe nicht mehr dran gedacht. Für mich ist es halt immer schon so, und die Situation am Flughafen war so verdammt hektisch, da ist es mir einfach durchgerutscht.«

»Und davor?«

»Davor hat es für mich keine Rolle gespielt. Das tut es auch jetzt nicht.«

Die Frage, die mich beschäftigt, seitdem ich von dieser bescheuerten Klausel weiß, stiehlt sich mir über die Zunge. »Ist das der Grund, warum du nie lange Single bist?«

»Ja.« Mia sieht Roan an und für einen Wimpernschlag glaube ich, so etwas wie Sehnsucht in ihren Augen zu erkennen. Doch so schnell wie der Moment gekommen ist, ist er auch schon wieder vorbei, und anstelle von Roan sieht sie nun mich an. »Wie hat Caleb überhaupt rausgekriegt, dass du in keiner Beziehung bist? Für den üblichen Backgroundcheck hatte er doch gar keine Zeit.«

Verdammt. Dieses Detail habe ich mit Absicht ausgelassen. Da ich allerdings weiß, dass Herumdrucksen nichts bringt und meine Situation nur noch schlimmer machen würde, senke ich die Stimme, in der Hoffnung, dass Mia mein Geständnis vielleicht überhört. »Ich habe ihn geküsst.«

»Ich habe dich nicht verstanden.« Sie beugt sich weiter zu mir herunter und bringt ihr Ohr näher an meinen Mund. »Noch mal.«

Schicksalsergeben wiederhole ich: »Ich habe ihn geküsst.«

Es braucht einen Moment, und nur deshalb bin ich schnell genug, um Mia die Hand auf den Mund zu legen und ihren Ausruf zu ersticken, der verdächtig nach *DU HAST WAS?!* klingt.

»Psst! Verdammt, Mia!« Ich nehme meine Hand von ihrem Mund und sehe auf den Abdruck, den ihr Lippenstift hinterlassen hat. Stumm reicht sie mir ein Taschentuch, und ich wische ihn weg. Mit hochgezogenen Schultern tupfe ich länger als nötig weiter auf meiner Hand herum. »Okay, es war vielleicht nicht die beste Idee, die ich jemals hatte, aber–«

»Nicht die beste Idee, die du jemals hattest?« Mia schnappt mir das Taschentuch weg und wedelt damit aufgeregt vor meiner Nase herum, bevor sie es sich in ihre hintere Hosentasche stopft. »Wer küsst denn bitte wissentlich seinen neuen Boss? Das ist echt selten dämlich, Ellie.«

Ich zucke zusammen. »Das ist jetzt aber ein bisschen harsch, findest du nicht?«

Die Art, wie sie sich auf die Unterlippe beißt, lässt mich wissen, dass sie es genauso sieht, es aber im Leben nicht zugeben wird. »Warum zum Geier hast du das bitte gemacht?«

Ich denke zurück an den gestrigen Abend und kann das leise Seufzen nicht unterdrücken. »Na ja, die Musik war so toll und das Licht so schön, und als er gelacht hat, da hab ich mir gedacht, ich könnte …« Sofort breche ich ab, als ich Mias Sorge bemerke, die ich förmlich spüren kann. »Was?! Er hat mich zurückgeküsst!«

»Scheiße, Ellie!« Sie schüttelte den Kopf, und irgendwas in meiner Magengegend macht so einen schlimmen Salto, dass mir davon kotzübel wird. »Du hast dich verknallt.«

»Was? Nein, natürlich nicht.« Die Worte kommen so schnell über meine Lippen, dass ich über sie stolpere. »Ich kenne ihn doch gar nicht.«

»Aber du magst ihn?«

»Ja, schon.« Etwas hilflos werfe ich die Hände in die Luft, beseelt von dem Zwang, mich irgendwie zu rechtfertigen oder meine Kurzschlussreaktion von gestern zumindest zu erklären. »Ich meine, schau ihn dir doch an. Was gibt es da nicht zu mögen? Er erfüllt so ziemlichen jeden Punkt auf der Liste der Dinge, die ich an Männern halt toll finde. Und wenn du ihn gestern hättest lachen sehen, dann …«

»… hätte ich ihn definitiv nicht geküsst.«

»Das kannst du nur sagen, weil du nicht dabei warst.«

Offensichtlich fällt ihr kein Gegenargument ein, denn sie kneift sich in den Nasenrücken und atmet einmal tief durch, bevor sie mit den Schultern rollt und mich wieder ansieht. »Und jetzt? Ihr spielt verknalltes Liebespaar und dann was?«

»Dann vermittelt er mich für die kommende Saison an einen seiner Kontakte weiter, und wir gehen getrennte Wege.«

»Einfach so?«

»Ja, einfach so.«

Die Skepsis steht ihr deutlich ins Gesicht geschrieben, und ich winde mich unter der ungefilterten Zurschaustellung des Bandes, das wir vor so vielen Jahren geknüpft haben und das in Situationen wie diesen mehr Schlinge als Sicherheitsnetz ist.

»Du musst dir keine Sorgen machen, okay?« Ich reibe Mias Arm, etwas, das sie sonst immer bei mir macht, und was seine beruhigende Wirkung nie verfehlt. »Er und ich haben eine ganz klare Abmachung, an die wir uns beide halten werden. Mir wird nichts passieren und dir auch nicht. Ich werde dafür sorgen, dass es nicht auffliegt und–«

Sie ergreift meine Hände und überrascht breche ich ab, als ich in ihren warmen Augen eine entwaffnende Intensität erkenne. »Glaubst du allen Ernstes, ich mache mir mehr Sorgen um meinen Job als um dich?« Ihre Daumen streichen über meine Knöchel, als sie mit sanfter Stimme weiterspricht. »Das ist alles zweitrangig, Ellie. Viel wichtiger ist mir, dass du nicht verletzt wirst.«

Meine Tränen von gestern kommen mir wieder in den Sinn, und ich presse die Lippen fest aufeinander. »Das wird nicht passieren, das verspreche ich dir.«

»Das kannst du mir nicht versprechen.«

»Wieso nicht?«

»Weil dein Herz, dieser gemeine Verräter, nun mal leider macht, was es will.« Sie tippt mir gegen die Brust, direkt auf die Stelle über meinem Herzen, in ihren Augen tobt ein Wirbelsturm unzähliger Gefühle, die selbst mir die Luft abschnüren. Und das, obwohl sie nicht meine eigenen sind. Doch sie fühlen sich so an, und es schmerzt, zu wissen, dass Mia so viel empfindet, aber so wenig darüber spricht.

»Mia–«

Sie winkt ab, bevor ich noch mehr dazu sagen kann, und nickt in Richtung der Kameraleute, die der Moderatorin ein Zeichen geben. Den Bruchteil einer Sekunde später richtet sie das Wort ans Publikum und nicht länger an unsere Jungs. »Nicht jetzt, okay? Ich glaube, gleich kommt die erste Pause.«

»Okay.« Ich ergreife ihre Hand und drücke sie sanft. »Heute Abend?«

»Gerne.« Sie erwidert meinen Händedruck und streckt sich dann, die Arme über den Kopf erhoben, ehe sie die Tasche mit ihrem Equipment für die Touch-ups checkt, die sie sich um die Hüfte geschlungen hat. »Wie wäre es, wenn ich zu dir rüberkomme und wir was beim Zimmerservice bestellen? Vor dem Hotel gibt es einen kleinen Weinladen. Wir könnten uns da auf dem Rückweg noch einen guten Tropfen holen. Was meinst du?«

Enthusiastisch will ich Mias Vorschlag annehmen, doch dann fällt es mir wie Schuppen von den Augen. Ich würde es nur zu gern für mich behalten, allerdings führt kein Weg daran vorbei, es Mia zu beichten.

»Tolle Idee. Es gibt da nur ein klitzekleines Problem.«

»Das da wäre?« Sie sieht mich fragend an, und ich wappne mich für das Echo, das meiner Offenbarung folgen wird.

»Eventuell vielleicht könnte es sein, dass Tobias jetzt mein Zimmer hat.« Mia blickt verständnislos drein, und ich puste angespannt die Wangen auf. Scheiß drauf. Kurz und schmerzlos. Wie ein Pflaster. »Und eventuell vielleicht könnte es sein, dass ich mir jetzt mit Caleb sein Zimmer teile.«

Verständnislosigkeit weicht Schock, und Mia starrt mich mit offenem Mund an. »Du verarschst mich, oder?«

Ein lautes Signal ertönt, und das rote Licht geht aus, während ein Mitglied des Studiopersonals auf Englisch verkündet: »Zehn Minuten Pause.«

»So ein Mist aber auch.« Ich schicke ein stummes Stoßgebet gen Himmel für diese willkommene Unterbrechung, die mich vor einer Antwort bewahrt, und trete aus der Dunkelheit ins gleißende Licht der Studioscheinwerfer. »Komm, die Arbeit ruft.«

»Eleonora Cox, wag es ja nicht, mich jetzt einfach so hier stehen zu lassen!«

Aber ich lasse sie stehen und widme mich stattdessen meiner Aufgabe, in dem verzweifelten Versuch, weiterhin das zu verdrängen, was das Gespräch mit Mia gerade so mühelos zurück an die Oberfläche geholt hat: Ich werde heute Nacht mit Caleb Lee in einem Zimmer schlafen.

Ich sehe mich um. Mein Fake-Freund redet nur wenige Meter von mir entfernt mit einem der Kameramänner, und blitzartig fängt mein Herz aufgeregt an zu flattern.

Mia hat recht. Dieses Ding ist wirklich ein ganz, ganz mieser Verräter.

17. KAPITEL

Ellie

Trade = ~~*Ein Fotoshooting, das im Austausch für eine Dienstleistung oder eine Sache, wie zum Beispiel Fotos, gemacht wird*~~.
Tausche Narben gegen Schmetterlinge

Oh, was für eine hübsche Bluse! Wo hab ich die denn aufgegabelt? Auf einem Flohmarkt oder war es doch in einem Second-Hand-Shop? Oh nein, warte, das ist Dior. Vergiss es. Dafür hab ich mir bei Veronica Geld geliehen. Stimmt ja. Aber sie war jeden Penny wert. Jeden Pen-

Caleb duscht gerade. Er duscht gerade, und uns trennt nur diese Tür und –

Frustriert pfeffere ich die Bluse zurück in meinen Koffer, den ich schon seit geschlagenen fünfzehn Minuten, in Begleitung von Musik, auszupacken versuche. Aber kein einziger von *Parallels* Songs – deren Album ich angeschmissen habe, um mich, in Anbetracht ihres Live-Auftritts übermorgen, mit ihrer Musik noch mehr vertraut zu machen – schafft es, das Rauschen der Dusche zu übertönen, welches wie Regen auf mein Hirn einprasselt und meine Konzentration alle fünf Sekunden mit Bildern von nackter Haut und Wassertropfen aus dem Takt bringt.

»Himmel, Eleonora, krieg dich wieder ein.« Beherzt klatsche ich mir mit beiden Händen ins Gesicht, und meine Wangen glühen, weil ich es mit der doppelten Ohrfeige doch etwas zu gut gemeint habe. »Es ist schließlich nicht so, als hättest du noch nie im Leben mit einem Mann ein Zimmer geteilt.«

Das stimmt, aber du fandest auch keinen davon so attraktiv wie Caleb, ätzt meine innere Stimme, und ich fluche derb, ehe ich auf die Füße springe, weil es offensichtlich nichts bringt, auf dem Boden zu hocken und meine Sachen nach Farben zu sortieren.

»Bisher hat mich aber auch noch keiner von denen eiskalt gefeuert und mich dann zu seiner Fake-Freundin gemacht«, sage ich zu niemand anderem als mir selbst und bemerke dann, wie dämlich das eigentlich ist. Beherzt nehme ich mir zwei Arme voll meiner Klamotten und werfe sie aufs Bett, ein buntes Chaos, das in der unpersönlichen Perfektion des Hotelzimmers irgendwie meine Nerven beruhigt.

Calebs Zimmer ist genauso wie meins vorher. Gleicher Aufbau, gleiche Farben, gleiches Bett. Doch trotzdem ist es anders, und das nicht nur, weil sein Zimmer einen wunderschönen Ausblick auf das berühmte Wahrzeichen Mailands, den *Duomo di Milano*, bietet, der jetzt golden in der Dunkelheit erstrahlt.

Nein, es ist anders, weil Caleb hier überall ist.

Er ist in dem Buch auf dem Nachtschrank, ein dicker Wälzer über Vertriebsrecht in der Musikbranche, auf dem ein vollgekritzelter Notizblock liegt. Keins der Worte kann ich entziffern, denn der immer perfekte Caleb hat eine grausame Handschrift, was mich gleichermaßen versöhnlich wie verzweifelt stimmt, denn es ist so eine geringfügige und charmante Macke, die mich, seit ihrer Entdeckung vor wenigen Minuten, immer weiter weichkocht. Hier in diesem Zimmer hüllt er mich ein, mit seinem Geruch, der den Laken und den Möbeln selbst nach so kurzer Zeit anzuhaften scheint. Der Anblick seiner Workout-Klamotten, die er schon für morgen herausgelegt hat, und dieses vermaledeite Rauschen der Dusche, das einfach nicht aufhören will, machen seine Präsenz nur noch überdeutlicher.

All meine Versuche, ihm zu entfliehen, seitdem wir gemeinsam, nach einer Eins-A-Performance beim Teamdinner, über die Türschwelle getreten sind, scheinen mir schlagartig vollkommen nutzlos. Aber was habe ich auch anderes erwartet, in diesem Zimmer, das um die dreißig Quadratmeter groß sein muss, und somit nicht annähernd groß genug ist, um meinem Fake-Boyfriend darin aus dem Weg zu gehen.

Um mich auf andere Gedanken zu bringen, öffne ich die Türen des Kleiderschranks, in dem, fein säuberlich aufgereiht, Calebs teure Anzüge hängen. Dämliche, dämliche Dinger. Sie treiben mich mindestens genauso sehr in den Wahnsinn wie der Mann, der sie trägt und der, ohne eine Sekunde zu zögern, den ganzen Abend den Arm um meine Schultern gelegt hat, als wüsste er nicht, dass diese dämlichen, dämlichen Schmetterlinge in meinem Bauch dadurch wie wild zu flattern anfangen. Kurz überlege ich, einen der Anzüge herauszunehmen und so fest zu umarmen, dass Caleb die Falten nie wieder herausbekommt. In letzter Sekunde aber schlucke ich den kindischen Impuls herunter und beanspruche stattdessen die noch übrigen Kleiderbügel für mich.

Das Bett ist halb leer und die Kleiderbügel aufgebraucht, als ich die Badezimmertür aufgehen höre und mich zu meinem Mitbewohner auf Zeit umdrehe. »Du, Caleb, sag mal, weißt du zufällig, ob–«

Caleb ist halb nackt. Caleb ist halb nackt, und mein Hirn hat ganz offensichtlich einen Kurzschluss, denn kein einziges Wort kommt mehr über meine Lippen, während ich irgendwie zu verarbeiten versuche, dass Caleb Lee, nur mit einem Handtuch bekleidet, in der Tür zum Badezimmer steht.

Oh nein. Er hat diese Muskeln. Diese V-förmigen, die schlaue Mädchen dumme Entscheidungen treffen lassen. Seine Haut ist leicht rot, weil er offensichtlich sehr heiß geduscht hat, und sein Haar ist noch nass und ein paar Nuancen dunkler als sonst. Um den Nacken hat er ein weiteres Handtuch geschlungen, mit dem er gerade sein Haar trocken rubbelt, aus dem sich einzelne Tropfen stehlen und sich ihren Weg über seinen Oberkörper hinab bahnen. Anders als seine beiden Schützlinge ist er nicht tätowiert, aber Narben, deren Ursprung mich interessieren würde, zieren dafür seine Haut, die sich über feste Muskeln spannt, von denen ich jeden einzelnen arbeiten sehen kann, als Caleb sich jetzt mit der Schulter gegen den Türrahmen lehnt und eine so lässige Pose einnimmt, als würde er für ein beschissenes Fitnessmagazin posieren. Er sieht aus wie gephotoshoppt und ist wohl der lebende Beweis dafür, dass manche Menschen einfach von der Natur gesegnet wurden.

Abwartend guckt er mich an. Panik erfasst mich, denn ich habe gerade allen Ernstes meinen Boss wie ein Stück Fleisch begafft, also sage ich das Erste, was mir in den Sinn kommt, anstatt die Frage zu stellen, die ich eigentlich wirklich stellen wollte. »Du hast auch seit zwanzig Jahren keine Kohlenhydrate mehr zu dir genommen, oder?«

Stille breitet sich aus, und auch Roans samtige Stimme aus dem Lautsprecher kann sie nicht irgendwie weniger beschämend machen. Ich schlage mir die Hände vors Gesicht, um Calebs nackten Oberkörper mit diesen beeindruckenden Brustmuskeln nicht mehr ansehen zu müssen. Das hilft. Zumindest ein Teil meines Gehirns scheint wieder hochzufahren. »Entschuldige, das war nicht–«

Calebs schallendes Lachen lässt mich innehalten, doch ich wage es nicht, durch meine Finger hindurchzulugen. Denn das letzte Mal, als ich ihn aus voller Seele habe lachen sehen, habe ich etwas ganz Dämliches gemacht. Und *Meinen halb nackten Boss küssen* steht direkt über *Meinen halb nackten Boss begaffen* auf der langen Liste der Dummheiten, die ich in diesem Moment begehen kann.

»Ellie, vor zwanzig Jahren war ich zehn«, murmelt Caleb nach einer Weile, sein Lachen auf wunderschöne Art mit den Worten verflochten. »Außerdem hast du mich Pizza und Nudeln essen sehen, oder nicht?«

»Oh … ja, stimmt.« Vorsichtig nehme ich die Hände von meinen Augen, schlage sie aber direkt wieder davor, als ich noch immer nackte Haut erblicke. »Könntest du dir bitte etwas anziehen?«

Das Lachen erstirbt ganz abrupt und wird von einem dienstbeflissenen Räuspern abgelöst. »Natürlich. Ich habe übrigens gute Neuigkeiten. Ich habe mit meinem Kontakt gesprochen. Sein Name ist Thoma Moreau, er ist der Manager von Emma Peichert.«

Ich höre nackte Füße auf dem Holzboden, dann das Aufziehen einer Schublade, gefolgt von dem leisen Rascheln von Kleidung. »Der französischen Sängerin?«

»Genau der. Er hat zugestimmt, sich mit dir zu einem Vorstellungsgespräch zu treffen. Ich habe dick aufgetragen, sodass es, glaube ich, nur noch eine Formalität ist, aber abschließend von dir überzeugen musst du ihn selbst. Die Stelle wäre in Paris. Ich hoffe, das ist kein Problem?«

»Nein, überhaupt nicht. Vielen Dank, Caleb.«

»Kein Ding. Das war immerhin Teil unseres Deals, schon vergessen? Dein Vorstellungsgespräch ist am Tag des Banketts. Es ist zwar im Grand Hotel am anderen Ende der Stadt, aber da ihr euch um elf im Foyer trefft, solltest du es locker pünktlich zurückschaffen.«

Erst als ich höre wie ein Handtuch ausgeschüttelt wird, traue ich mich, die Hände von meinem Gesicht zu nehmen, und finde Caleb in Shorts und einem ausgeleierten T-Shirt vor. Keine Ahnung, ob dieser jungenhafte und ungewohnte Look nicht noch viel schlimmer ist als die ganze nackte Haut. Denn sein Anblick überrumpelt mich auf der Stelle erneut. Eine Stimme in meinem Kopf flüstert mir ein, dass ich wohl der einzige Mensch auf der ganzen Welt bin, der den immer perfekten Caleb so zu Gesicht bekommt, was natürlich völliger Blödsinn ist.

Caleb sieht vom Handtuch auf, etwas zögerlich und verlegen, als er sich mir zuwendet und an dem T-Shirt zupft. »Ich hoffe, alte Klamotten fürs Schlafen zu recyceln, ist keine Modesünde.«

Es ist offensichtlich, dass er bemüht ist, höfliche Konversation zu betreiben, und ich folge seinem Beispiel, in der Hoffnung, mich damit von dieser Illusion zu lösen, die mein Hirn sich da so lustig bunt zusammenspinnt. Zurückgelehnt und mit vor den Armen verschränkter Brust gebe ich meine beste Impression der überkritischen Modezarin zum Besten, die Caleb leise lachen lässt, während ich ihn von Kopf bis Fuß betrachte.

»Also, das T-Shirt ist schon sehr Anfang Zwanzig-Zehn, und was du dir bei dieser Basketballhose gedacht hast, weiß ich–« Ich breche ab, meine Augen nicht länger mit dem unauffälligen und schwarzen Stück Stoff befasst, das seine massiven Oberschenkel umspielt. Nein, sie liegen auf etwas anderem. Auf den gigantischen Narben, die sich über sein linkes Knie ziehen. Wütende Linien heben sich wulstig von der Haut ab und zeugen von einer schweren Verletzung oder einer großen Operation. Vielleicht ja auch von beidem. Meine Kehle wird eng, als ich an die Schmerzen denke, die er hat erdulden müssen. »Caleb.«

Sämtliches spielerisches Amüsement ist aus seinen Zügen gewichen und hinterlässt nur eisige Verschlossenheit, als er sich brüsk dem Bett zuwendet. Die Sicht auf sein Knie verwehrt er mir, indem er es demonstrativ gegen das hohe Bett drückt. »Wie ich sehe, packst du gerade aus?«

»Ja.« Ich verfluche mich selbst dafür, dass ich mit meinem unverhohlenen Gegaffe die zarte Hülle der Vertrautheit zwischen uns zerstört habe, und frage deshalb nicht weiter nach, auch wenn mich brennend interessiert, woher eine solche Verletzung wohl rührt. Doch Calebs Ansage, versteckt zwischen den schnell hervorgepressten Worten, ist unmissverständlich, und ich habe schon genug Grenzen überschritten, dass ich mich unter keinen Umständen weiter vorwagen möchte. »Ich wollte dich fragen, ob es vielleicht noch irgendwo Kleiderbügel gibt.«

»Im Kleiderschrank unten ist eine Schublade. Da müssten noch welche drin sein.«

»Danke.« Ich wende mich dem Schrank zu und finde eine Handvoll Kleiderbügel genau dort, wo Caleb gesagt hat. Es reicht zwar beim besten Willen nicht für all die Dinge in meinem Koffer, die eigentlich aufgehängt werden müssen, das Wichtigste aber findet so im Kleiderschrank seinen Platz.

»Du hast ziemlich viele Sachen«, kommentiert Caleb, als ich mich dem Bett zuwende und beginne, die Kleidungsstücke darauf zu falten, während in meinem Koffer noch immer Chaos herrscht.

»Das ist eine Berufskrankheit«, entgegne ich und versuche mich an einem unbeschwerten und heiteren Tonfall, der sogar in meinen eigenen Ohren ein bisschen schrill klingt. »Klamotten sind für mich wie Gitarren für Keith Richards. Man kann nie genug davon haben.«

Der Vergleich mit dem Mitglied der legendären Band *The Rolling Stones*, der Gerüchten zufolge über dreitausend Gitarren sein Eigen nennt, entlockt Caleb zumindest ein belustigtes

Schnaufen. »Die schleppt er aber nicht alle in einem gigantischen grünen Ungetüm mit sich rum.«

»Hey, Winston ist kein Ungetüm!«

»Winston?«

»Ja, Winston. Ich gebe Dingen Namen. Verklag mich doch. Außerdem musste ich so viele meiner Babys unterbringen, wie ich nur konnte.« Ich schlage die Augen verlegen nieder, als Caleb mich fragend ansieht. »Das sind alle Sachen, die ich noch habe. Alles andere habe ich verkauft. Ich habe dir doch gesagt, dass ich alles aufgegeben habe, um diesem Traum nachzujagen.«

Nachdenklich nickt mein Mitbewohner auf Zeit, nur noch das bunte Chaos vor sich und zu seinen Füßen im Sinn, als er zu der Wanduhr deutet, die anzeigt, dass es schon nach Mitternacht ist. »Soll ich dir beim Auspacken helfen? Immerhin ist es schon recht spät.«

Der Gedanke, dass Caleb mein ganzes Hab und Gut berührt, sollte mich abschrecken, doch das Gegenteil ist der Fall. Ich habe gesehen, wie vorsichtig und sorgfältig er sein kann, und so nehme ich sein Angebot dankend an, das uns beide in komfortabler Stille Seite an Seite Anziehsachen falten und dann wegräumen lässt, während Caleb in halb vollen Schubladen Platz für mich schafft. Zu zweit ist mein Leben schnell in den Kommoden und Schränken verstaut, sodass ich nun nur noch das Foto von meiner großen Schwester Cora und mir neben dem selbst gemalten Bild meiner beiden Neffen auf dem anderen Nachtschränkchen platzieren muss.

Mit wenigen Handgriffen ist aus Calebs Zimmer unser Zimmer geworden, und ich versuche, das Flattern in meiner Magengegend, das bei dem Gedanken entsteht, sofort im Keim zu ersticken. Doch dass Caleb mir Platz freigeräumt hat, in diesem Zimmer, das eigentlich seins ist, bedeutet mir eine

Menge. Es ist nur ein Zuhause auf Zeit, aber für mich ist es gerade das einzige Zuhause, das ich habe.

»Ich gehe mich eben bettfertig machen.« Es ist das erste Mal, dass einer von uns beiden etwas seit der Auspackaktion sagt, und die komfortable Stille zwischen uns wird nicht gebrochen, weil Caleb mir nur zunickt und wortlos eine der Decken vom Bett zieht. Kurz überlege ich, einzuwenden, dass das nicht notwendig ist, will aber nach all meinem Gestarre vorhin nicht falsch verstanden werden und schnappe mir deshalb schnell meine Schlafsachen und husche ins Badezimmer.

Als ich kurz darauf, nach einer schnellen Gesichtspflege und Zähneputzen, umgezogen wieder herauskomme, hat Caleb es sich mit der Decke schon auf dem Sessel bequem gemacht, die Rückenlehne ist bis ans Maximum zurückgelegt. Er liest in seinem dicken Wälzer, der Notizblock liegt neben ihm auf dem kleinen Kaffeetisch, und er beugt sich darüber und schreibt gerade etwas auf. Ich klettere so leise wie möglich ins Bett, um ihn nicht zu stören, doch kaum, dass mein Kopf das Kissen berührt, schlägt er den Wälzer zu und legt ihn neben den Notizblock.

»Du musst nicht meinetwegen aufhören.«

»Es ist gleich halb zwei. Ich sollte auch langsam mal schlafen.« Ich beobachte Caleb heimlich dabei, wie er sein Kissen aufschüttelt und nach der Fernbedienung für das Licht greift, mit der er die Vorhänge schließt, ehe er das Licht löscht. »Gute Nacht, Ellie.«

»Gute Nacht, Caleb.« Meine Fingerspitzen ertasten in der Dunkelheit den Lautsprecher und schalten ihn ab. Im Zimmer herrscht nun nichts weiter als Stille und Dunkelheit. Ich ziehe das Kissen unter meinem Kopf hervor und umarme es ganz fest. Mein Körper rollt sich darum zusammen, während ich in der nun irgendwie bedrückenden Stille auf ein Geräusch lausche. Und tatsächlich, da ist es, Calebs rhythmisches Ein- und Ausatmen, auf das ich mich sofort konzentriere, um mich nach einem derartig hektischen und ereignisreichen Tag in der Dunkelheit des Zimmers nicht so einsam zu fühlen.

Ein und wieder aus. Ein und wieder aus. Ein und wieder aus.

Wie lange ich Calebs Atmung gezählt habe, weiß ich nicht. Doch sie wiegt mich langsam, aber sicher in den Schlaf, vertreibt die Anspannung des Tages immer weiter, mit jedem ruhigen Atemzug, dem sich meiner nun anpasst.

»Ellie?« In der Dunkelheit klingt Calebs Stimme zerbrechlicher als sonst und holt mich zurück von der Schwelle zum Traumland, auf der ich gerade eben noch getänzelt habe.

Ich räuspere mich, damit ich nicht zu schlaftrunken klinge und Caleb sein schlechtes Gewissen erspare. »Ja?«

»Das vorhin–« Er bricht ab, und ich wende mich seiner Gestalt im Sessel zu, auch wenn ich ihn nicht sehen kann. »Das vorhin tut mir leid. Ich hätte nicht so barsch sein dürfen. Es ist nur … Ich kann es nicht leiden, wenn jemand meine Narbe angafft. Das ist alles.«

»Oh.« Dieser kleine Laut der Überraschung stiehlt sich über meine Lippen, bevor ich ihn aufhalten kann. Dass den immer perfekten und selbstbewussten Caleb seine Narbe unangenehm sein könnte, wäre jetzt nicht meine erste Vermutung gewesen. »Nein, mir tut es leid. Ich hätte nicht so starren dürfen.«

»Ist schon okay.« Ich brauche sein Gesicht nicht vor mir zu haben, um zu wissen, dass es eine gut einstudierte Lüge ist. »Ist schwer, nicht hinzusehen.«

Stille folgt, in der wir wohl beide einen Moment unseren Gedanken nachhängen, ehe ich in der Sicherheit des Dunkels all meinen Mut zusammennehme. »Darf ich dich etwas fragen?«

Kurz glaube ich, dass Caleb mir nicht antworten wird, was an sich schon Antwort genug wäre. Doch dann ist das *Mhm*, zu leise, um enthusiastisch zu sein, aber zu laut, um Widerwillen zu signalisieren.

»Wie ist das passiert?« Wieder diese Stille, aber diesmal fühlt sie sich kälter an, und ich wünschte, das Licht würde brennen, damit er in meinem Gesicht lesen könnte. Stattdessen mache ich von meinen Worten Gebrauch, die über meine Lippen hinaus in diesen Raum zwischen uns stolpern. »Nicht dass du denkst, dass ich dich das frage, weil ich sensationsgeil bin oder so, mir ist nur aufgefallen, dass du viele Narben hast, aber keine ist so groß wie die am Knie. Es muss schrecklich wehgetan haben, und ich möchte einfach mehr darüber wissen, damit ich dich besser verstehen kann, weil … Ja, ich weiß auch nicht wirklich, warum, aber es ist einfach so.«

»Du plapperst wirklich, wenn du nervös bist.« Das könnte man leicht als Beleidigung auffassen, doch Calebs Ton ist gutmütig und voll zögerlicher Belustigung, die mir allemal lieber ist als diese eisige Stille von zuvor.

»Nervöse Angewohnheit. Hatte ich dir ja gesagt.«

In der Dunkelheit erklingt ein amüsiertes Murmeln, das mich wohlig erschaudern lässt, und ich kuschle mich tiefer in die Decken, beseelt von der Wärme, die mich trotz der Klimaanlage erfasst. »Ja, das hattest du gesagt.«

Eine Pause entsteht, die ich nicht unterbreche, und geduldig auf Calebs Antwort warte. Ich will ihn nicht drängen. Irgendetwas in mir will, dass er es mir von sich aus erzählt, so als würde die Tatsache, dass er eigenständig auf mich zukommt, irgendeine besondere Signifikanz haben. Ich zähle acht Atemzüge, bevor Caleb zaghaft zu sprechen beginnt.

»Ich hab früher Rugby gespielt. Ich hab damit sehr jung angefangen, mit vier oder fünf, weil ich zu viel Energie hatte, und meine Eltern die Hoffnung hatten, die mit Sport unter Kontrolle zu bekommen. Bis dahin hatte ich schon einiges durch. Schwimmen, Laufen, Fußball, Cricket – alles Mögliche halt. Aber Rugby war das Einzige, was wirklich geholfen und mir obendrein auch noch Spaß gemacht hat.« Calebs Stimme ist ruhig, aber voller Emotionen, eine Mischung aus Nostalgie und einer tiefgreifenden Sehnsucht, die mein Herz in den Klammergriff nimmt. »Rugby ist ein extremer Kontaktsport, bei dem es schnell zu Verletzungen kommen kann, doch das war mir egal. Egal wie viele Narben ich mir geholt oder wie oft ich mir die Knochen gebrochen habe, das alles war für mich völlig nebensächlich. Es hat mir einfach Spaß gemacht, und ich war ziemlich gut. Also so richtig gut, mit Schulstipendien, Angeboten von Profimannschaften und allem Drum und Dran.«

»Wirklich?« Es fällt mir irgendwie schwer, mir den in Anzügen gekleideten und organisierten Manager auf einem schlammigen Rugby-Feld vorzustellen. Gleichzeitig ist es aber irgendwie eigenwillig leicht, denn es ist ein Sport, der Kraft, Ausdauer und eine schnelle Auffassungsgabe erfordert.

»Ja, wirklich. Rugby war mein ganzes Leben. Ich wollte nichts anderes machen.«

Ich schiebe einen Arm unter meinen Kopf und mache es mir bequem, um Calebs Geschichte zu lauschen, an der er mich hier in dieser dunklen, aber warmen kleinen Welt teilhaben lässt. »Wie bist du dann Manager geworden?«

»Durch eine Verletzung.«

»Dein Knie?«

»Ja, du hast es ja gesehen.« Ich höre ein Lächeln in seiner Stimme, doch es ist bitter und voller Trauer. »Ist beim Training für ein entscheidendes Spiel passiert, an dem auch Scouts teilnehmen sollten. Es war mein letztes Schuljahr, und für eine Arbeiterfamilie mit drei Kindern ist ein Stipendium so ziemlich die einzige Möglichkeit, seine Kinder zur Uni zu schicken.

Ich war übermotiviert und leichtsinnig. Dann ist im *Scrum* was schiefgegangen. Das ist eine Formation beim Rugby, bei der beide Seiten zusammenkommen und um den eingerollten Ball kämpfen. Man versucht, einander mehr oder weniger hin und her zu schieben, wenn du willst. Ich habe den Halt verloren, und mein Knie wurde zertrümmert. Der Bruch war so kompliziert, dass sie ihn trotz unzähliger Operationen nie ganz richten konnten. Jetzt sind lauter Schrauben da drin, damit es überhaupt noch funktioniert. Man muss kein Arzt sein, um zu wissen, dass ich damit nirgendwo mehr spielen kann.«

Caleb erzählt diesen Schicksalsschlag, als wäre er ein Unbeteiligter. Als wäre das irgendjemandem und nicht seinem achtzehnjährigen Ich passiert. Aber ich höre sie dennoch, die scharfen Splitter eines Schmerzes, den nur zerbrochene Träume hinterlassen können. »Das tut mir leid, Caleb.«

»Ja, mir auch.« Kurz überlege ich, aufzustehen und zu ihm zu gehen, aber die Dunkelheit erinnert mich an Calebs Entscheidung, und deshalb bleibe ich, wo ich bin, auch wenn ich die Finger tiefer ins Kissen graben muss, um dem Mitgefühl Einhalt zu gebieten, das mich zu ihm treibt. »Es hat mich Monate an Reha gekostet, bis ich einigermaßen wieder laufen konnte. Noch länger, bis ich akzeptieren konnte, dass alles, wofür ich mir mein Leben lang den Arsch aufgerissen hatte, plötzlich futsch war. Ich kam nicht damit klar, und weil ich jung und dumm war, habe ich mich mit Alkohol und Schmerzmitteln betäubt, um mich nicht so elendig zu fühlen. Dadurch habe ich dann auch noch alles andere verloren. Meine Freunde. Meine Familie. Mein Zuhause.« Er stockt, und als er diesmal Luft holt, klingt es zittrig. »Bis Roan und Damian mich gefunden und mir ein neues Ziel gegeben haben. Sie haben mir ein Dach über den Kopf und eine Familie zurückgegeben. Sie haben meinen Entzug mit mir durchgestanden und mich vor Rückfällen bewahrt. Diese beiden sind alles für mich und ich …« Er hüstelt, und ich versuche, ihn mir vorzustellen, wie er dort in seinem Sessel kauert, vermutlich die Hände zu Fäusten geballt, während er mit sich selbst ringt. Wie er die Kraft aufbringt, mir das alles zu erzählen, weiß ich nicht, aber ich verstehe jetzt, warum er keine andere Wahl hatte, als mich zu feuern. »Was ich eigentlich sagen wollte, war, ich mag es nicht, wenn man meine Narbe anstarrt, weil sie mich an meine Schwächen erinnert. Das ist alles.«

Seine Worte hängen in der Luft, und ich weiß nicht, was ich sagen soll ob des Vertrauens, das er mir gerade entgegengebracht hat. Deshalb sage ich einfach das, was mir als Erstes einfällt. »Danke.«

Irritation lässt Calebs Stimme höher klingen als sonst. »Wofür?«

»Dafür, dass du es mir erzählt hast.« Mit den Fingerspitzen fahre ich über den Bezug des Kopfkissens und erwische mich dabei, wie ich mir wünsche, es wäre Calebs Wange, die ich streicheln könnte. »Und für dein Vertrauen.«

Scharf atmet Caleb ein, und fast glaube ich, etwas Falsches gesagt zu haben, ehe er murmelt. »Ich wollte einfach, dass du es weißt.«

»Warum?«

»Keine Ahnung.« Und ich weiß, dass er die Wahrheit sagt, denn er denkt nicht eine Sekunde über seine Antwort nach, der eine Pause folgt. »Ellie?«

»Ja, Caleb?«

»Hast du morgen Vormittag schon etwas vor?«

Der abrupte Themenwechsel bringt mich etwas aus dem Tritt, aber ich lasse es mir nicht anmerken. Es ist seine Geschichte, die wir geteilt haben. Er bestimmt, wie viel und wie lange wir darüber reden. »Nein, noch nicht.«

»Ich muss morgen in die Innenstadt. Hast du Lust, mitzukommen?«

Die Überraschung macht mich mundtot, und offensichtlich bin ich nicht die Einzige mit einer nervösen Angewohnheit, denn Caleb schiebt als Erklärung schnell hinterher. »Ich schätze, die anderen fänden es seltsam, wenn wir den seltenen freien Vormittag getrennt verbringen, oder nicht?«

Daran habe ich zwar nicht gedacht, aber jetzt, wo Caleb es sagt, ergibt es durchaus Sinn. Himmel, vielleicht bin ich wirklich schon zu lange Single. »Das stimmt wohl. Ein verliebtes Pärchen würde vermutlich jede Gelegenheit nutzen, um in so einer schönen Stadt wie Mailand auf Dates zu gehen.«

»Vermutlich.« Caleb räuspert sich, und es klingt fast ein bisschen verlegen. »Also, hast du Zeit? Ich würde so gegen neun Uhr aufbrechen wollen und würde zusehen, dass wir pünktlich um vierzehn Uhr wieder hier sind.«

Eigentlich hatte ich vor, so lange zu schlafen, wie ich nur kann, in Vorbereitung auf den Arbeitsmarathon, der noch vor mir liegt. Aber die Aussicht darauf, Zeit mit Caleb zu verbringen, lässt diesen Vorsatz mit beunruhigender Geschwindigkeit vollkommen in den Hintergrund treten. »Okay.«

»Okay, was?«

»Okay, ich komme mit.«

»Okay.« Ich höre, wie Caleb tief ausatmet und seine Decke raschelt. »Dann gute Nacht, Ellie.«

»Gute Nacht, Caleb.« Ich ziehe das Kissen fester an meine Brust und rolle mich enger darum zusammen, in der Hoffnung, damit die Schmetterlinge zu ersticken, die, wider besseres Wissen, wild in meinem Magen herumflattern. Doch sie beruhigen sich nicht, sondern flattern munter weiter, auch lange noch, nachdem Calebs Atmung ruhig und tief geworden ist.

Ein Date. Caleb und ich haben morgen ein Date.

Der Gedanke wiederholt sich wieder und wieder, und letztendlich ist es wohl der Erschöpfung des Tages zu verdanken, dass ich trotz der Aufregung irgendwann einschlafe.

Meine Nacht allerdings ist alles andere als ruhig, denn ich träume von Schmetterlingen. Schmetterlingen mit ausgerissenen Flügeln, die bunt und schillernd, wie Blütenblätter, zu Boden fallen.

18. KAPITEL
Caleb

Licensees = ~~*Dritte, die das Recht erwerben, Inhalte von Kreativen zu produzieren und zu vertreiben*~~.
Von Fremder zu Fake-Freundin zu Komplizin

»Und du bist dir wirklich sicher, dass du das durchziehen willst, Junge?«

Junge. Ein Wort, das ich lange nicht gehört habe, und gegen das ich mich als dreißigjähriger Mann reflexartig wehren will. Aber für Andrew Shepherd bin ich wohl genau das. Ein Junge. Trotzdem ist er aus seiner Kanzlei in London extra hergekommen, die Sonnenbrille tief auf seiner Adlernase, die er bisher nicht abgenommen hat, obwohl wir gut geschützt unter einem der großen Sonnenschirme sitzen, die an diesem heißen Sonnentag den Besuchern rund um den *Duomo di Milano* Zuflucht bieten sollen.

»Ja. Zu einhundert Prozent.« Mein Espresso ist schon lange leer, dennoch nehme ich den kleinen Löffel in die Hand und lasse ihn über den Rand der Tasse gleiten, um meine Finger zu beschäftigen. »Wenn ich mir nicht sicher wäre, hätte ich die ganze Nummer erst gar nicht angeleiert, Andrew.«

»Sehr gut. Hast du alle Unterlagen dabei?«

Ein bisschen albern komme ich mir schon vor, als ich aus meiner Tasche einen dicken braunen Umschlag hervorziehe und ihn über den Tisch hinweg auf einen von Londons bekanntesten Anwälten zuschiebe, mit dem ich seit fünf Jahren an dieser Sache arbeite. »Es war verdammt schwer, an alles ranzukommen, ohne sämtliche Pferde scheu zu machen.«

»Deshalb habe ich dir gesagt, du sollst es langsam angehen. Stück für Stück.« Andrew greift in den Umschlag und zieht den Stapel an Papieren heraus, den ich über Jahre hinweg mühsam zusammengetragen habe. Er überfliegt alles, sichtet mit den erfahrenen Augen des besten Vertrags- und Urheberrechtsanwalts der Stadt das Material, das er von mir angefordert hat, und brummt zufrieden, ehe er alles wieder einsteckt. Wieder einmal fällt mir auf, wie jung er für seine Mitte sechzig noch aussieht, obwohl er sich halb zu Tode schuftet und dabei raucht wie ein Schlot. »Wann läuft der Vertrag offiziell aus?«

»In knapp drei Monaten.«

Andrew murrt nachdenklich, als er den Umschlag in seiner Aktentasche verschwinden lässt, aus der er dann ein Päckchen Zigarillos hervorholt. Er steckt sich einen der Glimmstängel zwischen die Lippen und zündet ihn an. »Hast du in London denn alles am Start?«

»Ja.« Meine Hände werden schwitzig, und ich verberge sie unterm Tisch, damit diese erfahrenen Augen meine vorgegebene Selbstsicherheit nicht als das erkennen, was sie ist, ein fragiles Konstrukt, das mit jedem weiteren Tag immer mehr in sich zusammenzufallen droht. »Sobald ich Roan und Damian eingeweiht habe, kündige ich offiziell und melde alles an. Dann können wir uns, wie besprochen, um die Übernahme kümmern.«

Andrew nickt und pustet den Qualm aus, sein Pokerface ist undurchdringlich. Aber nach fünf Jahren, die wir jetzt miteinander zu tun haben, fällt es mir trotzdem auf, dieses Zucken seiner Oberlippe, das einem stolzen Lächeln bei ihm wohl am nächsten kommt. »Über dreißig Jahre mache ich diesen Job jetzt schon, aber es ist das erste Mal, dass ich Goliath raten würde, sich vor David in Acht zu nehmen.« Er ascht seinen Zigarillo ab und saugt den Qualm dann wieder tief in seine Lungen, ehe er weiterspricht. »Clever übrigens, diese ganze Mailand-Nummer.« Er macht eine Geste, die das volle Restaurant und den Platz vor dem Mailänder Dom mit einschließt, beides ist so brechend voll, dass wir in dieser Menschenmenge nicht auffallen. »Aufwendig, aber clever. Nur … Caleb?«

»Ja?«

Andrew lehnt sich in meine Richtung, der Qualm aus seinem Mund steigt mir bitter in die Nase, während er ihn wie ein Drache ausstößt und mich dabei über den Rand seiner Brille mit diesen blassgrauen Augen ansieht. »Nicht allein aufzukreuzen war alles andere als clever.«

Ich verspanne mich, als ich Andrews Nicken in Richtung des kleinen Tisches am Rand folge, an dem ich Ellie zurückgelassen habe. Sie sitzt dort, vor sich eine Portion Panna Cotta, die sie noch immer nicht angerührt hat. Sie trägt ein hübsches Sommerkleid, ihr Haar hat sie locker hochgesteckt. Sie ist das Sinnbild einer schönen Frau auf einem sonnigen Date in Italien. Ihre Lider sind gesenkt, ihre Unterarme liegen auf dem Tisch, und die zarte Linie ihrer Schultern ist seit dem Moment steif wie ein Brett, in dem ich sie gebeten habe, einfach zu warten und keine Fragen zu stellen.

»Du hast sie hergebracht, was bedeutet, dass du ihr vertraust. Aber du vertraust ihr offensichtlich nicht genug, um sie mit an unseren Tisch zu bringen. Also, wer ist sie?«

Wer ist Ellie? Das ist eine komplizierte Frage. Eine, die gestern Nacht noch komplizierter geworden ist. »Es ist kompliziert.«

»Kompliziert.« Andrew spricht das Wort aus, als hätte er es

noch nie gehört, und es raubt mir den letzten Nerv, wie er jede einzelne Silbe betont, ehe er tief ausatmet. »Du kannst dir keine Komplikationen leisten, Junge.«

Ich knirsche mit den Zähnen und fahre mir mit einer Hand über das Gesicht. »Ich weiß.«

»Weißt du das wirklich?« Er schiebt die Sonnenbrille seine Nase hinauf, seine Augen für mich wieder verborgen, und drückt den Zigarillo aus. »Denn dann würde ich dir empfehlen, dich schnellstmöglich zu entscheiden, und sie entweder zu einer Stärke zu machen oder dich dieser Schwäche zu entledigen. Für Spielchen ist kein Platz.«

»Es ist kein Spielchen. Es ist–« Ich breche ab, weil mir nichts einfällt, mit dem ich es richtig erklären kann. Meine Zunge fühlt sich taub an. Träge. Sie will kein einziges Wort formen, dass das, was Ellie und ich gestern in der Dunkelheit geteilt haben, entkräften könnte. So als wäre mein Moment der Schwäche etwas Kostbares gewesen. Ellie sieht auf, so als hätte sie mein Starren gespürt, und als unsere Blicke sich begegnen, weiß ich überhaupt nicht mehr, was ich sagen soll. »Es ist–«

»Kompliziert. Das sagtest du schon, Junge.«

Nur entfernt dringt Andrew zu mir durch, denn Ellies Augen halten mich gefangen. Sie lässt mich nicht los. Schon seit dem Moment nicht, in dem sie im Foyer aufgetaucht ist. Was genau in ihren Augen liegt, kann ich wegen der Entfernung nicht sehen, doch dass sie ihre Hände zu Fäusten ballt, sehe ich überdeutlich, und auch in mir spannt sich alles an, als eine ungute Vorahnung mich überkommt.

»Also, ich würde dir raten, sie zu deiner Stärke zu machen.« Aus dem Augenwinkel bekomme ich mit, wie Andrew in seine Brusttasche greift und einen Zwanziger auf den Tisch wirft. »Gott weiß, du bist schon viel zu lange allein, und wenn du so weitermachst, dann–«

Ellie springt auf, und ich tue es ihr gleich. »Scheiße.«

Überrascht sieht mein Mitverschwörer mich an, bevor er den Grund für mein sonderbares Verhalten entdeckt, und flucht. »Und genau das meine ich mit Komplikationen, Junge. Wir sind hier eh durch. Sieh zu, dass du sie einholst.«

Ich greife mir meine Tasche und nicke dem Anwalt meines Vertrauens noch einmal brüsk zu, ehe ich mich durch die enge Bestuhlung des Restaurants auf den Vorplatz des Mailänder Doms durchkämpfe. Nirgends in der Stadt ist es so voll wie hier, besonders an diesem sonnigen Tag, der die Stadt, zusätzlich zu den Besuchern der Mailänder Fashion Week, mit Touristen aus allen Nähten platzen lässt. Ellie zu finden, ist jedoch kein Kunststück, denn egal wohin sie geht, zieht sie die Blicke der Menschen einfach auf sich. Sogar dann noch, wenn sie mit hochgezogenen Schultern und mörderischem Stechschritt auf den Eingang der Galeria zueilt.

»Ellie!« Sie hört mich. Das erkenne ich daran, wie sie kurz innehält. Doch dann ignoriert sie mich wieder, umfasst ihre Tasche fester und setzt ihren Abgang einfach fort. »Ellie, warte bitte.«

Natürlich wartet sie nicht, und so bleibt mir nichts anderes übrig, als mich ihr in dieser Menschenmenge an die Fersen zu heften. Ich mache von meiner Statur und meiner Beinspannweite Gebrauch und erreiche sie knapp, bevor sie im dichten Gedränge der Galeria verschwinden kann. Mit einer Hand um den Oberarm stoppe ich ihren wütenden Speed-Walk, und sie wirbelt zu mir herum, in den Augen ein zorniges Feuer, das ich mir beim besten Willen nicht erklären kann.

»Ellie, was–«

»Lass mich los.« Ellies Stimme bebt, und ich packe umgehend fester zu, weil ich befürchte, dass sie sich sonst von mir losreißt. »Lass mich los, Caleb. Jetzt sofort.«

Leute starren uns an. Starren auf meine Hand um ihren Oberarm und in ihr wütendes Gesicht, während sie in ihrem Kopf das Drehbuch dieser Szene schreiben. Wir erregen Aufsehen, und das ist das Letzte, was wir beide gebrauchen können, also lasse ich sie los und hebe beschwichtigend die Hände, in der Hoffnung, sie so bei mir halten zu können. »Bitte, Ellie, sprich mit mir? Was ist los?«

Ihr Mund klappt auf, und das Feuer in ihren Augen wird zum Inferno. »Das hast du mich jetzt gerade nicht wirklich gefragt, oder?«

»Doch, habe ich. Ich würde gerne verstehen, was hier los ist.«

»Du bist ein Arschloch. Das ist hier los.« Sie schüttelt den Kopf, und anstatt in der Galeria zu verschwinden, macht sie auf dem Absatz kehrt und stakst in Richtung des Mailänder Doms, ich dicht hinter ihr, weil ich sie nicht allein lassen kann. Oder will.

Keiner von uns sagt etwas, als Ellies wütende Schritte uns vor das Wahrzeichen der Stadt führen, das mir gerade weniger imposant vorkommt als diese Frau in ihrem Sommerkleid, die wie wild vor sich hin flucht, und der es ganz gleich ist, dass die Leute sie deshalb anglotzen, als hätte sie den Verstand verloren. Und vielleicht hat sie das auch. Vielleicht haben wir das beide, denn ich sollte sie einfach sich selbst überlassen, anstatt ihr wie ein getretener Hund hinterherzutrotten. Aber ich bleibe bei ihr, folge ihr durch die Hitze und ertrage die ungewollte Aufmerksamkeit so lange, bis wir den Platz dreimal überquert haben und ihre Schritte sich endlich verlangsamen, bevor diese Naturgewalt in Frauengestalt endlich zum Stillstand kommt.

Sie dreht sich zu mir herum, die Hände in die Hüften gestemmt und auf der Haut ein leichter Schweißfilm, und funkelt mich aus verengten Augen wütend an. »Was zur Hölle sollte das?«

Kurz kann ich ihr nicht folgen, doch dann denke ich daran zurück, wie verkrampft sie vorhin am Tisch gesessen hat, die Süßspeise, die sie gestern beim Teamdinner noch voller Genuss verdrückt hatte, blieb heute völlig unangetastet.

»Ich wollte nicht, dass du dich langweilst.« Die Lüge ist ein automatischer Schutzmechanismus, geboren aus Jahren der Geheimhaltung und dem Drang, meine Liebsten und auch mich selbst zu schützen.

»Bullshit.« Diesem einen Wort haftet so viel Enttäuschung an, dass sie mich genauso gut damit hätte ohrfeigen können. Sie schnaubt, und der Klang ist genauso unangenehm in meinen Ohren wie das Schaben von Nägeln auf einer Tafel. »Weißt du, Caleb, verarschen kann ich mich alleine. Dafür brauche ich deine Hilfe überhaupt nicht. Deine hübsch einstudierten Lügen kannst du dir also schenken.« Sie sieht mich noch einen Moment länger an, und ich fühle mich eigenwillig klein im Angesicht dieses Infernos, das flackert und dann auf einmal erstirbt, als Ellie in den strahlend blauen Himmel schaut. »Ich habe echt gedacht, zwischen uns hätte sich etwas verändert, aber«, sie beißt sich auf die Unterlippe, »da habe ich mich wohl geirrt.«

Es hat sich etwas verändert. Tausend Dinge haben sich verändert. Aber eines ist gefährlicher als das andere, und deshalb bleibe ich stumm, obwohl ich ihr doch genau das sagen will. »Es tut mir leid.«

»Warum? Ich bin doch die, die Realität und Hirngespinst nicht auseinanderhalten kann.« Ellie lässt den Kopf nach vorne sinken und atmet dann einmal tief durch. »Aber, Caleb«, in ihren Augen lodert nicht länger ein Inferno, der Reif eisig kalter Enttäuschung hat seinen Platz eingenommen, der mich fast mehr ängstigt als ihr glühender Zorn zuvor, »meine Zeit ist genauso kostbar und begrenzt wie deine. Du kannst sie nicht einfach nehmen und verschwenden, wie es dir passt. Ich bin mitgekommen, weil …« Sie verstummt und sieht mir lange in die Augen, bevor sie den Kopf schüttelt. »Ich dachte halt wirklich, die Dinge hätten sich verändert, sorry, mein Fehler. Aber das gibt dir noch lange nicht das Recht, mich wie ein kleines Kind an einem Tisch zu parken und damit ungefragt über meine Zeit zu verfügen, die ich mit Arbeiten oder nötigem Schlaf hätte verbringen können. Du kannst mich nicht mir nichts, dir nichts als Alibi missbrauchen und erwarten, dass ich das dann einfach so hinnehme. Ich bin auch jemand. Ich bin auch wichtig. Und ich erwarte, dass du das in Zukunft respektierst.«

Du kannst mich nicht mir nichts, dir nichts als Alibi missbrauchen. Ihre Worte hallen in meinem Kopf wider, und intuitiv mache ich einen Schritt auf sie zu, will diese Distanz überbrücken, die zwischen uns aufkeimt. »So ist das nicht.«

»Wie ist es dann?« Sie macht keinen Schritt auf mich zu, weicht aber auch nicht vor mir zurück. Stattdessen bleibt sie stehen, auf dieser Linie, die sie zwischen uns gezogen hat, und wartet. »Wie ist es dann, Caleb? Erklär es mir.«

Ich weiß nicht, was es ist. Ob es der bittende Unterton in ihrer Stimme ist, der mich um eine Erklärung bittet, oder der Ausdruck in ihren Augen, der eben diese nicht erbittet, sondern verlangt. Ob es die eisige Distanz ist, die ich kaum ertragen kann, oder die Erinnerung an die geflüsterten Offenbarungen von gestern. Aber etwas ist da, ergreift mit warmen und zarten Händen das Gewicht der Lügen und nimmt sie von meinem Kehlkopf, in dem die Stimmbänder sofort Wahrheiten zu formen beginnen.

»Ich werde das Label verlassen.«

Überraschung macht Ellies Augen groß, doch sie sagt kein Wort, sondern gibt mir den Raum in der Stille zwischen uns, die ich mit meinen Worten fülle, die Stimme gesenkt, damit niemand uns hört, als ich so dicht an sie herantrete, dass nur sie mich verstehen kann. »Ich gründe mein eigenes Plattenlabel und habe vor, *Parallel* mit mir zu nehmen. Der Mann, mit dem ich mich da vorhin getroffen habe, ist Andrew Shepherd. Ein bekannter Vertrags- und Urheberrechtsanwalt aus London.« Ich deute in Richtung des Restaurants, obwohl Andrew gewiss schon längst nicht mehr dort ist. »Er bereitet seit fünf Jahren diesen Wechsel mit mir vor, aber wegen der Verträge, die ich damals dumm genug war, zu unterschreiben ist es nicht so leicht, meine Jungs da rauszukriegen, ohne dass sie eine große Strafsumme zahlen müssen oder die Rechte an ihren eigenen Werken verlieren. Keine Rechte bedeuten keine Beteiligungen an Streams, an CD-Verkäufen, an Werbeeinnahmen oder Merchandise. Das wiederum bedeutet kein Einkommen, und das kann und will ich den beiden nicht zumuten. Besonders nicht Roan. Er ist der Alleinversorger seiner Familie.« Ich ergreife Ellies Hände, weil ich mich an ihr festhalten muss, denn das Gewicht der Wahrheit, die ich seit fünf Jahren überhaupt irgendjemandem anvertraue, lässt mich schwanken. »Seitdem ich realisiert habe, in was ich uns da damals reingeritten habe, versuche ich, meinen Fehler zu revidieren und meinen Jungs die Freiheit, über ihre Musik und sich selbst entscheiden zu können, zurückzuholen, aber es ist alles so verflucht verworren und kompliziert. Ich konnte mir aber ein Team von Experten aufstellen, denen ich vertraue, und die mir helfen, das alles auf die Beine zu stellen. Einige von ihnen sind extra nach Mailand gekommen, damit wir in London nicht auffliegen, so kurz vor dem Ziel. Nach fünf Jahren bin ich endlich ganz nah dran, das alles wahrzumachen, aber jetzt ist Tobias hier aufgekreuzt, und er darf unter keinen Umständen mitbekommen, was ich vorhabe, sonst werde ich gefeuert und kann von innen heraus nichts mehr vorbereiten und meine Jungs absichern. Und dann …«

»… ist alles, wofür du ein halbes Jahrzehnt lang gearbeitet hast, zunichte«, beendet Ellie den Satz und umfasst meine Hände fester. »Deshalb hast du mich gestern gefragt, ob ich dich begleite? Damit niemand fragt, wo du bist?«

»Ja.« Ich will ihr sagen, dass das nicht der einzige Grund ist. Dass ich sie auch bei mir haben wollte. Aber es ist nicht ganz die Wahrheit, und darum schlucke ich sie herunter.

»Ist das der gleiche Grund, warum Tobias nicht rausbekommen darf, dass ich Single bin? Weil du sonst gefeuert wirst?«

»Ja.« Meine Stimme ist belegt, und ich schlucke die aufsteigende Panik herunter, die mich zu überkommen droht, jetzt wo ich mein Geheimnis mit einer anderen menschlichen Seele geteilt habe. »Seit Monaten schiebe ich die Neuverhandlungen der Verträge der Jungs auf, und ich glaube, langsam bemerken sie, dass etwas im Busch ist, und versuchen mich deshalb loszuwerden. Sonst würden sie mir nicht Tobias auf den Hals hetzen.«

»Wissen Roan und Damian–«

»Nein.« Ich schüttle den Kopf. »Ich will erst mit ihnen reden, wenn ich in Mailand alles finalisiert habe, und ihnen dann ein faires Angebot unterbreiten, damit sie frei entscheiden können, was sie machen wollen. Vorher will ich sie in diese ganze Sache nicht mit reinziehen. Sie sind mir aus Loyalität schon einmal blind gefolgt, und damit habe ich sie in diese beschissene Situation gezwungen. Das werde ich nicht noch einmal tun.«

Ellie nickt verständnisvoll. »Du willst, dass sie als Mitwisser nicht auch alles verlieren, sollte etwas schiefgehen, richtig?«

»Genau.« Die Wärme ihrer Haut dringt durch die Kälte der Panik, und ich kann wieder etwas leichter atmen, als sie mit dem Daumen über meine Fingerknöchel fährt. »Ich kann alles verlieren. Aber nicht diese beiden. Auf keinen Fall. Nicht nach allem, was sie für mich getan haben.«

»Das verstehe ich.« Ellie tritt so nah an mich heran, dass ihre Brust fast meine berührt, und die Erleichterung trifft mich wie ein Schlag in die Magengrube. Ich sacke nach vorne, und Ellie ist dort, ihre Wärme und ihre Präsenz empfangen mich sanft, als sie zulässt, dass ich meine Stirn gegen ihre lehne und die Augen schließe. »Ich verstehe dich, Caleb.«

Das Verlangen, ihr nahe zu sein, überkommt mich so unvorbereitet, dass ich meine Hände ungeschickt aus ihren löse und sie so fest in meine Arme ziehe, dass sie ein überraschtes Keuchen von sich gibt. Ich weiß nicht, was ich sagen soll, also sage ich gar nichts, während ich sie ganz fest halte, einen Arm um ihre Taille geschlungen und die Hand in ihrem Nacken, weil ich ihre Haut unter meiner spüren muss.

»Lass mich dir helfen, Caleb. Du und ich, wir können füreinander da sein. Aber dafür musst du ehrlich zu mir sein. Du musst mich reinlassen.« Sie schlingt die Arme so fest um mich wie ich um sie. »Lass mich für dich da sein.«

»Okay.« Das Wort kommt mir eigenwillig leicht über die Lippen, aber ich bereue es nicht, sobald ich es einmal ausgesprochen habe. »Okay, Ellie.«

»Du bist nicht mehr allein damit, Caleb«, murmelt sie leise, so als wüsste sie genau, wie dringend ich das hören muss. »Du bist nicht mehr allein.«

Ihre Worte dringen durch die Risse, die die letzten fünf Jahre in meiner Rüstung hinterlassen haben. Sie sickern einfach hindurch, tränken die Wunden, und auch wenn sie nicht ganz verschwinden, schließen sie sich mit jedem sanften Streichen ihrer Finger.

Nur Wahrheiten haben hier Platz, in dieser Welt, die wir uns schaffen. An eine Lüge aber klammere ich mich dennoch mit der gleichen Verzweiflung, mit der ich mich auch an Ellie festklammere: Dass das zwischen uns nicht so viel mehr ist als der Meisterstreich, mit dem wir den Rest der Welt an der Nase herumführen.

Den Rest der Welt und … mich.

19. KAPITEL

Caleb

NFT: ~~*Non-Fungible Token. Ein einzigartiges digitales Sammlerstück;*~~ *Nichts fühlen, du Trottel!*

»Und du bist sicher, dass das die richtige Adresse ist?« Die heruntergekommene Lagerhalle am Rand von Mailand, von deren Fassade der Putz abbröckelt und deren Zufahrtsstraße mehr aus Schlaglöchern als aus Asphalt besteht, beäuge ich eher skeptisch. Als Ellie mich, zum Ausgleich wie sie sagte, aufgefordert hat, sie zu einer Anprobe bei *Studio Five* zu begleiten, von denen sie endlich eine Antwort bekommen hat, war eine Fahrt über eine Holperpiste zu einem möglichen Drehort für einen Horrorfilm jetzt nicht unbedingt das, was ich erwartet habe. Schwer vorstellbar, dass sich irgendein Designer freiwillig hier niederlassen würde.

»Ja.« In Ellies Stimme liegt ein Hauch von Zweifel, während sie die Adresse im Navi noch mal mit einer Nachricht auf ihrem Handy vergleicht. »Hier müsste es sein.«

»Oookaaaay.« Ich ziehe das Wort mehr in die Länge als notwendig, und Ellie wirft mir ihr entschuldigendes Lächeln zu, das ich seit ihrem Auftauchen schon ein paarmal häufiger zu Gesicht bekommen habe, und das mir allemal lieber ist als diese Intensität, mit der sie mich seit meinem kleinen Einbruch vor dem Mailänder Dom beobachtet.

»Ist es dir ein Trost, wenn ich dir verspreche, dass ich dich wirklich nicht hergebracht habe, um dich umzubringen?«

»Nur bedingt.« Die Fahrzeuge unterschiedlichster Größen, die vor der Lagerhalle parken, lassen mich vermuten, dass wir zumindest nicht vollkommen falsch sind. Beherzt stoße ich die Autotür auf. »Organraub ist immerhin auch eine Option.«

Ellie lacht, hell und fröhlich und klar. Ich spüre es wie eine Berührung, und sofort bekomme ich eine Gänsehaut. Ich richte ein Stoßgebet gen Himmel, dass sie nicht mitbekommt, was ihr Lachen mit mir macht. Wir steigen aus, hinaus in die goldene italienische Mittagssonne, deren hoher Stand mich daran erinnert, dass wir nur wenig Zeit haben.

»Eleonora Cox!«

Der laute Ausruf kommt überraschend, und Ellie gerät ins Straucheln, als sie um die Motorhaube auf mich zugeht. Fast befürchte ich, dass sie sich der Länge nach in den Staub legt, doch sie fängt sich in letzter Sekunde, auch wenn mir schleierhaft ist, wie sie das auf den hohen Hacken hinbekommt, die sie trägt.

»Himmel, Roni!« Ellie fährt sich mit einer Hand über die Stirn und wendet sich der Frau mit dem Undercut zu, die, lässig in einem Overall gekleidet, auf uns zu schlendert. »Ich hab dir schon tausendmal gesagt, dass du mich nicht so nennen sollst.«

Die Blondine stoppt ihren Gang vor Ellie und zieht sie dann mit einem Arm in eine feste Umarmung. »Du hast mir auch gefehlt, Sonnenschein.«

Die Stylistin schiebt ihre Freundin verlegen von sich, das Räuspern dienstbeflissen, als sie zwischen uns Position bezieht. »Caleb, das ist Veronica Edevane, eine gute Freundin von mir und Junior Designerin bei *Studio Five*.« Sie legt Veronica eine Hand auf den Arm, der Stolz in jeder Silbe ist deutlich herauszuhören. »Roni, das ist Caleb Lee, der Manager von *Parallel*.«

Ich strecke der Junior Designerin die Hand entgegen, die sie sofort ergreift, während sie mich interessiert beäugt. Ihr Händedruck ist stark und selbstbewusst. »Freut mich sehr, Ms Edevane.«

»Mich ebenso, Mr Lee.« Ihr Akzent ist schwer und eindeutig schottisch, mit dem klassisch kurz gerollten R. »Ich muss gestehen, dass ich noch nie einen Manager bei einer Anprobe gesehen habe.«

»Roan ist verhindert. Als sein Manager ist es meine Pflicht, ihn bei Terminen wie diesen zu vertreten.« Dass ich nur wegen Ellie hier bin, muss ja niemand wissen. Veronica nickt, meine Lüge funktioniert offensichtlich gut genug, dass sie sie nicht infrage stellt.

»Danke, dass du uns ein paar Sachen borgen lässt.« Ellie hakt sich bei ihrer Freundin unter, die sie um wenige Zentimeter überragt, und umfasst ihren Oberarm mit beiden Händen. »Und tut mir leid, dass ich es vermutlich nicht hinbekommen werde, ihn von Kopf bis Fuß in eure Designs zu stecken.«

»Machst du Witze?«, fragt Veronica ungläubig, als sie uns auf die Lagerhalle zuführt, aus der nun, da wir uns dem Eingang nähern, immer deutlicher das Surren emsiger Betriebsamkeit zu hören ist. »Bessere Werbung als Roan, der Teile unserer neusten Kollektion trägt, könnten wir niemals kriegen. Also hör auf, dich zu entschuldigen.«

Die junge Designerin des kleinen Amsterdamer Start-up-Labels führt uns durch eine große Schiebetür in das Innere der Lagerhalle, und schnell wird klar, dass man dieses heruntergekommene Gebäude gewählt hat, weil es einst eine Näherei gewesen sein muss. Mit geübter Präzision schlängelt Veronica sich, mit uns im Schlepptau, ihren Weg an den langen Tischen vorbei, an denen Angestellte des Labels die letzten Anpassungen an der Kollektion vornehmen. Wir weichen ganz in Schwarz gekleideten Leuten aus, die mit bestückten Armnadelkissen bewaffnet um müde dreinblickende Models umhereilen, die wie Schaufensterpuppen ganz still stehen und die ganze Prozedur über sich ergehen lassen. Veronica biegt unerwartet mit uns ab zu einer alten Metalltreppe, die ins Obergeschoss führt.

»Ich war so frei, dir zumindest schon mal eine kleine Auswahl zusammenzustellen, entsprechend der Beschreibung, die du mir per Mail hast zukommen lassen.« Auf einem Absatz angekommen, öffnet Veronica mit einem Schlüssel die Tür zu einem Büro, durch dessen, über die Jahre milchig gewordenen, Fenster wohl einst der Vorarbeiter Aufsicht über das Personal zu seinen Füßen gehabt hat. Jetzt dient der Raum im ersten Stock mit dem grauen Teppichboden als Pausenraum, schnell und unorthodox zum Showroom umfunktioniert, mit nachlässig an die Seite geschobener Einrichtung, um Platz für die zwei fahrbaren Kleiderstangen zu schaffen, an denen die erwähnte Vorauswahl für Roan hängt.

Viel Grau, Weiß, Schwarz und – ist das ein langer Rock?

»Ich habe leider keine Zeit, zu bleiben und dir die einzelnen Stücke zu erklären, aber ich bin mir sicher, du kommst schon klar.« Veronica geht zu einem kleinen Beistelltisch, auf dem mehrere Thermoskannen stehen, und füllt einen roten Becher mit Kaffee. »Hast du den *LOR* dabei?«

»Oh, ja natürlich!« Ellie fischt den *Letter of Responsibility*, der Stylistinnen und Stylisten haftbar für alle möglichen Schäden an den überlassenen Kleidungsstücken macht und Leihgaben wie diese überhaupt ermöglicht, aus ihrer grob gehäkelten violetten Handtasche und reicht ihn der Designerin, die das zerknitterte Stück Papier belustigt mustert.

Veronica klemmt sich den Zettel aber unter den Arm und

wendet sich zum Gehen. »Viel Spaß euch beiden. Sei ein Schatz, und schick mir Fotos von den Stücken, wenn du sie Roan angezogen hast, ja, Ellie?«

»Mach ich.« Ellies Augen funkeln euphorisch, als sie näher an die Kleidungsstücke herantritt, die der Öffentlichkeit noch nicht zugänglich sind. »Du bist die Beste.«

Die Freundinnen verabschieden sich mit schnellen Wangenküssen, und Veronica nickt mir ein letztes Mal zu, ehe sie verschwindet.

»Ellie, kann ich dich was fragen?«

»Natürlich.« Sie reißt sich von den Anziehsachen los und sieht mich an, was ihr offensichtlich alles andere als leichtfällt. »Was denn?«

»Versteh das nicht falsch, ich bin froh, dass du Zeit hattest, in meinem Team einzuspringen, aber«, ich nicke in Richtung der Tür, durch die Veronica gerade verschwunden ist, »wieso arbeitest du nicht als Stylistin für *Studio Five*, wenn du eine der Designerinnen kennst?«

»Aus dem gleichen Grund, warum ich Mia nie um einen Job gebeten habe.« Sie zuckt mit den Achseln und wendet sich wieder der Vorauswahl zu. »Ich will meine Freunde nicht für Karrierechancen ausnutzen. Außerdem möchte ich Celebrity und nicht Runway oder Editorial Stylistin sein. Looks für Magazine und den Laufsteg zu kreieren, ist zwar cool, aber ich will Menschen einkleiden und ihnen damit im Alltag oder bei besonderen Anlässen ein gutes Gefühl geben.«

Das verstehe ich nur zu gut, also nicke ich und reiße mich von dem geschäftigen Chaos zu unseren Füßen los. »Also, was je–« Ich breche ab, weil ich bemerke, dass Ellie mir eh nicht zuhört, die Augen ehrfürchtig auf die Kleidungsstücke vor sich gerichtet, während sie ein Paar weißer Baumwollhandschuhe hervorholt, die sie anzieht, bevor sie das erste Teil berührt. Um sie in ihrer Konzentration nicht zu stören, setze ich mich auf eins der Sofas und beobachte sie bei der Arbeit.

Jedes Mal, wenn sie ein neues Stück betrachtet, prüft sie vorher, ob ihre Handschuhe noch sauber sind. Ihre Hände sind forschend, als sie Textur und Beschaffenheit befühlt. Grob ist sie dabei aber keinesfalls. Jede Berührung ist fast schon huldigend, wann immer sie ein Detail mit besonderer Sorgfalt in Augenschein nimmt, um es dann in einem System zu sortieren, das wohl nur sie versteht. Gerade hält sie ein Seidenhemd mit einem Ombrefarbverlauf von Weiß zu Schwarz in den Händen und murmelt leise vor sich hin: »Das hier ist Kunst.«

Ich selbst habe von Mode keine Ahnung, aber zu sehen, was sie in Ellie auslöst, lässt mich ihren überwältigten Worten Glauben schenken. Ich will mehr wissen. Mehr über Ellie. Mehr über ihre Welt. Vielleicht verstehe ich dann, warum ich überhaupt Schwäche gezeigt und sie ins Vertrauen gezogen habe. »Wann hast du dich in Mode verliebt?«

Meine Frage scheint Ellie aus ihrer Trance zurück zu mir in die Gegenwart zu holen. Sie fährt mit dem Daumen über die kaum sichtbaren Manschettenknöpfe. »Mit zwölf oder dreizehn.«

»Darf ich fragen, wieso?«

»Nur, wenn du aufstehst und deine Klamotten ausziehst.«

Das trifft mich dann doch etwas unvorbereitet, und mir bleibt der Mund offen stehen. »Wie bitte?«

Ellie hebt das Seidenhemd an und lächelt neckend. »Wir sind hier, um Sachen anzuprobieren, schon vergessen?«

Das habe ich tatsächlich, anmerken lassen will ich mir das allerdings auf keinen Fall. Ich erhebe mich und gehe weiter in den Raum hinein, in dem ich natürlich weder einen Raumtrenner noch einen Vorhang vorfinde, hinter dem ich mich ausziehen könnte. »Du meinst hier?«

»Ja, ich meine genau hier.« Sie deutet auf eine Stelle kaum einen halben Meter von sich entfernt und wendet mir dann den Rücken zu. »Wir wollten doch um vierzehn Uhr zurück im Hotel sein, oder nicht? Dann müssen wir langsam mal anfangen.«

Ich prüfe die Zeit und realisiere erst jetzt, dass ich sie satte zwanzig Minuten einfach ihr Ding habe machen lassen, ohne auf die Zeit zu achten, und verfluche mich selbst ein bisschen dafür, denn Ellie hat recht.

Schnell entledige ich mich meines schiefergrauen Anzugs, den ich sorgfältig falte und beiseitelege. »Also, bekomme ich jetzt eine Antwort?«

Sie kichert, antwortet mir dann aber. »Ich hab mich in Mode verliebt, weil es mir eine Möglichkeit gegeben hat, mich auszudrücken.« Ihre Finger sind flink, als sie unter all den Kleidungsstücken nach etwas sucht, das zu dem Hemd passt, in das sie sich offensichtlich ein bisschen verguckt hat. »Meine Eltern sind ziemlich konservativ. Ich meine, wer nennt seine Kinder heutzutage noch Cordelia und Eleonora, oder? Auf jeden Fall haben sie immer viel gearbeitet und sehr viel Wert auf Gehorsam gelegt. Wir sollten stets brav alle Regeln befolgen, gute Noten nach Hause bringen und den Nachbarn keinen Grund zum Reden geben. Mein einziger Ausweg aus diesem strengen Käfig war Mode. Also habe ich jeden Penny in Zeitschriften und Klamotten investiert, und was als kindliche Rebellion begann, ist dann irgendwann zur Liebe meines Lebens geworden. Es war meine Art, ich selbst zu sein, in einem Umfeld, in dem das weder gewollt noch erlaubt war, und Stück für Stück haben die Kleider mir das Selbstbewusstsein verliehen, mich für meinen Traum gegen meine Eltern aufzulehnen. Klamotten sind die einzige Konstante in meinem Leben. Sie haben mich nie im Stich und mich nie allein gelassen, auch dann nicht, wenn alle anderen es taten.« Ellie redet unbeirrt weiter, ein beruhigender, monotoner Strom, dem ihre sonstige Rastlosigkeit fehlt, jetzt wo sie sich der einen Sache widmen kann, die sie liebt. »Ich hatte dir ja schon erklärt, dass ich Menschen mit Kleidung gerne ein gutes Gefühl gebe, einfach, weil sie mir ein gutes Gefühl geben. Gerade bei Männern, die von der Gesellschaft stigmatisiert werden, sich bloß nicht für Mode zu interessieren oder sich darin auszuprobieren, weil es nicht stereotypisch männlich ist, macht es mir besonders Spaß. Ich fühle mich dann fast so, als würde ich für sie das werden, was meine Anziehsachen zeit meines Lebens für mich waren: ein sicherer Ort, an dem sie einfach sie selbst sein können, und der ihnen das nötige Selbstbewusstsein gibt, das auch nach außen zu tragen.«

Ich schüttle die Hände aus und versuche, mir nicht anmerken zu lassen, wie sehr die eigenwillige Intimität dieses Moments mich aus dem Tritt bringt. Alles an diesem Tag. Alles an dieser Frau. Niemand ist mir jemals derartig unter die Haut gegangen, hat mich jemals so vollständig entwaffnet. Aber Ellie tut es einfach ohne große Mühe, mit ihrem warmen Lächeln, ihren aufmerksamen Augen und ihren sanften Berührungen, die ich noch immer spüren kann, obwohl sie mich schon vor einer ganzen Weile losgelassen hat. Ich aber bin noch immer auf dem Vorplatz des Mailänder Doms, fühle immer noch ihre Stirn an meiner und ihre Finger auf meinem Rücken und höre ihr geflüstertes *Du bist nicht mehr allein, Caleb*, was mich mehr erschaudern lässt als die Klimaanlage, dessen eisiger Hauch jetzt über meine nackte Haut streift.

Ellie dreht sich mit dem Satinhemd in der Hand und einer weit geschnittenen weißen Hose zu mir um. Er ist kaum zu hören, dieser tiefe Atemzug, den sie ausstößt, als ihr Blick auf meinen Körper trifft. Aber ich erkenne ihn genau in dem Herabsinken ihrer Schultern, die sie sofort wieder strafft und näher auf mich zu tritt. »Das Hemd bitte zuerst.«

In Ellies Gesicht zu lesen ist leicht. Ihr fehlen die Jahre in diesem Haifischbecken, die mich zu einem Meister der Täuschung gemacht haben. Sie ist noch immer davon unberührt, ihre Gefühle offen und ungefiltert lesbar in jeder noch so kleinen Regung in ihrem Gesicht. Ihre Lider sind herabgesunken, ihr Mund leicht geöffnet, und der niedliche Rotschimmer, den ich gestern schon auf ihren Wangen erspäht habe, kehrt nun zurück. Sie atmet flach, wie in dem Moment, kurz bevor sie mich geküsst hat, und die Erinnerung an ihre Lippen auf meinen lässt mich ihr beinahe entgegenschwanken. Meine Fingerspitzen zucken, so sehr will ich sie berühren.

Scheiße, sie muss wirklich aufhören, mich so anzusehen.

»Ellie?«

Brüsk schüttelt Ellie den Kopf, und aus ihrem Dutt lösen sich wieder unzählige Strähnen, die ihr jetzt wild um das Gesicht fallen, während sie das Hemd behutsam vom Haken nimmt und es mir aufgeknöpft hinhält. »Entschuldige. Ich habe deine Narbe nicht angestarrt, versprochen.«

Ich nehme das Hemd von ihr entgegen und schlüpfe behutsam hinein, um nichts kaputtzumachen, und auch um mich irgendwie von diesem Drängen in meinem Inneren abzulenken, das nichts weiter will, als sie zu küssen, ihren Mund zu erobern und dort weiterzumachen, wo wir an jenem schicksalhaften Abend vor zwei Tagen aufgehört haben. »Ich weiß.«

Das Rot auf Ellies Wangen verliert ein bisschen an Intensität, als sie die Augen auf die Hose hinabsenkt, die sie auch öffnet, bevor sie sie mir reicht. »Gut. Das ist … gut.«

Ich schlüpfe in die Hose, die mir definitiv zu kurz ist, weil meine Knöchel frei liegen, und halte dann inne. »Wie hättest du es gerne?«

Und – *zack* – schon ist es zurück, dieses Rot, das sich jetzt sogar bis zu ihrem Hals ausbreitet. »Wie hätte ich was gerne?«

Der raue Klang ihrer Stimme und meine ungeschickte Wortwahl sorgen dafür, dass meine Gedanken auf Wanderschaft gehen, zu einem Szenario, in dem es nicht darum geht, Sachen anzuziehen, sondern in dem es von elementarer Bedeutung ist, dass keiner von uns auch nur ein einziges Stück Kleidung trägt. Meine Gedanken formen Bilder von nackter Haut, rot geküssten Lippen und gemurmelten Worten, während ich mich frage, wie diese hübschen Flecken auf ihren Schlüsselbeinen unter meiner Zunge wohl schmecken würden, und wie ich mit meinen Fingern herausfinden kann, wie Ellie es gerne hätte. Wie sie wohl klingt, wenn sie mir stöhnend den Weg weist?

Ich brauche drei tiefe Atemzüge, bis ich es schaffe, meine Gedanken aus dem unangebrachten Morast zu zerren. »Soll ich das Hemd in die Hose stecken? Soll ich es zuknöpfen? Wenn ja, wie viele Knöpfe? Das meinte ich.«

»Ah. Uhm. Ja klar, natürlich.« Ellie hängt die Kleiderbügel zurück an die Stange und fächelt sich Luft zu, als sie ganz nah an mich herantritt. »Die Hose kannst du einfach zumachen. Ich würde gerne sehen, wie das Hemd generell fällt.«

»Okay.« Ich mache die Hose zu und versuche, nicht zu sehr daran zu denken, wie verdammt nah sie mir ist. »So?«

»Ja.« Ellie hebt die Hände und beginnt das Hemd zuzuknöpfen. Ihre Finger streifen meine Haut. Wieder und wieder und wieder. Als sie den letzten verschließt, habe ich die Hände neben dem Körper zu Fäusten geballt, und danke Gott, als sie einen großen Schritt zurücktritt, um ihr Werk zu betrachten. Grübelnd legt sie den Kopf schräg, ganz bei der Arbeit, auch wenn der Rotschimmer zurückbleibt, der mich fast verrückt macht.

Und so geht es eine ganze Weile weiter. Ich ziehe Sachen

aus. Ziehe Sachen an. Ellie kommt mir nahe. Ihre Finger berühren mich. Ihr Atem streift meine Haut. Als wir die Lagerhalle verlassen, bebt mein ganzer Körper, und ich bin erleichtert, als Ellie einen Moment länger bei Veronica an der Tür verweilt, um sich zu verabschieden.

Scheiße, niemals hätte ich diese ganze Sache zulassen dürfen. Nichts davon. Denn genau das ist das Trügerische an Intimität. Sie schleicht sich ein, verwoben in gemurmelten Worten und zufälligen Berührungen und festigt sich mit jedem geteilten Geheimnis und platonischer Kameradschaft. Doch dann wandelt sie sich, wird von etwas Ungefährlichem und Nebensächlichem zu etwas, nach dem man sich sehnt, bis man mehr und mehr davon braucht. Dann reichen sie nicht mehr, diese Momente gegenseitigen Verständnisses und geteilter Schwäche. Was begonnen hat als zufälliger Augenblick, wird fordernd und verzehrend, bekommt Zähne und Klauen und einen ganz eigenen Hunger, der nur durch Haut auf Haut gestillt werden kann.

Genau das will ich von Ellie. Ich will sie. Alles von ihr. Und als sie zu mir zum Wagen kommt, die Wangen noch immer gerötet und die Haut in Sonnenlicht getaucht, fällt es mir verdammt schwer, mich daran zu erinnern, dass nichts davon wahr ist. Dass es alles nur ein Schauspiel ist, gewoben aus Umständen, Notwendigkeit und diesem Sinn von verschwörerischer Nähe.

Aber das alles ist nur eine Illusion. Ganz gleich, wie echt es sich auch anfühlen mag.

20. KAPITEL

Ellie

Avantgarde = ~~*Kleidung, die sich von Konventionen und bestehenden Trends loslöst und neue Akzente und Trends setzt*~~*;*
Unbekanntes Terrain

Genau das ist das Leben, von dem ich immer geträumt habe.

Meine Finger umfassen das Champagnerglas fester, während ich Models betrachte, die über den Laufsteg schweben, ihre Häupter hoch erhoben, als sie versuchen, mit der einschüchternden Kulisse um sich herum zu konkurrieren. Sie folgen dem roten Teppich, der, zwischen dem Vorplatz der *Basilica di San Lorenzo di Milano*, einer Kirche aus dem vierten Jahrhundert und einem der ältesten Wahrzeichen Mailands, und den *Colonne di San Lorenzo*, sechzehn weißen Säulen aus der Antike, ausgebreitet liegt. Sie präsentieren die neueste Mode kleiner und aufsteigender Designer in einem kollaborativen Event, das diese Start-ups gemeinsam mit der Stadt Mailand auf die Beine gestellt haben und das sich für immer in meine Erinnerung einbrennen wird.

Ich hebe das Glas an meine Lippen, und es prickelt auf meiner Zunge, auch wenn ich mich darauf kaum noch konzentrieren kann, als auf einmal heißer Atem über meinen Hals streicht.

»Du hast dich wieder selbst übertroffen«, murmelt Caleb leise an meinem Ohr, sein Körper schmiegt sich dicht an meinen, an dieser Stelle etwas abseits vom Laufsteg, an der wir uns einen Platz gesucht haben, um das Geschehen im Auge zu haben, ohne der Presse oder den geladenen Gästen, die die Steinbänke und die aufgestellte Bestuhlung für sich beanspruchen, im Weg zu sein. »Ich glaube, auf die Models achtet kaum jemand.«

»Du Übertreiber.« Lachend luge ich über die Schulter zu Caleb und finde es überhaupt nicht schlimm, dass wir vom Rest getrennt wurden, als das Personal des Veranstalters uns eingeladen hat, der eher unkonventionellen Modenschau vor imposanter Kulisse beizuwohnen, anstatt backstage auf unsere Schützlinge zu warten, deren Auftritt der Öffentlichkeit nicht mitgeteilt wurde. »Außerdem musst du mir keinen Honig um den Bart schmieren. Ich hab doch schon versprochen, dass ich dich nachher decke, sollte jemand fragen, wo du bist.«

»Ich sage das nicht, damit du nachher für mich lügst, Ellie.« Caleb schiebt lässig die Hände in die Hosentaschen und nickt in Richtung Laufsteg, auf dem jetzt Roan und Damian die musikalische Untermalung der Show beisteuern und sich mühelos unter die Models mischen. Ihr elektrisierender Mix aus Pop, RnB und Hip-Hop ist der finale Pinselstrich, den diese Komposition aus Blut, Schweiß und Tränen von unzähligen ambitionierten Träumenden noch gebraucht hat. Sie begleiten sie ein Stück oder weichen ihnen aus, zwinkern ihnen zu oder bringen sie zum Lachen. Und genau das liebe ich so sehr an diesem Abend, der mir vorkommt wie aus einem Traum, mit dem Champagner, der auf meiner Zunge kitzelt, der ausgelassenen Stimmung, die die sonst so steife und privilegierte Atmosphäre auf Modeevents verscheucht, und diesem Mann direkt in meinem Rücken, der mich erschaudern lässt, selbst wenn er mich nicht berührt. »Ich meine es ernst. Roan sieht fantastisch aus, und ich habe ihn selten so entspannt bei einem

Auftritt erlebt. Er fühlt sich anscheinend pudelwohl, und ich weiß, dass du daran einen großen Anteil hast.«

Komplimente sind sonst etwas, das ich problemlos annehmen kann, aber von diesem Mann, dessen Urteil mir so wichtig ist, fällt es mir unfassbar schwer. Ich sage erst mal nichts dazu, sondern bestaune die sechseckige Form der Basilica, die sich hell erleuchtet gegen den blutroten Abendhimmel abhebt und auf dessen Vorplatz sich lauter Schaulustige eingefunden haben, die mit einer Absperrung von den geladenen Gästen getrennt sind, die bei dieser Modenschau mit ihren möglichen Investitionen die Macht erlangen, über das Schicksal unzähliger Nachwuchsdesigner zu entscheiden. »Ich mache nur meinen Job«, erwidere ich dann nonchalant.

»Du machst mehr als das, Ellie. Und das weiß ich zu schätzen.« Er beugt sich ein Stück zu mir herunter. Ich spüre es, weil sein Atem nun über meinen unteren Nacken und nicht mehr über mein Ohr streicht. »Ich hab gehört, dass du die Steinchen auf seinen Schultern nach Rücksprache mit dem Designer selbst angebracht hast. Das ist nicht unbedingt Teil deines Jobs.«

Erneut hebe ich das Champagnerglas an meine Lippen und schäme mich diesmal nicht für die Pflaster, die meine Finger umschließen, wegen der unzähligen Wunden, die ich mir in den letzten Tagen im Dienste meines Berufs zugezogen habe. Wieder ist da dieses Prickeln auf meiner Zunge, aber der teure Alkohol, der golden in seinem Kristallglas glänzt, steigt mir weniger zu Kopf als Calebs Lob, welches er leise an meine Haut flüstert. »Es ist auch nicht Teil deines Jobs, deine Künstler bei einer Anprobe zu vertreten.«

Caleb lacht, leise und rau und so nah an meiner Haut, dass ich es bis in die Zehenspitzen spüren kann. »Das liegt aber weniger an meinem Pflichtbewusstsein als an einer sehr sturen Stylistin.«

Ich fühle mich wie eines der Bänder, mit denen man die Säulen der *Colonne* geschmückt hat, und die in der Brise flattern, die die Hitze dieses schwülen Abends einigermaßen erträglich macht. »Was soll ich sagen? Gleich und gleich gesellt sich wohl gern, Mr Superstur.«

Er belohnt mich erneut mit einem Lachen, das ihm seit unserem Abend im Hotelzimmer immer häufiger entwischt und das die Schmetterlinge in meinem Bauch nur noch aufgeregter flattern lässt, die sich seit unserem Besuch bei *Studio Five* eh kaum noch im Zaum halten lassen. »Mr Superstur?«

»Ja. Ich finde, das passt wie die Faust aufs Auge.«

»Sprechen Sie üblicherweise so mit ihrem Boss, Ms Cox?«

»Nein.« Ich schlage die Augen nieder und schwenke den Champagner in seinem Glas, ehe ich auch den Rest davon herunterstürze. »Aber so spreche ich mit einem Freund.«

»Einem Freund?« Caleb scheint ehrlich überrascht, was mir einen leichten Stich versetzt, bevor dieser sich zu Hitze wandelt und von meinem Herz in meinen Unterbauch hinabwandert, als Caleb so nah an mich herantritt, dass seine Brust meinen Rücken berührt. »Bin ich nicht mehr als das?«

»Willst du das denn sein?«

»Ich will–« Caleb bricht ab, und ich lasse das Glas fast fallen, als er seinen Arm von hinten um mich legt und meinen Rücken fest an seine Brust zieht. Seine Lippen berühren mein Ohr, als er leise murmelt: »Wir haben Zuschauer.«

Obwohl ich weiß, dass er mich nur aus Vorsicht so nah an sich gezogen hat, nimmt die Hitze nicht ab, sondern wird nur noch glühender mit jedem von Calebs Atemzügen, die mein Ohr kitzeln. »Wer?«

»Tobias und Brian.«

Tobias. Seine Augen habe ich die letzten Tage immer wieder auf mir gespürt, und mir ist klar, wie vorsichtig wir sein müssen, bei dieser Viper, die mit einem Biss alles ruinieren kann. Augenblicklich will ich nach der Gefahr suchen, doch bevor ich den Kopf drehen kann, legt Caleb die Lippen an meine Wange und hält meine Augen damit auf die Modenschau gerichtet. »Augen nach vorn, Eleonora.«

Es ist nur ein Flüstern, die Anweisung darin aber überdeutlich, und mein Herz stolpert, als die Hitze in meinem Unterbauch nur noch schlimmer wird. Meine Hand legt sich auf Calebs Unterarm und sucht nach Halt, während meine Knie nachzugeben drohen. Ich lasse mir nicht gerne Anweisungen geben. Von niemanden. Aber wenn Caleb so mit mir redet, macht das etwas mit mir, denn seine Aufforderung ist voll von Zärtlichkeit und lässt mich taumeln.

Caleb scheint mein Taumeln falsch zu verstehen, denn er räuspert sich verlegen und rückt ein kleines Stück von mir ab. »Entschuldige, ich hätte nicht–«

»Nein«, unterbreche ich ihn und versuche, das Glühen in meinen Wangen zu ignorieren, das mich, bei dem heiseren Klang meiner eigenen Stimme, wohl verlegen machen will. »Nein, das ist okay. Mehr als okay. Ich meine, wir sind verliebt und sehen uns kaum, oder nicht? Da ist es normal, dass du mich berührst, wann immer wir die Gelegenheit dazu bekommen.«

Calebs Atem stockt, ich kriege es genau mit, und kurz fürchte ich, dass er mich doch loslässt, aber dann schlingt er den Arm nur noch fester um mich und vergräbt das Gesicht an meinem Hals. Seine Lippen streifen meine Haut, und meine Augen schließen sich, ohne dass ich etwas dagegen tun kann. »Nur so lange, bis sie aufhören, uns zu beobachten?«

»Nur so lange, bis sie aufhören uns zu beobachten. Wir können nicht riskieren, dass sie Verdacht schöpfen«, stimme ich zu, und mir wird schlagartig klar, wie gefährlich diese Einwilligung ist, als Calebs Bartstoppeln über meine Haut kratzen und er mit den Lippen dem Schwung meines Halses folgt. Sie verweilen an dieser empfindlichen Stelle unter meinem Ohr, und ich muss die Lippen fest aufeinanderpressen, um nicht laut aufzustöhnen, als ich seine Zähne spüre. Gewiss wird meine Haut davon rot werden, aber es kümmert mich kein bisschen. Caleb fährt mit der Zunge darüber, um die von seinen Zähnen geschundene Haut zu besänftigen.

»Ellie, wenn ich irgendeine Grenze überschreite und du dich unwohl fühlst, dann sag es mir, ja?«, raunt er mir zu.

»Ja.« Das Wort ist mehr ein Hauch, und ich wünschte, ich würde so etwas wie Verlegenheit dabei empfinden, dass Caleb mich auf diese Weise in der Öffentlichkeit berührt, aber das Gegenteil ist der Fall. »Mache ich.«

Meine Antwort ist ihm wohl zu schnell, denn als seine Zähne diesmal in meine Haut sinken, ist es mehr als nur ein Knabbern. Es ist Strafe und Warnung zugleich, eine stumme Aufforderung, seine Worte ernst zu nehmen und ihnen die nötige Beachtung zu schenken. »Versprochen?«

»Ja.« Ob er wohl weiß, dass ich gerade alles sagen würde, damit er bloß nicht aufhört? »Ja. Versprochen.«

»Gut. Und, Ellie?« Calebs freie Hand fährt meinen Arm hinab und schlingt sich um meine, in der das Champagnerglas baumelt. Ich höre die diebische Freude in seiner Stimme, als er leise flüstert: »Gut festhalten.«

Ich will gerade entgegnen, dass ich schon alles im Griff habe und so ein paar Nackenküsse mich nicht derartig aus dem Konzept bringen können, dass ich am Ende noch das Glas fallen lasse und damit die Aufmerksamkeit von mehr Leuten als nur Tobias und Brian auf uns ziehen könnte. Seine Warnung aber klingelt in meinen Ohren, als er meine Hand loslässt und seine Lippen wieder über meine Haut gleiten lässt. Sie sind weich, ein starker Kontrast zu seinen Bartstoppeln, und ich wünschte wir wären allein und ich könnte seine Hände überall auf mir spüren. Mit geschlossenen Augen lasse ich mich gegen ihn sinken.

»Caleb.«

Er schmunzelt an meiner Haut, die er wieder und wieder küsst, so als wäre er genauso ein Gefangener dieses Moments wie ich. »Vergiss nicht, das Glas festzuhalten, Ellie.«

Meine Finger schließen sich so fest um den Stiel des Glases, dass ich fürchte, ihn durchzubrechen, als Caleb mich noch enger an sich zieht. Aber nichts ist eng genug, und ich drücke meinen Po fester gegen seine Hüften, die mir sofort entwischen, bevor ich herausfinden kann, ob diese ganze Situation Caleb genauso zu schaffen macht wie mir.

Scharf zieht er die Luft ein, und wieder spüre ich seine Zähne, ehe er flucht. »Verdammt, Ellie, was machst du nur mit mir?«

Das sollte wohl eher ich fragen. Meine Finger streichen über seinen Unterarm, und ich will etwas sagen, doch es fällt mir zunehmend schwer, so träge und heiß fühlt sich die Zunge in meinem Mund an, mit der ich gerade andere Dinge tun will, als sie zum Reden zu benutzen. »Ich lasse alle glauben, dass du Hals über Kopf in mich verliebt bist.«

Seine Hand stockt, und seine Lippen geben ihre neckenden Zuwendungen auf. Seine Finger lösen sich von mir, und mir wird eiskalt, als er einen großen Schritt von mir zurücktritt.

Ich drehe mich zu ihm um. »Was ist los?«

»Nichts.« Er sieht mir nicht in die Augen, sondern gen Boden. »Die beiden gucken nicht mehr.«

Das ist kein Grund, mich derartig fallen zu lassen, denke ich, sage aber nichts, sondern schlinge stattdessen die Arme um mich selbst, als ich mich an unsere Abmachung erinnere, die mir sämtlichen Wind aus den Segeln nimmt, um ihn für dieses Verhalten anzuschnauzen. Die Regeln sind klar. Nur weil ich mehr will, heißt das nicht, dass es Caleb genauso geht, auch wenn es sich gerade noch ganz anders angefühlt hat. »Alles klar.«

Caleb räuspert sich und nimmt seine Position schräg hinter mir wieder ein, aber er kommt mir nicht mehr so nah wie zuvor. Dennoch spüre ich seine Präsenz überdeutlich, denn sie streicht sanft wie Finger über meine Haut und erinnert mich daran, dass ich mehr von Caleb will als seine reine Anwesenheit, und dass ich dem vor ein paar Sekunden näher gekommen bin, als je zuvor.

Die letzten Töne der Musik verklingen, und ich realisiere erst jetzt, dass sich bereits alle Models und Designer auf dem Laufsteg eingefunden haben und damit das Ende der Modenschau erreicht ist. Tosender Applaus erklingt, und Rufe nach einer Zugabe werden laut, der *Parallel* nachkommen. Die Models tanzen und haben Spaß, und ich verfolge das Ganze, obwohl die Enttäuschung tief in meiner Magengrube es mir schwer macht, den Moment in vollen Zügen zu genießen.

»Komm«, höre ich Caleb sagen, der eine Hand in meinen unteren Rücken legt und in Richtung des Hauses nickt, in dem sich der Backstagebereich und all unsere Sachen befinden. »Lass uns gehen. Die Jungs kommen gleich, und wir sollten uns hier nicht allzu lange aufhalten. Dafür haben wir nicht genug Security, und es wird sich mittlerweile rumgesprochen haben, dass sie hier sind.«

»Okay.« Ich lasse mich von Caleb durch die Reihen der Anwesenden führen und stelle mein Champagnerglas auf dem Tablett eines Kellners ab, der uns hastigen Schrittes entgegenkommt. Wir sind allein, als wir den Raum erreichen, in dem absolutes Chaos herrscht, und schnell klaube ich meine Sachen zusammen, damit ich niemandem im Weg stehe. Doch dann tritt Caleb auf mich zu, und ich halte inne. Ich sehe zu ihm auf, und etwas in seinen Augen lässt mich schweigen, während er mich betrachtet. Meine Knie drohen nachzugeben, als er seine Finger unter mein Kinn legt und meinen Kopf zur Seite dreht. Der Kuss, den er mir auf die Wange drückt, ist unschuldig und brennt doch wie Feuer auf meiner, von seinen vorherigen Zuwendungen, noch erhitzten Haut.

»Danke«, murmelt er leise, und ich kann ihm nicht wirklich folgen, bis er hinzufügt: »Dafür, dass du mich heute Abend deckst.«

»Kein Problem«, erwidere ich atemlos, und als Caleb von mir zurücktritt, sobald der Rest unseres Teams in den Raum strömt wie eine Schar Arbeiterbienen, die auf ihre Königin warten, bin ich eigentlich ganz froh darüber, heute Abend mit diesem Feuer für mich allein zu sein.

Denn so werde nur ich von ihm verzehrt und kann damit nicht all die Regeln und Grenzen in Brand setzen, die Caleb und ich etabliert haben, und die mein dummes, dummes Herz schützen sollen. Das beginnt allerdings wieder verräterisch zu flattern, als Caleb mich über die Köpfe der anderen hinweg ansieht und mir dieses Grinsen schenkt, von dem ein dummer, dummer Teil von mir denkt, es sei nur für mich.

21. KAPITEL
Ellie

Accessoires = ~~*Dinge, die getragen werden, um ein Outfit abzurunden, wie Handtaschen, Schmuck etc.*~~*; Eine gute Lüge schmückt sich am besten mit einem Quäntchen Wahrheit*

Was für ein Tag.

Mit einem Grummeln werfe ich das Handtuch, mit dem ich mein Haar abgetrocknet habe, in den Hotel-Wäschekorb neben der Kommode. Ich bin vollkommen fertig, erschöpft von dem langen Tag, aber vor allem von den unzähligen Lügen, die mir den ganzen Abend über die Lippen gekommen sind. Caleb fällt das anscheinend sehr viel leichter als mir. Meine Wangen schmerzen von dem falschen Lächeln, das ich während des ganzen Teamdinners aufgesetzt habe, und ich massiere meine Mundwinkel, die ich immer wieder in gespielter Besorgnis verzogen habe, seitdem Caleb sich im Foyer von uns verabschiedet hat, mit einem keuschen Kuss und einer fadenscheinigen Entschuldigung, dass es ihm nicht gut gehe und er sich für heute zurückzieht.

Nur ich weiß, dass er sich nicht in unser Zimmer, sondern in die Innenstadt geschlichen hat, verwoben mit den dortigen Menschenmassen, in denen er und seine Geschäftspartner und Berater nicht aufzufallen hoffen. Obwohl mir schleierhaft ist, wie irgendjemand diesen Mann übersehen kann, der immer meine ganze Aufmerksamkeit auf sich zieht, sobald er nur den Raum betritt.

Nur ich weiß, dass er heute in einer Bar, gemeinsam mit Andrew Shepherd und einem Notar namens Tan Robert die Verträge finalisiert, die ihn, Roan und Damian endgültig von ihrem bisherigen Label entbinden und einen Neuanfang ermöglichen sollen. Und nur ich weiß, dass die vorgetäuschten Magenschmerzen bloß eine halbe Lüge sind, clever versteckt hinter dem Bild der Kontrolle, das er so gerne darstellt, wenn er niemanden wissen lassen will, wie verunsichert er wirklich ist. Immer häufiger kommt es zum Vorschein, jetzt wo das Ende der Fashion Week noch kaum mehr als zweiundsiebzig Stunden entfernt ist.

Umständlich schäle ich mich aus dem Bademantel und hänge ihn zurück an seinen Platz, ehe ich in meine übliche Schlafkombination aus Leggings und übergroßem T-Shirt schlüpfe, während ich das Teamdinner Revue passieren lasse. Die Rolle der besorgten Freundin haben mir offensichtlich alle abgekauft. Immer wieder habe ich auf mein Handy gestarrt, tatsächlich besorgt, dass bei Calebs waghalsigem Befreiungsschlag vielleicht auf den letzten einhundert Metern doch noch etwas schiefgehen könnte. Und alle haben mir, trotz der ausgelassenen Stimmung wegen eines weiteren gelungenen Events, dauernd versichert, dass ich mich ruhig zurückziehen kann, um mich um Caleb zu kümmern. Doch ich, ganz die pflichtbewusste, aber liebevolle Freundin, habe so lange verneint, bis alles Wichtige für den nächsten Tag besprochen war. Dann habe ich den Rest vom Essen nach oben schicken lassen und mich verzogen, weil ich ihre ganze aufrichtige Fürsorge und Umsichtigkeit, in Anbetracht von Calebs und meinen Lügen, nicht länger ertragen habe.

Gott, wie hält er das nur aus? Und das seit fünf Jahren?

Ich reibe mir über die Brust und lasse mich auf den Sessel fallen, in dem Caleb sonst nächtigt. Auf dem Beistelltisch steht der klägliche Rest meines Abendessens neben einer Flasche Wein, die ich mir aufs Zimmer bestellt habe, um den bitteren Beigeschmack zu vertreiben, den die Lügen dort hinterlassen haben. Die mittlerweile kalten Nudeln mit Pesto lasse ich achtlos links liegen, gieße mir stattdessen direkt von dem Wein ein, den der Hotelmitarbeiter vorhin mit großem Tamtam für mich an der Tür entkorkt hat, nachdem ich ihm dreimal gesagt habe, dass er auf keinen Fall reinkommen kann.

Tobias' prüfende Blicke, mit denen er mich den ganzen Abend bedacht hat, haben mich so paranoid gemacht, dass ich den armen Kerl nicht mal über die Schwelle habe treten lassen, damit er nicht das leere Bett entdeckt, in dem mein Fake-Freund eigentlich liegen sollte. Ich habe ihm zwanzig Euro Trinkgeld zugesteckt, in der Hoffnung, dass er meine vehemente Ablehnung seines zuvorkommenden Service vielleicht nicht ganz so persönlich nimmt und mein eigenwilliges Verhalten einfach abtut, wenn ihn jemand nach uns fragen sollte.

Ob man Bestechungsgelder wohl als Bewirtungskosten von der Steuer absetzen kann?

Dieser absurde Gedanke bringt mich zum Lachen, während ich mir das Weinglas voller mache, als es für so einen sauteuren Tropfen schicklich ist. Ich zücke mein Handy, und bevor ich es mir anders überlegen kann, schicke ich Caleb diese Frage als Nachricht mit einem Zwinkersmiley. Vielleicht muntert ihn das etwas auf, nachdem er im Foyer vorhin so ernst und verkniffen dreingeblickt hat. Auf eine Antwort hoffe ich gar nicht erst, also werfe ich mein Smartphone achtlos aufs Bett und widme mich stattdessen dem Wein, an dem ich weder schnuppere noch probeweise nippe, bevor ich mir einen großen Schluck genehmige.

Mir ist egal, wie der Wein schmeckt. Er soll mich nur vergessen lassen.

Meine Lügen. Diesen Abend. Caleb.

Weil ich den ganzen Tag kaum etwas gegessen und schon einige Gläser Champagner getrunken habe, steigt er mir sofort zu Kopf, und ich seufze leise, als der herbsüße Nebel des Rotweins meine Erinnerungen prompt zurück an die Oberfläche zerrt.

Calebs Atem auf meiner Haut. Seine Lippen an meinem Hals. Seine Worte in meinem Ohr.

Augen nach vorne, Eleonora.

Warum ist es eigentlich so heiß hier drin?

Mit einem Knall stelle ich das Weinglas zurück auf den Beistelltisch, und etwas von dem dunkelroten Gold spritzt heraus. Grummelnd wische ich es mit der piekfeinen Serviette auf, die ich achtlos beiseite werfe, ehe ich aufstehe und meine Leggings ausziehe, die ein ähnliches Schicksal erleidet wie die Serviette zuvor.

Scheiß drauf! Caleb ist nicht hier, und wer weiß, wann er zurückkommt. Bis dahin liege ich längst im Bett, meine nackten Beine versteckt unter der dicken Decke, in die ich mich kuscheln werde, sobald diese Hitze vorüber ist, die von mir Besitz ergriffen hat, seit Calebs Brust sich gegen meinen Rücken gedrückt hat und die auch meine Sorge, meine Lügen und eine kalte Dusche nicht vertreiben konnte.

Ich lasse mich wieder zurück auf den Sessel fallen und trinke einen weiteren Schluck von dem schweren Rotwein, schwenke ihn dann vorsichtig im Glas, diesmal ohne etwas zu verschütten.

»Vergiss es einfach, Ellie«, murmle ich leise zu niemand anderem als mir selbst in die Stille des Zimmers hinein, das mir nach so kurzer Zeit an Calebs Seite ohne ihn seltsam leer vorkommt. »Das alles war nur Show. Er hätte dich sonst niemals so schnell losgelassen.«

Sehr gut. Und, Ellie? Gut festhalten.

Es ist der Wein, der das frustrierte Stöhnen auf meinen Lippen in etwas gänzlich anderes verwandelt. Er muss es sein, denn er flüstert mir Calebs Worte zu, die sich zu der Hitze in meinem Unterbauch gesellen. Und mit einem Mal kann ich die Hitze kaum noch ertragen, die sich unter meiner Haut eingenistet hat und die ich genauso wenig loswerde wie die Erinnerungen, die der Wein eigentlich vertreiben und nicht weiter an die Oberfläche zerren soll.

Caleb ist überall. Er ist überall, und ich kann ihm nicht entkommen. Er vernebelt mir die Sinne, wie all der Champagner, den ich heute getrunken habe, und der Rotwein, den ich nun Zug um Zug leere. Wobei es nicht mein Verstand ist, um den ich mich sorge. Es ist mein Herz. Caleb ist überall, sein Lachen und seine stoische Ruhe machen sich in meinem Innersten breit, irgendwo zwischen meinem Herzen und meiner Seele. Dort haust er nun und ist wie jetzt in diesem Moment: nicht wirklich da, aber auch nicht wirklich fort.

Ich seufze leise, und meine Finger tanzen über den Rand meines fast geleerten Weinglases, das ich nicht austrinken, aber auch nicht stehen lassen kann, wieder gefangen auf diesem Drahtseil, zwischen unsteter Balance und dem Abgrund, in den ich stürzen möchte, aber nicht sollte.

Aber warum eigentlich nicht?

Ich bin allein. Werde es noch für Stunden sein. Und ist es nicht besser, sich dieser Hitze in mir anzunehmen, bevor ihr Verursacher zurück ist, der offensichtlich kein Interesse daran hat, diesem Funken zu folgen, der doch so offensichtlich zwischen uns tanzt und der mich mehr und mehr um den Verstand bringt?

Du überlegst nicht gerade ernsthaft zu masturbieren, Ellie!, fragt mich meine innere Stimme entsetzt, und kurz folge ich diesem weißen Kaninchen, das brav dem Narrativ meiner verklemmten Eltern und dieser grässlich konservativen Gesellschaft hinterherhoppelt, die beide der Meinung sind, weibliche Lust wäre etwas, das niemals außerhalb von einer festen Partnerschaft existieren darf. Doch genauso schnell, wie das Gefühl der Scham gekommen ist, ist es auch wieder verflogen. Ich nehme einen tiefen Atemzug und rieche Calebs Parfüm, das noch in der Luft des Zimmers hängt, vermischt mit seinem Duschgel und den Noten meines eigenen Geruchs, was irgendwie zu einem Wir und einem Zuhause geworden ist, in dieser völlig verrückten Woche der Veränderungen und der Lügen, in der nur noch Caleb und dieses Zimmer sich ansatzweise real anfühlen.

»Es ist okay«, flüstere ich mir ermutigend zu und kippe den letzten Rest des Weins herunter, dessen Inhalt meine Wangen genauso glühen lässt wie die Erinnerung an Calebs Mund an meiner Haut. Ich schenke mir direkt wieder nach und lasse mich dann gänzlich in das dick gepolsterte Leder des Sessels sinken, auf meiner Zunge tausend Rechtfertigungen und Entschuldigungen. Sie sind vollkommen überflüssig, das weiß ich, aber ich kann sie doch nicht abschütteln. Sie sind tief in mir verankert, erlernt in einem unterdrückerischen System, in dem Frauen sich für Selbstbefriedigung schämen, Männer sich aber niemals dafür entschuldigen sollen. »Du willst doch einfach nur, dass es dir gut geht, und du keine Grenze zwischen euch überschreitest. Daran ist nichts Falsches oder Anstößiges. Und du magst ihn. Es ist okay.«

Ich setze erneut das Glas an und trinke ein paar großzügige Schlucke, dann schließe ich die Augen und überlasse es dem schweren Wein auf meiner Zunge, die Erinnerungen zurück an die Oberfläche zu holen, die nicht lange auf sich warten lassen und mich sofort atemlos machen. Calebs Geschmack flutet meine Sinne, seine Zunge so fordernd wie der Kuss selbst, den wir geteilt haben. Die Erinnerungen sind lebhaft und greifbar, als ich mich an sie klammere, während meine Hände auf Wanderschaft gehen.

Sie verweilen an der Stelle unter meinem Ohr, noch immer empfindlich von Calebs Zähnen, und ich presse die Fingerkuppen hinein, die sofort das Pochen zurückbringen, das durch meinen ganzen Körper hallt. Meine Lippen öffnen sich ganz von allein, die Luft in meinen Lungen fühlt sich heiß an, als meine Hüften nach vorne zucken, imaginären Händen entgegen, von denen ich mir wünschte, sie wären echt – und vor allem von Caleb. Ich stelle mir vor, das Leder des Sessels, in das ich mich presse, wäre sein warmer Körper. Zu meinen Atemzügen, die in der Stille des Raums nun deutlich hörbar sind und die immer schneller werden, gesellen sich seine, heftig und stoßweise, während ich ihn endlich so berühre, wie ich es brauche.

Die Erinnerungen, die ich den ganzen Abend zu verscheuchen versucht habe, werden von der kurzen Leine gelassen, an der ich sie gehalten habe, und vermischen sich mit den Fantasien, die mein Kopf sich zusammenreimt, als ich meine Finger unter den Bund meines schlichten Slips gleiten lasse und zu dem Bündel an Nerven führe, das mich schon bei der ersten Berührung meinen Rücken durchbiegen lässt.

Meine Finger und meine Hüften finden einen Rhythmus, der zu meinem rasenden Herzen und meiner kurzen Atmung passt, die mit jedem Kreisen an meiner empfindlichsten Stelle immer angestrengter wird. Weil ich nicht weiß, wohin mit mir, kralle ich meine freie Hand in den Stoff meines T-Shirts und zerre grob daran. Der Halsausschnitt presst sich gegen meine Kehle, und ich stöhne auf, als ich an Caleb denke.

Augen nach vorne, Eleonora.

Als wäre Caleb hier, folge ich seiner Anweisung, sein Name wie ein Gebet auf meinen Lippen, und sehe geradewegs in Rauchblau. Ich erstarre. »Caleb.«

Sogar ich höre, wie sein Name jetzt gerade aus meinem Mund klingt, und ich verstumme augenblicklich. Meine Wangen fühlen sich kochend heiß an, genau wie mein Blut, das pulsierend durch meine Adern rauscht, ob des unerwarteten Zuschauers.

Caleb steht in dem kleinen Eingangsbereich zu unserem Zimmer, die Schulter an die Wand gelehnt, die Arme vor der Brust verschränkt, und betrachtet mich. Das Blau seiner Augen, immer eine Nuance dunkler als alles, was ich bisher gesehen habe, scheint mich zu verschlingen, während sie von meinem Gesicht über meinen Körper wandern. »Eleonora.«

Ich stöhne auf, ohne dass ich etwas dagegen tun kann. Seine Stimme ist tief, so viel tiefer, als ich es sonst von ihm kenne, sie bringt mich geradezu um den Verstand, und ich spüre es in meinem ganzen Körper, als er meinen Namen sagt. Seine Stimme benebelt mich mehr als der Champagner und der Wein, und obwohl es vermutlich besser wäre, beschämt aufzuhören und nach Erklärungen zu suchen, kann ich nicht anders, als meine Finger wieder kreisen zu lassen. »Wie lange–«

»Wie lange ich schon hier stehe?« Ich nicke, weil ich keine Worte mehr zustande bringe. Caleb zuckt mit den Achseln. »Seitdem du deine Finger gegen die Stelle unter deinem Ohr gepresst hast.« Ich merke, wie ich von Kopf bis Fuß erröte. Sie brennt, diese Scham, und ich will die Finger schon zurückziehen, als Caleb missbilligend mit der Zunge schnalzt. »Wegen mir musst du sicherlich nicht aufhören, Ellie.«

Mein Verstand erstarrt, doch meine Hüften zucken meinen Fingern weiter entgegen, die sich gegen meine Klitoris pressen, was mich hilflos aufstöhnen lässt, ob der süßen Wonne, die mich erfasst. »Caleb.«

»Soll ich dich allein lassen?« Er räuspert sich und deutet hinter sich in Richtung Tür. »Kein Ding, wenn es das ist, was du willst.«

Allein der Gedanke, dass er gehen könnte, lässt mich vor Panik wimmern, und ich schüttle heftig den Kopf. »Nein, bleib.«

Caleb nickt, seine Augen schnellen zu der halb leeren Flasche Wein auf dem Beistelltisch. »Du hast getrunken.«

Es ist keine Frage, sondern eine Feststellung, und ich habe keinen Grund, zu lügen. »Ein wenig.« Wieder kreisen meine Finger, und ich stoße keuchend seinen Namen hervor. »Caleb, komm her.«

Er schüttelt den Kopf, auch wenn ich sehe, wie er der Bewegung meiner Finger mit den Augen folgt. »Ich werde dich nicht anfassen, wenn du getrunken hast, Ellie.«

»Aber–«

»Kein Aber.« Seine Worte sind scharf, und sie schießen genauso intensiv durch meinen Körper, als hätte er mich berührt. »Du hast auf der Modenschau auch schon getrunken. Ich werde dich nicht anfassen, wenn du nicht vollkommen nüchtern bist. Du hast Regeln für uns aufgestellt, schon vergessen? Keine Berührungen, keine Küsse, kein Sex.«

Frustriert stöhne ich auf, auch wenn ich merke, dass der Wein mich zu Dingen verleitet, für die ich mich sonst vielleicht geschämt hätte. »Caleb.«

»Nein heißt nein, Ellie.« Er lässt seine Zunge über seine Unterlippe gleiten, und ich seufze leise, als ich der Bewegung mit den Augen folge und mir wünsche, er würde mit seiner Zunge so über meine Unterlippe fahren. »Aber wenn du willst, kann ich bleiben.«

Ich will, dass er bleibt, will es mehr als alles andere. »Ja.«

»Ja, was?«

»Ja, bleib.« Ich sehe ihn an, und meine Hüften zucken wieder, was mir ein weiteres Stöhnen entlockt. »Bitte.«

Caleb schwankt leicht und fängt sich mit der Hand an der Wand ab, während er mich mit den Augen verschlingt. Ich will nichts mehr als das. »Fuck, Ellie.«

»Caleb.« Sein Name ist wie ein Mantra, und ich kann nicht aufhören, ihn zu wiederholen, wobei ich ihn weiter ansehe und die Hüften kreise. Wieder und wieder. Meine Haut ist von einem dünnen Schweißfilm überzogen, und mein Verstand ist weit, weit entfernt, während ich mich selbst berühre unter diesen wachsamen Augen, die ich immer auf mir haben will, besonders so, auf diese Art und Weise. Aber es ist nicht genug, und ich wimmere leise, eine Gefangene dieser Hitze, die durch meine Adern rauscht und die sich nach einer Erlösung sehnt, die sie nicht findet, obwohl meine Finger und meine Hüften in genau diesem Rhythmus kreisen, der mich immer schon auf die Höhen meiner Ekstase gebracht hat. Frustriert stöhne ich auf wegen dieses Mannes, der mich zwar nicht aus den Augen lässt, sich aber weigert, mich anzufassen. »Caleb, bitte.«

Er blickt mich an, sein Brustkorb hebt und senkt sich angestrengt. »Was brauchst du?«

»Dich.« Ich bin wie von Sinnen, während ich meinem Höhepunkt entgegenstrebe, der doch so weit entfernt scheint, obwohl meine Finger und meine Hüften ihm so verzweifelt Einlass gewähren. »Ich brauche dich.«

»Du hast mich.« Er durchquert den Raum, und als er vor mir steht und die Rückenlehne des Sessels fest umfasst und sich zu mir herunterbeugt, stöhne ich leise. »Ich bin genau hier.«

Ich sehe in seine Augen. »Küss mich.«

Caleb betrachtet zögerlich meinen Mund. »Nein.«

Ich werfe den Kopf in den Nacken, vollkommen frustriert. »Caleb!«

»Ellie, ich werde dich heute nicht anfassen.« Er lehnt sich weiter herunter. Sein Atem streicht heiß über meine Lippen. »Du bist betrunken und nicht in der Lage, wirklich eine Entscheidung zu treffen.« Seine breiten Schultern kerkern mich ein, obwohl er mich nicht berührt. »Wenn du *Ja* zu mir sagst, wenn du *Ja* zu dem hier sagst, dann will ich, dass du vollkommen bei Sinnen bist. Ich will, dass du du selbst bist, wenn ich dich das erste Mal berühre. Ich will hören, wie du meinen Namen klar und deutlich sagst, wenn ich dich das erste Mal koste. Und ich will, dass du genau weißt, was du tust, wenn du deine Beine um meine Hüften schlingst und ich in dir versinke.« Seine Stimme ist zwar kontrolliert, aber trotzdem heiser, während er mir in die Augen sieht und mir all diese Versprechungen macht, von denen ich nicht weiß, ob sie jemals wahr werden, es mir aber sehnlichst wünsche. »Wenn ich mit dir schlafe, Ellie, dann will ich, dass es echt ist. Dass es etwas bedeutet.« Die Muskeln in seinem Unterarm spannen sich an, als er sich noch weiter zu mir herunterbeugt. So weit, dass seine Lippen fast meine streifen. »Das heißt aber nicht, dass ich jetzt nicht sehen will, wie du für mich kommst, Eleonora. Mit meinem Namen auf deinen Lippen. Mit meinen Augen auf dir. Mit mir hier an deiner Seite, wenn du–«

Den Rest seiner Worte bekomme ich nicht mehr mit, denn die Hitze in meinem Inneren reißt mich hinab in den Abgrund, und ich komme, viel zu laut und mit Calebs Namen auf meinen Lippen, während der Rest meiner Welt in tausend Teile zerspringt. Ich falle und falle und falle, und ich spüre warme Hände auf meinem Körper, ehe mein Rücken auf eine weiche Wolke trifft. Ich seufze leise. Die warmen Hände verlassen mich, und ich klammere mich an ihnen fest, bevor sie gänzlich verschwinden können.

»Bleib.«

Ein kurzes Zögern. »Bist du dir sicher?«

»Ja. Gott, ja.« Ich seufze erneut und ziehe die wohlige Wärme näher zu mir. »Bleib bei mir, Caleb.«

»Ich bin hier«, murmelt Caleb, und ich spüre, wie die Matratze, auf der ich nun liege, absinkt, ehe ich in eine feste Umarmung gezogen werde. Ein wohliger Schauer durchläuft mich, als ich meine Finger in Stoff kralle und mich fester an den Mann klammere, bei dem ich mich, trotz all der Lügen, sicherer fühle als bei sonst jemandem jemals zuvor. Ich vergrabe die Nase an der Stelle, die nach Heimat und Geborgenheit riecht, und seufze leise, während mein ganzer Körper noch träge kribbelt. »Schlaf, Eleonora.«

»Gute Nacht, Caleb.« Und ich folge der Wärme und drifte ab, jedoch nicht weit genug, als dass ich seine letzten Worte nicht noch hören könnte, die mich sanft und warm umfangen, wie die Arme, die mich halten.

»Träum was Schönes.«

22. KAPITEL

Caleb

Stage plot = ~~*Eine vereinfachte Zeichnung des Layouts der Bühne mit allen Requisiten und Instrumenten, die sich während eines Auftritts darauf befinden*~~*; Dünnes Eis*

Ich brauche dich.

Schneller treibe ich meine Beine voran, doch Ellies Worte verfolgen mich schon, seitdem ich meine Laufschuhe übergestreift habe. Sie verhöhnen mich regelrecht, so als wollten sie mich daran erinnern, dass kein Marathon der Welt mich genug ablenken könnte, um mich den gestrigen Abend vergessen zu lassen. Warum ich mir also überhaupt die Mühe gemacht habe, dem warmen Bett und Ellies Armen zu entfliehen, die mich mit einem leisen Murmeln und ihrem festen Griff dazu eingeladen hat bei ihr zu bleiben, ist mir schleierhaft. Denn sie ist allgegenwärtig, während ich die Straße zum Hotel überquere. Meine Haut ist schweißnass von dem Zehn-Kilometer-Lauf, den ich in der Hoffnung zurückgelegt habe, mir selbst und meinen Erinnerungen zu entkommen. Ich stoppe die Zeit bei zweiundfünfzig Minuten, als ich den Fuß ins Foyer setze und dem Hotelpersonal zunicke, das mir entgegenkommt. Die Treppen spare ich mir nach meinem Workout, nehme lieber den Fahrstuhl, der mir viel zu schnell vorkommt, als er mich sieben Stockwerke nach oben und zurück in Ellies Nähe befördert.

Dabei ist es vollkommen egal, wie schnell oder langsam ich wieder bei ihr bin. Verlassen hat sie mich eh nicht ganz, die Herrscherin meiner Gedanken, die sich eigentlich um meinen Termin mit Andrew und Tan gestern drehen sollten und doch immer wieder zu Ellies zuckenden Hüften und ihrem verzweifelten Bitten nach der süßen Erlösung zurückwandern.

Wir müssen darüber reden, was da gestern passiert ist. Wir müssen die Grenzen neu abstecken und neue Regeln aufstellen. Denn wenn wir das nicht tun, dann werde ich sämtliche Vernunft in den Wind schießen und mich auf Ellie stürzen, sobald ich kann. Nach gestern ist meine Selbstbeherrschung eh nur noch ein dünner Faden, an dem der letzte klägliche Rest meiner Zurückhaltung höhnisch baumelt und nur darauf wartet, von Ellie durchtrennt zu werden.

Es hat mich gestern alles gekostet, ihrem Flehen nicht nachzukommen. Sie nicht zu berühren, ihr nicht zu geben, was sie wollte, ist noch schwerer gewesen, als mein fünfjähriges Lügenkonstrukt aufrechtzuerhalten. Aber die Weinflasche war halb leer, und es wäre nicht richtig gewesen, diese Grenze mit ihr zu überschreiten, nachdem sie sich betrunken hatte. Denn auch wenn alles an unserem kleinen Arrangement eine Lüge ist, will ich nicht, dass dieser Augenblick zwischen uns eine ist. Ich will, dass es wahr ist. Dass wir uns gemeinsam darauf einlassen. Dass es keinen Raum für Ausreden und Unsicherheiten gibt, sondern nur uns zwei, die gemeinsam *Ja* zu dieser Sache zwischen uns sagen, die mir den Verstand raubt.

Ich will es von ihr hören, will, dass sie mir in die Augen sieht und mir sagt, dass sie mich so sehr will wie ich sie. Und zwar ohne den Schleier des Alkohols, der diesem Eingeständnis seine Wahrhaftigkeit nehmen würde.

Alles andere mag eine Lüge sein, aber ich will, dass diese eine Sache zwischen uns wahrhaftig ist.

Mit diesem Entschluss trete ich aus dem Fahrstuhl, nur um einen Moment später wieder wie versteinert stehen zu bleiben, als ich vor unserer Tür Ellie entdecke, die das Zimmer vor Tobias abzuschirmen versucht, der seine Hand auf ihre Schulter gelegt hat, um sich an ihr vorbeizudrängen. Mutig stellt sie sich ihm in den Weg, doch ich erkenne ihre Panik genau an der angespannten Linie um ihren Mund.

Ehe ich wirklich darüber nachdenken kann, bin ich an der Tür und reiße Tobias an der Schulter zurück, der ein überraschtes Grunzen von sich gibt und rückwärtstaumelt. »Was zum Teufel soll das werden?«

»Lee.« Tobias richtet das Jackett seines geschmacklosen gemusterten Anzugs und betrachtet mich mit verengten Augen, während ich mich zwischen ihn und Ellie schiebe, um ihr zerwühltes Haar und ihre nackten Beine vor seinem Blick zu schützen. »Wie ich sehe, geht es dir besser.«

»Tut es.« Ich drücke den Rücken durch und baue mich vor ihm zu meiner vollen Größe auf, eine Einschüchterungstaktik, von der ich vor diesem Schwachmaten sonst eigentlich keinen Gebrauch mache, damit er nicht mitbekommt, wie sehr mir seine schmierigen Sticheleien und schamlosen Provokationen unter die Haut gehen. Aber die Art, wie Ellie sich an meinen Rücken schmiegt und besorgt an mir vorbei zu diesem Arschloch späht, macht mich wütender als sonst, und gerade gebe ich einen Scheiß darauf, wie Tobias diese ganze Sache auslegen mag. »Und mir ginge es noch besser, wenn du meine Freundin nicht belästigen würdest.«

»Belästigen?« Tobias sträubt sich offensichtlich gegen meine Wortwahl, denn seine schmierige Visage verrutscht und wird von einem feindseligen Zähnefletschen abgelöst. »Ich habe sie doch nicht belästigt!«

»Was sollte das sonst werden?« Ich balle die Hände neben

dem Körper zu Fäusten, und es fällt mir schwer, nicht rotzusehen, während dieses menschgewordene Sinnbild meiner früheren Fehlentscheidung mich kritisch beäugt. Tobias verkörpert alles, was ich an dem Label hasse, an das ich uns alle damals gekettet habe, und gerade jetzt scheint dieses schuppige Monster der Unterdrückung und Einmischung aufzubrechen und seine Hässlichkeit grün tropfend auf dem Boden zu verbreiten, den es jetzt zu verteidigen gilt. »Für mich sah es nämlich verdammt danach aus, als hättest du versucht, dich an meiner Freundin vorbei in unser Zimmer zu drängen, in dem du nichts zu suchen hast. Schon gar nicht allein mit einer Frau, die ganz offensichtlich Nein zu deinem unangekündigten Besuch gesagt hat.«

»Ich wollte dich lediglich sprechen«, faucht der Mann, der keine Gelegenheit auslässt, sich meinen Job zu krallen. »Das scheint aber ja an ein beschissenes Wunder zu grenzen, weil du ständig mit deiner Herzallerliebsten verschwindest, und keiner weiß, wo zum Geier ihr beide euch herumtreibt.« Sein Misstrauen dringt aus jeder Silbe und macht mir klar, dass ich mitten auf einem zugefrorenen See stehe und das dünne Eis unter meinen Füßen zu brechen droht. Er sieht zwischen Ellie und mir hin und her und hebt seinen Zeigefinger. »Irgendwas läuft hier doch.«

Ich schiebe mich noch etwas mehr vor Ellie, deren Hand sich um meine geballte Faust schließt. »Mach dich nicht lächerlich und sag mir, was du von mir willst, Tobias.«

Das scheint ihm ein bisschen den Wind aus den Segeln zu nehmen, denn er blinzelt verdattert, so als hätte er nicht mit einer Nachfrage meinerseits, sondern direkt mit einer Konfrontation gerechnet. Doch mein Vorteil hält nur wenige Sekunden an, bevor die Schlangenhaut sich wieder über der geschlagenen Wunde schließt und den Panzer vervollständigt.

»Ich wollte sehen, wie es dir geht, und fragen, ob du *Parallel* heute Abend noch zu dieser Benefizgala begleiten wirst, oder ob ich allein–«

»Ich werde mit den Jungs hingehen. Ellie wird mich begleiten.« Mein Ton ist scharf und lässt keine Widerrede zu, ein Umstand, der Tobias offensichtlich gar nicht gefällt, so wie er das Gesicht verzieht. »Ich habe mir gestern ein bisschen den Magen verdorben. Das ist alles.«

»So, so. Den Magen verdorben.« Tobias lässt die Augen über mein Sport-Outfit wandern und wendet sich zum Gehen. »Freut mich, dass es dir schon so viel besser geht. Das liegt sicher an der erstklassigen Pflege deiner Angebeteten.« Er bleibt stehen und feixt wölfisch, als er sich noch mal zu uns umdreht. »Ach, Ellie, weißt du zufällig noch, wie der Hoteljunge von gestern hieß?«

Ellie wird blass. »Was?«

Tobias Feixen wird breiter, denn jetzt hat er Blut geleckt, und ich fluche innerlich. »Der Hoteljunge, dem du gestern zwanzig Euro in die Hand gedrückt hast. Der wirkte ja wirklich *sehr* gefällig. Wofür genau hat er denn so ein großzügiges Trinkgeld kassiert?«

»Wofür genau?«, wiederholt Ellie, um Zeit zu schinden, und ihre Stimme klingt panisch und viel höher als sonst, sie klammert sich an meinen Arm, als hinge ihr Leben davon ab. »Also, es ging Caleb ja gestern sehr schlecht. Ich meine, natürlich nicht total schlecht, aber schon sehr … Also …« Ellie verzieht das Gesicht, und Tobias hört ihr nur noch aufmerksamer zu. »Also, er war so nett und hat Sachen für Caleb besorgt, damit er schnell wieder auf die Beine kommt.«

»Sachen? Was für Sachen denn?« Tobias legt sich die Hand auf die Brust. »Du hättest doch auch zu mir kommen können. Dann hättest du den Hoteljungen nicht bezahlen müssen.«

»Also, ich …« Ellie blinzelt hektisch, und die Nervosität strahlt in Wellen von ihr ab. »Ich wollte niemanden belästigen, und Caleb geht es jetzt ja auch schon wieder besser.« Scheiße, sie ist so richtig nervös, fällt mir auf. Und Ellie plappert, wenn sie nervös ist. »Ich meine, du siehst es ja selbst, und es ist einfach, also … na ja, ich kenne dich ja gar nicht und traue dir halt nicht weiter, als ich dich werfen könnte, und gerade was Caleb angeht, bist du echt der Letzte, zu dem ich–«

Ich drehe mich zu Ellie um und presse meine Lippen auf ihre, bevor sie sich noch mehr um Kopf und Kragen reden kann. Überrascht keucht sie auf, und eigentlich sollte es nur eine kurze Unterbrechung ihres anhaltenden Redeflusses sein, doch bevor ich mich von ihr lösen kann, krallt Ellie ihre Hände in mein Shirt und zieht mich näher an sich, ihr warmer und weicher Körper der Länge nach an meinen geschmiegt. Mein Kopf ist wie leer gefegt, bis auf diesen einen Gedanken, den ich seit gestern nicht mehr loswerde.

Ich brauche dich.

Vergessen ist alles andere, und ich grabe meine Hand in ihr Haar und küsse Ellie stürmisch, als sie den Mund mit einem leisen Seufzen voller Nachgiebigkeit für mich öffnet. Ihre Hände legen sich auf meine Oberarme und greifen fest genug zu, dass ihre Nägel Halbmonde in meine Haut drücken. Sie drängt sich mir entgegen, ihr Feuer verzehrt mich und reißt mich mehr und mehr mit sich in den Abgrund. Erst als sie leise an meinen Lippen aufstöhnt, erinnere ich mich daran, dass wir nicht allein sind. Es kostet mich all meine Kraft, mich von ihr loszureißen.

Mit verhangenen Augen und geöffneten Lippen sieht sie zu mir auf, und ich lehne meine Stirn gegen ihre und atme einmal tief durch, ehe ich mich leise räuspere. »Geh schon mal rein.«

Sie schiebt die Unterlippe vor und schüttelt protestierend den Kopf. »Nein.«

»Das war keine Frage, Eleonora.«

Wieder dieses Schmollen, und tatsächlich stellt sie sich auf die Zehenspitzen, um wieder meinen Mund zu erreichen, doch ich weiß genau, dass, wenn ich sie jetzt küsse, alles verloren ist.

»Ellie.« Mein Ton ist schärfer und mischt sich mit Tobias' leisem Hüsteln, das ihr diese niedliche Schamesröte auf die Wangen zaubert, von der ich seit gestern Nacht weiß, dass sie sich auf ihrem ganzen Körper ausbreiten kann. »Ich komme gleich nach.«

Unsicher sieht sie mich an, und etwas in mir zersplittert bei dem Anblick dieses Zweifels, den ich nicht in ihren Augen sehen will. »Versprochen?«

»Versprochen.« Ich streiche über ihren Rücken und nicke in Richtung unseres Zimmers. »Geh schon. Ich bin direkt bei dir.«

Sie löst ihre Hände von meiner Haut, und ich brauche einen Moment länger, um sie gehen zu lassen, ehe ich mich Tobias zuwende, der Ellie lüstern nachschaut, seine Aufmerksamkeit auf ihre nackten Oberschenkel gerichtet, bevor er mich wieder zu bemerken scheint und an seiner Krawatte fummelt, nur um mich nicht ansehen zu müssen.

»Tobias?« Ich warte, bis dieser Mistkerl den Mut aufbringt, mir doch wieder in die Augen zu gucken, und verschränke die Arme vor der Brust. »Ellie hat Medikamente für mich holen lassen, weil ich sie darum gebeten habe. Und welchem Hotelpersonal wir welches Trinkgeld geben, geht dich einen Scheißdreck an.« Ich trete einen Schritt auf ihn zu und grinse innerlich darüber, dass dieser schmierige Drecksack den Kopf ein wenig in den Nacken legen muss, um mich weiterhin ansehen zu können. »Und wenn du das nächste Mal etwas von mir willst, wirst du mich anrufen und nicht unangekündigt an meiner Tür aufkreuzen. Und schon gar nicht wirst du versuchen, den Weg über meine Freundin zu gehen. Und du wirst sie auch nicht noch mal so begaffen wie gerade eben, haben wir uns da verstanden? Oder muss ich mich auf dein Niveau hinunterbegeben und mal nach der Nummer deiner Ehefrau fragen?« Meine Hand fällt wie ein Amboss auf seine Schulter, und ich drücke warnend zu, nicht doll genug, dass es wehtun würde, doch sein alarmiertes Zischen lässt mich wissen, dass meine Nachricht wohl angekommen ist. »Klar so weit?«

Tobias Gesicht ist zornesrot, und leise murmelt mein gesunder Menschenverstand mir zu, dass ich hier gerade schlafende Hunde wecke. Aber egal wie tollwütig dieser Hund auch sein mag, ich bin bereit, mich ihm in den Weg zu stellen und mich von ihm blutig beißen zu lassen, wenn das der Preis ist, den ich dafür zahlen muss, damit er sich nie wieder in Ellies Nähe wagt.

»Glasklar.«

»Sehr gut.« Ich versuche mich an einer freundlichen Miene, weiß aber, dass es mehr eine Grimasse ist als alles andere. Ich lasse die Hand sinken und wende mich meinem Zimmer zu, in dem Ellie bereits auf mich wartet. »Ich hoffe, ich muss mich nicht wiederholen.«

Ich trete über die Schwelle und knalle die Tür hinter mir zu. Tobias und seine Drohungen lösen sich bereits im nächsten Moment in Luft auf, als ich Ellie erblicke, die schwer atmend auf mich wartet.

»Wir müssen reden«, sagt sie atemlos, aber ich schüttle den Kopf, während ich auf sie zugehe.

»Später«, murmle ich rau und lege die Hände um ihre schmale Taille. Sie wiegt nichts, als ich sie auf meine Hüften hebe und mit ihr aufs Bett zusteuere. »Wir reden später. Alles, was ich jetzt von dir hören muss, ist entweder ein Ja oder ein–«

»Ja.« Sie presst ihre Lippen auf meine, und gleißendes Feuer breitet sich in meinem Körper aus, lodert mit jedem kleinen Laut, den sie an meinem Mund macht, weiter auf, während sie mich wieder und wieder küsst. »Ja, verdammt, Caleb, ja.«

23. KAPITEL

Ellie

Änderung = ~~*Eine schneiderische Anpassung an einem bereits vorhandenen Kleidungsstück*~~*; Wenn nichts mehr ist wie vorher*

Caleb zu küssen, ist Himmel und Hölle zugleich.

Es ist himmlisch, weil er genau weiß, was er tut, seine Zunge fordernd, aber nicht zu harsch, seine Lippen weich, aber nie zu sanft. Aber es ist die Hölle, weil jeder einzelne Kuss meinen Verstand mehr und mehr vernebelt und mich alles andere vergessen lässt. Außer ihn.

Nichts ist mehr von Bedeutung. Nicht, dass es früher Morgen ist und das Licht ungehindert in unser Zimmer fällt und damit all die Dinge offenlegt, die ich doch sonst so gern unter meiner Kleidung verstecke. Nicht die Arbeit, mit der ich eigentlich längst hätte beginnen müssen, und die nicht weniger wird mit jeder Gelegenheit, die ich nicht mit ihr verbringe. Auch nicht die Konfrontation mit Tobias vor wenigen Minuten, dessen tiefgreifende Giftigkeit mich gerade noch hat erschaudern lassen.

Alles, was für mich jetzt gerade von Belang ist, sind Calebs große Hände, die meinen Po umfassen, während er meine Hüften an seine zieht. Ich lass sie kreisen, nur um ihn zu spüren. Warnend senken sich seine Zähne in meine Unterlippe, und ich wimmere leise, irgendwo zwischen Frust und Ekstase, wegen der Kontrolle, die Caleb nicht aufzugeben gewillt ist. Selbst dann nicht, wenn ich wie jetzt auf ihm sitze, meine Knie links und rechts neben seinen Hüften auf das Bett gestützt und so nah an ihn gepresst, dass nichts weiter zwischen uns Platz hat als unser gemeinsamer Atem.

Er löst den Kuss, und vergessen scheint die Maske des stoischen Managers, die von ihm abfällt und Caleb zurücklässt, dem ich mich zum ersten Mal ganz und gar ungefiltert gegenübersehe. Seine Lippen sind rot geküsst, und ich lasse meinen Daumen darüberfahren, den er bedächtig küsst, was mein Herz flattern lässt, auch wenn die Ungeduld mich vor sich her treibt. »Kein Grund zur Eile, Ellie. Wir haben alle Zeit der Welt.«

Ich spüre genau, wie hart er ist, und lasse meine Hüften erneut rollen, was mir diesmal Fingerkuppen beschert, die sich hart in das weiche Fleisch meiner Pobacken drücken, halb Warnung, halb Strafe für meine Ungeduld, die ich nicht unterdrücken kann. »Das mag sein. Aber ich denke, wir haben beide lange genug gewartet, findest du nicht?«

»Das stimmt, aber was macht da schon ein bisschen mehr? Ich warte auf diesen Moment, seitdem ich dich zum ersten Mal im Foyer gesehen habe, und ich will mir Zeit lassen. Du wirst also warten müssen, bis ich so weit bin, Eleonora.« Eine seiner Hände wandert meinen Rücken hinauf zu meinem Nacken, und er drückt mich sanft, aber bestimmt zu sich hinunter und meine Lippen wieder auf seine. Je länger er mich küsst, desto mehr vergesse ich, was ich eigentlich vorhatte. Seine Zunge fährt über meine Lippen, und ich gewähre ihm Einlass, lasse ihn meinen Mund plündern, als gehöre er ganz allein ihm. Ich presse mich an seinen Körper, der mich sicher hält. Ein leichtes Zittern überkommt mich, ob all der Dinge, die ich gleichzeitig fühle und die kleine Stromschläge durch meinen ganzen Körper jagen. Als sein Mund sich von meinem löst, fühlt mein

Verstand sich wie in Watte gepackt an, und ich mache meinem Unmut mit einem kleinen Laut Luft, bevor ich meine Lippen wieder auf seine zu drücken versuche. Leise lachend und mit seiner großen Hand in meinem Nacken hält er mich davon ab.

»Ich weiß, Ellie. Ich weiß.« Das Mitleid in seiner Stimme ist nicht echt, aber das amüsierte und erregte Funkeln ist es durchaus, als er schief grinst und mich damit wissen lässt, dass er nichts Gutes im Schilde führt. Er lässt seine Hüften langsam kreisen, und ich spüre seine Härte an meiner empfindlichsten Stelle, was mich überrascht keuchen lässt. Ich kralle meine Finger in seinen Oberarm. »Aber ich dachte, du wolltest noch etwas anderes von mir? Oder nicht?« Er lehnt sich vor und erobert wieder meinen Mund, das Sinnbild von Kontrolle und Selbstbeherrschung, wohingegen ich zu nichts weiter imstande bin, als mich gegen ihn zu drängen und anzunehmen, was er mir zu geben bereit ist. »Ich kann dich auch nur küssen. Den ganzen Tag. Jeden einzelnen Zentimeter von dir, bis du nur noch diese süßen kleinen Geräusche von dir gibst.« Neckend knabbert er an meiner Unterlippe und raubt mir den letzten Rest meines Selbst, dieser sonst so distanzierte Mann, der mir erlaubt, diese neue Seite an ihm zu entdecken, die meinen Verstand in Zuckerwatte und meinen Körper in loderndes Feuer verwandelt. »Du musst mir einfach nur sagen, was du willst, Ellie. Das ist alles.«

»Caleb.« Allein seinen Namen zu formen, fällt mir schwer, denn meine Zunge klebt an meinem Gaumen und fühlt sich träge an, wenn er mich so küsst und seine Hüften gerade genug bewegt, damit ich nicht vergesse, wie hart er ist. »Ich …« Der Rest geht in einem hilflosen Stöhnen unter, als er von meinen Lippen ablässt und sich stattdessen wieder der Stelle unter meinem Ohr widmet, die ihn schon gestern so fasziniert und mich in die Knie gezwungen hat.

Seine Zunge fährt über meine Haut. »Ja? Ich höre?«

»Dich. Ich will dich«, keuche ich.

»Und du kannst mich haben, Ellie.« Erneut küsst er mich, bis mir die Sinne schwinden, ehe er seine Stirn an meine lehnt, sein Atem jetzt genauso heiß und schnell, als er sich mit meinem mischt. »Ganz egal, was es ist«, murmelt er leise an meinen Lippen, und es klingt wie Bitte und Befehl zugleich. »Du kannst mich ganz haben. Alles von mir. Und wenn du mich nicht mehr willst, wenn du das hier nicht mehr willst, dann musst du es nur sagen, okay?«

Als ob das jemals eintreten würde. Als ob es irgendetwas geben könnte, das ich nicht von ihm wollen würde. Mein Mund öffnet sich, doch keins dieser Gefühle, die auf meiner Zungenspitze ruhen, kann ich zum Ausdruck bringen. Ich bin unsicher, ob sie willkommen wären, diese Emotionen, die ich selbst nicht ganz verstehe, die aber in jeder einzelnen meiner Berührungen liegen, von denen ich hoffe, dass Caleb sie auch so versteht. »Caleb.«

Er löst sich von mir, gerade so weit, dass ich kurz einen klaren Gedanken fassen kann. »Hast du das verstanden, Ellie? Egal, was passiert, egal, wie weit wir gehen, ein Wort von dir und es endet, in Ordnung?«

»In Ordnung.« Seine Worte lassen Tränen in mir aufsteigen, und diesmal bin ich es, die seinen Mund erobert, bis wir beide atemlos sind. Ich will nicht aufhören. Niemals. Aber dass er mir diesen Ausweg zeigt und mir die Gewissheit gibt, sicher in seinen Armen zu sein, was auch geschieht, jagt mir genauso einen Schauer über die Haut wie seine Berührungen.

»Sag es.« Calebs Hand legt sich um meinen Kiefer, womit er mich davon abhält, ihn wieder zu küssen, und meine ungeteilte Aufmerksamkeit fordert. »Sag, dass du verstanden hast, was ich dir gerade gesagt habe.«

»Ich entscheide, was passiert. Ganz egal, wie weit wir gehen, ein Wort von mir reicht und du hörst auf.«

Caleb grollt zufrieden.

»Küss mich.«

Und dann küsst er mich, zeigt mir, was er mit seiner Zunge und seinen Zähnen alles anstellen kann, bis mein Mund sich wund anfühlt. Er macht immer weiter, bis ich ihm anstelle meines Mundes meinen Hals anbiete. Sofort stürzt er sich darauf, hinterlässt Abdrücke seiner Zähne und dunkle Male auf meiner Haut. Ich habe das Gefühl, nicht mehr atmen zu können, so heiß ist mir.

»Aus. Das T-Shirt.« Ich stemme mich gegen seine Schultern und zerre an meinem Shirt. »Zieh es mir aus.« Sofort kommt er meiner Aufforderung nach, seine Hände effizient und gehorsam, als er mir das Shirt über den Kopf streift und es achtlos auf den Boden wirft. Er will gleich wieder seine Lippen auf meine Haut heften, doch ich schüttle den Kopf. »Du auch.«

Er lacht und lehnt sich ein Stück zurück. Aus ihm spricht der pure Schalk, was ich noch gar nicht von ihm kenne und was die Schmetterlinge in meinem Bauch aufstieben lässt, weil er mir diese neue Seite an sich in diesem intimen Moment zwischen uns zeigt. »Was ich auch?«

»Dein Shirt.« Ich zerre daran, bis der Kragen nachzugeben droht, denn ich will seine Haut endlich auf meiner spüren, will die Grenzen einreißen, die mich noch von ihm trennen. »Ich will, dass du es ausziehst.«

Er hält meine Hände auf, bevor ich es auch nur einen Millimeter über seinen Oberkörper nach oben schieben kann. »Eigentlich sagt man bitte, wenn man etwas möchte.«

Ich beiße mir auf die Unterlippe, und meine Wangen glühen. Da ist er wieder, dieser zärtliche Befehlston, der mich bis in meine Träume verfolgt hat, und dem ich heute mit gespieltem Trotz zu begegnen versuche. »Du hast eben noch gesagt, ich kann von dir haben, was ich will.«

»Das habe ich gesagt.« Er legt die Hand unter mein Kinn und zwingt mich, ihn anzusehen. Das Glühen auf meinen Wangen fleht mich förmlich an, die Lider niederzuschlagen, obwohl ich Verlegenheit sonst nicht von mir kenne. »Und das kannst du auch. Ich gehöre ganz dir, Eleonora. Aber ein klein–«

»Bitte.« Das Wort verlässt meine Lippen, bevor ich es mir anders überlegen kann. »Bitte, Caleb.«

Er stöhnt leise und zieht mich am Kiefer zu sich, sein Kuss ist vernichtend, als er meinen Mund erobert, bevor er sich abrupt löst und sein Shirt auszieht.

Sofort lege ich meine Hände auf die Haut, die ich seit unserer ersten Begegnung berühren will. Sie ist glatt, spannt sich warm über all seine Muskeln. Ich kann noch immer nicht recht begreifen, wie man dazu imstande ist, eine solche Disziplin aufzubringen, um so gebaut zu sein. Doch auf seiner Haut sind auch raue Stellen, Erhöhungen von all den Narben, die ihn zu dem Mann machen, der er ist.

Der Mann, der so viel mehr als nur der kühle, distanzierte Manager in seinen schicken Anzügen ist. Der Mann, der Leid und Verlust kennt, der aus den harten Lehren des Lebens mit erhobenem Haupt hervorgegangen ist, und sich trotzdem, wie ein kleiner Junge, an den spielerischen Neckereien seiner engsten Freunde beteiligt. Der Mann, dessen Küsse mir jetzt den Verstand vernebeln, der meine Brüste umfasst, als wäre ich aus Glas, während er mir wieder und wieder das Versprechen abringt, ihm sofort zu sagen, wenn er aufhören soll.

Ich küsse jede einzelne Narbe und huldige ihnen, weil sie ihn zu dem Mann gemacht haben, der mich jetzt im Arm hält. Der seine Lippen auf meine heftet, als würde er ohne einen

Kuss von mir ersticken. Der seine Hüften nach oben rollt und seine Erektion durch den dünnen Stoff meines Slips gegen die Stelle drängt, an der ich ihn am meisten spüren will.

»Caleb.« Ich fahre mit den Händen durch sein Haar, während ich in dieses Rauchblau sehe, das mich schon seit der ersten Sekunde völlig in seinen Bann gezogen hat. »Ich brauche dich. Jetzt.« Ich drücke meine intimste Stelle gegen seine Erektion, damit kein Zweifel daran besteht, was ich meine. Er schließt flatternd die Augen, während seine Hände sich tiefer in meine Taille graben. »Bitte.«

»Bist du dir sicher?«, fragt er mich mit heiserer Stimme, und dafür küsse ich ihn noch einmal, tief und ungestüm, ehe ich mich von ihm löse und seine geweiteten Pupillen sehe. »Ich will nur nicht, dass du es bereust.«

»Auf keinen Fall.« Ich nehme seine Hand und führe sie zwischen meine Beine, damit er selbst durch den Stoff meines Slips spüren kann, wie bereit ich für ihn bin. »Ich bereue nicht eine Sache, die bisher zwischen uns passiert ist. Und ich werde auch das hier nicht bereuen. Ich will dich, Caleb. Alles von dir.«

»Gott, Ellie.« Caleb presst seinen Mund auf meinen und trinkt das Stöhnen von meinen Lippen, als er den Stoff meines Höschens beiseiteschiebt und mit seinen Fingern in mich eindringt. Seinen Handballen drückt er gegen das Bündel an Nerven, und ich muss den Kuss lösen, um mich keuchend an ihm festzuklammern, während ich mich auf seinen Fingern bewege. Er sieht mir dabei zu, wie ich mir nehme, was ich brauche. Eine Mischung aus Faszination und Ehrfurcht liegt auf seinen Zügen. »Du bringst mich noch um.«

Was ich darauf sagen soll, weiß ich nicht, doch zum Glück muss ich das auch nicht, denn Caleb erobert wieder meinen Mund, ehe er flüstert: »Heb die Hüften für mich.«

Meine Oberschenkel zittern, als er seine Finger zurückzieht

und ich mich ein Stück weit von seinem Schoß erhebe, gerade genug, damit Caleb seine eigenen Hüften heben und seine Hose weit genug herunterschieben kann, um seine Erektion zu befreien. Ich will aufstehen und mir ebenfalls meinen Slip ausziehen, doch Caleb lässt mich nicht, sein Arm fest um mich geschlungen, als er den Kopf schüttelt. »Bleib, wo du bist.«

»Aber–«

Er küsst mich wieder so ungestüm, bis ich kaum noch atmen kann. »Bleib, wo du bist, habe ich gesagt.«

Ich nicke, und er öffnet den Nachtschrank, fischt ein Kondom heraus, das er auspackt und sich ohne großes Tamtam überstreift. Dann sind seine Finger wieder in mir und stoßen tief in mich, bis ich meine Hüften nicht mehr für ihn anheben kann. Doch mein Versagen belohnt Caleb mit einem Kuss auf meinen Puls, ehe er mir seine Hand entzieht und diese um seine Erektion schließt.

Er drückt mich an sich und küsst das Stöhnen von meinen Lippen, als ich seine Erektion an meiner intimsten Stelle spüren kann. »Bereit?«

Ich nicke, weil mein Mund sich weigert, Worte zu formen.

»Okay.« Einen Arm schlingt er mir um die Taille und die andere Hand vergräbt er in meinem Haar, dann küsst er mich erneut, bis alles in mir unter Strom steht. »Dann nimm dir, was dir gehört«, flüstert er an meine Lippen.

Das lasse ich mir nicht zweimal sagen, ich umfasse mit zittriger Hand seine Erektion, die ich halte, und mich, nachdem ich meinen Slip beiseitegeschoben habe, langsam darauf hinabsenke. Mein Stöhnen mischt sich mit dem von Caleb, er erstickt unsere Laute mit einem innigen Kuss, während ich mich an ihn klammere, als er mich vollkommen ausfüllt.

Vergessen sind sie, Momente des Zweifels, vergessen die Nächte der Einsamkeit und die Tage, an denen ich nichts weiter fühlen konnte als meine eigene Andersartigkeit. Alles, was ich noch spüre, ist das Gefühl, endlich angekommen zu sein.

»Ellie.« Caleb haucht atemlos meinen Namen, hat seinen Mund von meinem gelöst, und ich lege meine Hände an seine Wangen, während ich ihm in die Augen sehe, in denen so viel mehr liegt als reine Lust. Sie lassen mich wissen, dass in dem Moment, in dem ich ihn in mich aufgenommen habe, ich nicht etwas von mir weggegeben, sondern etwas von ihm gewonnen habe. »Küss mich.«

Ich komme seiner Aufforderung nach und küsse die Laute von seinen Lippen, die er keuchend hervorpresst, als ich meine Hüften bewege. Seine Hände stützen und leiten mich, drängen mich unserem gemeinsamen Höhepunkt entgegen, ohne mir etwas von meiner eigenen Lust zu nehmen oder mich festzuhalten und in mich zu stoßen. Stattdessen überlässt er mir das Tempo, lässt uns zu einer Einheit werden, während wir einander ansehen und den Atem des anderen trinken.

»Caleb.« Ich weiß nicht, was ich anderes sagen kann als seinen Namen, denn nichts erscheint mir signifikant genug in diesem Augenblick, in dem wir auf so elementare Art und Weise eins werden, und von dem ich jetzt schon weiß, dass ich ihn niemals werde vergessen können. Ich bewege mich schneller und schneller, lasse meine Hüften kreisen, während ich auf seine Atmung lausche und herausfinde, was uns beiden gefällt, bis meine Haut schweißnass ist und die Muskeln in meinen Oberschenkeln beben. »Caleb.«

Caleb sieht mich an. Sein Haar hängt ihm schweißnass in die Stirn, als er beginnt nach oben und in mich zu stoßen, um mir einen Teil dieser sinnlichen Folter abzunehmen, der ich unbeirrt nachjage, auch wenn ich schon vollkommen erschöpft bin. »Was brauchst du, Ellie?«

»Berühr mich.« Ich schlinge die Arme um seinen Hals und

vergrabe mein Gesicht in seinem Nacken, der nach Sünde und Heimat riecht. »Berühr mich.«

Er versteht mich sofort, denn ohne zu zögern führt er seine Hand zwischen unsere verschlungenen Körper und berührt meine Klitoris mit sanften, kreisenden Bewegungen. Ich schluchze auf und klammere mich fester an ihn, während der Rhythmus meiner Hüften zu stottern beginnt. »Caleb.«

»Es ist okay«, keucht er. »Komm für mich, Ellie.«

Und das tue ich, mit ihm tief in mir und seinen Lippen wieder auf meinen, die seinen Namen trinken, den ich immer wieder wiederhole. Die süße Ekstase erfasst mich vollkommen und zieht mich mit sich in den tiefen Abgrund, aus dem es kein Auftauchen gibt, und der sich endlos zu ziehen scheint, je länger Caleb sich noch weiter in mir bewegt und seinem eigenen Höhepunkt entgegenstrebt, den er kurz nach mir erreicht.

Als er mich diesmal küsst, seine Zunge tief in meinem Mund, weiß ich nicht mehr, wo er aufhört, und ich beginne. Und als wir zurück aufs Bett sinken, schweißnass und er noch immer in mir, während die Erschöpfung mich übermannt und ich mich vertrauensvoll Calebs sanften Händen und dem himmlischen Schlaf überlasse, den er mit sanft gemurmelten Worten voller Zärtlichkeit so spielend leicht heraufbeschwört, ist es mir auch vollkommen gleich.

Denn es fühlt sich so an, als wären Caleb und ich eins. Jetzt und für alle Zeit.

24. KAPITEL

Ellie

Kleiderordnung = ~~*Vorgeschriebene Bekleidung bei einem privaten, geschäftlichen oder gesellschaftlichen Anlass;*~~
Pfeif auf Ordnung, umarme das Chaos

»Du siehst heute wirklich sehr hübsch aus, Ellie.«

Ich lächle Roan an, der mich aufmerksam mustert, während ich den hohen Kragen mit den langen Spitzen richte, obwohl er keinen Millimeter aus der Richtung steht. Aber es lenkt mich ab. Von den unzähligen Fotografen, den wilden Rufen und der Tatsache, dass ich mich hier deutlich wohler fühle, als ich sollte.

»Danke.« Der silberne Anstecker am Revers mit seinen kleinen Kettchen hängt genau da, wo er hingehört, und ich nehme die Hände weg, bevor ich am Ende noch das Outfit ruiniere, das ich heute Nachmittag so mühsam kreiert habe. »Du aber auch.«

»Ich habe ja auch die beste Stylistin der Welt.« Er zwinkert mir zu und sieht sich über die Schulter nach Caleb um, der unweit von uns entfernt mit einem der Assistenten spricht. Seine Miene ist professionell-charmant, während er den langen roten Teppich beäugt und bestätigend nickt, ganz in seinem Element, obwohl Tobias kaum einen halben Meter hinter ihm steht und schmollend Däumchen dreht. »Bist du sehr nervös?«

Die Antwort darauf liegt klar auf der Hand, als Caleb sich von dem Assistenten losreißt und mit langen Schritten zu Damian, Roan und mir zurückkommt. Es ist das erste Mal, das ich Caleb wirklich bei der Arbeit beobachten kann, ohne mich wie ein Stalker zu fühlen. Dass wir uns derartig nahegekommen sind, scheint in meinem Hirn als Freifahrtschein verbucht worden zu sein, denn ich kann gar nicht mehr aufhören, Caleb zu betrachten. Ich will alles über ihn erfahren, will jede noch so kleine Regung in seinem Gesicht kennen und in ihm lesen, so wie er in mir liest. Da bei der Sache anzufangen, die ihm genug bedeutet, um alles aufs Spiel zu setzen, scheint mir nur logisch. Ihn derartig in seinem Element zu sehen, das Sinnbild professioneller Unverwüstlichkeit und geschäftlicher Absicherung, macht etwas mit mir, für das ich zwar keine Erklärung habe, was mich aber gleichermaßen mitten ins Herz trifft wie der Moment, als er heute Vormittag meine Nasenspitze geküsst hat. »Nein, kein bisschen.«

Es ist wie ein Reflex, näher an Caleb heranzutreten und die Hand nach ihm auszustrecken, die er sofort ergreift, ehe er mich an sich zieht und mir einen Arm um die Taille schlingt, so als könnte er es genauso wenig ertragen, mich nicht zu berühren, nach dem langen Nachmittag, den wir getrennt voneinander verbringen mussten, obwohl wir beide lieber in diesem Bett geblieben wären, in dem Zeit und Raum keine Rolle gespielt haben. Er lehnt sich zu meinem Ohr herunter, anstatt seine Freunde zu begrüßen, sich ihrer wohl vollkommen unbewusst, als er mit den Lippen über meine Ohrmuschel fährt und mir damit einen Schauer über den Rücken jagt. »Du siehst wunderschön aus, Ellie.«

»Ich würde ja sagen, dass ihr beide echt widerlich seid, wenn es nicht so verdammt niedlich wäre.« Damian schüttelt belustigt den Kopf und nickt dann in Richtung des Eingangs zur Mailänder Kunstakademie, in dessen Innenhof die heutige Spendengala stattfinden soll, zu der die wichtigsten Designer der Modewelt ihre hochrangigen Gäste eingeladen haben, um Teile ihrer privaten Garderobe für wohltätige Zwecke zur Auktion anzubieten. »Wann sind wir dran?«

»Gleich.« Calebs große Hand ruht in meinem freiliegenden Rücken, und als sein Daumen zärtlich über die Kurve meines unteren Rückens streicht, fühle ich mich gleich an heute Vormittag und die Sonnenstunden mit Caleb im Bett zurückversetzt. Wir beide, Haut an Haut, die Sorgen des Alltags weit weg, denen wir keinerlei Beachtung geschenkt haben. »Ihr habt ungefähr fünf bis zehn Minuten auf dem Teppich. Dann sind die Nächsten dran.«

»Alles klar.« Roan streckt sich, die Schatten unter seinen hohen Wangenknochen stechen heute noch dramatischer heraus durch Mias akzentuiertes Contouring. »Dolmetscher?«

»Braucht ihr nicht. Die meisten Reporter sprechen Englisch, und die anderen werden einfach auf euren Kommentar verzichten müssen.« Gemeinsam wenden wir uns der langen Reihe an Pressevertretern zu, die den Weg zum Eingang des roten Backsteingebäudes säumen und gerade mit einem der Gäste von *Dior* beschäftigt sind. »Die wichtigste Anlaufstelle für euch ist der Vertreter der *Vogue*, und der steht ganz hinten.« Caleb deutet unauffällig auf einen Herrn mit grauem Haar in einem kornblauen Anzug, der gerade, mit Mikrofon und Kamera bewaffnet, mit einem weiteren Galagast plaudert. »Er hat das Interview im Vorfeld bei mir angefragt und wird dementsprechend gut vorbereitet sein. Außerdem ist es ein roter Teppich. Die Fragen sind eh immer die gleichen.«

Überrascht sehe ich ihn an. »Wirklich?«

Caleb schmunzelt, und irgendetwas in meinem Gesicht verleitet ihn wohl dazu, mir einen Kuss auf den Mundwinkel zu geben, der mich, trotz seiner federleichten Unschuld, mitten ins Herz trifft. »Ja. Aufgrund der kurzen Interviewzeit, beschränken sich die meisten Pressevertreter immer auf die gleichen drei Fragen.«

»Was führt sie heute Abend her, Roan?« Damian hält seinem Bandkollegen ein imaginäres Mikrofon vor die Lippen und wackelt mit den Brauen, als dieser nur mit den Augen rollt.

Doch dann lehnt er sich vor, mit dieser charmanten Maske auf dem Gesicht, die der Presse vorbehalten ist. »*Prada* hat uns eingeladen, an dieser Gala zum Wohle benachteiligter Familien mit krebserkrankten Kindern teilzunehmen. Es ist uns eine Ehre, Teile unserer Garderobe für so einen wichtigen Zweck spenden und Teile ersteigern zu können, um so unseren Beitrag zu leisten und damit jene zu unterstützen, die im Leben weniger Glück hatten als wir.«

Caleb nickt, scheint aber nicht vollkommen glücklich. »Schön, dass wenigstens du deine Hausaufgaben gemacht hast, im Gegensatz zu anderen Personen hier, die jetzt genau aus dem Grund ein Probeinterview inszenieren, da sie sich nicht mal die Mühe gemacht haben, die Einladung durchzulesen.« Damian zuckt nicht mal mit der Wimper, sondern macht nur eine *»Du kennst mich doch«*-Geste und hält dann seinem Freund und Manager das Luft-Mikrofon unter die Nase. Ich trete näher an Caleb heran und verberge mein Lachen an seinem Hals, was mir ein neckendes Zwicken in die Rippen einbringt, bevor mein Begleiter sich wieder vollständig auf die Arbeit konzentriert. »Es klingt nur sehr einstudiert.«

Damian zuckt mit den Achseln. »Was es ja auch ist.«

Caleb geht über die Bemerkung des Rappers mit dem losen Mundwerk kommentarlos hinweg und richtet sich stattdessen an Roan, der ihm aufmerksam zuhört, sich seiner Rolle als *Parallels* Sprecher und Presseliebling vollkommen bewusst. »Versuch, es etwas weniger unbeteiligt rüberzubringen, dann sollte eigentlich alles okay sein.«

»Geht klar.«

Bevor ich nachhaken kann, was denn nun die anderen zwei Fragen sind, werden *Parallel* schon von der Assistenz aufgerufen, mit der Caleb zuvor gesprochen hat, und die Jungs, die mir in den letzten Tagen so ans Herz gewachsen sind, straffen beide noch einmal die Schultern, bevor sie einander zunicken und offiziell ins Blitzlichtgewitter treten. Vergessen sind der immer sarkastische Damian und der liebevolle Roan. Zurück bleibt nur *Parallel*, ein eingespieltes Team, das keine Kamera dieser Welt aus dem Tritt bringen kann.

Zu meiner Überraschung bleibt Caleb bei mir stehen, während Tobias die ganze Situation mit Argusaugen verfolgt. »Musst du nicht dabei sein?«

»Nur bedingt.« Caleb muss meine Neugierde gespürt haben, denn er antwortet auf meine unausgesprochene Frage, ohne seine Aufmerksamkeit von seinen Schützlingen abzuwenden. »Auf dem roten Teppich ist es üblich, ein paar Meter hinter ihnen zu bleiben, damit die Fotografen ungestört ihre Bilder machen können. Am Anfang hab ich noch bei jedem Interview genauestens zugehört, aber jetzt sind die beiden so alte Hasen, dass das nicht mehr notwendig ist. In so kurzer Zeit können sie nicht wirklich was katastrophal verbocken.« An Damians Hinterkopf bleiben seine Augen kurz hängen, und er schmunzelt. »Na ja, *eigentlich* nicht.«

»Verstehe.« Die Jungs posieren für die Fotografen und gehen dann ein paar Schritte weiter. Das ist der Moment, in dem ich mich von Caleb löse, weil wir den ganzen Vormittag mit sanften Berührungen und zärtlichen Küssen verbracht haben, anstatt über diese neue Situation zwischen uns oder die Grundregeln des Abends zu reden. »Wir treffen uns dann am Eingang?«

»Nein.« Caleb tritt über die Schwelle auf den roten Teppich und zieht mich an der Hand mit sich, ehe er den Arm um meine Taille legt. »Wir sind zusammen hier, schon vergessen?«

Nein, habe ich natürlich nicht. Damit gerechnet, dass Caleb sich mit mir auf dem roten Teppich ablichten lassen würde, wenn auch nur im Hintergrund, habe ich aber beim besten Willen nicht, und ich presse mir die Hand auf den Bauch, auch wenn es ein sinnloses Unterfangen ist, die Schmetterlinge darin noch im Zaum halten zu wollen, die es nicht im Mindesten interessiert, dass Caleb nur mein Fake-Freund ist und dass Sex das nicht auf magische Art und Weise ändert. Aber sie machen ja eh immer, was sie wollen, und flattern jetzt Caleb entgegen, der, ganz der Gentleman, die Schleppe des kupferfarbenen Abendkleides für mich in die Hand nimmt und mich dann an seinem Arm über den roten Teppich führt. Wir haben es in letzter Sekunde bei einem Luxusverleih ergattern können, und trotz des glänzenden Satins und des Schmucks, den ich noch ganz unten in meiner großen Schatulle gefunden habe, fühle ich mich neben Caleb in seinem maßgeschneiderten beigefarbenen Anzug etwas underdressed, der sein Outfit mit kupferfarbenen Manschettenknöpfen und einem schlichten Einstecktuch noch schnell auf mich abgestimmt hat. Doch auch wenn ich mich mit der schlichten Hochsteckfrisur und dem dezenten Make-up nicht für den roten Teppich angemessen genug gestylt finde, weiß ich doch, dass ich mit dem schönsten Mann hier bin, an dessen Seite ich voller Stolz stehe, ganz gleich, was wir nun füreinander sind.

Den Abstand zu Roan und Damian hält mein Begleiter immer ein, die Distanz zwischen ihnen kaum nennenswert, und doch ist es offensichtlich, dass Caleb nie weiter von ihnen entfernt ist als unbedingt notwendig. Außerdem geht er sicher, dass sie uns immer im Blick haben, und ich kann nicht anders, als diesen Mann zu bewundern, für den es ein Leichtes zu sein scheint, den Menschen in seinem Umfeld ein Gefühl von Sicherheit und Geborgenheit zu vermitteln.

»Wenn du mich weiter so anstarrst, Eleonora, kann ich für nichts garantieren. Auch nicht, dass ich dich hier, vor all diesen Kameras, um den Verstand küsse.«

Ich blinzle kurz, von Calebs leisen Worten zurück in die Realität geholt, in der wir noch immer mitten auf dem roten Teppich stehen. Auch wenn die Aufmerksamkeit nicht primär auf uns liegt, spüre ich doch, wie immer wieder Augenpaare zu uns herübergleiten, die sich bestimmt fragen, warum der Manager von *Parallel*, der sich bisher noch nie mit einer Frau in der Öffentlichkeit hat sehen lassen, heute in Begleitung ist.

»Ach wirklich?«, frage ich gespielt ahnungslos und schmiege mich näher an seine Seite. Seit heute Morgen weiß ich, dass Caleb seine Finger nicht von mir lassen kann, wenn ich das mache. Ich weiß genau, was ich hier tue, ist blanke Provokation, aber es ist mir egal, denn etwas in mir will diesen Schnappschuss riskieren, damit ich ein Andenken an diese eine Sache habe, die eine Lüge ist, sich aber so unendlich echt anfühlt. »Wie sehe ich dich denn an?«

»So, wie du mich heute Morgen vor unserer Zimmertür schon angesehen hast.« Calebs Hand gleitet auf meinem Rücken tiefer, zu der Stelle am Ende meiner Wirbelsäule, auf der er heute Vormittag unzählige Küsse verteilt hat, bei seiner intensiven Erkundungstour meines Körpers. »Letzte Verwarnung, Eleonora.«

»Sie sind nicht so einschüchternd, wie Sie meinen, Mister C.« Ich stelle mich auf meinen hohen Absatzschuhen auf die Zehenspitzen und drücke ihm einen sanften Kuss auf die Lippen, von denen ich nun weiß, wie sie schmecken, und die ich wieder und wieder auf mir spüren möchte, solange wie ich nur kann. »Und wer weiß, vielleicht will ich ja genau das. Vielleicht will ich ja, dass du mich hier vor allen um den Verstand küsst. Ich bin nicht die Vernünftige von uns beiden, schon vergessen?«

Calebs Fingerkuppen drücken sich tief in meine Haut, ehe er sie meine Wirbelsäule hinauf zu meinem Nacken wandern lässt, um den ich einen dünnen Schal legen musste, um all die dunklen Male zu verstecken, die sein Mund dort hinterlassen hat. »Ich fürchte, Ihr Leichtsinn fängt an, auf mich abzufärben, Ms. Cox.«

Ich schlinge ihm die Arme um die Schultern und stupse mit meiner Nase gegen seine. »Wäre das denn wirklich so schlimm?«

»Nein.« Sein Mund senkt sich auf meinen, und dann küsst er mich wahrhaftig vor all diesen Menschen, die uns kaum Beachtung schenken. Er küsst mich nicht so leidenschaftlich, wie ich es mir wünsche. Stattdessen küsst er mich, als wäre ich etwas Kostbares, an dessen Existenz er nicht wirklich zu glauben wagt, und lässt mich damit nur noch mehr abdriften in diese Welt, in der es nur noch uns beide gibt, und der ich nicht mehr entfliehen kann, jetzt wo wir einmal gemeinsam diese Grenze überschritten haben, die diese ganze Sache zwischen uns so viel komplizierter macht.

Gerade, in diesem Moment, ist mir das vollkommen gleich. Ich genieße einfach meine Zeit an der Seite dieses Mannes, der mich Dinge fühlen lässt, die ich nicht begreifen, sondern nur spüren kann. Der mir das Gefühl gibt, bei ihm sicher und angekommen zu sein. Ich will es auskosten, dieses Gefühl von Heimat, und auch wenn ich mir vielleicht den Kopf darüber zerbrechen sollte, wie es von jetzt an für uns weitergehen kann, weigere ich mich, heute Abend auch nur eine Sekunde an diese Sorgen zu verschwenden.

»Komm«, murmelt Caleb leise an meinen Lippen und führt mich hinter Roan und Damian den Teppich entlang in den

Innenhof, der mit Lichterketten und Baldachinen geschmückt ist. Kristallgläser und schlichtes Geschirr stehen auf großen runden Tischen, die um eine Tanzfläche arrangiert wurden und die mit ihren ausladenden und wohlduftenden Blumengestecken dem gleichen opulenten Traum entsprungen zu sein scheinen wie mein Begleiter, der mich an seiner Seite hält, so als wäre genau dort mein Platz. Mit offenem Mund sehe ich mich staunend um, und Caleb lacht leise und drückt mir einen Kuss auf die empfindliche Stelle unter meinem Ohr, an der er offensichtlich Gefallen gefunden hat. Kurz erinnert die Stimme in meinem Inneren mich daran, dass er vermutlich nur so anhänglich ist, weil wir heute Morgen miteinander geschlafen haben und wir außerdem heute Abend unter der strengen Beobachtung von Tobias stehen, den es von der Echtheit unserer Gefühle zu überzeugen gilt. Entschlossen ersticke ich sie aber direkt im Keim und konzentriere mich nicht auf die Sorgen von morgen, sondern auf die süße Vergänglichkeit des Hier und Jetzt. »Gefällt es dir?«

»Gott ja.« Ich lehne mich gegen Caleb, der den Arm nur noch enger um mich schlingt und mich erneut küsst, Zentrum und Ursprung dieses Traums, in dem ich gerade lebe. Und ich will darin verweilen, ganz egal wie fragil das Gerüst dieses Traums auch sein mag. Entkommen kann ich ihm eh nicht mehr, die Grenzen zwischen Realität und Lüge sind längst verwischt und mit jeder Berührung von Calebs Lippen unbedeutender. Das Aufwachen wird wehtun. Das weiß ich genau. Aber jetzt gerade will ich diesen Traum einfach nur genießen und die Konsequenzen vergessen, die auf uns beide warten werden. Aber sie sind jetzt nicht hier. Nicht in diesem Moment. Also liefere ich mich ihm vollkommen aus und lasse meinem galoppierenden Herzen freien Lauf, als Caleb seinen Mund erneut auf meinen senkt, an dem ich nur leise murmle: »Es ist wunderschön.«

25. KAPITEL

Caleb

360-Grad-Deal = ~~*Ein Vertrag zwischen Label und Künstler*innen, bei dem das Label an allen Einkommensquellen prozentual beteiligt wird*~~*; Nichts ist genug*

»Eine viertel Million! Du hättest die beiden aufhalten müssen, verdammt!«

Tobias' Gezeter kann ich kaum über die Jazzband verstehen, die sich am Rand der Tanzfläche eingefunden hat und ein melodisches Stück spielt, zu dem die Mailänder Elite das Tanzbein schwingt. Jetzt, wo sie ihre Brieftaschen für den guten Zweck erleichtert und einige Gläschen Wein intus haben, sind sie um einiges lockerer drauf als noch kurz zuvor.

»Wieso, es war doch ein voller Erfolg.« Ich suche die Tanzfläche ungeduldig mit den Augen ab, bis ich endlich den herumwirbelnden Kupferschweif erblicke, der mir sofort mit seiner Schönheit den Verstand raubt. Mit ausgebreiteten Armen und einem Lächeln auf den Lippen dreht Ellie sich um die eigene Achse. »Die Jungs werden für ihre großzügige Spende und ihre gute Tat in den Schlagzeilen landen, was genau das war, was das Label von mir wollte.«

»Aber doch nicht für eine viertel Million!«

»Na, also das hättet ihr mir dann schon früher sagen müssen.« Obwohl es mir eine diebische Freude ist, zu erleben, wie

Tobias wild aufbraust und vor Wut schäumt, kann ich mich nicht dazu durchringen, meine Aufmerksamkeit von meiner Begleiterin abzuwenden, die tatsächlich meine beiden besten Freunde dazu gekriegt hat, mit ihr die Tanzfläche zu stürmen, sobald der offizielle Teil der Veranstaltung vorbei war. Damian hat sich schnell begeistern lassen, aber Roan hat mehr als nur ein Glas Bourbon gebraucht, um sich überreden zu lassen. Doch jetzt ist auch er auf der Tanzfläche und fängt die Naturgewalt in Frauengestalt ab, als sie mal wieder ihr eigenes Drehmoment unterschätzt und über ihre eigenen Füße stolpert. Sofort bin ich mit den Gedanken zurück im Navigli-Viertel, und dahin kann mir auch Tobias' giftsprühender Zorn nicht folgen, den er ungeniert rauslässt, jetzt, wo wir allein und er vor den Jungs nicht mehr auf Schönwetter machen muss.

Es ist so spielend leicht, ihn vollkommen auszublenden, wenn ich Ellie ansehe, denn mein Herz folgt jeder ihrer Bewegungen. Von ihren Haarspitzen, die ich mir heute im sanften Licht der Vormittagssonne um die Finger gewickelt habe, zu ihren Fingerspitzen, mit denen sie über meinen Rücken gefahren ist, bis hin zu dem Schwung ihrer Hüften, die, wie ich weiß, mit dunklen Flecken in Form meiner langen Finger geschmückt sind. Sofort schmecke ich sie wieder auf meiner Zunge und blende Tobias' endlose Beschwerden mit der Erinnerung an all die kleinen Laute aus, die sie für mich gemacht hat. Ich spüre die Wärme ihrer Haut, als sie über die Schulter zu mir rübersieht und mich mit diesem Blick bedenkt, der noch so neu zwischen uns ist, den ich aber wieder und wieder sehen will, so lange, wie sie mich nur lässt. Oder eher, so lange, wie ich ihn noch sehen kann, denn morgen ist die Modenschau von *Prada*, und keine zwei Tage später werden sich unsere Wege trennen.

Ein unwillkommener Schmerz erfasst mich bei dem Gedanken, den ich aber schnell von mir schiebe und stattdessen wieder die Wärme meine Brust ausfüllen lasse, die nur sie dort heraufbeschwören kann. Ellie und ich hatten eine klare Abmachung, und nur weil wir miteinander geschlafen haben, ändert das nicht auf magische Art und Weise all die Absprachen, die wir zuvor getroffen haben.

Vor wenigen Tagen habe ich noch gedacht, sie wäre ein Komet, der in meinem Sonnensystem aufgetaucht ist, um mich vollständig zu vernichten. Jetzt aber kommt sie mir eher wie ein Silberstreif in der endlosen Dunkelheit meiner Einsamkeit vor, an den ich mich klammere, ganz gleich, wie lange er wohl an meinem Firmament verbleiben mag.

Tobias' ungeduldiges Schnipsen holt mich zurück in die Gegenwart, und ich werfe ihm einen genervten Seitenblick zu, den er nur mit einem wütenden Schnauben quittiert. »Sag mal, Lee, hörst du mir überhaupt zu?«

»Natürlich«, lüge ich, ohne mit der Wimper zu zucken. Er öffnet den Mund, um noch etwas hinzuzufügen, doch ich halte ihn mit einer einfachen Geste davon ab, als ich den Benachrichtigungston meines Handys vernehme. »Warte kurz.«

Ohne Tobias' Reaktion abzuwarten, ziehe ich das Handy aus meiner Hosentasche, auf dessen Display der Name Andrew Shepherd aufblinkt. Unauffällig versichere ich mich, dass Tobias von seiner Position mir schräg gegenüber auch wirklich nicht auf mein Handy spähen kann, ehe ich die Nachricht meines zukünftigen Geschäftspartners und Mitverschwörers öffne.

Alles läuft wie geplant. Wenn du zurück in London bist, musst du nur noch ordnungsgemäß kündigen und das neue Plattenlabel anmelden, und dann können wir mit der Übernahme beginnen, ohne Verdienstausfälle oder Urheberrechtsklagen für Roan und Damian befürchten zu müssen. Gute Arbeit, Junge.

Ich lese die Nachricht wieder und wieder, kann aber kaum glauben, was dort steht. Fünf Jahre habe ich auf diesen Moment hingearbeitet, und jetzt soll er wirklich so zum Greifen nah sein? Es kommt mir unwirklich vor, und doch spüre ich eine Welle der Erleichterung. Ich sperre den Bildschirm und presse mir das Handy mit einem tiefen Ausatmen gegen meine Brust, auf der jetzt endlich eine deutlich geringere Last liegt.

Fuck, habe ich es tatsächlich fast geschafft? Sind die Jungs und ich vielleicht wirklich bald frei?

Das muss ich Ellie erzählen. Es ist der erste Gedanke, der mir in den Sinn kommt, nachdem die enorme Erleichterung nicht mehr jeden Quadratzentimeter meines ganzen Seins für sich vereinnahmt, und ich bin auf den Beinen, ohne dass ich so richtig darüber nachdenke.

»Lee, wir sind hier noch nicht fertig!« Tobias hebt mahnend den Zeigefinger, doch die Nachricht auf meinem Handy macht seine ganzen Drohgebärden zu genau dem, was sie sind: das lächerliche Gebelle eines kleinen Kläffers, der sich im Angesicht eines bissigen Straßenköters nicht anders zu helfen weiß, als laut und inhaltslos vor sich hin zu bellen.

»Doch, das sind wir.« Ich stecke das Handy in meine Hosentasche und ziehe eine der cremefarbenen Blüten aus dem großen Tischgesteck. »Du wiederholst ch nur immer wieder das Gleiche: Dass ich als Straßenköter wissen sollte, wo mein Platz ist, und dass ich als Manager von *Parallel* auf ganzer Linie versagt habe.« Unbeeindruckt breche ich den langen Stängel der Blume ab, ganz gelassen, während Tobias vor Schock zur Salzsäule erstarrt zu sein scheint. »Aber soll ich dir mal was verraten? So einen schlechten Job kann ich bisher nicht gemacht haben, wenn ein Blutsauger wie du so scharf darauf ist, ihn mir abzujagen. Und so ganz am Rande, nur weil du als Manager von *Parallel* ihr Geld verwalten würdest, heißt das noch lange nicht, dass es dann deins ist.«

Tobias' Gesichtsfarbe wechselt von Leichenblass zu Zornesrot, und sein Speichel spritzt auf den Tisch, als er wutschnaubend mit der Faust auf den Tisch schlägt und die Zähne bleckt. Das ist also sein wahres Gesicht. Es ist genau so hässlich, wie ich es mir immer vorgestellt habe. »Wie kannst du es wagen, so mit mir–«

»Du scheinst dem Irrtum zu unterliegen, dass ich mich vor dir fürchte, Tobias. Das tue ich nicht. Ich dulde dich, weil ich Ärger vermeiden will. Das ist alles. Und jetzt entschuldige mich, ich habe ein Date, mit dem ich lieber tanzen möchte, anstatt mich von einem unfähigen Parasiten wie dir noch länger kritisieren zu lassen, der in seinem Leben selbst noch nie mehr erreicht hat, als mit dem Namen seines Onkels um sich zu werfen und sich dadurch wichtig zu fühlen.«

Mit diesen Worten lasse ich Tobias einfach stehen und, verdammt, das fühlt sich fast genauso gut an wie diese Nachricht von Andrew, die ich gerade nur mit einem Menschen auf diesem Planeten teilen möchte.

Ich tippe Damian auf die Schulter, der Ellie gerade in eine Drehung führen will. »Darf ich?«

Damian beäugt die Blume in meiner Hand, und auf seine Lippen schleicht sich ein breites Schmunzeln, als er total übertrieben einen großen Schritt rückwärts macht. »Aber natürlich, du Traumprinz.«

Ich nehme mir fest vor, Damian dafür noch eine zu verpassen, doch als Ellie sofort ihre Arme nach mir ausstreckt, ist auch das vergessen. Später. Ich haue ihm dafür später eine runter. Zum Glück sind meine beiden besten Freunde clever genug, um sich unauffällig zurückzuziehen.

»Hallo, Schönheit.«

»Hallo, Traumprinz.« Ellie schlingt mir die Arme um den Nacken und beginnt sofort, sich mit mir zu dem Lied zu wiegen, auch wenn ihre Bewegungen etwas vom Takt befreit sind. »Hier, um noch ein Tänzchen mit dem Drachen zu wagen?« Sie wackelt mit den Augenbrauen, und innerlich mache ich mir eine Notiz, sie nicht mehr so oft in Damians Nähe zu lassen. »Hast du keine Angst um deine Füße?«

Wie sie es so leicht zustande bringt, mich den Moment genießen zu lassen, weiß ich nicht, aber ich tue es, ohne großartig darüber nachzudenken, während ich ihr die gestohlene Blume hinters Ohr stecke. »Habe ich nicht. Die sind seit dem letzten Mal eh hoffnungslos verloren.«

Ihr helles Lachen trinke ich begeistert von ihren Lippen, und sofort lässt sie sich gegen mich sinken und folgt dem neuen Rhythmus, den ich mit einfachen Schritten vorgebe, so als hätte sie nur auf mich gewartet. Sie legt ihre Wange an meine Brust, das wohlige Geräusch, das sie macht, fährt wie ein Elektroschock durch meinen ganzen Körper. »Jetzt weiß ich, woher Damian das hat. Du bist genauso ein Blödmann wie er.«

»Würde ein Blödmann denn sein eigenes Label gründen können?«

Ellie kommt so abrupt zum Stehen, dass auch ich kurz ins Straucheln gerate. Sie hebt ihre Wange von meiner Brust, die Augen groß, als sie mich voller Unglauben ansieht. »Heißt das–«

»Ja. Andrew hat mir gerade geschrieben.« Ich streiche ihr eine verirrte Strähne hinters Ohr, die einfach zu Ellie gehören, ganz gleich, was für eine Frisur sie auch tragen mag. »Sobald ich zurück in London bin, brauche ich nur noch zu kündigen, und dann können wir das Label anmelden und mit der Übernahme beginnen.«

»Oh mein Gott, Caleb!« Aufgeregt hüpft sie in meinen Armen auf und ab, bevor sie sich noch fester an mich drückt. »Herzlichen Glückwunsch. Ich freue mich so wahnsinnig für dich.«

Bei ihr kann ich nichts weiter als Aufrichtigkeit und ehrliche Freude finden, und ein riesiger Kloß bildet sich in meinem Hals, den ich kaum herunterschlucken kann.

»Danke«, krächze ich. Das *Du warst die Erste, der ich es erzählen wollte* geht in meiner rauen Kehle und dem Hämmern meines Herzens verloren.

Ellies Hände legen sich an meine Wangen. Sie stellt sich auf die Zehenspitzen und verteilt federleichte Küsse auf meinem Mund und auf meinen Wangen. »Gott, ich bin so stolz auf dich. Jetzt kannst du es endlich Roan und Damian sagen.«

»Später«, sage ich und bin darüber genauso überrascht wie Ellie, die mich fragend ansieht. »Später. Wenn wir das mit *Prada* hinter uns haben und wieder in London sind.«

»Ah, natürlich. Das ist sicher besser.« Sie streicht mit den Daumen über meine Wangenknochen und küsst mich ein weiteres Mal, ehe sie sich wieder auf die Fersen sinken lässt. »Du hast es fünf Jahre durchgehalten. Was sind da noch zweiundsiebzig Stunden, nicht wahr?«

Zweiundsiebzig Stunden. Mir bleiben nur noch zweiundsiebzig Stunden. Zweiundsiebzig Stunden mit Ellie. Zweiundsiebzig Stunden, in der unsere Lüge noch Bestand hat. Zweiundsiebzig Stunden, in denen sie noch mir gehört, bevor wir aufwachen und in unser jeweiliges Leben zurückkehren müssen.

Zweiundsiebzig Stunden. Aber jetzt ist Ellie noch hier. Jetzt ist sie noch hier bei mir, und das Bedürfnis, mit ihr allein zu sein, ist heftig und allgegenwärtig. Ich will sie ganz für mich alleine und das jetzt sofort.

»Komm mit.« Ich ergreife Ellies Hand und ziehe sie von der Tanzfläche, hin zu den hohen Türen, die uns weg von der Spendengala und hinein in die Mailänder Kunstakademie führen, deren Flure menschenleer sind. Die geladenen Gäste sind viel zu sehr damit beschäftigt, zu sehen und gesehen zu werden, als der jahrhundertealten Kunst Beachtung zu schenken, die in den Räumen dahinter ausgestellt wird. Auch ich habe nichts für die beeindruckenden Gemälde und Statuen übrig, die mich umgeben, als ich mit Ellie tiefer und tiefer in dem verlassenen Gebäude verschwinde.

»Caleb?« Sie ist wirklich die Einzige, die meinen Namen ausspricht, als wäre er ein Kosewort, ihre Zunge vorsichtig und bedächtig, während sie sorgfältig die Silben formt. »Dürfen wir hier überhaupt sein?«

»Nein.« Wir erreichen einen der Ausstellungsräume, in denen die hohen Säulen, die das Gebäude tragen, in besonderem Maße in Szene gesetzt werden, und gehetzt sehe ich mich um, getrieben von diesem Drang in meinem Innersten, den nur Ellie in mir heraufzubeschwören weiß. »Absolut nicht.«

Sie lacht, hell und laut und klar, und folgt mir weiter in den Raum mit den hohen Decken hinein, der nicht schöner und Ehrfurcht gebietender ist als diese Frau, der ich für ihren Mut und ihr bedingungsloses Vertrauen in mich huldigen will.

Gar keine schlechte Idee. Ich bleibe stehen und sehe mich nach einer dunklen Ecke um, in der ich sie vor der Welt verstecken kann. Dunkle Schatten erheben sich am anderen Ende des Raumes, auf die ich Ellie prompt zuführe. Bingo.

»Caleb, was hast du vor?«

Ich ersticke ihre Frage mit meinem Mund und dränge sie rückwärts zwischen die hohen Säulen, hinter denen es nur Dunkelheit und uns beide gibt. Der Raum zwischen uns ist nonexistent, genauso wie es sein soll. Ihr Körper schmiegt sich nachgiebig an meinen, warm und weich und so vertrauensvoll, dass ich kaum noch klar denken kann.

Aber kann ich das überhaupt noch, wenn es um Ellie geht?

Ihr kehliges Stöhnen, das an mein Ohr dringt, als ich die Hand unter den hohen Beinschlitz ihres Kleides gleiten lasse, beantwortet mir meine Frage. Nein, kann ich nicht.

Aber wenn ich bei ihr bin, dann will ich das auch gar nicht. Ich will nicht klar denken, sondern mich in ihrem Lachen verlieren. Ich will mit ihr im Sonnenlicht liegen und mich in ihrer Wärme verlieren, mit der sie mich glauben lässt, wir wären allein auf dieser Welt. Ich will ihrer Stimme lauschen, während sie über Mode redet, und wenn ein Rotschimmer sich über ihre Wangen zieht und sie zu plappern beginnt.

Zumindest noch für zweiundsiebzig Stunden. Alles andere kann warten.

Ich löse meinen Mund von ihrem und küsse ihre Stirn in der Dunkelheit dieser Nische, in der es nur uns beide gibt. »Vertraust du mir?«

»Ja.« Ihre Antwort kommt, ohne zu zögern.

»Das ist gut.« Es steigt mir mehr zu Kopf als alles andere auf dieser Welt, denn Ellies bedingungsloses Vertrauen schmeckt fast so süß wie ihre Lippen. Ich gehe vor ihr auf die Knie, und selbst im Halbdunkeln erkenne ich, wie ihre Augen sich weiten, als ich ihre rechte Hand auf meiner einen und eines ihrer langen Beine auf meiner anderen Schulter platziere, ehe ich ihr einen Arm um die Hüften schlinge. »Gut festhalten, Ellie.«

26. KAPITEL

Ellie

Production Assistent (PA) = ~~*Ein PA sorgt am Set dafür, dass alles läuft, wie zuvor von allen Parteien geplant.*~~ *Eine Person, die dir den Arsch rettet und genau dann fehlt, wenn du sie am meisten brauchst*

Glück ist ein temporäres Hoch, ein Geschenk der Zeit, verschleiert mit den schönen Träumen der Naivität, die die Realität auf grausame Art zum Platzen bringen kann. Und genau das passiert in diesem Moment, in dem die Hölle sich direkt unter meinen Füßen auftut und mich zu verschlingen droht, gehüllt in Töne aus Cremeweiß und Goldgelb und verwoben mit den Fäden meines sorgfältig gestrickten Schicksals.

»Was meinst du damit?«, hake ich nach und schließe leise die Tür, hinter der Roan mit einem Glas Champagner, fröhlich mit Caleb plaudernd und nur in einen Bademantel gehüllt darauf wartet, für eins der größten Events seiner Karriere von mir eingekleidet zu werden, während Mia und Amir bereits aufräumen. Sonst haben wir Damian und Roan unten in der Suite gemeinsam fertig gemacht, der Raum, wie ein Bienenstock, voll mit Energie und dem beständigen Summen emsiger Geschäftigkeit. Heute aber wollten wir alle ein wenig die Hektik aus der Situation nehmen, die Roan und Damian zwar wie echte Profis hinnehmen, denen man die Anspannung aber dennoch anmerken kann, die das Nervenkostüm aller dünner macht als üblich und die Luft mit dem Bewusstsein, wie wichtig dieses eine Event ist, schwängert. In dem Versuch, ein wenig Ruhe ins Team zu kriegen, hat Caleb uns angewiesen, uns für heute aufzuteilen und seine Schützlinge in ihre jeweiligen Zimmer zu verfrachten. Ein Umstand, für den ich gerade unglaublich dankbar bin, auch wenn es den Tag für Caleb hektischer macht, der zwischen beiden Zimmern hin und her wandern muss, die zum Glück nur durch einen schmalen Flur getrennt sind.

Bisher ist alles wie am Schnürchen gelaufen, unser Team ist nach Tagen der Zusammenarbeit eingespielt wie ein wohl geschmiertes Uhrwerk. Haare und Make-up sitzen perfekt. Alle sind glücklich, die Stimmung wegen der bevorstehenden Modenschau von *Prada* – dem Grund, weshalb wir überhaupt alle hergekommen sind – noch immer leicht angespannt, aber fröhlich. Ich hoffe also inständig, dass ich mich verhört hab oder Wasim sich vertan hat. Doch so aufgebracht, wie er auf dem Flur zwischen den Zimmern auf und ab tigert, habe ich ihn noch nie erlebt. Also kann ich meine Hoffnung wohl in den Wind schießen.

»Der Kleiderbügel ist weg.« Wasim bleibt abrupt stehen und erweckt den Anschein, im nächsten Moment in Tränen auszubrechen. In seiner Verzweiflung schlägt er sich die Hände vors Gesicht, in denen sich jetzt eigentlich ein cremeweißer Rollkragenpullover befinden sollte, den er für mich holen wollte, weil er nicht, wie geplant, mit den anderen Sachen auf der fahrbaren Kleiderstange in Roans Zimmer hängt. »Ich habe gestern Abend alles anhand der Inventarlisten überprüft, und da war er noch da. Aber jetzt ist er weg.«

»Bist du dir sicher?« Ich versuche, ruhig und gelassen zu wirken, aber das Blut rauscht in meinen Ohren, während ich Olivias Assistenten ansehe, der mir gestern einen Freundschaftsdienst erwiesen und die Lieferung von *Prada* überprüft hat, obwohl er in seiner Arbeit für Olivia ertrinkt und, wie wir alle, hoffnungslos übermüdet ist. »Ich habe nach dem Meeting heute früh auch noch mal alles gecheckt, und da war er noch da. Könnte es nicht sein, dass er runtergefallen ist oder du ihn einfach übersehen hast?«

»Nein.« Wasim schnieft und erinnert mich damit daran, dass er noch an der Uni und mit einer Verantwortung dieser Größenordnung hoffnungslos überfordert ist. Ich hätte ihn nie darum bitten dürfen, die Lieferung von *Prada* allein zu prüfen. Ich hätte es selbst machen müssen, anstatt den Abend mit Caleb im Bett zu verbringen, ganz gleich, wie wenig ich die gestohlenen Stunden zwischen den Laken mit ihm missen möchte. »Ich habe ihn gestern aus der Tasche genommen, aufgehängt und ihn dann mit dem Dampfglätter bearbeitet, damit er keine Falten hat. Ich hab ihn zwischen die Hose und das Jackett gehängt, damit wir alles beisammen haben, und jetzt ist er nicht mehr da.« Er rauft sich das lockige Haar und versucht sich wahrscheinlich grad zusammenzureimen, wie ein tausendeinhundert Pfund teurer Rollkragenpullover, den uns *Prada* einzig und allein für diese Show zugesendet hat, damit Roan ihn auf dem roten Teppich trägt, innerhalb der letzten paar Stunden abhandenkommen konnte. »Sogar der Kleiderbügel ist weg! So als wäre der Pullover nie da gewesen.« Er gibt einen Laut von sich, der verdächtig nach einem Schluchzen klingt, und klammert sich an meinen Unterarm. Seine kurzen Nägel bohren sich schmerzhaft in mein Fleisch, und ich bin mir sicher, dass sie Blutergüsse und halbmondförmige Abdrücke hinterlassen. »Ellie, ich schwöre dir, dass er gestern noch da war! Alle werden denken, ich hätte ihn geklaut, und dann werde ich meinen Job verlieren.« Angst spricht aus jedem seiner Worte, als sein Kopf gewiss Horrorszenario an Horrorszenario webt. »Was, wenn das Label diese Sache der Uni meldet? Dann werden sie mir mein Stipendium streichen und ich werde auf der Straße landen! Ich kann auf keinen Fall zurück nach Hause, Ellie! Ich kann einfach nicht.«

»Niemand wird denken, dass du ihn gestohlen hast. Die Letzte, die ihn gesehen hat, war immerhin ich. Wenn überhaupt, dann wäre ich ja wohl die Hauptverdächtige.« Beruhigend tätschle ich Wasim die Schulter und gebe mir alle Mühe, mich von seiner Panik nicht anstecken zu lassen, auch wenn das denkbar schwer ist, jetzt, wo zu mir durchsickert, was diese Implikation für Caleb und mich bedeuten könnte, unser Schicksal so fragil wie das Lügenkonstrukt, auf dem wir es aufgebaut haben. »Geh zurück zu Olivia, sie sucht dich sicher schon. Ich sehe selbst noch einmal nach, ob ich ihn unten finden kann, okay?«

»Okay.« Wasim schnieft erneut. Es bricht mir das Herz, ihn so zu sehen. Als er sich über die Wangen wischt und nickt, bin ich fast ein bisschen erleichtert. »Es tut mir leid, Ellie.«

»Hey, das macht doch nichts. Es ist nicht deine Schuld.« Ich reibe ihm über die Arme, so wie ich es bei meinem Neffen tun würde, und versuche mich an meinem besten Tante-Lächeln, was offensichtlich hinhaut, denn die harschen Linien der Panik, die Wasim in einem Wimpernschlag um zehn Jahre haben altern lassen, verschwinden. »Danke, dass du dir überhaupt die Zeit genommen hast, für mich nachzusehen.«

»Ich wünschte, ich hätte ihn auch gefunden.«

»Der wird schon wieder auftauchen.« Ich höre Olivia nach Wasim rufen und schiebe ihn sanft, aber bestimmt in Richtung Tür. Ganz entfernt registriere ich, dass das etwas ist, das Caleb sonst immer tut. Anscheinend färben seine Angewohnheiten bereits auf mich ab, und gerade ist dieser Gedanke gleichermaßen tröstlich wie schmerzhaft, denn heute ist das Event, das unser Zusammentreffen erst ermöglicht hat. Und übermorgen trennen sich unsere Wege endgültig. »Los, komm. Wir müssen zurück und weitermachen.«

»Alles klar.« Wasim atmet noch einmal tief durch und macht sich dann auf, im Gehen bringt er noch hektisch seine wilden Locken wieder in Ordnung. Kurz vor der Tür bleibt er noch einmal stehen und dreht sich zu mir um. »Danke, Ellie.«

Anstatt etwas zu sagen, nicke ich nur und warte darauf, dass er die Tür öffnet. Dann mache ich den Rücken gerade, atme einmal tief durch, wende mich ab und stecke den Kopf in Roans Zimmer. Ich bemühe mich, nicht den kleinsten Anflug von Panik preiszugeben, obwohl ich mir fast sicher bin, dass sie mir mittlerweile aus allen Poren dringt.

Roan sitzt noch immer auf der ledernen Bank vor seinem Bett, die Ellenbogen locker auf der Matratze abgestützt. Sein Champagnerglas ist mittlerweile leer, doch Caleb, der am Servierwagen steht, nachdem er vorhin eine ganze Weile bei Damian war, macht keine Anstalten, es für ihn aufzufüllen. Die beiden haben ganz offensichtlich gerade über etwas geredet, doch sie brechen abrupt ab, als sie mich bemerken, und alles sieht erwartungsvoll in meine Richtung, auch Amir und Mia, die gerade dabei sind, den Tisch abzuwischen, auf dem sie ihre Utensilien ausgebreitet hatten.

»Hey«, sage ich und versuche, absolut gelassen zu wirken. »Ich muss noch mal kurz runter. Ich habe etwas aus meinem Kit vergessen.«

»Kein Ding.« Roan überschlägt lässig und elegant die Beine, nicht im Mindesten beunruhigt über die Minuten, die wir verlieren, da wir mehr als gut in der Zeit liegen. »Gibt es irgendwas, das ich tun kann?«

»Nicht dein Make-up oder dein Haar ruinieren. Das wäre klasse.« Wie ich es fertigbringe, meine Mundwinkel nach oben zu biegen, weiß ich nicht, ich spüre aber, wie trocken und rissig sie sich anfühlen. »Ansonsten kannst du mit den Socken loslegen.«

»Oh, die Socken. Was für eine unglaubliche Herausforderung«, zieht er mich auf und erhebt sich. »Du hast aber heute nicht vor, mich wieder im Auto in ein Shirt zu nähen, oder?«

»Nein, heute würde ich doch lieber auf die Schneiderlein-Nummer verzichten.« Von Roan sehe ich zu Caleb, der mich mit aufmerksamem Blick betrachtet, dem ich mich jetzt gerade gern entziehen würde. »Gib mir fünf Minuten, okay?«

»Geht klar.« Er runzelt die Stirn, und bevor ich verschwinden kann, hat er den Raum durchquert und steht direkt vor mir. »Ist alles okay?«, fragt er mit gesenkter Stimme. Er legt mir die Hände an die Wangen, und ich spüre, wie mir heiße Tränen in die Augen treten wollen, die ich schnell davonblinzle.

Kurz überlege ich, ihm die Wahrheit zu sagen und ihn bei meiner Suche um Hilfe zu bitten, entscheide mich aber dagegen, da es immer noch eine kleine Chance gibt, dass ich den Pullover finde und ihm nur unnötig Sorgen bereite. »Ja, alles okay.«

Er zieht die Augenbrauen zusammen, wie immer, wenn er unsicher ist oder etwas anzweifelt. Ich hoffe und bete, dass er nicht weiter nachhakt, denn ich weiß nicht, was es mit mir macht, wenn ich jetzt Sorge in seiner Stimme höre. Ich bin übermüdet, überarbeitet und habe totale Panik. Am allerliebsten würde ich mich einfach in seine Arme sinken lassen, die mir in den letzten Tagen sicherer Hafen und Zuflucht zugleich waren. Doch die Angst, die Kontrolle über diese Situation und mich zu verlieren, wenn er mich hält und mir erlaubt, in seiner Umarmung Schwäche zu zeigen, springt mich beinahe an. »Ellie–«

»Nicht«, unterbreche ich ihn schnell und schüttle den Kopf. »Nicht jetzt, okay? Ich habe alles im Griff.«

Caleb scheint wenig überzeugt, doch er nickt, wofür ich ihm unsagbar dankbar bin, ehe er sich zu mir herunterbeugt und mich unendlich sanft küsst. »Fünf Minuten. Dann erwarte ich dich zurück, okay?«

»Okay.« Ich wende mich ab, vertraue darauf, dass Caleb die Tür hinter mir schließt, und renne los, ohne mich noch einmal umzusehen. Die Wendeltreppe ist eng und ihre Windungen bereiten mir Schwindel und Übelkeit, so schnell, wie ich sie hinabeile. Auf der letzten Stufe gerate ich ins Stolpern, fange mich aber in letzter Sekunde am Geländer ab und schlängele mich dann durch das Personal, das die untere Etage wie einen Bienenstock bevölkert. Ich stoße mit einem hochgewachsenen Sicherheitsmann zusammen, der so gerade seine Tasse Kaffee retten kann, doch ich rufe nur schnell ein »Scusi« über die Schulter, ehe ich die Suite verlasse und die Treppe hinab in den siebten Stock nehme. Aus meiner hinteren Hosentasche zerre ich den Schlüssel zum Inventarraum, zu dem nur das Stylist:innen-Team und Caleb Zutritt haben, und stoße die Tür so heftig auf, dass sie an der Wand anschlägt. Auf fahrbaren Kleiderständern hängen Unmengen an Klamotten, sorgfältig katalogisiert und nach Events geordnet.

Eigentlich ist das Inventar für mich ein Ort der Ruhe. Dort herrscht immer Ordnung und selbst wenn nicht, dann weiß man, was wohin kommt. Jetzt jedoch sorgen der leere Boden und die sauber aufgereihte Kleidung bei mir für absolute Panik.

Der Spot in der Ecke des Raumes ist auffällig leer, die Kleiderstange, auf der wir die Outfits für den nächsten Tag lagern, silbrig glänzend im Deckenlicht. An ihr hängt kein einziger Kleiderhaken, und ich eile hinüber, um dahinter und darunter nach dem teuren Pullover mit dem Detail am Kragen zu suchen. Doch Fehlanzeige.

Ich versuche, Ruhe zu bewahren und nicht auszuflippen, während ich sorgfältig die anderen Kleiderstangen durchgehe. Doch mit jedem hellen Kleidungsstück, das mir ins Auge springt und das nicht der gesuchte Rollkragenpullover ist, schwindet dieses bisschen Ruhe, an das ich mich so verzweifelt klammere. Und diese Ruhe verfliegt völlig, als ich ein strukturiertes Hemd in die Hand nehme. Es ist aus Nylon gefertigt und auch das mitternachtsschwarze und elegante Finish kann nicht darüber hinwegtäuschen, dass dieses Hemd das letzte Kleidungsstück ist, das ich mir noch nicht angesehen habe.

Der Rollkragenpullover für eintausendeinhundert Pfund, den *Prada* unbedingt an Roan sehen will und den sie per Kurier gestern geschickt haben, bleibt verschwunden.

»Fuck.« Ich hänge das Hemd zurück und streiche mir übers Haar, in der Hoffnung, mich damit selbst ein bisschen zu beruhigen, obwohl das Herz in meiner Brust längst davongaloppiert. »Fuck. Fuck. Fuck.«

Wo zum Geier ist dieser Pullover abgeblieben? Wie soll ich erklären, dass er einfach so abhandengekommen ist? Warum habe ich nicht eher nach dem Pullover gesehen? Wer hat ihn zuletzt in der Hand gehabt oder ihn gesehen? Was zur Hölle soll ich jetzt nur tun? Was passiert mit mir? Was passiert mit Caleb, den man sicher für meinen Fehler verantwortlich machen wird? Die Fragen wirbeln wild in meinem Kopf herum. Wie die ausladenden Röcke von Abendkleidern nehmen sie mehr und mehr Platz ein, je schneller sie sich drehen, bis ich nichts anderes mehr sehen und wahrnehmen kann als diesen schillernden Regenbogen der Angst. Mir ist speiübel, und ich habe das Gefühl, mich jeden Moment übergeben zu müssen.

»Ellie?«

Ich zucke zusammen, als mich jemand anspricht und blinzle

benommen, als ich nicht mehr das Inventar, sondern die Tür zu Roans Zimmer vor mir sehe. Wann bin ich wieder nach oben gegangen? Habe ich den Inventarraum abgeschlossen? Warum hängt ein Nylonhemd über meinem Arm?

»Ellie, ist alles okay?« Olivia tritt näher an mich heran, ihre Stimme klingt so besorgt wie noch nie, und sie legt ihre Hände sanft auf meine Schultern. Sie riecht nach Tabak, wie immer, wenn sie unten vor dem Hotel eine kleine Raucherpause eingelegt hat. »Du siehst gar nicht gut aus.«

Eigentlich will ich ihr vorgaukeln, dass ich in Ordnung bin, aber mein Mund will nicht gehorchen. Ich öffne die Lippen, doch keine Silben, sondern ein hilfloses Wimmern kommt heraus, das ich noch nie im Leben bei mir gehört habe. Ich hebe die Hand an meinen Mund, um es zu ersticken, doch meine Finger zittern so stark, dass ich sie schnell wieder sinken lasse.

Olivias grüne Augen werden groß, die Hilflosigkeit meines Wimmerns spiegelt sich in ihnen wider, während sie sich hektisch umsieht. Sie spitzt die Lippen und runzelt die Stirn, macht einen Schritt auf mich zu und schlingt mir einen Arm um die Schulter.

»Caleb!«, ruft sie, und ich will den Kopf schütteln, um Olivia davon abzuhalten, meinen Fake-Freund auf den Plan zu rufen, der genauso erschöpft und übermüdet ist wie ich, doch das Zittern hat von meinem ganzen Körper Besitz ergriffen und lässt sogar meine Zähne klappern. »Caleb!«

»Ellie! Was ist passiert?«

Ich will es Olivia erzählen, aber ich bringe nur immer wieder dieses Wimmern hervor. Angsterfüllt klammere ich mich an sie, meine Kehle ist wie zugeschnürt, weil die Panik mich derartig im Griff hat. Ich sehe, wie Olivia mit mir redet, aber ich höre nichts über das ohrenbetäubende Rauschen des Blutes in meinen Ohren. Augen liegen auf mir, und es werden immer mehr. Sie fühlen sich an wie Spinnen. Sie kriechen über meine Haut, klettern in meinen Mund und weben dort ein Nest aus Netzen, das mich nicht sprechen lässt. Hände legen sich um meine Oberarme und drücken fest zu, aber ich schiebe sie fort, denn alles ist zu viel, und ich ertrinke darin.

Die ganze Zeit habe ich die Starke gemimt, habe so getan, als würde es mir nichts ausmachen, meinen Traumjob zu verlieren, nur um dann von dem Mann, für den ich so viel mehr empfinde, als ich sollte, in ein Lügenkonstrukt verwickelt zu werden, das unser beider Leben zerstören könnte, wenn es ans Tageslicht kommt. Meine Rüstung aus Positivität und Sonnenschein zerbricht in der eisigen Umklammerung der Angst, die nur schlimmer und schlimmer wird, je mehr mir bewusst wird, was alles auf dem Spiel steht.

Gott, ich werde alles verlieren. Wenn Tobias mitkriegt, dass der Pullover fehlt, wird er mir das Leben zur Hölle machen. Er wird erst mich feuern und dann Caleb, und dann ist alles, wofür er die letzten fünf Jahre gearbeitet hat, und das zum Greifen nahe ist, dahin. Ich habe alles ruiniert. Seinen Lebenstraum. Seine Chance, die Schuld zu begleichen, die er bis ins Mark spürt. Alles verloren und zunichte wegen mir. Mir.

Eine Schlange windet sich um meinen Brustkorb und quetscht ihn zusammen. Kleiner und kleiner und kleiner, bis ich nicht mehr atmen kann. Meine Sicht verschwimmt und die Ränder werden schwarz.

Ich habe Angst. Solche Angst. Mein Kartenhaus, es fällt zusammen, und ich kann nur dabei zusehen und mich unter den Trümmern begraben lassen. Ich bin allein. So allein. *Allein.*

»Eleonora.« Eine Stimme, sanft und tief, bringt mich zurück an die Oberfläche. Hände umfassen mein Gesicht. Wärme sickert langsam durch den eisigen Mantel der Kälte. »Eleonora, hörst du mich?«

Ja, will ich antworten, schaffe es aber nur, die Hände in weichen Stoff zu krallen und zu nicken. *Ja, ich höre dich.*

»Sehr gut. Konzentrier dich auf mich, okay? Nur auf mich und den Klang meiner Stimme.«

Wieder nicke ich. Das Streichen von Daumen an meinen Wangenknochen beruhigt mich ein wenig, genau wie die vertraute und tiefe Stimme, die wieder und wieder murmelt: »Es ist alles okay, Ellie. Ich bin hier. Atme einfach ein und wieder aus und zähl mit. Wir zählen gemeinsam, ja?«

Eins, zwei, drei. Das Rauschen in meinen Ohren wird leiser. Ich höre Stimmen, doch sie sind gedämpft, fast so, als würde mir jemand die Ohren zuhalten. *Vier, fünf, sechs.* Mit jedem Mal wird das Atmen leichter. Entfernt bemerke ich, dass meine Lungen wie Feuer brennen, aber ich nehme trotzdem gierig einen Atemzug nach dem nächsten, so als hätte mich jemand unter Wasser gedrückt. Doch ich breche durch die Oberfläche und komme zurück. Zurück zu diesem Augenblick. Zurück zu mir selbst. *Sieben, acht …* Ich öffne die Augen, sehe aber nur Rauchblau, und es ist wie eine Umarmung, in die ich mich voller Vertrauen sinken lasse.

»Neun, zehn, elf.« Calebs Stimme ist ganz ruhig. Sein Mundwinkel biegt sich nach oben, während er mich ansieht. »Da bist du ja wieder. Hallo, Ellie.«

»Caleb.« Ich würge das Wort hervor. Meine Kehle fühlt sich staubtrocken und fremd an, so als wäre ich tagelang durch die Sahara marschiert.

»Könnte jemand ein Glas Wasser holen?« Caleb lässt mich nicht aus den Augen, als er die Frage an niemand Bestimmtes richtet, und als ich versuche, mich umzusehen, hält er meinen Kopf zärtlich, aber bestimmt in seinem Griff. »Alles okay. Bleib hier bei mir.«

»Okay.« Ich kralle mich noch fester in sein Hemd, das schon

ganz zerknittert ist. Entfernt spüre ich so etwas wie Reue, doch sie verschwindet ganz schnell, als Caleb mich angrinst. Bisher ist mir nie aufgefallen, dass sein vorderer rechter Schneidezahn ein bisschen schief ist.

»Schön, dass du auch mal nicht diskutieren kannst.«

Ich will lachen, bekomme aber nur ein heiseres Glucksen zustande. »Blödmann.«

»Das klingt schon eher nach dir.« Caleb lässt meine Wange los, doch bevor ich mich beschweren kann, erscheint ein Glas Wasser vor meinem Gesicht. »Trink etwas. Dann lässt es sich auch wieder besser diskutieren.«

Meine Hände zittern noch immer ein wenig, als ich das Glas entgegennehme, aber ich bebe nicht mehr am ganzen Körper. Das Wasser fühlt sich angenehm kühl auf meinen Lippen und in meiner Kehle an, und mit jedem Schluck nimmt auch das Zittern weiter ab. Als ich das Glas absetzen will, bevor es leer ist, schüttelt Caleb nur den Kopf und legt den Zeigefinger unter den Boden des Glases. Also ziehe ich es durch und trinke das Glas leer, folge seiner zärtlichen Anweisung bedingungslos, weil ich ihm so sehr vertraue.

»Sehr gut.« Er nimmt es mir ab und streckt den Arm wieder aus. Aus dem Augenwinkel sehe ich, wie er es Brian gibt, der dann davonhuscht. »So, alle, die nicht Ellie Cox heißen, gehen jetzt zurück an die Arbeit.«

Besorgtes Gemurmel ertönt, bevor Schritte sich entfernen, und erst als die Stille bleischwer eintritt, füllen sich meine Augen mit Tränen. »Es tut mir leid.«

»Unnötige Entschuldigungen nehme ich aus Prinzip nicht an.« Calebs Ton ist noch immer sanft, aus seinen Augen spricht allerdings ehrliche Sorge, und er zieht mich fest an sich. »Was ist passiert?«

Wieder wird meine Kehle eng, und ich schließe die Augen.

Als ich aber Calebs Hände wieder auf meinen Wangen spüre, schaffe ich es endlich, mit der Sprache herauszurücken. »Der Pullover, den *Prada* für Roan geschickt hat, ist weg.«

»Bist du deshalb noch mal runtergegangen?«

»Ja.« Ich klinge ganz kleinlaut, wie ein Kind, das einen Fehltritt beichtet und glaubt, dafür Ärger zu bekommen. »Ich habe im Inventar nach dem Pulli gesucht, weil ich ihn da vor zwei Stunden das letzte Mal gesehen habe.«

»Er ist also hier angekommen?«

»Ja.«

Ein schweres Ausatmen folgt meinen Worten, und ich warte angespannt darauf, dass das Damoklesschwert auf mich hinabsaust und mich zweiteilt.

»Okay. Was kann ich tun?«

Nun fliegen meine Augen doch auf, und während ich sicher bin, dass Überraschung in jeder einzelnen kleinen Mikroexpression auf meinem Gesicht zu sehen ist, entdecke ich in Calebs nur Ruhe und Entschlossenheit, als er meine Wangen noch immer hält und nicht einen Millimeter von mir abrückt, so als wären wir eins, er und ich, und nicht ein Umstand geboren aus Notwendigkeit.

»Ich lasse dich nicht hängen, Ellie. Wir sind ein Team, du und ich«, sagt er und öffnet den Mund, als ob er noch etwas hinzufügen möchte, schließt ihn dann aber gleich wieder. Seine Augen gleiten über mein Gesicht, so langsam und bedächtig wie seine Daumen über meine Wangenknochen, ehe er doch zu sprechen beginnt. »Für alles gibt es eine Lösung. Also, was kann ich tun?«

Mein Kopf ist wie leer gefegt, was mir auf grausame Art und Weise vor Augen führt, dass ich mich von der Panik habe verschlucken lassen, anstatt nach einer Lösung zu suchen. Ich habe mich von ihr anfallen und niederringen lassen. Habe sie gewinnen lassen. Aber auch wenn dieser Kampf verloren ist, die Schlacht ist es auf keinen Fall.

Nicht, wenn Caleb mich so ansieht. Nicht, wenn er an meiner Seite steht. Nicht, wenn ich nicht allein bin.

Ich lege meine Hand auf seinen Unterarm und sehe ihn an. Das Nylonhemd auf meinem Arm macht ein leises Geräusch, und ich betrachte es ein paar Sekunden lang, ehe ich entschlossen nicke.

»Stärk mir den Rücken.« Ich drücke Calebs Unterarm und hoffe, dass er merkt, wie ernst es mir mit dieser scheinbar einfachen Bitte ist. »Und bleib an meiner Seite, bis du mit *Parallel* das Hotel verlässt.«

Wenn Caleb von meiner Bitte überrascht ist, dann zeigt er es nicht. Stattdessen nickt er, hält seine Hände noch einen Moment länger an meinen Wangen und küsst mich. Es ist ein sanfter Kuss, bedächtig, und er vertreibt den letzten Rest der Panik, sodass ich nicht protestiere, als er seine Hände sinken lässt und neben mir Position bezieht. »Ich bin hier.«

»Danke.« Das Nylonhemd glänzt im Licht, und ich atme einmal tief durch, bevor ich die Tür zu Roans Zimmer aufziehe. Und als ich über die Schwelle trete, in einen Raum voller Menschen, die mich unterstützen und mir vertrauen, und mit Calebs Ruhe und Stärke im Rücken, scheint die ganze Sache viel weniger ausweglos als noch vor wenigen Minuten.

»Wir haben ein Problem«, sage ich laut in den Raum hinein und bekomme so etwas wie Lächeln zustande. »Aber wie sagt man so schön: Probleme sind dazu da, um gelöst zu werden, nicht wahr?«

27. KAPITEL

Caleb

Reach = ~~*Die absolute Zahl der Nutzer, die deine Inhalte online sehen.*~~ *Und plötzlich bist du nur Millimeter entfernt*

Kaltes Metall unter meinen Fingerspitzen. Dezentes rotes Licht. Eine Melodie, die mir zum Hals heraushängt, obwohl sie derartig unpersönlich ist, dass ich sie vermutlich nicht einmal wirklich wahrnehmen soll. Die Türen schließen sich, und wir setzen uns in Bewegung, quälend langsam und zäh wie dieser gesamte Abend, der das Highlight meiner bisherigen Karriere hätte sein sollen, jetzt, wo ich sicher bin in diesem Land des Reichtums, in dem Werbeverträge und Millionen fließen. Mein Handy quillt über mit Glückwünschen und geschäftsmäßigen Bekundungen von Stolz, ausgesprochen von Kontakten, die sich bisher geziert haben, meine Bemühungen für mein eigenes Label zu unterstützen, und die sich jetzt überschlagen, um mir ihre Hilfe anzubieten.

Es geht hinauf, immer weiter hinauf, unaufhörlich der höchsten Etage entgegen. Wieso fühle ich mich dann, als würde ich in die Hölle hinabsteigen, als die Türen sich nicht schon im siebten, sondern erst im achten Stock öffnen?

Die sechs Bodyguards, die uns den ganzen Abend begleitet haben, steigen zuerst aus, wie immer wortkarg und hochgradig konzentriert, bis sie *Parallel* sicher in der Suite wissen. Tobias folgt, der sich wie üblich gern selbst reden hört, doch was er von sich gibt, bekomme ich nicht mit. Schon den ganzen Abend ist sein selbstherrliches Geplapper nichts weiter als ein weißes Rauschen im Hintergrund, das ich kaum wahrnehme. Roan nickt höflich zu etwas, das gesagt wird, als er hinterhergeht, die Hände locker in seinen Hosentaschen. Er wirkt unbekümmert und das schon den ganzen Abend, was wohl daran liegt, dass er sich offensichtlich wohl in seiner Haut fühlt. Er strahlt in seinem Ensemble, ganz in Schwarz, und behangen mit silbernen Ketten und Ringen, ein Bild düsterer und zeitloser Eleganz, das von den dunklen Locken komplettiert wird, die sein Gesicht umspielen, jetzt, wo sein längeres schwarzes Haar nur halb hochgebunden ist. Glitzer lässt seine Augen funkeln und der Hauch von Lipgloss, den die Bilder, die nun wie wild auf allen sozialen Netzwerken kursieren, fantastisch eingefangen haben, gehört nach der Aftershow-Party und diversen Drinks längst der Vergangenheit an.

Damian folgt ihm auf dem Fuße, seine exzentrische gelbe Jacke mit diversen Aufdrucken ist ihm mit Absicht zwei Nummern zu groß und passt zu der pechschwarzen Sonnenbrille, die tief auf seiner Nase sitzt und die in ihrer Position nicht den grafischen Eyeliner verbergen kann, der das rebellische Funkeln in seinen Augen nur noch besser zur Geltung bringt.

Alle auf dem *Prada*-Event haben *Parallel* aus der Hand gefressen. Von wild rufenden Reportern, die alle versucht haben, das beste Foto von meinen Jungs zu schießen, über beeindruckte Gäste der Modenschau, die bereits auf dem roten Teppich immer wieder angehalten haben, um sie zu betrachten, bis hin zu den Designern, die sich nach der Show die Zeit genommen haben, die von uns vorbereiteten Geschenke entgegenzunehmen und sich mit den beiden ablichten zu lassen. Die sozialen Netzwerke sind voll mit ihren Fotos.

Niemand hat den fehlenden Pullover bemerkt. Niemand hat ein einziges Wort darüber verloren.

Ich sollte darüber erleichtert sein, und das bin ich natürlich. Aber ich wünschte auch, Ellie hätte dabei sein können, um genau das mit eigenen Augen zu sehen. Doch Stylistinnen und Stylisten waren zu diesem Event nicht geladen, wahrscheinlich, weil sie neben Bodyguards und Managern nur noch weiter Platz blockiert hätten, den man lieber für mehrere tausend Pfund an gut betuchte Mode-Enthusiasten verhökern wollte.

Ernsthaft, ich hätte mir den rechten Arm abgehackt, um Ellie mitzunehmen, damit sie das Gekreische der Fans hätte hören können, die so geduldig stundenlang darauf gewartet haben, einen Blick auf *Parallel* zu erhaschen, und die in ohrenbetäubende Begeisterungsstürme ausgebrochen sind, sobald ihre Idole aus dem Wagen stiegen. Gern hätte ich sie an meiner Seite gehabt, um sie auf jede einzige Person aufmerksam zu machen, die alles haben stehen und liegen lassen, nur um unsere Jungs anzusehen, damit sie nicht einen einzigen dieser kostbaren Blicke verpasst hätte, die allesamt ihre Arbeit würdigten. Stattdessen ist sie hier im Hotel geblieben und hat uns mit einem tapferen Lächeln auf den Lippen unten an der Tür verabschiedet, das ich am liebsten mit tröstenden Küssen hätte verschwinden lassen.

Man hätte fast meinen können, dass wir uns Ellies Panikattacke nur eingebildet haben. Dass sie niemals vollkommen blass um Luft gerungen hat. Dass ich nicht erst dreimal nach ihr habe rufen müssen, bevor sie doch endlich auf ihren Namen reagiert hat.

Aber ich weiß es. Ich weiß, dass es real war, denn ich habe ihr Zittern unter meinen Händen gespürt, und ich glaube nicht, dass ich diese Angst in ihren Augen jemals werde vergessen können.

Mein Drang, jetzt direkt zu Ellie zu gehen, um mich zu vergewissern, dass es ihr gut geht, ist übermächtig. Sie hat weder eine einzige meiner Nachrichten beantwortet, seitdem wir aufgebrochen sind, noch konnte Mia mir sagen, wie es ihrer Freundin geht, da sie sich wohl mit ein paar fadenscheinigen Ausreden direkt nach dem Abendessen in unser Zimmer verkrochen hat.

Die letzten paar Stunden sind die reinste Folter gewesen, und ich bin mir sicher, dass Debrief des heutigen Abends wird sich genauso grausam ziehen wie alles andere auch. Als Manager ist es aber meine Pflicht, daran teilzunehmen und abzuklären, dass Damian und Roan alles haben, was sie brauchen, bevor ich mich für die Nacht zurückziehe. Außerdem hat Tobias die Schlinge um meinen Hals fester gezogen, sodass ich mir, so kurz vor meinem Ziel, keinen Fehler erlauben kann. Und das Debrief aufzuschieben, um erst nach Ellie zu sehen, wäre etwas, das er definitiv gegen mich verwenden würde.

Also trete ich aus dem Fahrstuhl, nur um von einer Hand mit bunt lackierten und wild beklebten Nägeln augenblicklich wieder hineingeschubst zu werden. Ich fange mich so gerade mit einer Hand an einer Haltestange ab und verhindere um Haaresbreite, mich auf die Nase zu packen.

»Was genau soll das werden, Alter?«, fragt Damian, und obwohl ich an der Haltung, wie seine Schultern herabhängen, sehen kann, wie müde und erledigt er ist, klingt seine Stimme scharf und unnachgiebig.

Ich sehe Damian überrascht an, der mich über den Rand seiner Brille hinweg gereizt anfunkelt. »Ich gehe zur Nachbesprechung.«

»Einen Scheiß tust du.« Er tritt kurz in den Fahrstuhl, um den Knopf für die siebte Etage zu drücken, ehe er wieder hinausgeht. »Du kümmerst dich jetzt gefälligst um deine Freundin.«

Tobias steht mit Roan ein Stück weiter und wartet, jetzt, wo aufgefallen ist, dass wir uns nicht mehr direkt am Ende des Trosses befinden, und beäugt Damian und mich argwöhnisch. »Dee, ich sollte nicht–«

»Du solltest und du wirst.« Damian, der es weder mit Nachsicht noch mit öffentlichen Zuneigungsbekundungen hat, tippt mir direkt auf die Stelle über dem Herzen. »Du wärst eh nicht ganz bei der Sache, also vergiss es einfach. Die Viper in unserem Nest haben Roan und ich schon genauestens im Visier, mach dir da mal keinen Kopf drum.« Er räuspert sich und lässt die Hand sinken. »In den letzten zehn Jahren hast du uns beschützt. Du musst uns auch mal die Chance geben, uns bei dir zu revanchieren, Mann.«

Was ich darauf sagen soll, weiß ich nicht. Was ich allerdings weiß, ist, dass ich noch nie einen so dicken Kloß im Hals hatte wie jetzt. Und weil mir nichts Besseres einfällt, murmle ich nur ein dümmliches »Danke, Dee«, bevor die Türen sich schließen.

Die Fahrt ein Stockwerk tiefer dauert nicht lang, doch mir kommt es wie eine halbe Ewigkeit vor, und als die Türen sich endlich wieder öffnen, bin ich ein angespanntes Nervenbündel.

Der Weg ist kurz, dennoch bin ich froh, dass ich niemandem in die Arme laufe, denn Anhalten erscheint mir unmöglich in meinem Rennen mit der Zeit, um so schnell wie möglich zu Ellie zu gelangen. Schlitternd erreiche ich die Tür und sende einen stummen Dank an wen auch immer, dass ich diesmal niemanden wartend vor meiner Tür vorfinde, der irgendetwas mit mir besprechen will. Für das typische geschäftliche Frage-und-Antwort-Spiel habe ich nicht die Geduld. Zumindest nicht jetzt.

Meine Finger sind unstet, als ich hektisch die Schlüsselkarte aus meiner Innentasche fummele. Das leise Piepen und Entriegeln des Türschlosses sind wie eine süße Erlösung, und der

Geruch von Ellies Parfüm und meinem Aftershave, die sich zu einem einzigen vertrauten Duft vereint haben, empfängt mich wie eine warme Umarmung, als ich über die Schwelle ins Zimmer trete und die Tür hinter mir schließe.

Die Erleichterung hält allerdings nicht lange an, denn in unserem Zimmer ist es stockdunkel. Aber nicht so, wie es sein sollte, um drei Uhr früh, wenn jemand schläft. Nein, die Vorhänge sind noch immer offen, und ich höre einen dumpfen Bass, der aus Kopfhörern dringt, und schwere Seufzer, die sich mit tiefen Atemzügen abwechseln.

Langsam und bedächtig trete ich aus dem kleinen Eingangsbereich ins Zimmer und schalte, mit einem der Schalter an der Wand, die sanfte Beleuchtung hinter dem Bett ein. Ich will nicht, dass Ellie sich erschreckt, wenn, wie aus dem Nichts, meine Silhouette in der Dunkelheit erscheint.

Doch diese Sorge ist unbegründet, denn Ellie sieht mich nicht an. Nicht einmal dann, nachdem ich das Licht eingeschaltet habe. Stattdessen starrt sie aus den bodenhohen Fenstern hinaus, raus auf die Stadt, die golden glänzt an diesem Tag, dem Höhepunkt der Fashion Week, die die altehrwürdige Stadt in eine Partymeile für die Reichen, Schönen und Privilegierten dieser Welt verwandelt. Sie sitzt mitten auf dem Bett, die Arme um ihre Knie geschlungen, die sie an ihre Brust gezogen hat. Sie sieht so furchtbar verloren aus, so klein und einsam, mitten in diesem gigantischen Meer aus Weiß und Dunkelblau. Sie muss geduscht haben, denn ihr Haar ist offen und noch nass, und sie trägt kaffeebraune Leggings zu einem übergroßen und flauschigen, cremefarbenen Pullover, in dem sie vollkommen versinkt. Ihr Handy liegt umgedreht auf dem Nachtschränkchen, und große Kopfhörer ruhen über ihren Ohren und sperren die Welt aus, die ihr heute indirekt zu Füßen lag, in der sie aber gerade offensichtlich nicht sein will.

Ich lege den Zimmerschlüssel auf den Schreibtisch und streife mir das Jackett von den Schultern, das ich achtlos über den Schreibtischstuhl werfe, über dem schon Ellies Bademantel und ihr Hoodie von heute früh hängen. Es bildet einen eigenwilligen Kontrast, das schwarze Jackett aus Wolle und Mohair mit dem Satinrevers neben dem flauschigen, weißen Bademantel und dem Hoodie. Und dennoch ergibt es Sinn und beruhigt mich auf eine Art und Weise, wie es nur Ellie tun kann. Sie ist hier überall in diesem Zimmer, das zu unserem geworden ist. Sie umfängt mich und hält mich und beruhigt mich, und ich kann kaum atmen, weil ich nicht weiß, wohin ich mit mir und all diesen Dingen soll, die ich fühle und die dafür sorgen, dass ich mir im Angesicht ihrer apathischen Verzweiflung so hilf- und nutzlos vorkomme.

»Willkommen zurück.« Ich drehe mich zu Ellie um, als sie mich unvermittelt anspricht. Aus müden Augen sieht sie mich an, ihre Bewegungen sind langsam und träge, als sie sich die großen Kopfhörer vom Kopf zieht und zu ihrem Handy auf den Nachtschrank legt. Sie muss mich doch aus dem Augenwinkel wahrgenommen haben, was schon mal gut ist, denn auch wenn sie nicht auf das Licht reagiert hat, ist sie immerhin noch so geistesgegenwärtig, mitzubekommen, wenn jemand anderes mit ihr in einem Raum ist.

»Danke.« Ich lege meine Uhr ab und massiere die Haut darunter, um mich irgendwie zu beschäftigen und nicht bloß Ellie anzustarren. »Wieso schläfst du noch nicht?«

»Ich hab's versucht, aber es klappt nicht.« Dass sie dafür zu aufgewühlt ist, würde jeder bemerken. Sie öffnet den Mund, schließt ihn aber gleich wieder und atmet erst mal tief ein und aus. Dann drückt sie den Rücken durch und stellt doch eine Frage. »Wie war es?«

Die Antwort darauf macht ihr offenkundig Angst, denn sie

schlingt die Arme sofort wieder schützend um ihre Knie, während sie mich abwartend ansieht.

»Gut. Sehr gut sogar.« Ich löse die Manschettenknöpfe an meinem Hemd und lege sie auf dem Schreibtisch ab. Die Ärmel meines Hemdes rolle ich auf, als ich langsam um das Bett herumgehe und mich auf die Kante setzte, nicht so nah, dass ich Ellie bedränge, aber nah genug, dass sie weiß, dass ich da bin, wenn sie mich braucht. Wenn ich ehrlich bin, brauche ich das selbst, denn ich kann nicht mehrere Meter von ihr entfernt stehen. Nicht jetzt. Eigentlich nie. »Alle haben das Outfit geliebt, Ellie.«

Sie presst die Lippen zusammen und fixiert ihre Knie. »Wirklich?«

»Wirklich.« Ich stütze mich mit einer Hand auf der weichen Matratze ab und wende mich ihr vollständig zu. »Alle haben den beiden aus der Hand gefressen, und meine Inbox quillt über mit Angeboten für Werbeverträge und Kooperationen.« Ich hebe die Hüfte an und ziehe mit meiner freien Hand mein Handy aus der hinteren Hosentasche, das ich entsperre und ihr hinhalte, sobald ich eine der unzähligen sozialen Netzwerke geöffnet und den richtigen Hashtag gefunden habe. »Die Fans haben es auch geliebt, siehst du?«

Die sonst so furchtlose Ellie, die sich kopfüber in jede Situation stürzt, die man ihr vor die Füße wirft, zögert kurz, ehe sie doch den Mut aufbringt, auf das Handy zu sehen, das ich ihr hinhalte. Dieses kleine Zögern spannt mein Herz in einen Schraubstock und zieht ihn an, bis da nichts weiter in meiner Brust ist als ein scharfer Schmerz. Sie kneift die Augen zusammen, und dann tue ich etwas, das ich sonst niemals mache: Ich gebe mein Handy in die Hände von jemand anderem, entsperrt und ohne irgendwelche Absicherung dafür, dass sie mein Vertrauen nicht missbrauchen wird. Aber Ellie ist alle

Absicherung, die ich brauche. Ich vertraue ihr bedingungslos.

Elie sagt nichts, sondern scrollt einfach durch die Einträge unter dem Hashtag *#RoMianOwningPrada*, die nichts weiter als Lob und Verehrung für die Looks der beiden übrighaben.

»Ich habe unzählige Glückwunschnachrichten zu dem gelungenen Event bekommen«, sage ich nach einer Weile der Stille, in der ich Ellie Zeit geben wollte, diesen kleinen Moment des Triumphes zu genießen, den wir allein der Tatsache zu verdanken haben, dass diese unfassbar talentierte Stylistin in der Lage war, schnell umzudenken und das absolut Beste aus einer Situation zu machen, in der andere eingeknickt und zusammengebrochen wären. »Dass der Pullover fehlte, ist niemandem aufgefallen, Ellie. Weder Tobias noch den Designern selbst.« Ich rücke etwas näher an sie heran und wische auf dem Bildschirm nach oben, um von der App in die Galerie zu wechseln, in der sich das Bild von *Parallel* mit beiden Creative Directors von *Prada* befindet. Alle strahlen in die Kamera, absolut glücklich mit dem Abend.

Ellie starrt darauf, und ich lege meine Hand unter ihre, als sie wieder zu zittern beginnt. Ihre Unterlippe bebt, und sie zieht sie zwischen die Zähne, als sie hektisch zu blinzeln beginnt. »Es hat keiner gemerkt?«

»Nein, niemand.« Beruhigend streiche ich mit dem Daumen über ihre Knöchel, während die ersten Tränen auf das Display tropfen. »Das verspreche ich dir, Ellie.«

Ellie atmet zittrig ein, und als die Luft ihre Lungen verlässt, verlässt auch sämtliche Spannung ihren Körper und sie sackt in sich zusammen, wobei ein Schluchzen sich ihrer Kehle entreißt. »Gott sei Dank«, würgt sie hervor und presst sich mein Handy an die Brust. »Gott sei Dank. Ich–« Ein Schluckauf unterbricht sie, und ich kann sie kaum noch verstehen, so doll weint sie jetzt. »Ich dachte, ich hätte alles ruiniert. Ich dachte, du verlierst jetzt alles, und das nur wegen mir. Du kannst deinen Traum nicht verlieren, Caleb. Nicht meinetwegen. Überhaupt nicht. Du kannst nicht–«

»Ellie, du hast gar nichts ruiniert, hörst du? Absolut gar nichts.« Ich schließe Ellie fest in meine Arme und halte sie so, wie ich es mir seit diesem Moment im Flur gewünscht habe. Ich küsse behutsam ihre Schläfe, in der Hoffnung, sie damit ein bisschen beruhigen zu können. »Das hast du ganz und gar nicht. Du hast uns allen den Arsch gerettet. Wieder einmal.« Sie hebt den Kopf, und ich bemühe mich, ihr den letzten Rest der Zweifel zu nehmen. »Du hast gar nichts ruiniert. Ganz im Gegenteil. Und ich bin dankbar, dass du hier bei uns bist, Ellie.«

Sie starrt mich an, vollkommen regungslos nebst dem Beben ihrer Schultern, während aus ihren großen Augen unaufhörlich Tränen kullern. Weil ich nicht weiß, was ich tun soll, halte ich sie einfach weiter fest. Zumindest so lange, bis sie plötzlich das Handy fallen lässt und rittlings auf meinen Schoß klettert. Sie vergräbt ihr Gesicht an meinem Hals, und ich spüre ihre feuchten Tränen, die meine Haut benetzen, während sie sich an mich klammert und einfach weint.

Ich lasse sie. Lasse sie ihre Verzweiflung, ihre Anspannung und ihre Angst einfach herausweinen, auch wenn jedes Schluchzen mich zerreißt. Ich halte sie fest, als ihr Körper vor Erschöpfung zu zittern beginnt, und auch dann noch, als das Schluchzen verebbt und sie endlich vollkommen verausgabt einschläft.

Erst als ihre Atmung wirklich tief und gleichmäßig ist, wage ich es, sie auf dem Bett abzulegen. Doch sobald ich mich von ihr zu lösen versuche, um mich umzuziehen, wird sie unruhig und klammert sich nur noch mehr an mir fest. Schließlich gebe ich auf und lege mich neben sie, ihr Körper dicht an meinem, in den Schatten der Nacht, die das silberne Mondlicht nur noch bedrohlicher wirken lässt.

Besorgt studiere ich ihr blasses Gesicht. Eine steile Falte gräbt sich zwischen ihre Augenbrauen, aber als ich die Hand ausstrecke und mit dem Daumen darüberfahre, glättet sie sich und verschwindet ganz, ehe sie ihre Wange tiefer ins Kopfkissen schmiegt, über die sich Tränenspuren ziehen.

Nie wieder will ich sie weinen sehen.

Sobald der Wunsch sich in meinen Gedanken manifestiert, ist er übermächtig und nistet sich mit erdrückender Deutlichkeit zwischen meinem Herz und meiner Seele ein. Er nimmt ziemlich viel Platz ein. So unendlich viel Platz, als würden meine Organe achtlos beiseitegeschoben werden. Mein Magen krampft sich zusammen, meine Rippen bohren sich in meine Lungenflügel und punktieren sie, bis ich nach Sauerstoff schnappen muss, als sich ein weiterer Wunsch in mir ausbreitet. Dieser ist noch stärker als der erste, und er treibt mir nun selbst Tränen in die Augen, während ich die Frau betrachte, die ich vor allem Unheil dieser Welt beschützen möchte.

Ich will Ellie nicht verlieren.

Aber ich habe es ihr versprochen. Ich habe ihr versprochen, dass ich sie gehen lasse, und dieses Versprechen werde ich morgen einlösen, wenn sie sich mit Thoma trifft, um eine Stelle in Paris anzutreten, dreihundert Meilen von mir entfernt. Das, was wir gemeinsam hier in Mailand geteilt haben, wird bald nichts weiter sein als eine stetig verblassende Erinnerung.

Jetzt bin ich es, der Halt sucht, und ich schlinge meine Arme fester um Ellie, die sich im Schlaf nur noch enger an mich schmiegt und mir damit eine Sache ganz klar vor Augen führt: Ich will Ellie nicht verlieren, weil ich mich in sie verliebt habe.

Unwiderruflich. Hals über Kopf. Ohne jeden Sinn und Verstand. Und ich habe keine Ahnung, wie ich sie jetzt noch gehen lassen soll.

28. KAPITEL

Ellie

Fashion Forecast = ~~*Eine Vorhersage von Trends auf dem Modemarkt;*~~ *Regen, ohne Aussicht auf Sonne*

Regen, der gegen die Fensterscheibe prasselt, weckt mich auf.

Er ist leise, mehr ein Flüstern, doch ich höre ihn überdeutlich in der Stille unseres Zimmers, in dem es wohlig warm ist. Arme umfangen mich sicher, und ich schmiege mich fester in die Umarmung, die meine Nacht erträglich gemacht hat.

Unwillig schlage ich die Lider auf, doch auch das vom Regen getrübte Licht ist zu hell für meine Augen, die vom Weinen gestern noch wehtun. Mein ganzer Kopf schmerzt, eine unangenehme Erinnerung an den gestrigen Tag, von dem ich die Hälfte vor lauter Stress und Angst verdrängt habe. Die Panikattacke auf dem Flur hat mich mindestens genauso ausgelaugt wie meine anschließende erfolglose Suche nach dem Pullover mit Mia und Wasim, bevor mich nach Calebs Rückkehr meine Tränen in den Schlaf begleitet haben. Obwohl ich danach keinmal aufgewacht bin, fühle ich mich, als hätte ein Bus mich überrollt, und ich vermute, dass meine Nacht unruhig und vor allem kurz gewesen ist. Die Sonne versteckt sich zwar hinter den dicken grauen Wolken, das Licht verrät mir aber trotzdem, dass sie noch nicht hoch am Himmel stehen kann.

Ganz behutsam, um ihn ja nicht zu wecken, drehe ich mich

zu Caleb um. Seine Atmung ist tief, seine Augen sind geschlossen, und unter ihnen ruhen dunkle Schatten. Während er sonst erholt und jungenhaft aussieht, wenn er schläft, lassen die strengen Sorgenfalten um seinen Mund ihn heute deutlich älter aussehen. Sein Hemd und die Anzughose von gestern trägt er noch immer, und ich frage mich, warum er sich nicht umgezogen hat, bis ich die Falten in seinem Hemd entdecke, die verdammt danach aussehen, als hätte ich mich die halbe Nacht an ihn geklammert.

Wahrscheinlich habe ich das auch, denn Caleb ist meine Heimat, mein sicherer Hafen, mein größtes Geheimnis und das einzig Wahrhaftige in meinem Leben zugleich. Wenn man mich fragen würde, was genau Caleb für mich ist, dann hätte ich darauf keine Antwort. Er ist nichts. Er ist alles. Er ist jede Schattierung dazwischen. Und auch wenn ich nicht genau weiß, was Caleb eigentlich für mich ist, weiß ich doch, dass ich bei ihm absolut sicher bin, was auch immer passiert.

Ich rücke näher an ihn heran und lehne meinen Kopf gegen seine Brust, während ich mich tiefer in die Decke kuschle, mit der wir uns wohl gestern nicht zudecken konnten, weil wir darauf gelegen haben. Frieren tue ich jedoch nicht, mir ist wohlig warm, wenn ich bei Caleb bin, ganz gleich, ob die Welt um mich herum kalt und grau ist. Meine Hände wandern ganz automatisch zu den Falten in seinem Hemd und legen sich behutsam über die Spuren meiner Verzweiflung, die mein Versuch, Halt bei ihm zu finden, hinterlassen haben. Mir schwirrt der Kopf, ich weiß nicht, was ich denken oder fühlen soll, als mir bewusst wird, dass heute mein letzter Tag in Mailand ist … Dass wir den Pullover noch immer nicht gefunden haben …

Mein Herz setzt einen Schlag aus, als Caleb sich bewegt. *Nein, nicht wach werden,* denke ich, so als könnte ich ihn allein damit davon abhalten, diesen Moment zu unterbrechen, der doch so unweigerlich enden muss. *Lass mich noch ein Weilchen hier bei dir sein.*

»Guten Morgen.«

Ich brauche einen Moment, um die Tränen wegzublinzeln, die ganz ohne mein Zutun in meine Augen getreten sind. »Guten Morgen.«

Eine seiner großen Hände streicht über meinen Rücken. Eine beiläufige Berührung, und doch beschert sie mir wieder diese Gänsehaut, die nur Caleb heraufzubeschwören vermag. »Wie geht es dir?«

»Ich habe Kopfschmerzen«, gebe ich ehrlich zu, weil ich keinen Mehrwert darin sehe, ihm das zu verschweigen, da er es mir vermutlich eh ansehen kann. Er hat es im Blut, all die Dinge ohne Worte zu verstehen, die ich nicht sagen kann oder nicht sagen will.

»Kein Wunder. Du hast gestern sehr viel geweint und sehr wenig getrunken.« Meine Lider schließen sich von selbst, als Caleb sich vorlehnt und mir einen Kuss auf die Augenbraue drückt, der das Flattern, das dauerhaft in meinem Magen haust, wann immer wir zusammen sind, weiter anfacht. Doch anders als sonst, verweilt Caleb nicht hier, dicht bei mir, sondern zieht behutsam seinen Arm unter meinem Kopf hervor, ehe er sich aufsetzt und ich nur noch seinen breiten Rücken sehen kann. Jetzt flattert mein Magen aus einem ganz anderen Grund, und der gefällt mir nicht. »Du solltest eine Tablette nehmen. Heute ist ein wichtiger Tag.«

»Nein. Ich trinke gleich einfach ganz viel Wasser und schlafe noch ein bisschen. Das sollte reichen.«

Caleb sieht auf den Wecker auf dem Nachtschrank und schüttelt den Kopf. »Dafür hast du keine Zeit mehr.«

»Wieso?« Ich starre seinen breiten Rücken an, der mir gerade wie eine undurchdringliche Mauer vorkommt, und runzle die Stirn. »Es ist doch noch früh, oder nicht?«

»Es ist kurz vor acht, aber du musst noch duschen, frühstücken und dich fertig machen.« Calebs Stimme ist eigenartig. Nicht direkt distanziert und kühl, aber auch nicht so warm und vertraut wie sonst. Er klingt zurückhaltend, fast schon, als würde er größte Vorsicht walten lassen. »Das wird jetzt schon knapp, wenn du pünktlich um elf in der Lobby vom Grand Hotel sein willst. Immerhin ist das am anderen Ende der Stadt.«

Grand Hotel? Lobby? Elf Uhr? Wovon zur Hölle redet er da bitte?

»Sollen wir mögliche Fragen für dein Vorstellungsgespräch zusammen durchgehen, während du frühstückst?« Er steht auf und nimmt den Bademantel vom Stuhl, den er zu mir aufs Bett wirft. »Thoma legt auf ähnliche Dinge Wert wie ich, es sollte also nicht allzu schwer für mich sein, mögliche Fragen von ihm vorherzusehen.«

Das Flattern in meinem Magen erstirbt augenblicklich, und mir ist eiskalt. Das Vorstellungsgespräch. Caleb spricht von meinem Vorstellungsgespräch. Das Vorstellungsgespräch, das ich selbst total vergessen habe. Warum nur habe ich etwas so Wichtiges vergessen?

Ich setze mich ebenfalls auf und greife mit zitternden Händen nach dem Bademantel, in den ich mich hülle, um die Eiseskälte damit irgendwie zu vertreiben, die mich von Kopf bis Fuß erfasst hat und mich zittern lässt. Ich habe Angst vor der Antwort, aber die Frage kommt mir über die Lippen, bevor ich sie stoppen kann. »Meinst du, ich sollte hingehen?«

Caleb stockt kurz, wendet sich aber dann dem zweiten Bademantel zu und nimmt ihn vom Haken. Er sieht mir nicht in die Augen, als er leise sagt: »Natürlich. Das ist eine ausgezeichnete Chance für dich. Du bist eine herausragende Stylistin, und in einem Team wie dem von Emma Peichert unterzukommen, würde dein Repertoire erweitern. Ich weiß, du hast gesagt, du arbeitest eigentlich lieber mit Männern, etwas Neues zu wagen, kann allerdings nicht schaden. Schon gar nicht am Anfang deiner Karriere.«

»Aber–«

»Wenn du dich wegen gestern sorgst, ich habe dir schon mehrfach versichert, dass das nicht deine Schuld war. Solche Dinge passieren.« Er schluckt schwer. »Wo Menschen arbeiten, passieren Fehler, Ellie.«

»Weil Fehler zu machen menschlich ist?« Ein Stich durchfährt mich, als ich an den Moment zurückdenke, in dem wir diese Wahrheit das erste Mal miteinander geteilt haben, auf dieser Tanzfläche mitten in den Straßen Mailands. Ein Augenblick, der mir gerade vorkommt, als wäre er vor Jahren und nicht vor wenigen Tagen gewesen.

»Ja, weil Fehler zu machen menschlich ist.« Caleb sieht mich an, und ich weiß, dass er auch daran denkt. Doch bevor ich mehr in seinen Augen erkennen kann als diesen Glimmer der Erinnerung, wendet er sich schon ab und stakst in Richtung Badezimmer. »Ich gehe zuerst duschen, dann kannst du dich in Ruhe fertig machen. Sobald du umgezogen und geschminkt bist, frühstücken wir zusammen und dann–«

»Danke, aber ich habe keinen Hunger.« Ich ziehe den Kragen des Bademantels fester und versuche, selbstbewusst auszusehen, als Caleb mich unzufrieden anblickt. Eine Hand lege ich über meinen Magen, und das Gesicht, das ich dabei mache, ist nicht gespielt. Mir ist wirklich kotzübel. »Ich bin wohl zu aufgeregt. Mir ist richtig schlecht.«

»Gerade dann solltest du zumindest eine Kleinigkeit essen.« Caleb verschwindet im Bad, wo er den Bademantel aufhängt und sich Handtücher zurechtlegt. Die Tür ist noch immer offen, während er zwar mit mir spricht, mich aber nicht dabei ansieht. »Ich bestelle dir einen Joghurt. Iss wenigstens den, bevor Marco dich hinfährt.« Er hält kurz inne, hat die Hand auf die Klinke gelegt, und grinst mich an. Aber es erreicht seine rauchblauen Augen nicht. »Gib mir fünfzehn Minuten. Dann kannst du.«

»Okay.«

Die Tür schließt sich mit einem leisen Klicken. Der Regen prasselt gegen die Scheibe. Die Dusche beginnt zu rauschen. Meine Wangen sind wieder tränennass.

Schnell greife ich mir eins der Kissen und presse mein Gesicht hinein, um das laute Schluchzen zu ersticken, das meinen ganzen Körper schüttelt, als mir klar wird, wie ich etwas so Wichtiges wie das Vorstellungsgespräch vergessen konnte.

Weil ich nicht hingehen will.

Weil ich gehofft habe, dass auch Caleb nicht mehr möchte, dass ich dorthin gehe.

Weil ich fehlerhafter Mensch, der ich bin, mich in Caleb Lee verliebt habe.

Und er? Er hat mich gerade weggeschickt und mir damit unmissverständlich klargemacht, dass er nicht das Gleiche empfindet. Dass er wirklich vorhat, morgen getrennte Wege zu gehen. Dass er mich nicht länger an seiner Seite will. Dass ich die Einzige bin, die die wichtigste Regel unseres Abkommens wohl vergessen hat.

Wir dürfen uns nicht verlieben, habe ich gesagt. Das macht alles nur so kompliziert. Und genau da habe ich mich geirrt. Denn ein Herz zu brechen ist überhaupt nicht kompliziert. Alles, was es dafür braucht, sind ein paar simple Worte. Oder die Abwesenheit eben dieser.

Ein Herz zu brechen ist nicht kompliziert. Es wieder zusammenzusetzen, das ist die wahre Herausforderung.

Der Regen prasselt weiter gegen die Fenster und wäscht das Sonnenlicht fort, das sich nicht gegen das Grau des Himmels durchsetzen kann, und ich lasse mich von ihm forttragen, so lange, bis meine Tränen mit dem Abdrehen der Dusche im Badezimmer verebben.

Caleb kommt zurück, doch das Zimmer, das für kurze Zeit mein Zuhause war, bleibt leer.

29. KAPITEL
Caleb

Lift = ~~*Analyse von alter und neuer Marketingstrategie, um Gewinne und Verluste zu identifizieren*~~*; Ein Kurswechsel*

»Und lass mich raten, der beschissene Pulli ist auf magische Art und Weise heute Nacht wieder aufgetaucht?« Herzhaft beißt Damian in seinen Scone. Erdbeermarmelade tropft von dem Gebäck auf sein Kinn und von dort auf seine Finger, die Damian sich einfach in den Mund steckt, um die klebrig süße Fruchtmasse abzulecken, die er immer auf seine Scones schmiert, schon seitdem ich ihn kenne.

Die vertraute Alltäglichkeit dieser Situation beruhigt mich und lenkt mich von dem leeren Hotelzimmer eine Etage tiefer ab, in dem noch immer meine gemurmelten Wünsche für Erfolg und Glück nachhallen werden, obwohl ich Ellie schon vor einer ganzen Weile für ihr Vorstellungsgespräch verabschiedet habe. Es ist das, was wir ausgemacht haben, Teil eines Deals, geschlossen aus Notwendigkeit und den gegebenen Umständen. Doch seitdem sie gegangen ist, fühlen sich selbst gute Nachrichten irgendwie falsch an, wie Eissplitter, die sich tief in meinen Magen bohren.

»Aber sicher. Wasim ist vorhin zu mir gekommen, um mir mitzuteilen, dass sie ihn zwischen den Sachen von *Studio Five* gefunden haben.« Gerne würde ich wie Damian lässig auf der

Couch lümmeln und mich an einem der Scones bedienen, die sich in einem kleinen Körbchen auf dem Couchtisch stapeln, um das die Hotelangestellten eine Auswahl von Marmeladen, Konfitüren, Honig, Buttersorten und Schlagsahne gestellt haben. Aber ich bin zu nervös und laufe stattdessen vor der Couch auf und ab, in meiner Hand eine Tasse Kaffee, aus der ich noch keinen Schluck genommen habe und der auch längst kalt ist. Die Eissplitter werden zu Eiszapfen, und egal wie viel ich mich auch bewege, ihre Kälte kann ich dennoch nicht vertreiben. »Wer auch immer das war, macht sich nicht mal die Mühe, so zu tun, als wäre das alles nur ein dummer Zufall.«

»Natürlich nicht. Warum auch?« Damian zuckt die Achseln und steckt sich den Rest des süßen Gebäcks in den Mund, ehe er kauend weiterspricht und schon den nächsten, noch dampfenden Scone unkultiviert in der Mitte auseinanderreißt, um ihn mit Butter und Marmelade zu beschmieren, während er sich mit der langen Zunge die Marmelade vom Kinn schleckt. »Ich meine, du kannst ja schlecht eine große Sache daraus machen. Dann müsstest du gegenüber *Prada* zugeben, dass der Pullover weg war, und das würde deine bessere Hälfte in ein schlechtes Licht rücken. Wer auch immer das gemacht hat, wusste genau, dass du Ellie niemals in die Pfanne hauen würdest, und hat sich genau deshalb diese Sache rausgenommen.« Er deutet mit dem kleinen Buttermesser auf mich. »Ergo war ich nicht der Einzige, der mitbekommen hat, wie sehr du auf sie fliegst, Mann.«

Da es zu müßig ist, Damians übergroßes Ego einzustampfen, versuche ich es erst gar nicht. »Du meinst also, diese Sache war gegen mich und nicht gegen Ellie gerichtet?«

»Ich meine«, beginnt Damian und macht eine dramatische Pause, um eine unorthodox große Menge Butter auf die untere Hälfte des Scones zu schmieren, »dass jemand ganz genau gewusst hat, dass sie deine Schwachstelle ist, und darauf gepokert hat, zwei Fliegen mit einer Klappe zu schlagen, wenn er es schafft, sie mit dieser Aktion zu treffen, weil es automatisch auch dich trifft.«

Ich denke daran, wie sehr Ellies Tränen auf meinen eigenen Wangen gebrannt haben, und räuspere mich, als aus den Eiszapfen ganze Eisklumpen werden. Damian hat recht. Sie ist meine Schwachstelle, und instinktiv will ich mich um sie herum zusammenrollen, wie eine Katze, die ihren empfindlichen Unterbauch beschützt. Zum Glück schaltet der rationale Teil meines Hirns nicht vollkommen ab und flüstert mir zu, dass Ellie auf sich selbst aufpassen kann, was sie genau in dem Moment bewiesen hat, in dem sie unser Zimmer für ein Vorstellungsgespräch in einem anderen Land verlassen hat. »Was für ein Unsinn.«

Damians hochgezogene Augenbraue macht deutlich, was genau er für Unsinn hält, bevor er erneut in seinen Scone beißt. Er sagt nichts, sondern sieht mich einfach nur weiter an und kaut genüsslich vor sich hin.

Und irgendwie bringt mich das gerade so richtig auf die Palme.

»Dir ist schon klar, dass du auch einfach mal etwas traditionell Italienisches hättest frühstücken können, oder?« Ich greife mir einen der Scones, die fantastisch duften.

»Sicher. Aber ich wollte halt Scones.« Er wischt sich mit dem Handrücken über den Mund und runzelt die Stirn. »Und wenn du dich mit wem streiten willst, weil du nicht weißt, wohin mit deinen Gefühlen für Ellie, dann geh ein Stockwerk tiefer Tobias mit deinem passiv-aggressiven Scheiß auf den Sack und nicht mir.«

Ertappt lege ich das Gebäckstück zurück in den Korb, sehe überall hin, nur nicht in Damians wissende Augen, und trinke einen Schluck von meinem kalten Kaffee. »Apropos, bist du dir wirklich sicher, dass Tobias gestern nicht irgendwas versucht hat?«

»Ja, ganz sicher.« Er steckt sich den letzten Rest des Scones in den Mund und wischt sich die Krümel nachlässig von den Fingerspitzen, die Roan nachher überall auf dem Boden sehen und deshalb einen Tobsuchtsanfall bekommen wird. »Ich hab dir doch gesagt, dass er einfach lammfromm in der Ecke gehockt und nur zugehört hat.« Als er die Krümel bemerkt, wischt er sich extra noch mal über die Oberschenkel, damit noch mehr auf den Boden rieseln, was er hundertprozentig nur macht, um Roan auf den Sack zu gehen, weil es sonst nicht seine Art ist, dem Hotelpersonal das Leben absichtlich schwer zu machen. »Aber wir wissen beide, dass das eigentlich ein ziemlich sicheres Indiz dafür ist, dass er mit der ganzen Sache was zu tun hat. Sonst hätte er niemals so selbstzufrieden das Maul gehalten.«

Dass es nicht allein meine Paranoia ist, die Tobias hier zum Hauptverdächtigen macht, sondern dass auch Damian zu dem gleichen Schluss kommt, beruhigt mich ungemein. »Das hab ich auch gedacht, als du vorhin erzählt hast, dass er keinen Ton gesagt hat. Er lässt ja sonst auch keine Gelegenheit aus, nach meinem Job zu gieren wie ein beschissener Aasgeier.«

Damian lacht und leckt sich die Finger noch mal ab, ehe er unter den unzähligen Kissen auf dem Sofa sein iPad hervorkramt. Er löst den Stift aus seiner Halterung und tippt sich mit dem Ende gegen die Schläfe. »Ich liebe es, wie dein Verstand funktioniert.«

»Komisch, das sagst du immer nur, wenn mir neue Beleidigungen einfallen.«

»Weil ich deinen Verstand nur dann liebe, du elendiger Langweiler«, murmelt Damian, mit den Gedanken offensichtlich schon woanders, so abwesend, wie er auf den Bildschirm starrt, und kurz darauf zu zeichnen beginnt.

»Worum geht es?« Roan kommt in seine Decke eingewickelt die Wendeltreppe herunter, die Augen vom Schlaf noch ganz klein und das lange Haar wild zerwühlt, als hätte er einen Albtraum gehabt.

»Um Calebs Fähigkeit, kreative, neue Schimpfwörter zu erfinden.« Damian sieht kurz auf und begrüßt seinen Bandkollegen mit einem knappen Nicken. »Guten Morgen. Du siehst scheiße aus.«

»Hab beschissen geschlafen.« Roan lässt sich neben Damian aufs Sofa fallen, und die Tatsache, dass er wegen der Krümel nicht sofort ausflippt, beweist, dass er noch nicht richtig wach ist.

»Hattest du wieder einen Albtraum?«

Roan winkt nur nachlässig ab und schließt träge die Augen. »Alles halb so wild. Also, was ist los, dass du jetzt schon mit Schimpfwörtern um dich wirfst?«

Kurz und knapp umreißt Damian, was ich ihm zuvor erzählt habe, und mit jedem gesagten Wort scheint Roan wacher und wacher zu werden, bis er aufrecht auf dem Sofa sitzt. »Caleb?«

Ich sehe in meine Tasse. »Mhm?«

»Tobias ist ein berechnender Wichser, aber diese Sache ist eigentlich zu emotional für ihn. Die letzten Jahre hat er immer wieder versucht, dir ein Bein zu stellen, um dir deinen Job abzuluchsen, doch das hier fühlt sich anders an. Persönlicher.« Bei Roans Worten stoppt Damians Stift abrupt, und er atmet einmal tief durch, ehe er weiterzeichnet. »Ist irgendetwas vorgefallen?«

Der Geruch von opulenten Blumengestecken steigt mir in die Nase, und ich sehe sie wieder brechen, diese Maske, hinter der Tobias seine abgrundtiefe Hässlichkeit versteckt hält, die sich mit Zornesrot und Neidgrün schmückt und keine Vergebung kennt.

Du scheinst dem Irrtum zu unterliegen, dass ich mich vor dir fürchte, Tobias. Das tue ich nicht. Ich dulde dich, weil ich Ärger vermeiden will. Das ist alles. Und jetzt entschuldige mich, ich habe ein Date, mit dem ich lieber tanzen würde, anstatt mich von einem unfähigen Parasiten wie dir kritisieren zu lassen, der in seinem Leben noch nie mehr erreicht hat, als mit dem Namen seines Onkels herumzuwerfen und sich dadurch wichtig zu fühlen.

Gesagte Grausamkeiten kommen mir wieder in den Sinn, ausgespuckt voller Arroganz in einem Höhenflug, der mich eine ganz wichtige Sache hat vergessen lassen: Hochmut kommt immer vor dem Fall. Nur bin es nicht ich, der den Preis dafür gezahlt hat.

»Fuck.« Ellies Tränen brennen in meinen Augen, und ich blinzle, während ich mich an meiner Tasse festklammere, um den Halt zu finden, den Ellie wegen meiner Arroganz gestern so dringend gesucht hat. »Ich dämlicher Vollidiot.«

Fragend sehen meine beiden besten Freunde mich an, und ich erzähle ihnen, was vorgestern Abend zwischen Tobias und mir auf der Spendengala vorgefallen ist.

Damian verzieht unzufrieden das Gesicht. »Du hast ihn getroffen, wo es am meisten wehtut, also hat er es dir mit gleicher Münze heimgezahlt. Er liebt sich selbst, du liebst Ellie. Wenn ich er wäre, hätte ich es genauso gemacht.«

Ich will mich dagegen wehren, weiß aber, dass es ein sinnloses Unterfangen ist. Zwischen uns dreien gibt es schon mehr als genug Lügen. Zu sagen, dass Ellie mir nicht derartig viel bedeutet, scheint mir aber die größte von allen zu sein, und ich kann mich einfach nicht dazu durchringen, sie auszusprechen.

Nachdenklich dreht Damian den Stift zwischen seinen Fingern, während er mich eindringlich mustert. Nur mühsam widerstehe ich dem Drang, mich unter seiner ungefilterten Aufmerksamkeit zu winden, die ich von Roan zwar gewöhnt bin, die bei Damian aber schon allein, aufgrund der Seltenheit ihres Vorkommens, ein ganz anderes Gewicht trägt. »Da ist aber noch etwas anderes, oder?«

Alles in mir verkrampft sich. »Wie kommst du darauf?«

»Verletzter Stolz hin oder her, Tobias ist ein Feigling. War er schon immer. Diese Nummer traut er sich also nur, weil er glaubt, damit durchzukommen, selbst wenn er damit auffliegt. Die Garderobe von einem von uns beiden bei so einem wichtigen Event zu manipulieren, ist keine Lappalie, die sein Onkel einfach mal eben so unter den Teppich kehren kann. Was wiederum heißt, dass er noch mehr Unterstützer beim Label haben muss, die gewillt sind, über so etwas hinwegzusehen.« Damian murmelt mehr vor sich hin, als dass er die Worte wirklich laut ausspricht, die mich auf grausame Art an seinen Scharfsinn und daran erinnern, dass die letzten zehn Jahre im Musikgeschäft uns alle mit kühler Berechnung infiziert hat, ganz egal wie sehr ich auch versucht habe, die beiden davor zu beschützen. Sein Gemurmel bricht ab, und er sieht mir direkt in die Augen, als er mir die Frage stellt, vor der ich mich schon seit fünf Jahren fürchte. »Cal, du weißt, normalerweise mische ich mich in deinen Kram nicht ein, weil ich dir bedingungslos vertraue. Aber gibt es da irgendetwas, das ich wissen sollte? Oder eher, das *wir* wissen sollten?«

Lauter ungesagte Wahrheiten klettern von der dunkelsten Ecke in meinem Innersten hinauf in meine Kehle. Sie nisten sich dort ein, errichten sich dort ihr neues Heim und lassen mich wissen, dass die Zeit der Lügen ein Ende haben muss. Ich öffne meinen Mund, doch kein einziger Ton kommt heraus, die Angst davor, doch noch zu scheitern und Damian und Roan mit mir in den Abgrund zu reißen, ist zu groß. Frustriert schließe ich meinen Mund und balle die Hände zu Fäusten.

»Alles klar.« Wissend nickt Damian, ehe er sich wieder auf seine Zeichnung konzentriert.

Roan schüttelt den Kopf und seufzt schwer. »Versprich uns nur eine Sache, Cal: Du kommst zu uns, wenn du so weit bist.«

Darüber muss ich nicht eine Sekunde lang nachdenken. »Versprochen.«

»Gut.« Das scheint die beiden zumindest fürs Erste zufriedenzustellen, denn Roan brummt anerkennend, während Damian genügsam nickt und dann in lockerem Plauderton sagt: »Sie tut dir gut, Mann. Früher wärst du niemals mit so was zu uns gekommen. Wenn du das mit ihr vermasselst, bist du wirklich selten dämlich.«

»Ich verstehe nicht– «

Roan unterbricht mich barsch. »Eine Lüge pro Tag reicht, Kumpel.«

»Wir kennen dich seit über zehn Jahren. Glaub also nicht, dass mir nicht aufgefallen ist, wie sehr du dich in den letzten Tagen verändert hast.« Damian schnalzt leise mit der Zunge, als er das Wort Tage in die Länge zieht. Tage. Nicht Monate. »Wenn diese ganze Nummer hier vorbei ist, dann erwarte ich, dass du sie uns noch mal vorstellst. Ganz offiziell. Und dann auch bitte als deine *echte* Freundin. Eine falsche Freundin? Echt jetzt? Das hätte ich dir nicht zugetraut, Mann.«

Ich weiß, dass Angst mich überkommen sollte. Dass ich Panik oder Scham verspüren müsste, weil meine Lüge aufgeflogen ist. Aber nicht vor Damian. Niemals vor Damian und Roan. »Vielleicht hätte ich das Angebot für diesen Film doch annehmen sollen. Du bist ein ziemlich guter Schauspieler.«

»Und du ein ziemlich schlechter. Zumindest dann, wenn es um sie geht.« Damian beginnt zwar nicht wieder zu zeichnen, gönnt mir aber zumindest eine kleine Verschnaufpause von seiner intensiven Musterung. »Tu, was du tun musst, um sie zu halten. Dann ist die ganze Nummer vergeben und vergessen.«

Das Eis in meinem Magen erreicht erfolgreich meine Fingerspitzen, als ich daran denke, dass Ellie sich gerade am anderen Ende der Stadt aufhält und schon morgen Meilen von mir entfernt sein wird. »Und was, wenn sie nicht bleiben will?«

»Dann musst du sie gehen lassen. Versuch es aber wenigstens. Sonst wirst du es den Rest deines Lebens bereuen.« Vorsichtig lässt Damian den Stift wieder über das Display gleiten. »Die letzten zehn Jahre hast du dich immer nur um Roans und mein Leben gekümmert. Jetzt nimm endlich mal dein eigenes in die Hand, du sturer Bock.«

»Damian hat recht, Cal. Echte Freundin hin oder her, das zwischen euch beiden, das ist etwas ganz Besonderes. Versau es nicht.«

Stille legt sich über den Raum, wir schweigen uns an. Doch die Ruhe ist für mich nur von kurzer Dauer, denn plötzlich tobt es in mir. Die Ketten, die ich gestern um mein Herz gelegt habe, sprengen auf. Es ist ohrenbetäubend laut, das Klirren so hell und klar wie Ellies Lachen, und ohne noch eine Sekunde länger darüber nachzudenken, stürze ich den letzten Rest meines kalten Kaffees runter und schnappe mir die Autoschlüssel vom Couchtisch. Mit einem lauten Knall stelle ich die Tasse ab und wende mich zum Gehen. Überrascht registriere ich, dass Brian an der Tür steht. Ich habe ihn nicht mal reinkommen hören. Aber ich war mit meinen Gedanken ja auch voll und ganz bei Ellie, und sofort kehren sie dahin zurück, und ich eile los.

Roan zuckt nicht mal mit der Wimper. »Wohin gehst du?«

»Ans andere Ende der Stadt, weil ich ein absolut egoistisches Arschloch bin.« Meine Schritte werden schneller, während der Entschluss in meinem Kopf sich immer weiter verfestigt. Ich muss es zumindest versuchen. Ich muss versuchen, sie bei mir zu halten. Und wenn sie Nein sagt, wenn sie nicht das Gleiche empfindet wie ich, dann ist das eben so. Wenigstens muss ich mich dann nicht den Rest meines Lebens fragen, ob es nicht irgendetwas gegeben hätte, das ich hätte tun können, um Ellie an meiner Seite zu haben. Im Vorbeigehen klopfe ich Brian auf die Schulter, der mich mit großen Augen anglotzt, als ich mich noch mal zu meinen Jungs umdrehe. »Ich erkläre euch heute Abend alles. Versprochen. Wenn ihr bis dahin etwas braucht, dann fragt einfach Brian, ja?«

»Wird gemacht.« Damian salutiert, und ich wende mich ab. Doch kurz bevor ich zur Tür raus bin, ruft er nach mir. »Yo, Cal!«

»Ja?«

Wie ein Schuljunge kichernd dreht er das iPad in meine Richtung. Vom Display aus lacht mich die Karikatur eines Aasgeiers mit Tobias-Kopf an, und ich kann nicht anders, als lachend den Kopf in den Nacken zu werfen, ehe ich mit entschlossenen Schritten einer neuen, möglichen Zukunft entgegengehe.

30. KAPITEL

Ellie

Garderobe = ~~*Oberbekleidung, die jemand besitzt oder gerade trägt*~~*; Denn aus zwei Teilen wird noch lange nicht ein Outfit*

»Das sieht wirklich alles sehr vielversprechend aus, Ms Cox.«

Ich lächle Thoma Moreau an, doch wirklich spüren tue ich es nicht. Es ist ein Reflex der Höflichkeit, der mich schon das ganze Vorstellungsgespräch über begleitet, von dem ich kaum etwas behalten habe. »Vielen Dank, Mr Moreau.«

Ich weiß, ich habe ihm unzählige Fragen beantwortet, habe mich zu den Outfits von Roan geäußert und meine bisherige Karriere geschildert. Aber was genau ich gesagt habe, ist nichts weiter als eine vage Erinnerung irgendwo am Rande meiner Wahrnehmung, verschwunden in dem Nebel aus Tränen, die noch immer in meinen Augen brennen, die ich aber auf keinen Fall weiter vergießen werde. Ich habe schon den ganzen Weg hierher geweint. So sehr, dass ich mein komplettes Make-up noch mal neu machen und Marco versichern musste, dass mit mir wirklich alles in Ordnung ist. Dabei ist gar nichts in Ordnung. In meiner Brust klafft ein so großes Loch, dass es mich ehrlich wundert, dass niemand es sehen kann. Dabei habe ich das Gefühl, als hätte man mir die Rippen mit chirurgischem Gerät aufgespreizt und mein gebrochenes Herz für alle zur Schau gestellt. Doch die Leute gehen einfach an mir vorbei, ohne großartig Notiz von mir oder der Blutspur zu nehmen, die mein zersplittertes Herz in meiner Vorstellung auf dem hübsch polierten Granitboden des Hotelfoyers hinterlässt, das aussieht wie jede andere Fünf-Sterne-Hoteleingangshalle auch.

Unauffällig spähe ich über die Schulter, aber da ist nichts. Dabei tut es doch so weh. So, so weh.

Mr Moreau, der Caleb wirklich sehr ähnlich ist, auch wenn sie vollkommen unterschiedlich aussehen, klappt die Hülle des iPads zu, auf dem er sich mein Portfolio aufgerufen hat, und legt es beiseite, bevor er nach seinem Zitroneneistee greift und einen Schluck davon trinkt. »Ich muss ja sagen, als Mr Lee mich angerufen und Sie empfohlen hat, war ich erst etwas skeptisch, immerhin habe ich ihm schon vor Wochen erzählt, dass ich eine neue Stylistin für Ms Peichert suche. Aber jetzt, wo ich Sie kennengelernt und Ihre Arbeit gesehen habe, bin ich überzeugt, dass er recht hat, mit dem, was er über Sie gesagt hat. Mr Lee ist nicht gerade für Lobeshymnen bekannt, deshalb war es für mich umso überraschender, als er Sie derartig in den Himmel gelobt hat.«

Ich will nicht fragen, aber auf seinen Namen zu reagieren, ist wie ein selbstantrainierter pawlowscher Reflex. »Was hat er denn gesagt?«

»Dass Sie die beste Stylistin sind, die ihm jemals begegnet ist, und dass Sie die Mode-Ikonen dieser Generation maßgeblich formen werden.«

Meine Hände ballen sich in meinem Schoß zu Fäusten, und Stolz erblüht in meiner Brust, dessen zarte Knospen ich allerdings direkt im Keim ersticke. Caleb hat nichts davon ernst gemeint. Er hat mir erzählt, dass er bei Thoma dick aufgetragen hat, und wenigstens das scheint nicht gelogen gewesen zu sein.

Ellie, das ist nicht fair, murmelt meine innere Stimme, die sich nicht an das verletzte Herz klammert und es zu zerquetschen versucht, sondern es mit Bandagen umwickelt, in der Hoffnung, dass es irgendwann verheilt. *Er hat dich nicht belogen, sondern sich nur an die Abmachung gehalten. Es ist nicht seine Schuld, dass du dich in ihn verliebt hast und er nun mal nicht das Gleiche empfindet.*

»Wenn ich ganz ehrlich sein darf, beunruhigt es mich natürlich schon ein wenig, dass Sie, außer im Rahmen Ihrer Ausbildung, noch nie mit einer Frau zusammengearbeitet haben, aber Sie scheinen mir vielversprechend genug, dieses Wagnis einzugehen.« Er stellt das große Glas, auf dessen Oberfläche hübsche Essblüten schwimmen, zurück auf den Tisch. In seinen Augen liegt ein Ausdruck, der mich sehr an Caleb erinnert, wann immer er über Roan und Damian spricht. Seine Jungs. »Außerdem sagte er, Sie seien sehr feinfühlig und würden das Wohlbefinden Ihrer Klientinnen und Klienten immer über das letztendliche Outfit stellen, was genau das ist, was Ms Peichert derzeitig braucht. Mit ihrem letzten Stylisten hat sie sich wirklich alles andere als wohlgefühlt, weshalb ich auch so knapp vor der neuen Saison noch immer auf der Suche bin. Diesmal will ich sichergehen, dass ich die richtige Person für den Job finde.«

Was er sagt, ist durchaus schmeichelhaft, das weiß ich genau, aber es erreicht mich gar nicht wirklich. Die Erinnerungen an heute Morgen wiederholen sich, wie eine gesprungene Schallplatte immerfort. Calebs mir zugewandter Rücken. Seine zurückhaltende Stimme. Ich schüttle den Kopf, um ihnen zu entkommen und den Faden wieder aufnehmen zu können, den ich verloren habe. »Das ist mehr als verständlich.«

»Vielen Dank.« Mr Moreau fährt sich mit beiden Händen über die Oberschenkel, die in einer leichten Leinenhose stecken. »Verzeihen Sie mir bitte diese unverschämte Frage, aber sie drängt sich mir einfach auf. Mr Lee war offensichtlich sehr angetan von Ihrer Arbeit. Wie kommt es also, dass Sie sein Team verlassen?«

Er fragt, weil er, wie Caleb, den Menschen beschützen möchte, der ihm am wichtigsten ist. Es ist einleuchtend. Ja, sogar mehr als nachvollziehbar. Doch seine Frage trifft mich da, wo es wehtut, und bohrt sich in mein offen liegendes, gebrochenes Herz, das sich schmerzhaft zusammenkrampft. Langsam und bedächtig versuche ich, diesem Schmerz Einhalt zu gebieten, während ich mir diverse Antworten zurechtlege. Aber keine davon scheint auch nur annähernd nah genug an der Wahrheit zu sein, als dass Mr Moreau sie nicht sofort als Lüge enttarnen würde.

»Mr Lee und ich, wir …« Ich schlucke schwer, versuche, meine zitternde Stimme wieder unter Kontrolle zu bringen, während das Brennen hinter meinen Lidern schlimmer und schlimmer wird, von wo aus sich nun doch eine einzige Träne löst. Verzweifelt kralle ich die Hände in den Stoff meiner Hose und zwinge mich, etwas zu sagen, das der Wahrheit zumindest in Ansätzen nahekommt. »Mr Lee und ich, wir waren uns über die Zukunft unserer *Partnerschaft* uneinig. Mr Lee hielt es deshalb für besser, wenn ich sein Team verlasse, auch wenn er mein berufliches Talent zu schätzen weiß.«

»Verstehe.« Mr Moreau sieht mich aus seinen dunkelbraunen Augen an, und das Mitleid darin lässt mich wissen, dass er wie Caleb ein Meister darin ist, zwischen den Zeilen zu lesen. »Das war allerdings nicht der Eindruck, den er auf mich bei unserem Telefonat gemacht hat. Er schien sehr, nun ja, wie soll ich sagen …« Mr Moreau legt eine kurze Pause ein, um nach den richtigen Worten zu suchen, ehe er weiterspricht. »Ach, was soll's. Ich kenne Mr Lee jetzt seit knapp drei Jahren und habe ihn noch nie derartig über jemanden aus seinem Team schwärmen hören. Oder über überhaupt irgendjemanden, wenn Sie verstehen, was ich meine.« Er schlägt lässig die Beine übereinander und legt den Kopf schief. »Mr Lee gilt als sehr verschlossen, und eigentlich spricht er über nichts anderes als über seine Arbeit. Es ist schwer, ihn näher kennenzulernen. Haben Sie ihn mal geradeheraus gefragt, wie er zu Ihrer *Partnerschaft* steht?« Mir bleibt der Mund offen stehen, und Mr Moreau hebt sofort abwehrend die Hände. »Wir kennen uns nicht, und es steht mir nicht zu, Ihnen irgendwelche Ratschläge zu erteilen. Und für mich wäre es allemal besser, wenn Sie und Mr Lee sich nicht aussprechen und ich Sie mit nach Paris nehmen kann. Aber ich habe die Fotos von Ihnen beiden auf der Spendengala gesehen, und Sie scheinen sehr verletzt, weshalb ich Ihnen dazu raten würde, ihn wirklich einmal ganz direkt zu fragen.«

Erst jetzt wird mir klar, dass ich Caleb tatsächlich kein einziges Mal gefragt habe, was er für mich empfindet. Immer wieder bin ich davor zurückgeschreckt, vermutlich aus Angst vor seiner Antwort. Vielleicht auch, weil ich länger in dieser kleinen Blase bleiben wollte, die heute früh so grausam zerplatzt ist. Vielleicht aber wollte ich auch einfach nur mein Herz beschützen, das unter meiner Feigheit jetzt mehr gelitten hat, als wenn ich ihn einfach direkt gefragt hätte.

Ist das hier immer noch nur Fake, oder sind wir real? Fühlst du dich bei mir auch so sicher und geborgen? Bist du genauso verliebt in mich, wie ich in dich?

Nichts davon habe ich gesagt, ein Feigling im Angesicht meiner eigenen Gefühle, die sich jetzt, wo ich ihnen einen Namen gegeben habe, kaum noch beherrschen lassen. Ich denke an unseren ersten Kuss, mit dem alles begonnen hat. Daran, was ich kurz davor zu Caleb gesagt habe.

Hör auf zu denken.

Ich lache, ein ersticktes und trauriges Geräusch, das gebrochen und hoffnungsvoll zugleich klingt. Caleb ist der Verkopfte von uns beiden. Er ist der, der sich wegen allem den Kopf zerbricht, anstatt einfach seinem Herzen zu folgen. Er ist der, der für alles erst ein Für und Wider finden muss, bevor er weiß, wie er sich entscheiden soll.

Wann nur habe ich auch damit angefangen?

Ich fürchte, Ihr Leichtsinn fängt an, auf mich abzufärben, Ms Cox. Ich streiche mit meinen Fingern über meine Unterlippe. *Ich fürchte, du bist es, der anfängt, auf mich abzufärben, Caleb.*

»Vielen Dank, Mr Moreau.«

»Nichts zu danken.« Mr Moreau erhebt sich und schließt sein Jackett. Sofort komme auch ich auf die Füße und ergreife die mir dargebotene Hand. »Es war mir eine Freude, Ms Cox. Und vergessen Sie nicht: Partnerschaften sind immer gleich, egal in welchem Bereich. Wenn man sie wirklich will, sollte man sich nie scheuen, direkt herauszusagen, was man möchte und erwartet. Nur so kann sie funktionieren.« Er lässt meine Hand los und wendet sich zum Gehen, aber nicht ohne über die Schulter noch mal zu bekräftigen: »Sie sind in Paris jederzeit willkommen, sollte er es doch noch verbocken. Aber ich glaube, wir sehen uns nächste Saison eher in London auf dem roten Teppich wieder.«

»Wie meinen Sie d–«

»Ellie!«

Überrascht reiße ich die Augen auf, als ich Calebs Stimme höre, und Mr Moreau wendet sich endgültig ab. »Viel Glück.«

»Ellie!« Ich kann meine Gedanken gar nicht sammeln, so schnell, wie Caleb vor mir auftaucht und die Hände auf meine Schultern legt, auch wenn mir schleierhaft ist, wie er die große Lobby so schnell hat durchqueren können, noch dazu, ohne dass ich ihn bemerkt habe. Die Schultern seines Jacketts sind nass, als hätte er keine Geduld gehabt, auf die lange Schlange für den Parkservice vor dem Hotel zu warten, sondern als wäre er stattdessen einfach ausgestiegen und zum Eingang gesprintet. »Ellie, bitte sag mir, dass ich nicht zu spät bin! Sag mir, dass du nicht schon für Paris zugesagt hast.«

Verdattert blinzle ich. »Caleb, ich–«

Er hört mir gar nicht zu, blickt bloß Mr Moreau nach, der gerade die Treppen in den ersten Stock hinaufsteigt. »Fuck, du hast schon zugesagt, oder? Fuck. Fuck.« Er nimmt eine Hand von meiner Schulter und rauft sich damit die Haare, bis sie wild in alle Richtungen abstehen. Er spricht jetzt so schnell, dass er über seine eigene Zunge stolpert. »Egal, dafür gibt es das Rücktrittsrecht. Genau. Kein Problem. Alles kein Problem. Und selbst wenn nicht, ich habe einen guten Vertragsanwalt. Den besten sogar. Ich krieg dich da wieder raus. Alles gar kein Ding. Also, vorausgesetzt du willst überhaupt da raus. Kann ja auch sein, dass nicht. So oder so ist es kein Problem. Alles überhaupt gar kein–«

Ich greife nach seiner Hand und halte sie fest, weil ich Sorge habe, dass er sich sonst noch die Kopfhaut abzieht. Das Lächeln, das sich auf meine Lippen schleicht, kann ich aber dennoch nicht verstecken. »Caleb, du plapperst.«

»Ja. Tue ich wohl.« Er sieht auf meine Hand, die seine hält, und schiebt dann seine Finger zwischen meine. Er drückt sie ganz fest, so fest, dass es fast schmerzhaft ist. »Das ist deine Schuld.«

»Wie bitte?«

»Nein, das war nicht das, was ich meine. Verdammt.«

»Was meintest du denn bitte dann?«

»Ich–« Wieder sieht er auf unsere Hände. »Du veränderst mich, Ellie. Du veränderst mich, und es sollte mir Angst machen, tut es aber nicht. Weil ich mag, wer ich bin, wenn ich bei dir bin. Weil ich ehrlich zu dir sein kann. Weil ich bei dir ich sein kann. Weil–« Er bricht ab und schüttelt den Kopf, so als wäre auch das nicht das, was er eigentlich sagen wollte, während ich ihn etwas unbeholfen ansehe.

Denn ich weiß auch nicht, was ich sagen soll. Ich weiß ja nicht einmal wirklich, was Caleb mir sagen will. Mein Herz jedoch scheint das kein bisschen zu interessieren, denn obwohl es verwundert und blutig ist, hämmert es wie wild, so als wollte es aus meinem Brustkorb hinaus und direkt in seine Hände hineinspringen, ganz furchtlos, so als hätte er es nicht schon einmal zerquetscht.

»Ich bin ein selbstgerechter Mistkerl, Ellie. Ich bin ein selbstgerechter Mistkerl, der nur an die Arbeit denkt und der am Tag mehr lügt, als gesund für ihn ist, und das alles dann damit rechtfertigt, dass er das ja nur zum Wohle anderer macht, als würde das irgendetwas ändern. Ich bin eine Miesmuschel, die die Zähne nicht auseinanderkriegt, wenn es wirklich darauf ankommt, und nicht dazu imstande ist, den Menschen um sich herum zu sagen, was er für sie empfindet. Ich bin ein sturer Bock, der immer seinen Kopf durchsetzen will und die Hilfe von anderen nur ganz beschissen annehmen kann. Ich habe tausendundeinen Fehler, weil ich ein Mensch bin, will aber keinen davon zugeben, weil der Gedanke, verletzlich und angreifbar zu sein, verdammt gruselig ist.«

Er hat sich derartig in Rage geredet, dass er ganz rot geworden ist. »Es ist verdammt gruselig. Nur nicht vor dir. Weil du der einzige Mensch bist, den ich nicht anlügen muss. Weil ich dir Dinge erzählen will, einfach weil ich will, dass du mich besser kennenlernst. Weil du genauso stur bist wie ich, und mich allein dadurch zum Einlenken bringst. Weil ich keine Angst habe, vor dir ein Mensch zu sein. Weil …« Er bricht ab und atmet einmal tief durch, ehe er mir in die Augen sieht. »Weil ich mich in dich verliebt habe. Und ich weiß, das verstößt gegen die Regeln. Weil das alles nicht real ist und wir uns deshalb nicht ineinander verlieben sollten. Aber ich habe mich in dich verliebt, Ellie. Ich habe mich in dich verliebt, weil du das wandelnde Chaos bist und Pläne in letzter Minute umwirfst, das Kinn reckst, wenn du dich darauf gefasst machst, dich mit mir oder irgendjemand sonst zu zanken. Weil du die lausigste Tänzerin bist, die ich kenne, und es einfach trotzdem machst, weil du einfach das schönste Lachen der Welt hast. Und weil du mich daran erinnerst, dass Fehler zu machen, einfach menschlich ist.«

Er lässt meine Hand los und umfasst stattdessen so zärtlich meine Wangen, dass die Intensität und Aufrichtigkeit dieser kleinen Geste es schafft, mir sämtliche Luft aus den Lungen zu treiben. »Ich habe mich Hals über Kopf in einfach alles an dir verliebt, Ellie. Und das zwischen uns ist alles, nur sicherlich kein Fake. Zumindest nicht mehr für mich. Und ich weiß, dass es so angefangen hat, aber irgendwann warst du das Einzige, das überhaupt noch real war. Und vielleicht warst du das auch von Anfang an, und ich habe es einfach nur nicht verstanden.«

Seine Daumen streichen über meine Wangen, und erst jetzt bemerke ich, dass ich weine. Seine Miene ist gequält, als er sich vorlehnt und ein paar davon fortküsst.

»Ich sollte dich nicht darum bitten, weil es absolut egoistisch und beschissen von mir ist, aber ich muss es einfach tun, sonst bereue ich es für den Rest meines Lebens.« Er lehnt seine Stirn an meine und hält mich ganz fest, sein Atem vermischt sich mit meinem, als er wieder zu sprechen beginnt. »Geh nicht nach Paris und komm mit mir nach London. Arbeite *mit* mir, nicht nur *für* mich. Werde Stylistin in meinem Label und führe das Team an, das ich aufbauen will. Keine saisonalen Wechsel mehr, sondern ein richtig festes Team, das die Jungs kennt, und auf das ich mich verlassen kann.« Fassungslos starre ich ihn an, doch Caleb spricht ungerührt weiter, seine Stimme mit jeder gesprochenen Silbe immer sicherer und eindringlicher, während er seine Bitten andächtig vorbringt wie ein Gebet. »Keine Ahnung, ob mein Plan aufgehen wird. Ich weiß nicht, wann ich Arbeit für dich haben werde, geschweige denn, wann ich dich bezahlen kann. Ich weiß nicht, ob ich dir ein eigenes Studio bieten oder dir Zugang zu all den Designern und Marken verschaffen kann, die du so sehr liebst. Ich weiß auch nicht, ob Yui und Olivia, die ich vorhatte, zu fragen, sich von dir führen lassen würden. Aber ich weiß, dass es niemanden gibt, mit dem ich diesen ungewissen Neuanfang lieber wagen würde als mit dir. Ich möchte dich an meiner Seite haben. Fuck, Ellie, ich *brauche* dich an meiner Seite, weil wir der beste Fehler sind, den ich jemals in meinem Leben gemacht habe, und ich noch tausend weitere mit dir machen will, wenn du das auch willst.«

Ich will den Mund öffnen, um ihm zu antworten, doch Caleb schüttelt nur den Kopf. »Denk in Ruhe darüber nach und antworte mir dann. Ich bin mir sicher, das Angebot von Thoma war sehr gut, und ich möchte, dass du dich bewusst dafür entscheidest, falls du mit mir nach London gehst, anstatt–«

»Caleb, hör auf, zu denken, und küss mich.«

Als er mich nur wie erstarrt anglotzt, kralle ich eine Hand ins Revers seines Jacketts und verschließe seinen Mund mit meinem. Für eine Weile bleibt Caleb noch regungslos, doch dann erwacht er wieder zum Leben, und als er die Hände in meinem Haar vergräbt und mich endlich so tief und stürmisch küsst, wie ich es von ihm kenne, kann ich nicht anders, als die Arme um seine Schultern zu legen und ihn genauso leidenschaftlich zu küssen wie er mich. Ganz gleich, wo wir auch gerade sein mögen.

Wir lösen uns erst voneinander, als wir beide völlig atemlos sind, und ich halte ihn am Revers so dicht bei mir, dass sein

Atem zu meinem wird, und ich seufze glücklich, weil wir endlich wieder eins sind.

»Ich komme mit dir nach London«, flüstere ich und lächle an seinen Lippen, als er mich erneut küsst. »Und wenn das ein Fehler ist, dann gibt es niemanden, mit dem ich ihn lieber machen würde als mit dir.«

31. KAPITEL

Caleb

Sunset-Klausel = ~~*Bindende Übereinkunft über auslaufende Rechte nach Beendigung eines Vertragsverhältnisses*~~
Der Anfang vom Ende

Es fühlt sich unwirklich an, dieses ganze Glück.

Es fühlt sich unwirklich an, und doch klammere ich mich daran fest, in der Hoffnung, dass es echt ist. Dass ich wirklich alles haben kann, wovon ich jemals geträumt und wofür ich all die Jahre so hart gearbeitet habe. Dass ich wirklich hier bin, an unserem letzten Abend in Mailand, in diesem abgeschiedenen Resort, in dem es außer Opulenz und Kristall nicht viel anderes gibt, umgeben von meinen Freunden und mit der Frau an meiner Seite, die sich plappernd und lachend mein Herz gestohlen hat, während das Ziel all meiner Bemühungen zum Greifen nahe ist. Es scheint mir zu viel, denn die Wärme dieses Glücks füllt mich vollständig aus, sodass ich fürchte, es könnte zerbrechen und aus mir heraus zurück in die Welt fließen, um in den Rissen ihrer düsteren Ungerechtigkeit zu versickern, bis nicht einmal mehr ein einziger Tropfen davon übrig bleibt.

»Erde an Caleb.« Weiche Lippen auf meinen reißen mich aus dem Strudel meiner Gedanken, und ich lasse mich hineinsinken, in ihre vertraute Sicherheit, die nun ganz die meine ist, und die ich nicht vorhabe, jemals wieder aufzugeben. Warme

Hände legen sich auf meine Brust, auf die Stelle direkt über meinem Herzen, das ich heute Vormittag in diese zarten Fingerspitzen gelegt habe, als wüssten sie genau, dass der zuckende Muskel in meinem Brustkorb eh ihnen gehört. Als ich mein Versteck hinter meinem Whiskyglas aufgebe und in dieses lächelnde Gesicht sehe, das ich bis ans Ende der Zeit küssen will, zerfallen all meine Sorgen zu Staub.

Ellie schmunzelt, wobei sich ihre Nase unfassbar niedlich kräuselt, und schmiegt ihren Körper an meine Seite. »Denkt da jemand wieder zu viel?«

»Das ist eine rhetorische Frage, oder?« Damian verdreht die Augen, doch seine wohlwollende Miene, während er Ellie und mich betrachtet, straft seinen gespielten Verdruss Lügen. »Der Kerl kann doch gar nicht anders, als alles zu zerdenken.«

Ellies melodisches Lachen vermischt sich mit den zarten Tönen des Streichquartettes, die das protzige Abschlussbankett von *Prada* musikalisch untermalen, auf dem nun, nachdem das Abendessen vorüber ist, eine ausgelassene Stimmung herrscht. Die Tische sind an die Seite geschafft worden, der große Saal ist in Schwarz und einem Hauch Silber geschmückt, die Farben, die dem traditionsträchtigen Mailänder Modehaus so eigen sind, für welches meine Jungs von nun an das Gesicht sein werden. »Also, heute Vormittag hat er, glaube ich, überhaupt nicht nachgedacht.«

»Oh wirklich?« Roan, der in seinem nachtschwarzen Smoking der neuesten *Prada*-Kollektion aussieht, als wäre er direkt aus ihrem Produktkatalog geklettert, und der dafür heute Abend schon unzählige Lobeshymnen offizieller Vertreter der Luxusmarke eingeheimst hat, schiebt eine Hand locker in seine Hosentasche, während er in der anderen Mias Handtasche hält, die gerade ihr Abendkleid, das in den Farben des Sonnenuntergangs leuchtet, zurechtzupft. Alle sehen fantastisch aus, und mein Team – nein, meine Familie – so zu sehen, erfüllt mich mit Stolz. Die Sache hat nur einen Haken: Deswegen habe ich Ellie heute den ganzen Tag nicht zu Gesicht bekommen, nachdem wir ins Hotel zurückgekehrt sind. Dabei wollte ich eigentlich nur mit ihr allein sein. Ab sofort muss ich das echt unterbinden, auch wenn das sorgenfreie Glänzen in ihren Augen die Entbehrung fast wert ist. Aber eben nur fast.

»Das musst du uns genauer erzählen.«

Meine Freundin, eine Bezeichnung, über die ich immer noch ein wenig stolpere, hat diesen Schalk im Blick, den ich in Zukunft dringend im Auge behalten muss, weil er sich ins Unermessliche steigert, je länger sie mit meinen Jungs zusammen ist. »Soll ich?«

»Untersteh dich, Eleonora.« Meine Hand, die tief und besitzergreifend in ihrem unteren Rücken liegt, dessen verführerischen Schwung sie heute in einem bodenlangen, silbernen Abendkleid mit tiefem Rückenausschnitt zur Schau stellt, streicht warnend noch ein Stückchen tiefer. »Ich meine es ernst.«

»Mhm.« Sie beißt sich auf die dunkelrot geschminkte Unterlippe und kommt noch ein Stückchen näher, bis uns nichts mehr trennt, genauso wie es sein sollte. »Was bietest du mir für mein Schweigen?«

»Wenn du jetzt *Meine bedingungslose Liebe* sagst, dann kotze ich.« Damian würgt gespielt und hält sich an Roan fest, als er sich krümmt, so als würde er wirklich gleich auf den Boden spucken. Sein Glas hält dieser Spinner auf wundersame Weise trotzdem irgendwie gerade. »Was haben wir da nur losgetreten, Mann?«

Der Seitenblick, den Roan Mia zuwirft, entgeht mir keinesfalls, als er belustigt antwortet: »Keine Ahnung, aber ich fürchte, wir werden es noch bereuen.«

»Danke.« Das Wort kommt über meine Lippen, bevor ich es aufhalten kann, und ich schlinge den Arm fester um Ellie, die überrascht keucht, dann aber ihre Arme um meine Taille legt und mich einfach hält, in diesem Raum voll mit den einflussreichsten Menschen der Stadt, die uns ein wenig irritiert beäugen, deren Blicke mir aber nicht weniger egal sein könnten, solange ich diese Frau nur ganz nah an meiner Seite weiß. »Ganz im Ernst. Danke.«

Roans Augen werden groß, und Damian, diesem überdramatischen Penner, bleibt sogar der Mund offen stehen. Er schlägt seinem Bandkollegen gegen den Arm, der nicht mal mit der Wimper zuckt, sondern mich einfach nur weiter anstarrt.

»Hast du das auch gerade gehört? Ein Wunder ist geschehen. Die Miesmuschel hat Gefühle gezeigt und sich sogar bedankt!« Damian schluchzt gespielt und wirft sich Roan an den Hals, der ins Schwanken gerät, während Damian sich ein imaginäres Taschentuch gegen die Wangen drückt. Whisky schwappt auf den Boden, doch bevor ich einen der beiden darauf aufmerksam machen kann, ist schon jemand vom Personal zur Stelle. »Sie werden so schnell erwachsen.«

»Boah, jetzt mach mal halblang«, presse ich hervor, doch es geht in Ellies Lachen unter, die ihr Gesicht an meiner Brust vergräbt, als ihr ganzer Körper zu beben beginnt.

Damian zieht eine Augenbraue hoch. »Du bist der, der mal halblang machen muss. Für so was musst du dich bei uns nicht bedanken.«

»Genau.« Roan nickt bestätigend. »Aber wenn du es doch willst, dann vergiss einfach nicht, was du uns versprochen hast, und wir sind quitt.«

Alles in mir verkrampft sich, und Ellies Lachen verebbt. Auf dem Rückweg zum Hotel habe ich ihr von meinem Versprechen an die Jungs erzählt, ihnen heute Abend alles zu erklären. So wie sie mich ansieht, weiß sie genau, was in meinem Kopf vor sich geht. Was, wenn sie mir das Ganze nie verzeihen? Was, wenn sie nicht mit mir kommen wollen? Was, wenn alles hier endet?

Ellie schlingt die Arme fester um mich, und es ist ihr ermutigendes Nicken, das mich letztendlich dazu bringt, die Schultern zu straffen und den Mund aufzumachen.

»In Ordnung. Lasst uns zum Hotel fahren und dann–«

»Ich fürchte, das kann ich nicht erlauben.«

Tobias' kalte, schneidende Stimme lässt mich erstarren, und ich sehe ihm entgegen, als er locker-lässig in seinem grausig gemusterten Anzug, mit dem er aus der Masse der monochromen Farben um uns herum, für die *Prada* bekannt ist, auf geschmacklose Art und Weise heraussticht, auf unsere Gruppe zugeschlendert kommt. Die Arroganz dringt ihm aus allen Poren, und sofort schellen sämtliche Alarmglocken in meinem Inneren.

Den ganzen Abend über war er auffällig ruhig und hat sich im Hintergrund gehalten. Selbst als ich die letzten Gespräche mit den zuständigen Mitarbeitern von *Prada* geführt habe, hat er sich nicht wie sonst in den Vordergrund gedrängt. Eine kleine Stimme in meinem Inneren flüstert mir leise zu, dass er wie eine Viper auf den perfekten Moment gewartet hat, um seine Zähne in mein Fleisch zu schlagen.

Ellie richtet sich neben mir zu ihrer vollen Größe auf, lässt aber nicht von mir ab. Auch dann nicht als Tobias' blassgrüne Augen sich auf sie legen und das selbstgefällige Feixen auf seinen Lippen nur noch breiter wird.

Ich bemühe mich um einen neutralen Tonfall, aber selbst ich kann hören, wie feindselig und defensiv ich klinge. »Mir war nicht bewusst, dass ich seit Neustem *deine* Erlaubnis brauche, um die Künstler, für die *ich* zuständig bin, am Ende einer Veranstaltung zurück in ihr Hotel zu bringen.«

»Für die du zuständig *warst*.« Tobias tritt näher auf mich zu, das Handy in seiner Hand in meine Richtung gestreckt. »Du bist gefeuert, Lee. Mit sofortiger Wirkung. Ich bin ab jetzt der neue Manager von *Parallel*.«

»Was?!« Damian krallt sich Tobias' Handy. »Mach dich nicht lächerlich, du Clown. Das ist absolut unmög– «

Damian wird kreidebleich, hat den Blick auf das Display des Handys geheftet, und ich muss es gar nicht erst sehen, um zu wissen, dass das meine fristlose Kündigung ist, die Tobias sich da aufgerufen hat, damit er sie mir unter die Nase halten kann. Ich weiß, ich sollte etwas tun. Weiß, ich sollte wenigstens etwas sagen. Aber ich bringe keinen Ton heraus, während die Worte wirklich zu mir durchsickern.

Nein. Nein. Nein. Nein. Nein.

»Mit welcher Begründung denn bitte?« Roan umklammert Mias Hand, die angsterfüllt nach ihm gegriffen hat, die Augen schreckgeweitet, in denen es bereits verdächtig glänzt, und hektisch zwischen Ellie, Tobias und mir hin und her sieht.

»Vertragsbruch.« Tobias schwenkt den Champagner in seinem Kristallglas, während er mich betrachtet, bevor er noch gehässiger dreinblickt, als er seine Aufmerksamkeit auf Ellie richtet. »Sie natürlich auch, Ms Cox. Immerhin sind Sie ja auch Teil dieses Betrugsversuchs.«

Niemand fragt, auf welche Klausel er sich wegen des Vertragsbruchs stützt. Das müssen wir auch nicht. Wir wissen es alle.

Schock huscht über Ellies Züge, ehe sie sich wieder im Griff hat. »Ich habe keine Ahnung, wovon Sie sprechen.«

»Natürlich nicht.« Der beißende Sarkasmus tropft aus jedem einzelnen von Tobias' Worten, als er spöttisch mit den

Wimpern klimpert und Damian das Handy aus der Hand nimmt. »Ich darf doch, oder?« Natürlich wartet er nicht auf eine Antwort, sondern tippt ein paarmal auf dem Handy herum. Er tritt weiter in unseren Kreis, das Smartphone erhoben, aus dessen Lautsprechern eine Aufnahme erklingt, die zwar etwas undeutlich ist, aber leider doch deutlich genug, dass an den gesagten Worten kein Zweifel besteht. Es sind Gesprächsfetzen einer privaten Unterhaltung, kaum älter als wenige Stunden und doch ein vernichtender Beweis dafür, dass ich des Vergehens schuldig bin, dessen Tobias mich beschuldigt.

»Wir kennen dich seit zehn Jahren. Glaub also nicht, dass ich nicht gemerkt habe, wie sehr du dich in den letzten Tagen verändert hast. Wenn diese ganze Nummer hier vorbei ist, dann erwarte ich, dass du sie uns noch mal vorstellst. Ganz offiziell. Und dann auch bitte als deine echte *Freundin. Eine falsche Freundin? Echt jetzt? Das hätte ich dir nicht zugetraut, Mann.«* Mein Hirn schaltet ab, der Rest des Gesprächs nur weißes Rauschen, ehe auf Damians Neckereien die von Roan folgen, die bis gerade eben noch das Schönste waren, das ich je von meinen Freunden gehört habe, und die sich jetzt in einen Albtraum verwandeln. *»Damian hat recht, Cal. Echte Freundin hin oder her, das zwischen euch beiden, das ist etwas ganz Besonderes. Versau es nicht.«*

Mia schlägt sich die Hand vor den Mund, und Roan wird regelrecht grün im Gesicht. »Woher hast du das?«

Damians Haut wird noch eine Nuance heller, bis ich ihn kaum noch von der weißen Wand hinter ihm unterscheiden kann. »Hast du etwa unser Zimmer verwanzt, oder was?«

»Das nicht, aber ich hatte ein wenig Hilfe.« Tobias kichert und sieht mich gönnerhaft an. »Na, möchtest du raten, wer dir in den Rücken gefallen ist, Mr Selbstgerecht?«

Das muss ich nicht. Es gibt nur einen einzigen Menschen, der diese Aufnahme hätte machen können, und als ich meinen

Blick durch den Raum schweifen lasse und Brians Augen begegne, der praktisch sofort flüchtet, habe ich meine Antwort. Mir kommt der fehlerhafte Flug in den Sinn, für den Brian noch unser Gepäck hätte aufgeben sollen. Tobias' Auftauchen, obwohl ich Yuis Fehlen gar nicht offiziell beim Label gemeldet habe. Der verschwundene Pullover aus einem Inventar, zu dem nur das Stylist:innen-Team Zutritt hatte, und das wundersame Auftauchen eben dieses Kleidungsstücks an genau demselben Ort, von dem er zuvor verschwunden war. »Brian.«

»Bingo.« Es ist nicht zu übersehen, dass Tobias eine perverse Freude dabei empfindet, mich derartig vorzuführen, und vermutlich sollte ich die Demütigung bis ins Mark spüren, aber alles fühlt sich eigenwillig gedämpft an. So als würde mein Verstand noch versuchen, sich selbst einzureden, dass das alles hier gerade nicht wirklich passiert. Dabei passiert es wirklich. Es passiert wirklich, und alles, wofür ich mir die letzten zehn Jahre den Arsch aufgerissen habe, liegt in Scherben zu meinen Füßen. »Sonderregelungen wecken Begehrlichkeiten, Lee. Was hast du geglaubt, passiert, wenn dein Stylist:innen-Team regelmäßig wechselt, bis auf eine einzige Person? Ich habe dir immer schon gesagt, dass du Mia hättest loswerden sollen, als du die Chance dazu hattest.« Er sieht sie an, in seinem Gesicht prangt die ganze Hässlichkeit seiner scheußlichen Persönlichkeit, mit der er uns gerade alle vergiftet. »Du bist nachlässig geworden. Hast dich zu sehr auf dein ach so tolles Team verlassen, anstatt mal dein Hirn einzuschalten und zu realisieren, dass genau das auseinanderbrechen wird, sobald Gerüchte laut werden, dass du den Vertrag von *Parallel* immer noch nicht verlängert hast. Alles, was es brauchte, war ein strategisch platzierter Kommentar bei einem scheinbar zufälligen Geschäftsessen, und schon hatte ich jemanden aus deinem heiligen Kreis, der gewillt war, dir in den Rücken zu fallen, nur um seinen eigenen Arsch zu retten.« Er hebt die Hand und tippt mir damit gegen die Stirn. »Das ist einfachste Psychologie, Lee. Gesunder Menschenverstand, wenn man so will. Aber ich habe mich mal ein wenig über dich schlaugemacht und ein bisschen tiefer gegraben, und was soll ich sagen? Mehr kann man von einem Ex-Junkie wohl nicht erwarten. Die ganzen Tabletten damals haben dir offensichtlich das Hirn zerfressen, Straßenköter.«

Ich nehme die Bewegung aus dem Augenwinkel wahr und reagiere mehr aus Reflex, als dass ich mich wirklich bewusst dafür entscheide, Damians Faust in der Luft abzufangen und mich zwischen Tobias und ihn zu schieben.

»Lass mich los«, faucht Damian mich an, und ich muss meine ganze Kraft aufbringen, um ihn festzuhalten, als er fuchsteufelswild versucht, an mir vorbei Tobias zu erreichen. »Lass mich los, verdammt. Ich bringe diesen miesen Scheißkerl um.«

»Nicht. Nicht hier.« Ich bin mir der Augen überdeutlich bewusst, die jetzt uneingeschränkt auf uns liegen, und mir wird klar, warum Tobias das Bankett ausgewählt hat, um seine kleine Show abzuziehen. Er will mich nicht nur demütigen, er will auch verhindern, dass Roan und Damian einen Aufstand machen. Er weiß genau, dass ich niemals zulassen würde, dass sie ihre Karriere für mich riskieren, was auch bedeutet, dass er mit dieser Konfrontation zwar sein Ego streicheln, aber nicht den Multi-Millionen-Pfund-Deal aufs Spiel setzen will, auf dessen Einnahmen ich wegen meines Vertragsbruchs kein Anrecht mehr habe, und die er als neuer Manager von *Parallel* jetzt selbst einheimsen kann. So wie alle anderen Einnahmen, die ich über die letzten Jahre aufgebaut habe, und von denen ich nun, wegen meines Vertragsbruchs, keinen einzigen Penny mehr sehen werde.

»Du manipulatives Arschloch.«

»Ich denke nicht, dass du das Recht hast, so etwas zu mir zu sagen.« Tobias kichert und sieht Roan und Damian an. »Hat er euch erzählt, dass er euren Vertrag mit dem Label immer noch nicht verlängert und sich stattdessen hinter eurem und dem Rücken des Vorstands mit Andrew Shepherd getroffen hat?« Der Schock muss mir ins Gesicht geschrieben stehen, denn Tobias' Kichern klingt wie das einer Hyäne. »Was? Hast du wirklich gedacht, du könntest dich mit dem bekanntesten Anwalt der Stadt treffen, ohne dass es jemand mitbekommt? Es war doch klar, dass der Vorstand sich deine ständigen Ausreden und Neuverhandlungen nicht mehr lange mit angucken würde. Ein paar Wochen und einen Privatdetektiv später, und schon warst du nicht mehr der Goldjunge, sondern Staatsfeind Nummer eins. Ich habe zwar keine Ahnung, was genau du da eigentlich vorhattest, aber glaub mal nicht, dass du jemals wieder irgendwo Fuß fassen wirst, nach dieser Nummer.«

Er tritt einen großen Schritt zurück und macht ein Handzeichen, das die Bodyguards auf den Plan ruft, die bis gerade eben noch für mich gearbeitet haben. Sie schieben sich zwischen mich und meine Jungs, und Ellie kommt an meine Seite, die Hände fest in meinen Unterarm gekrallt, während sie genauso sprachlos wie ich das Geschehen verfolgt.

»Ich war so frei, eure Sachen vom Hotelpersonal packen und herbringen zu lassen.« Tobias macht wieder einen Schritt auf mich zu und senkt die Stimme, damit nur ich ihn hören kann. »Ich würde dir raten, ganz leise einen Abgang zu machen, oder ich sorge dafür, dass du die beiden nur noch im Fernsehen siehst, ist das klar? Die beiden gehören jetzt mir, du selbstgefälliges Arschloch.«

Ich bin wie gelähmt und kann mich keinen Millimeter rühren. Die Bodyguards schieben mich hartnäckig voran, doch es sind Ellies Finger, die sich zwischen meine schieben, die mich aus meiner Schockstarre lösen. Sie holt mich zurück ins Hier und Jetzt, in diesen Moment, der vor Aggression nur so vibriert. Unglaube steht Roan und Damian ins Gesicht geschrieben, während Mia ihre mit Tränen glänzenden Augen hinter ihren Händen verbirgt.

Wenn ich bleibe, riskiere ich, dass die beiden die Fassung verlieren und die Hölle losbricht, die alles zerstören könnte, was wir gemeinsam aufgebaut haben. Wenn ich gehe, kann ich mich nicht erklären, und ich weiß nicht, wann ich das nächste Mal die Gelegenheit bekomme, die beiden zu sehen oder gar mit ihnen zu sprechen. Tobias hat unmissverständlich klargemacht, dass von nun an er die Zügel in der Hand hält, und er wird den Kontakt zwischen meinen Jungs und mir mit aller Macht unterbinden, bis er sie auf Spur gebracht hat.

Es ist eine *Lose-Lose*-Situation, und wenn ich ganz ehrlich bin, habe ich keine Ahnung, was ich tun soll.

»Caleb«, murmelt Ellie leise, und ihr Daumen streicht über meine Fingerknöchel. Die zärtliche Berührung reicht aus, um mich schwanken zu lassen, ob des Schmerzes, der in meiner Brust explodiert und die Benommenheit vertreibt, die ich bis gerade eben noch gefühlt habe. »Wir sollten gehen. Fürs Erste.« Sie tritt näher an mich heran, das Gesagte nur ein Flüstern. Sie schaut mir tief in die Augen. »Das hier ist nicht das Ende. Vergiss nicht, du bist nicht mehr allein. Vertrau auf das, was du über die Jahre geschaffen hast. Vertrau auf deine Jungs. Vertrau auf mich. Auf uns.«

Ich drücke ihre Hand, bevor ich tief durchatme und ein letztes Mal zu meinen Jungs sehe. Fürs Erste.

Und dann halte ich mich an Ellie fest, als wir von Bodyguards nach draußen eskortiert werden, wo ein Taxi mit unseren Koffern bereits auf uns wartet. Wir klettern auf die Rückbank, und sobald die Tür hinter uns zufällt, schlinge ich die

Arme um Ellie und ziehe sie an mich. Ich vergrabe das Gesicht an ihrem Hals, atme ihren Geruch ein und lasse mich von der Panik und der Ohnmacht überwältigen, die meinen ganzen Körper zum Beben bringt.

Fünf Jahre der Lügen. Jetzt haben sie mich doch eingeholt.

Zitternd atme ich ein. Das Blut in meinen Adern rauscht so laut, dass ich Ellies leises Murmeln kaum höre. Es dauert eine ganze Weile, bis ich mich wieder genug im Griff habe, um den Kopf zu heben und Ellie anzusehen. Sie strahlt eine Zuversicht und ein Vertrauen aus, das ich selbst nicht empfinde, aber bis tief ins Mark spüren kann, als sie mich küsst und mir durchs Haar streicht.

Sie hat recht. Das hier ist nicht das Ende. Ich bin nicht allein, und ich hoffe, ich werde es auch nie wieder sein.

»Wohin?«, fragt der Fahrer mich ungeduldig, obwohl das Taxameter beharrlich läuft.

Und zum ersten Mal seit Langem habe ich darauf keine Antwort. Aber ich werde es herausfinden. Mit Ellie an meiner Seite.

32. KAPITEL

Ellie

Wrap Time = *~~Die voraussichtliche Uhrzeit, zu der ein Shooting enden soll~~; Ein Neuanfang*

»Kommst du immer noch nicht durch?«

Caleb schüttelt den Kopf und nimmt das Handy vom Ohr. Ich weiß, dass er versucht, sich vor mir nicht anmerken zu lassen, wie viel es ihm wirklich ausmacht. Doch seine Schultern sinken herab mit jedem Anruf, der ins Nichts läuft und unbeachtet auf der Mailbox landet. »Ich hatte nichts anderes erwartet. Da wird wohl die Hölle los sein. Vermutlich hat Tobias sogar ihre Handys eingesackt, damit er die Kontrolle darüber hat, was von dieser ganzen Nummer an die Außenwelt dringt.« Er steckt das Smartphone zurück in seine Hosentasche und lehnt die Arme auf das Steingeländer des Balkons der Suite von Andrew Shepherd. Sie ist klein. Viel zu klein für drei Personen. Doch alle Hotels der Stadt sind wegen der Fashion Week ausgebucht, und Caleb wollte Mailand nicht verlassen, weshalb ich dem grummeligen Anwalt unendlich dankbar dafür bin, dass er uns sein Wohnzimmer in diesem winzigen Hotel am Stadtrand überlassen hat. Es liegt versteckt in einer Seitengasse zwischen lauter Wohnhäusern, und ich bin froh um die Ruhe, die hier herrscht, nach all der Hektik dieses Abends, der unser beider Leben vollständig auf den Kopf gestellt hat. Wie wir auf dem in die Jahre gekommenen Zweiersofa schlafen sollen, weiß ich zwar nicht, aber vermutlich ist an Schlaf heute eh nicht zu denken. »Es ist nicht wirklich überraschend. Aber ich wollte es zumindest versuchen.«

Ich rücke näher an ihn heran, mein Herz in freudigem Singsang, als Caleb den Arm nach mir ausstreckt. Ich schmiege mich an seine Seite und blicke in sein Gesicht, das zwar von der Lichterkette erleuchtet wird, die sich um den Stein schlingt, das aber von unzähligen Sorgen überschattet wird.

»Wir werden sie irgendwie erreichen, Caleb«, versichere ich ihm und schenke ihm all meine Zuversicht, an die ich mich genauso klammere wie an den Mann an meiner Seite. »Ich habe Mia geschrieben, wo wir sind, und die Nachricht ist auch durchgegangen. Tobias hat offensichtlich nicht auf dem Schirm, dass wir eng befreundet sind und sie mich überhaupt erst für den Job vorgeschlagen hat. Sonst hätte er sie auch gefeuert. Jetzt können wir nur warten und darauf vertrauen, dass sie sich melden wird, sobald sie kann. Wie du schon sagst, da drüben herrscht sicherlich das reinste Chaos.«

Nachdenklich blickt Caleb in die Himmelsrichtung, in der ich das Hotel vermute. Es sind gewiss nur wenige Kilometer bis dorthin, und doch kommt es mir vor, als lägen ganze Kontinente zwischen den anderen und uns. »Ich mache mir einfach Sorgen.«

»Und das verstehe ich. Aber du hast alles getan, was du jetzt gerade tun kannst. Du wirst dich auf Mia und die Jungs verlassen müssen.«

Caleb nickt zwar, doch ich weiß genau, dass ihm dieser Umstand mehr als missfällt, der ihn zur Tatenlosigkeit verdammt. Es ist überdeutlich, wie schwer ihm das fällt, und ich versuche mein Bestes, ihn davon abzulenken, obwohl auch meine Gedanken sich pausenlos um den Moment kreisen, in dem wir unsere Freunde zurücklassen mussten. »Ich hoffe einfach, sie machen jetzt nichts Saudämliches. Wie zum Beispiel alles hinzuwerfen und das Label zu verlassen.«

Beruhigend streiche ich über Calebs Seite. »Wäre das denn wirklich so dämlich?«

»Wäre es. Sie haben nur noch ein Vierteljahr, bis ihr Vertrag ausläuft. Wenn sie ihn von sich aus kündigen, müssen sie sich praktisch selbst freikaufen, um das Label für den dadurch entstehenden Verdienstausfall zu entschädigen, und müssen auch noch Urheberrechtsverluste an ihren eigenen Werken hinnehmen.« Er seufzt leise. »Es wäre also nicht nur dämlich, sondern auch verdammt teuer.«

»Wie teuer?«

Caleb sieht mich von der Seite her an. »*Parallel* ist derzeitig eins der erfolgreichsten Künstler-Duos Europas. Wir sprechen hier also von mehreren Millionen. Noch dazu aus eigener Tasche.« Heftig zucke ich zusammen, und zumindest bringt das Caleb ein bisschen zum Lachen. Er drückt mir einen Kuss auf die Schläfe. »Sag ich doch. Deshalb habe ich auch nie einfach die Segel gestrichen, sondern wollte bis zum Ende durchhalten. Aber das ist wohl gehörig schiefgelaufen.«

Ein kalter Schauer läuft mir den Rücken herunter, als ich an Tobias denke, und ich bin froh, schon geduscht und umgezogen zu sein, denn in meinem Kleid hätte ich diesem Schauer nichts entgegenzusetzen gehabt. »Es tut mir leid.«

»Es ist nicht deine Schuld, Ellie.«

»Aber–« Den Rest erstickt er mit einem zärtlichen Kuss, der mir die Tränen in die Augen treibt.

»Wir haben gemeinsam entschieden, allen etwas vorzuspielen. Wenn du schuldig bist, dann bin ich es genauso.« Er stupst seine Nase gegen meine und schließt mich dann fest in seine Arme. Warm und sicher. »Ich habe dir gesagt, dass du der beste

Fehler meines Lebens bist, und das meinte ich auch so. Wenn das der Preis ist, den ich für dich zahlen muss, sei es drum. Ich würde dich für nichts in dieser Welt eintauschen wollen, Ellie. Für absolut gar nichts.«

»Aber ich habe deine Pläne ruiniert.«

»Stimmt.« Er grinst schief, und diesmal erreicht es sogar fast seine Augen, auch wenn sie noch immer traurig und erschöpft wirken. »Seit der ersten Sekunde.«

Entrüstet stupse ich ihn an. »Du weiß genau, was ich meine.«

»Natürlich weiß ich, was du meinst. Aber du hast meine Pläne nicht ruiniert. Sie nehmen jetzt lediglich einen etwas anderen Kurs.« Seine Hand legt sich auf meinen Hinterkopf, und ich schmiege meine Wange an seine Brust, in der sein Herz gleichmäßig und kraftvoll schlägt. »Ich werde immer noch nach London zurückkehren. Ich werde auch immer noch dieses Label gründen. Daran hat sich nichts geändert. Natürlich ist es um einiges schwerer geworden, jetzt, wo ich nicht mehr das nötige Geld verdiene, um diese ganze Nummer zu finanzieren, und ich Damian und Roan nicht erreichen kann. Aber ich werde trotzdem weitermachen. Irgendeinen Weg werde ich schon finden.«

Ich hebe den Kopf und sehe ihn überrascht an. »Wer bist du und was hast du mit meinem Caleb gemacht?«

»Mein Caleb? Das gefällt mir.« Er lacht leise. »Ich habe doch gesagt, dass dein Leichtsinn anfängt, auf mich abzufärben.«

»Offensichtlich.« Sein helles Lachen verschwindet leider genauso schnell, wie es gekommen ist, und ich vermisse es bereits schmerzlich, als ich in sein ernstes Gesicht blicke.

»Ellie, ich habe echt keine Ahnung, wie es jetzt weitergehen wird. Ich weiß nicht, was mich erwartet, wenn ich nach London zurückkehre. Ob mir alte Kontakte und Geschäftspartner abspringen, jetzt, wo die ganze Sache aufgeflogen ist. Ob ich die nötige Finanzierung bei der Bank bekomme. Ob Damian und Roan überhaupt noch mit mir zusammenarbeiten wollen, nachdem ich sie all die Jahre lang im Dunkeln gelassen habe. Alles hängt in der Luft, und ich weiß nicht, ob und wann ich mit dem Label überhaupt an den Start gehen kann, was wiederum bedeutet, dass …« Er löst die Umarmung und legt seine Hände auf meine Oberarme, während er fortfährt. »Ich weiß genauso wenig, wann ich Arbeit für dich haben werde, und ob und wann ich dich überhaupt würde beschäftigen und bezahlen können. Wenn du also lieber die Stelle in Paris annehmen würdest, dann verstehe ich das vollkommen.«

Der Kloß, der sich in meinem Hals formt, scheint mir riesengroß. »Was soll das heißen? Willst du jetzt doch, dass wir uns trennen?«

»Himmel, nein. Auf gar keinen Fall.« Er lässt meine Arme los und ergreift stattdessen meine Hände, auf deren Knöcheln er Küsse verteilt. »Was ich damit sagen wollte, ist, dass du mit deinem Traum nicht auf meinen warten solltest, Ellie, weil ich nicht weiß, ob ich dir jemals dabei helfen kann, ihn wahr werden zu lassen.«

Ich sehe diesen manchmal frustrierend begriffsstutzigen Mann an, der ganz mir gehört, und mein Herz droht mir fast aus der Brust zu springen. »Caleb?«

»Mhm?«

»Du glaubst doch wohl nicht im Ernst, dass ich dich nur wegen dieser Stelle zurück nach London begleitet hätte, oder?«

»Nein, natürlich nicht«, antwortet er prompt, aber die Tatsache, dass er mir dabei nicht in die Augen sieht, sagt mir alles, was ich wissen muss.

Abrupt entziehe ich ihm eine meiner Hände und boxe ihm gegen den Oberarm. »Du bist doch echt so ein verkopfter Blödmann.«

»Au!« Caleb sieht mich aus großen Augen an, während er sich die schmerzende Stelle reibt. »Wofür war das denn?«

»Es ging mir nie um die blöde Stylistenstelle, Caleb. Ich brauche keine Hilfe dabei, meine Träume zu verwirklichen. Das kann ich ganz alleine.« Ich stemme die Hände in die Hüften und seufze leise. »Das Entscheidende ist, dass ich meine Träume nicht alleine verwirklichen *will.* Weil meine Träume mir gar nicht mehr so viel bedeuten, wenn ich sie ohne dich an meiner Seite verfolgen müsste.«

Caleb hört auf, über seinen Oberarm zu reiben, und überbrückt die Distanz zwischen uns mit einem einzigen Schritt. »Warum?«

»Caleb, du weißt, warum.«

Er nickt, legt die Hände auf meine Taille und zieht mich fest an sich. »Sag es mir trotzdem.«

»Weil ich genauso in dich verliebt bin wie du in mich.« Erst jetzt wird mir klar, dass ich ihm das nie gesagt habe, auch nicht heute im Foyer, als er mir sein Herz zu Füßen gelegt hat, und plötzlich kann ich die Wahrheiten nicht mehr aufhalten, die schon seit einer Weile zwischen meinem Herz und meiner Seele wohnen, die ich aber nicht gewagt habe, auszusprechen. »Ich bin in dich verliebt, weil du mich akzeptierst, wie ich bin. Weil du mein Chaos siehst und nicht davor zurückschreckst. Weil du mich dazu bringst, auch mal nachzudenken und nicht immer sofort loszustürzen. Weil du mir zuhörst und mich ernst nimmst, und weil du mich siehst. Weil du verstehst, was mir wichtig ist, auch wenn der Rest der Welt es nicht versteht. Weil du in mir liest wie in einem offenen Buch, es aber nie gegen mich verwendest. Weil du an mich glaubst und mir vertraust, und weil du der einzige Mensch bist, bei dem überhaupt irgendetwas einen Sinn ergibt.« Ich lege die Hände auf seine Oberarme und drücke sanft zu, um mich im Hier und Jetzt zu halten, obwohl ich einfach nur in diesem Rauchblau versinken und nie wieder daraus auftauchen will. »Ich bin in dich verliebt, weil du mich veränderst, Caleb. Weil du mich veränderst, und weil ich mich bei dir sicher fühle, und weil dich zuerst zu küssen, der beste Fehler war, den ich je begangen habe.«

Calebs Mund senkt sich auf meinen, und ich schlinge die Arme um seinen Nacken und lasse mich von ihm küssen, hier auf diesem Balkon und mit unserem Leben in Scherben, aus denen wir gemeinsam etwas Neues schaffen wollen. Unsere Situation ist nicht ideal. Sie ist sogar ziemlich bescheiden. Wir haben alles riskiert und alles verloren. Aber wir haben einander, und das ist alles, was zählt.

Caleb küsst mich, als würde sein Leben davon abhängen, und ich lasse mich von ihm mitreißen und vertraue darauf, dass er mich hält, in diesem Sturm, in dem es nur uns beide gibt, und in dem wir gemeinsam alles aus dem Nichts erschaffen können.

Ich bin ganz atemlos als Caleb sich von mir löst, und schließe die Augen, als er seine Stirn gegen meine lehnt. »Was würde ich nur ohne dich machen?«

»Kopfschmerzen vom vielen Denken kriegen.« Er lacht, ehrlich diesmal, und das muss für heute genügen. »Komm, lass uns reingehen und da auf Nachricht von den anderen warten.«

»Okay.« Caleb braucht einen Moment, um sich von mir zu lösen, hakt meinen Arm dann aber bei sich unter und führt mich auf die Balkontüren zu. »Sie werden sich heute noch melden, oder?«

»Das werden sie. Da bin ich mir sicher.« Beruhigend streiche ich über seinen Unterarm. »Wenn sie können, d–«

»YO, CAL! ELL!«

Erschrocken fahren wir herum und blicken hinunter zur Straße, auf der Damian wie wild herumhüpft, die Arme über dem Kopf nach oben gerissen, umzingelt von lauter Koffern, auf denen Roan und Mia es sich bequem gemacht haben und zu uns hinaufsehen. Rückleuchten verschwinden in der Nacht, und das Licht der Straßenlaternen scheint mit einem Mal nicht länger gelb, sondern golden, als es auf unsere Freunde fällt, von denen ich nicht geglaubt habe, sie so schnell wiederzusehen.

Caleb schluckt schwer, in seinen Augen ein verräterischer Glanz, während er seine besten Freunde anstarrt, als wäre er sich nicht sicher, ob sie wirklich echt sind. »Was zur …«

»HABT IHR DA OBEN NOCH PLATZ FÜR EIN PAAR MITTELLOSE MUSIKER OHNE LABEL?«

Ich schlage mir die Hand vor den Mund, als mir dämmert, was hier gerade eigentlich passiert, und ergreife mit der anderen Calebs Hand, der meine genauso fest drückt wie ich seine.

Roan steht auf und stößt Damian heftig mit dem Ellbogen in die Seite, der daraufhin das Gesicht schmerzerfüllt verzieht. Ich kann es kaum erkennen, weiß aber genau, wie es aussieht, weil ich die Jungs mittlerweile kenne, die mir genauso schnell ans Herz gewachsen sind wie ihr Manager. »Sei still, du Idiot. Du weckst noch die ganze Nachbarschaft.«

Gerade waren sie noch Kilometer weit entfernt, doch jetzt trennen uns nur noch wenige Meter. Ich weiß, dass Caleb bei ihnen sein will, und ich will es auch. Ungeduldig zerre ich an seiner Hand, doch er rührt sich nicht vom Fleck, starrt nur ungläubig nach unten. »Komm schon! Lass uns runtergehen.«

Das scheint ihn endlich aus seiner Starre zu lösen, denn mit einem Mal setzt er los, und ich kann ihm nur lachend folgen, als wir Hand in Hand den Flur und das enge Treppenhaus des Hotels hinab auf die Straße eilen. Sobald die drei in Reichweite sind, lasse ich Caleb los, der Damian in eine ungestüme Umarmung zieht und Roan über dessen Schulter hinweg wie eine Fata Morgana ansieht, während Mia zu mir kommt und mich fest an sich zieht.

»Ihr seid doch völlig verrückt«, murmelt Caleb, und seine Stimme klingt ganz erstickt wegen der Tränen, die er krampfhaft zurückhält.

»Das musst du gerade sagen.« Damian macht sich von Caleb los, der sofort Roan innig umarmt, der ihm nur schmunzelnd auf den Rücken klopft und das Ganze über sich ergehen lässt. Beide tragen noch ihre Anzüge vom Bankett. Damians Haar steht ihm wild vom Kopf ab, Roans Make-up ist ganz verschmiert, und Mia sieht in ihrem Kleid in dieser Seitengasse aus wie eine Schauspielerin aus den fünfziger Jahren. »Was hast du denn gedacht? Dass wir dich einfach so ziehen lassen? Nie im Leben.«

»Aber, die Strafsumme–«

Damian zuckt mit den Schultern. »Was sind schon ein paar Millionen, Mann?«

Roan nickt bekräftigend und hält Caleb eine Armeslänge von sich fort, die Hand fest auf einer Schulter, die er beherzt drückt. »Dee hat recht. Klar, wenn du uns vorgewarnt hättest, hätten wir mehr Geld an die Seite schaffen können, aber was soll's? Geld kommt und geht, und ich bin lieber bettelarm, als ohne dich weiterzumachen.«

Damian nickt ebenfalls und hat die Arme vor der Brust verschränkt. »Das kommt auch nicht infrage. Ohne dich sind wir nicht *Parallel*, Mann. Was nützt mir da alles Geld der Welt. Aber nur, damit das klar ist«, beginnt er und macht drohend einen Schritt auf Caleb zu, dem er dann so beherzt in die Seite boxt, dass mein Freund sich vor Schmerz krümmt und sich die Rippen hält. »Ziehst du so eine Nummer noch mal ab und lügst uns an, verspreche ich dir, klettere ich nachts in deine Wohnung und ersticke dich mit deinem gottverfluchten Kissen.«

»Was Damian auf seine üblich schräge Art sagen will, ist, dass wir über diese ganze Sache noch mal reden müssen. In aller Ruhe. Wenn wir geschlafen und uns vom Schock ein wenig erholt haben.« Roan gibt diesmal ganz den Diplomaten und legt Caleb eine Hand auf die Schulter. »Aber alles, was jetzt gerade zählt, ist, dass wir alle wieder zusammen sind.«

Ich wische mir die Tränen, die Caleb so tapfer zurückhält, von den Wangen, und gebe Mia frei, die sich kurz in Calebs Arme schmiegt und ihn dann in meine Richtung schiebt. »Es waren von Anfang an immer wir vier, oder nicht?« Sie sieht mich an und lächelt breit. »Nun ja, jetzt wir fünf.«

Bei ihren Worten wird mir ganz warm, und als Roan und Damian mich an sich drücken, fühlt es sich tatsächlich an, als hätte ich endlich einen Platz gefunden, an den ich gehöre.

Caleb fehlen komplett die Worte, also bin ich einfach da und gebe ihm den Halt, den er braucht, als er den Arm um meine Schulter legt und mich fest an seine Seite zieht. »Ich–«

»Ja komm, spar dir die schnulzige Stotternummer.« Damian sieht in die Runde, von der ich langsam glaube, dass sie alles erreichen kann, wenn sie nur wie jetzt zusammenhält. Wir geben gewiss ein witziges Bild ab, Caleb und ich in Jogginghosen und Hoodies, während Roan, Damian und Mia noch Abendgarderobe tragen. Wir sind ein wilder Mix, wir fünf. Aber einer, der unendlich viel Sinn ergibt. »Und was machen wir jetzt?«

Caleb sieht mich an und lässt allein damit mein Herz höherschlagen. »Wir fangen noch mal von vorne an. Und diesmal machen wir es richtig und tun, was auch immer zur Hölle wir wollen.«

Zustimmendes Gejubel ertönt, vermischt mit den Geräuschen der Stadt, die sich über das wilde Gerede legt, in dem jeder als Erstes zu erzählen versucht, was passiert ist, seitdem wir gefeuert wurden. Alles geschieht dabei so schnell, dass ich kaum folgen kann und nur Bruchstücke mich erreichen, wie die Tatsache, dass das gesamte Team nicht mit der Entlassung von Caleb und mir einverstanden war und der Vorstand bei einer Videokonferenz versuchen musste, alle Beteiligten zu beruhigen, damit nicht kollektiv die gesamte Mannschaft rund um *Parallel* hinwirft. Ziemlich erfolglos, wie sich herausstellt, denn auch Olivia, Rhonda, Wasim und Amir sind gegangen. Sie sind aber im Hotel geblieben, in der Hoffnung, ein bisschen Schadensbegrenzung bei dem Chaos zu betreiben, das Roans symbolisch hingeworfene Kreditkarte für die Strafsumme und die fristlose Aufkündigung des Vertrags ausgelöst haben.

Caleb ist sichtlich um eine ernste Miene bemüht, doch seine Mundwinkel zucken, als er von dem Tohuwabohu hört, das unsere Entlassung verursacht hat, mit dem Tobias sich jetzt herumschlagen darf, der offensichtlich nicht damit gerechnet hat, dass Roan und Damian wirklich für Caleb hinwerfen könnten. »Ihr hättet mich echt anrufen sollen.«

Roan legt den Kopf schief und verengt die Augen, was Mia zum Kichern bringt. »Das geht schlecht, so mit konfiszierten Handys.«

»Die liegen da auch immer noch, aber scheiß drauf«, murrt Damian, der nur mit den Achseln zuckt, während er sich die Fingerknöchel reibt. »Der Kinnhaken, den ich Tobias, diesem Arschloch, verpasst habe, um an ihm vorbei zur Tür zu kommen, war es allemal wert. Genauso wie sein Gesicht, als er gerafft hat, dass keiner der Bodyguards vorhatte, uns aufzuhalten, weil sie alle wie Ratten das sinkende Schiff verlassen haben, nachdem sie geblickt haben, dass sie an uns keinen Cent mehr verdienen werden.«

Den Teil bekomme ich eindeutig mit, und auch wenn es böse ist, gefällt mir dieses Detail in der Geschichte besonders gut. »Du hast Tobias eine runtergehauen?«

»Worauf du Gift nehmen kannst.« Damian grinst spitzbübisch und rollt mit den Augen, als Caleb den Mund aufmacht. »Jaja, Mr Moralapostel. Ich weiß, dass Gewalt keine Lösung ist, und ich wenigstens darauf hätte warten müssen, dass er mir zuerst eine wischt, um einer Klage aus dem Weg zu gehen, aber–«

Zu unser aller Überraschung hebt Caleb die Hand zu einem High Five. »Gut gemacht, Mann.«

Damian blinzelt verdattert. Dann sieht er mich an. »Was hast du bitte mit unserem Langweiler gemacht?«

Caleb rollt die Augen. »Halt die Klappe und schlag ein, bevor ich es mir noch anders überlege.«

Das lässt Damian sich nicht zweimal sagen, und seine Augen leuchten zufrieden, als er weiter von dem Vorfall berichtet, den er nur noch *Apocalypse Now* nennt, während Roan und Mia ihn reden lassen und nur hin und wieder weitere Details preisgeben. Wie zum Beispiel die Tatsache, dass auch Brian seinen Job verloren hat, weil Tobias nie vorhatte, einen Verräter wie ihn weiter zu beschäftigen, sondern dass er ihn nur benutzen wollte, um Caleb endlich zu Fall zu bringen.

Ich fühle unzählige Dinge, viele davon im Konflikt miteinander, weil es mir einerseits leidtut, dass das gesamte Team unter Calebs und meiner Lüge zu leiden hat, es mich aber auch mit Wärme erfüllt, dass sie uns selbst in einer Situation wie dieser auf ihre Art zur Seite stehen.

In diesem Sturm der Emotionen sehe ich den Mann an, der meine ganze Welt auf den Kopf gestellt hat. Aufmerksam hört er seinen Freunden zu, doch dann irgendwann scheint er meinen Blick zu spüren, und er schenkt mir dieses Grinsen, von dem ich jetzt endlich sicher weiß, dass es nur für mich bestimmt ist.

Auf halbem Weg komme ich Caleb entgegen, als er sich zu

mir herunterbeugt, um mich zu küssen, und lasse mich in seine Arme sinken. Selbst wenn dieser riskante Neuanfang ein Fehler ist, ist es ein Fehler, den ich mit niemandem lieber machen würde als mit Caleb.

Er ist meine Heimat. Mein sicherer Hafen.

Denn er und ich, wir sind eins. Jetzt und für alle Zeit.

Freut euch auf die Geschichte von Mia und Roan!

Erscheint 26. Januar 2024

DANKSAGUNG

Wow. Hier sind wir also, am Ende von Buch Nummer neun.

Es ist verrückt, wenn ich darüber nachdenke, was sich in meinem Leben alles verändert hat, seitdem ich diesen Weg eingeschlagen habe. 2016 habe ich noch Jura studiert, hatte kein einziges Buch beendet und war, gelinde gesagt, überfordert. Jetzt ist 2023, und ich bin Vollzeitautorin, habe mich schon neunmal bis zum Wort »Ende« vorgeschrieben und bin immer noch überfordert, wenn auch seltener als noch vor sieben Jahren.

Vieles hat sich verändert. Die Menschen, die während dieser Zeit an meiner Seite gestanden haben, sind aber immer noch dieselben.

Katharina Larue, deren Nachname jetzt ein anderer ist, die aber genauso unerschütterlich und verständnisvoll an meiner Seite steht wie damals, und von der ich weiß, dass ich mich immer auf sie verlassen kann, komme, was da wolle.

Steffi Janek, die ich 2019 kennenlernen durfte, und die seitdem meine ganzen schriftstellerischen Macken erträgt und sie zuverlässig ausbügelt.

Das Team LYX, das sich vielleicht personell verändert haben mag, welches aber weder an Herzblut noch an Engagement eingebüßt hat, und bei dem ich mich einfach wohl und gut aufgehoben fühle.

Familie und Freunde, die in dieser Welt, die doch über

Nacht eine ganz andere geworden zu sein scheint, nie auch nur für eine Sekunde lang von meiner Seite gewichen sind, und stattdessen immer meine Hand gehalten haben, ob in Momenten von strahlendem, warmem Sonnenschein oder der düstersten, sternenlosesten und kältesten Nacht.

Und natürlich meine Leser*innen, die zwar in Zahl variieren mögen, denen ich aber immer hoffentlich ein schönes Leseerlebnis schenke, dafür, dass sie es mir ermöglichen, meinen Traum zu leben.

Vieles hat sich verändert.

Die Welt. Meine Bücher. Ich.

Gleich bleibt nur meine Liebe zu der einen Sache, die mich schon seit nunmehr achtzehn Jahren fliegen lässt, auch wenn das Gewicht dieser Welt mich zu ersticken droht: das Schreiben.

Vielen Dank an alle, die diese Liebe mit mir teilen.

Ohne euch wäre das alles nicht möglich.

Kara Atkin
Osnabrück, den 8. Februar 2023

Triggerwarnung

Dieses Buch enthält Elemente,
die triggern können.

Diese sind:
Tablettenmissbrauch, körperliche Verletzungen,
Erbrochenes, Alkoholismus.